BASTEI
LÜBBE

Von Roberto Mistretta erschienen im Bastei Lübbe Taschenbuchprogramm:

92249 Das falsche Spiel des Fischers
92292 Die dunkle Botschaft des Verführers

Über den Autor:

Roberto Mistretta, 1963 in Mussomeli (Sizilien) geboren, ist Journalist und Romanautor. Mit seinem Protagonisten Saverio Bonanno, einem heißblütigen sizilianischen Carabiniere, hat er eine unverwechselbare Ermittlerfigur geschaffen, »die das Zeug zum Serienhelden hat« (krimi-couch.de). TÖDLICHES GELÜBDE ist der vierte Band um Maresciallo Bonanno, weitere Geschichten sind in Planung.

Roberto Mistretta

Tödliches Gelübde

Roman

Aus dem Italienischen von
Katharina Schmidt

BASTEI
LÜBBE

BASTEI LÜBBE TASCHENBUCH
Band 16 329

1. Auflage: Oktober 2009

Vollständige Taschenbuchausgabe

Bastei Lübbe Taschenbücher in der Verlagsgruppe Lübbe

Lektorat: Konstanze Allnach
Titelillustration: Pam Ingalls/CORBIS
Einbandgestaltung: Gisela Kullowatz
Satz: hanseatenSatz-bremen, Bremen
Gesetzt aus der Caslon
Druck und Verarbeitung: Norhaven A/S
Printed in Denmark
ISBN 978-3-404-16329-8

Es lebt sich schwer, wenn jeder Tag im Leben gleich ist.
Es lebt sich schwer, wenn kein Tag etwas Gutes verspricht.
(Claudio Lolli)

Die Alten leiden unter der Last der Jahre,
können Wahrheit und Traum nicht mehr unterscheiden.
Die Alten können in ihren Gedanken, in ihren Träumen,
was richtig ist und was falsch, nicht mehr unterscheiden.
(Francesco Guccini)

I

Die Kalender hingen in zwei parallelen Reihen untereinander. Wenigstens ein paar Farbtupfer auf den erst kürzlich getünchten Wänden, denn der neue Kommandant der Kompanie hatte angeordnet, dass die ganze Kaserne einen frischen Anstrich in einem dieser undefinierbaren Grautöne erhielt. Maresciallo Bonanno drehte momentan jedoch den heiß begehrten Carabinieri-Kalendern seinen massigen Rücken zu, weil ihm diese Entscheidung des Capitano, die seiner Vorliebe für lebhafte Farben sehr zuwiderlief, immer noch schwer im Magen lag. Er empfand die neue Wandfarbe geradezu als persönlichen Angriff seitens seines Vorgesetzten, und zwar nur als einen von vielen.

Nachdenklich betrachtete Bonanno das Formular für das Urlaubsgesuch, das er mit peinlicher Sorgfalt genau in der Mitte auf seinem Schreibtisch platziert hatte. Er wog den Stift in seiner Hand. Hielt ihn zwischen den Fingern, spielte mit ihm und legte ihn wieder an seinen Platz. Stand auf, ging zur Balkontür, trat hinaus, zündete sich dort eine Zigarette an und sog hastig den Rauch ein. Der erste Zug beruhigte ihn, der zweite brachte ihn zum Husten, beim dritten gab er auf und warf die angerauchte Zigarette weg. Bonanno war nervös, aber nicht weil er unter Nikotinentzug litt. Nein, er musste endlich eine Entscheidung treffen. Sollte er persönlich mit Capitano Oliva seinen Urlaub abstimmen, wie es hier üblich war, oder lieber ein formelles Gesuch einreichen und den Dingen ihren Lauf lassen? Das Verhältnis zwischen ihm und dem Capitano war angespannt: Seit Anbeginn der Zeit haben Untergebene unter den Launen ihrer Chefs zu leiden. Doch Bonanno musste dringend eine Lösung finden, obwohl es ihm eigentlich nicht lag, den ersten Schritt zu tun, besonders wenn er sich darauf versteift hatte, selbst im Recht zu sein.

Fluchend kehrte er in sein Büro zurück. Nahm den Stift zur Hand und füllte das Urlaubsgesuch aus.

»An den Kommandanten der Kompanie. Hiermit beantrage ich, Saverio Bonanno, im Rang eines kommandierenden Maresciallo des Einsatzkommandos der Carabinieri, zehn freie Tage vom 10. – 20. April wg. Urlaub.«

Er unterschrieb, danach betrachtete er verblüfft die Krakel, mit denen er den Anfangsbuchstaben seines Nachnamens »verziert« hatte. Das war bestimmt keine Absicht gewesen, nein, er hatte wohl das Zittern seiner Hand nicht unterdrücken können. Bonanno holte tief Luft. Er konnte sich dem Capitano gegenüber nie normal verhalten, nicht einmal wenn er ihm schrieb. Wenn er Oliva nicht vorher informierte, lief er Gefahr, dass der sein Urlaubsgesuch abschlägig beschied, und dann war es aus mit seinem geplanten Urlaub in Nicolosi, einem an den Hängen des Ätna gelegenen Ort. Allerdings hielt sich dieses Risiko durchaus in Grenzen: Bei seinem Rang und seinen Dienstjahren standen ihm pro Jahr vierzig Urlaubstage zu, und er hatte noch drei Wochen aus dem vergangenen Jahr übrig. Der Capitano hätte schon triftige Gründe für eine eventuelle Ablehnung anführen müssen und dazu besaß er keinerlei Handhabe. Seit Monaten hatte es im Montanvalle weder Morde noch andere Kapitalverbrechen gegeben. Also nur den üblichen Routinekram.

Bonanno verließ sein Büro und trug sein Gesuch in die Liste ein. Als er danach vor dem Kaffeeautomaten stand, stellte Steppani sich ihm plötzlich in den Weg und fragte: »Möchten Sie den neuesten Witz hören oder lieber erst Ihren Kaffee haben?«

Ob er wollte oder nicht, Bonanno musste einfach lachen, so dreist sah ihn sein Erster Brigadiere an. Steppani schaute so zufrieden wie eine Katze, die gerade eine Maus gefangen hatte. Bonanno nahm ihm den Kaffee ab und trank ihn genießerisch. Er war heiß und stark, ganz nach seinem Geschmack.

»Jetzt erzähl mir deinen Witz, Steppani«, sagte der Maresciallo dann.

»Also, ein übereifriger Capitano will jeden Morgen die Lokalzeitung haben, deshalb schickt er den Wachtposten los, der soll sie ihm an einem einen Kilometer entfernten Kiosk kaufen. Weil der Wachtposten keinen Führerschein hat, muss er den ganzen Weg zu Fuß gehen. Schließlich hat er die Nase voll von der täglichen Lauferei und kauft dreimal die gleiche Zeitung, die er dem Capitano jeden Morgen auf den Schreibtisch legt. Am dritten Tag stürzt der Capitano fuchsteufelswild aus seinem Büro, baut sich mit der Zeitung in der Hand vor dem Wachtposten auf und sagt zu ihm: ›Komm mal her!‹ Der Mann wird ganz blass und denkt, verdammt, jetzt bin ich dran. Der Capitano mustert ihn, dann deutet er auf die Zeitung und sagt: ›Es heißt doch immer, wir Carabinieri seien die Dümmsten, aber der Bürgermeister hier im Ort ist ein noch viel größerer Trottel, der fährt mit seinem Wagen drei Tage hintereinander jeden Morgen gegen denselben Laternenpfahl.‹«

Bonanno zog nur eine Augenbraue hoch und fragte: »Soll ich darüber vielleicht auch noch lachen?«

»Dazu sind Witze da, Marescià.«

»Hast du so was etwa bei mir gelernt?«

»Aber es ist doch nur ein Witz.«

»Merk dir ein für alle Mal, Steppani: Über die Carabinieri macht man keine Witze; es gibt schon zu viele, die uns mit Kommt-ein-Carabiniere-Geschichten und -Anekdötchen durch den Kakao ziehen, aber niemand sagt den Kindern, worauf es bei uns wirklich ankommt.«

»Und wen oder was meinen Sie damit?«, fragte Steppani spöttisch. Er genoss es unglaublich, Bonanno auf die Palme zu bringen.

»Alle Carabinieri, die für unser schönes Italien gefallen sind«, sagte Maresciallo Bonanno mit stolzgeschwellter Brust und klang dabei sehr überzeugt.

»Hast du schon mal von Giuseppe Plado Mosca gehört?«, fragte er dann.

»Nein, wer ist denn das?«, antwortete Steppani, der diesen Schlagabtausch immer mehr genoss.

»Einer von uns. Er war etwa in deinem Alter, als er im Dezember 1942 im Tal von Arbusow in Russland fiel, während er auf seinem Pferd versuchte, die feindlichen Reihen zu durchbrechen. Er war ein Vorbild, und unsere Leute, die halbtot vor Kälte und Angst waren, fassten angesichts seines leidenschaftlichen Einsatzes wieder Mut und folgten ihm in die Schlacht auf Gedeih und Verderb. Plado Mosca wurde hier geboren, in Bonanotti. Nach seinem Tod hat man ihm die goldene Tapferkeitsmedaille verliehen.«

»*Capperi*, das wusste ich nicht«, sagte Steppani in dem vergeblichen Versuch, sizilianisch zu klingen.

»Dann informier dich das nächste Mal genauer, bevor du solchen Unsinn erzählst.«

»Woher kennen Sie denn diese Geschichte?«, fragte Steppani schlau.

»Plado Moscas Schwester lebt noch hier in Bonanotti. Du solltest mal mit ihr reden, so ein Dummkopf wie du könnte noch einiges von ihr lernen.«

»So, dann also mal danke für den Kaffee, Maresciallo«, sagte Steppani eingeschnappt und wollte verschwinden. Wenn Bonanno in einer derartigen Laune war, widersprach man ihm besser nicht.

»Wo willst du denn hin?«, rief ihn Bonanno zurück.

»Ich habe Wache, Brandi wartet schon auf mich.«

»Vorher bringst du das aber noch zum Capitano«, sagte Bonanno und gab ihm sein Urlaubsgesuch.

Steppani warf ihm einen fragenden Blick zu.

»Löcher mich jetzt bloß nicht mit Fragen oder du kannst gleich heute wieder Nachtdienst haben!«

»Zu Befehl«, sagte Steppani und machte sich auf den Weg zum Büro des Capitano.

Sichtlich erleichtert wandte sich Bonanno dem Ausgang zu. Doch bevor er zur Tür hinaus war, hielt ihn Steppani noch einmal auf. »Was soll ich dem Capitano eigentlich sagen, wenn er mich nach diesen seltsamen Schnörkeln bei Ihrer Unterschrift fragt?«, sagte er bissig, verschwand dann aber lieber schnell aus Bonannos Blickfeld.

Der ließ ihm das diesmal durchgehen, denn im Moment wollte er sich mit niemandem streiten. Dazu war der Tag einfach zu schön und sonnig. Doch die drohende Auseinandersetzung mit dem Capitano regte seinen Appetit an. Zum Teufel mit der Diät! Bonanno setzte sich in seinen Punto und fuhr zur Pasticceria »Cannoloricco«. Dort verputzte er eines der köstlichen gefüllten Teigröllchen, nach denen die Pasticceria benannt war. Diese Spezialität wurde hier seit drei Generationen hergestellt. Dazu verwendeten die Konditoren eine zart schmelzende Ricotta aus den Sikanischen Bergen, die ihnen zwei Hirten jeden Morgen ganz frisch lieferten. Die Ricotta wurde dann mit Zucker und anderen Gewürzen gemischt, sodass daraus eine himmlische Köstlichkeit entstand. Bonanno biss mit geschlossenen Augen hinein und kostete jeden Happen genießerisch aus. Trotzdem war das Cannolo viel zu schnell in seinem Magen verschwunden. Um nicht gleich der Versuchung nachzugeben, ein zweites zu verspeisen, las er lieber sein Horoskop. Seit einigen Jahren hielt sich die Pasticceria, die man inzwischen zu einer Bar und Gelateria erweitert hatte, auch Zeitungen. Das erhöhte die Kundenzufriedenheit. Bonanno musste jedoch Folgendes lesen: »*Erforschen Sie Ihr Gewissen. So werden Sie herausfinden, welche Fehler beide Seiten begangen haben. Auf diese Weise werden Sie ›ihre‹ Aufmerksamkeit auf sich ziehen. Ob in Liebe, Beruf oder Geschäft, fangen Sie es richtig an.*«

Das hat mir gerade noch gefehlt, dachte Bonanno und wollte schon nervös aufbrechen, doch dann überlegte er es sich anders und ging zu dem Tisch zurück, an dem er gesessen hatte. Mit einer raschen Bewegung entriss er einem jungen Barbesucher die Zeitung, die der sich gerade geholt hatte, weil er sich die Lokalnachrichten durchlesen wollte, während er seinen Cappuccino trank.

»Du bekommst sie gleich zurück«, sagte er im Befehlston. Der Junge warf ihm einen scheelen Blick zu, doch Bonannos Uniform schüchterte ihn ein, und deshalb wagte er nicht zu protestieren.

Bonanno las noch einmal sein Horoskop: »*Erforschen Sie Ihr Gewissen. So werden Sie herausfinden, welche Fehler beide Seiten begangen haben.*«

»Na, dann erforschen wir mal unser Gewissen«, sagte er laut und handelte sich dadurch einen weiteren scheelen Blick des jungen Mannes ein.

Bonanno ließ sich noch zwei Cannoli einpacken und wollte gerade zu seinem Fiat Punto zurückgehen, als plötzlich hinter ihm jemand rief: »Gott zum Gruß, Maresciallo. Darf ich Sie auf einen Kaffee einladen?«

Bürgermeister Totino Prestoscendo stand inmitten seines üblichen Gefolges, darunter auch Ingegnere Riccobono, der ehemalige Assessor, den Bonanno nur allzu gut kannte.

»Danke, ich hatte schon einen.«

»Sie bringen uns doch jedes Mal um das Vergnügen Ihrer Gesellschaft«, bemerkte der Bürgermeister voll Falschheit.

Obwohl ihre letzten Begegnungen eher stürmisch verlaufen waren, ließ sich Prestoscendo als mit allen Wassern gewaschener Politiker in der Öffentlichkeit nichts davon anmerken.

»Vom Gesetz hält man sich besser fern, Bürgermeister«, meinte Bonanno eisig. Das konnte sich Prestoscendo hinter die Ohren schreiben, dachte er, während er die Pasticceria verließ. Das Zusammentreffen mit dem Bürgermeister hatte ihn aufgeregt.

Als Bonanno in seinen Wagen stieg, brauchte er mehr denn je Ruhe und Frieden. Eigentlich konnte er die beiden Cannoli doch auch gemütlich an seinem Lieblingsplatz auf dem kahlen Hügel verspeisen, während er sich ausgiebig der Gewissenserforschung widmete, um die besagten »Fehler« aus seinem sibyllinisch formulierten Horoskop zu finden. Versäumnisse, für die er zu hundert Prozent Capitano Oliva verantwortlich machte.

Während er durch die historische Altstadt fuhr, rief ihn jemand: »He, Saverio!«

Er bremste.

»Ciao, Tonio, hast du frei?«

»Ich habe zwei Tage Urlaub genommen. Und was hast du vor?«

Sollte er ihm das verraten, ja oder nein? Bonanno entschied sich für Ja. Schließlich waren er und Tonio, der in der Apotheke Cusumano arbeitete, alte Freunde.

»Ich habe eine Verabredung mit diesen beiden Cannoli an einem ruhigen Plätzchen«, sagte er und deutete auf das Päckchen in seiner Hand.

»Ist das eine Einladung?«, fragte Tonio interessiert.

»Warum nicht? Wenn du nichts Besseres vorhast.«

»Angesichts eines Cannolo kann alles andere auf der Welt warten«, philosophierte Tonio und stieg in Bonannos Punto.

»Die Welt kümmert sich nicht um Leute wie dich und mich, die Cannoli inbegriffen«, antwortete Bonanno harsch, legte den Gang ein und beschleunigte.

»Wie schaffst du es nur, so früh am Morgen eine derartige Freundlichkeit an den Tag zu legen?«, fragte Tonio ironisch.

»Ich komme gerade aus der Kaserne, also los, schnall dich an.«

»Probleme im Job?«, fragte Tonio und gehorchte.

»Wer hat die nicht.«

»Du kannst dich aber darüber prima hinwegtrösten. Ich habe gehört, du fährst mit Rosalia weg. Ein Kurzurlaub am Ätna. Na, du lässt es dir ja gut gehen«, fuhr Tonio fort.

Bonanno ärgerte sich. Dieses Dorf war wie ein Handschuh mit tausend Löchern, durch jedes schaute ein Paar neugieriger Augen. Hier wusste jeder über jeden Bescheid. Der Punto schoss über die Straße. Als sie Villabosco verließen, hakte Bonanno nach: »Wer hat dir das erzählt?«

»Du weißt doch, Gerüchte machen schnell die Runde, und wenn es dabei auch noch um Rosalia geht …«

»Hör mal, Tonio, wechseln wir lieber das Thema, sonst ist mir der ganze Tag verdorben«, unterbrach ihn der Maresciallo.

»Einen klugen Mann erkennt man, sobald er den Mund aufmacht, aber einen eifersüchtigen auch«, erwiderte Tonio und ergänzte rasch: »Und du scheinst mir sehr eifersüchtig zu sein. Sobald jemand Rosalia auch nur erwähnt, ziehst du ein Gesicht … Du bist bis über beide Ohren verknallt, mein Lieber, so ist das!«

»Sei doch mal still, Tonio«, sagte Bonanno, bremste abrupt und klang plötzlich ganz ernst. Tonio erstarrte.

»Entschuldige, Savè, das war doch nur Spaß«, flüsterte er erschrocken und wurde ganz blass.

»Sei still und schau mal dahin.«

»Wohin?«

»Der Kerl dort kommt mir verdächtig vor, schau mal, wie der rennt. Er ist gerade aus dem kleinen Haus dort gekommen. Siehst du es?«

»Ach ja«, sagte Tonio daraufhin und war schon nicht mehr ganz so blass. Er hatte schon befürchtet, er wäre mit seinen Bemerkungen zu weit gegangen.

»Sieh mal, da steigt sogar Rauch aus dem Haus. Das müssen wir uns mal genauer anschauen«, meinte Bonanno, beschleunigte und fuhr auf das Haus zu, das sie keine zwei Minuten später erreichten. Durch die offen stehende Vordertür sahen sie sofort, dass es drinnen brannte. Möbel, Vorhänge und der gesamte Hausrat standen schon in Flammen.

»Verdammt, hier brennt ja alles«, fluchte Bonanno.

»Ich rufe die Feuerwehr«, sagte Tonio und zog sein Handy heraus.

»Ich seh mir das mal genauer an.«

»Spinnst du, dabei kommst du noch selbst in den Flammen um.«

»Ich will nachsehen, ob noch jemand drin ist«, meinte Bonanno, hielt sich ein Taschentuch vor Mund und Nase und betrat die Flammenhölle. Der Brand war in der Wohnküche ausgebrochen. Bonanno durchsuchte laut rufend ein Zimmer nach dem anderen.

»Da ist niemand«, sagte er, als er mit ausgetrockneter Kehle und tränenden Augen wieder herauskam.

»Die Feuerwehr ist unterwegs«, antwortete Tonio.

»Ruf ruhig auch die 112 an; sie sollen meine Leute herschicken. Du wartest hier, und ich schaue nach, wo unser Brandstifter abgeblieben ist«, sagte Bonanno, während er wieder in seinen Punto stieg und in die Richtung fuhr, in die der Kerl verschwunden war. Zwei Kilometer später wurde er fündig. Bonanno stellte den Punto quer und versperrte dem Mann so den Weg. Dann stieg er aus und packte ihn.

»Keine Bewegung«, sagte er, hielt ihn fest und zog seine Beretta.

»Wenn Sie mich verhaften müssen, dann tun Sie es doch einfach, dazu brauchen Sie keine Waffe«, sagte der Mann und hob den Kopf. Bonanno erkannte ihn, es war Pietro Caramazza, Besitzer eines beliebten, gut besuchten Supermarkts, in dem auch seine Mutter Donna Alfonsina gern einkaufte.

»Sie?«, fragte Bonanno bestürzt und steckte seine Waffe weg.

»Nur weiter, Maresciallo, ich habe sowieso nichts mehr zu verlieren.«

»Haben Sie das Feuer gelegt?«

»Ja, und es tut mir leid, dass dieser Bastard nicht da war, sonst hätte ich ihn gleich mitverbrannt.«

»Von wem reden Sie?«

»Von Domenico Infantino.«

»Wer ist das? Von dem habe ich noch nie gehört.«

»Ich auch nicht … jedenfalls vorher nicht.«

»Und warum sollte er in seiner Wohnung verbrennen?«

»Weil er meine …«

Das Heulen der Polizeisirene übertönte den Rest seiner Worte. Ein Streifenwagen bog mit überdrehtem Motor pfeilschnell um die Ecke, dass die Reifen über die Gartenerde schlitterten. Am Steuer saß natürlich Steppani. Neben ihm Carabiniere Antonino Brandi. Hinten musste auch noch jemand sitzen, Bonanno konnte jedoch nicht erkennen, wer die dunkle Gestalt auf dem Rücksitz war. Der Alfa geriet vor ihnen ins Schleudern, wobei der Fahrer bravourös mit Gas und Bremse spielte und den Wagen nach riskanten Fahrmanövern mit der Perfektion eines kriminellen Irren etwa sieben Millimeter vor Bonannos und Caramazzas Füßen zum Halten brachte.

»Da wären wir, Marescià«, sagte Steppani und stieg mit entsicherter Waffe aus dem Wagen. Brandi war nur noch ein grünliches Häufchen Elend und brachte kein einziges Wort heraus. Steppanis Fahrstil hätte selbst das Orakel von Delphi zum Verstummen gebracht. Kurz darauf kam auch der zweite Streifenwagen mit ziemlichem Tempo herangefahren. An dessen Steuer saß Vito Cantara, der jedoch längst nicht so unvernünftig fuhr wie Steppani. Cacici war bei ihm.

Im gleichen Augenblick öffnete sich die hintere Wagentür. Toni stolperte heraus, ein Taschentuch auf den grünlich verschmierten Mund gepresst und sagte: »Tut mir leid, aber ich habe die Polster versaut.« Als Steppani bei dem brennenden Haus ankam, war Tonio in dessen Wagen gestiegen, um ihm die Richtung zu zeigen, in die Bonanno verschwunden war. Er hatte ja auch nicht gewusst, was ihn erwartete.

»Ich habe ihn vorher gewarnt«, meinte Brandi.

»Steppà, wir beide sprechen uns noch«, drohte Bonanno.

Rosalia sah verführerisch aus und roch aufregend weiblich. Wenn sie an seiner Seite war, fühlte sich Bonanno wie im siebten Himmel. Die Straße lief geradeaus, es war wenig Verkehr und der Maresciallo fuhr langsam, um den Ausblick und die Fahrt zu genießen. Das blühende und grünende Sizilien roch nach Frühling. Sie hatten Caltanisetta bereits hinter sich gelassen, die Umgehungsstraße genommen und waren dann auf die Autobahn Palermo–Catania in Richtung Ätna gefahren. Capitano Oliva hatte Bonannos Urlaubsgesuch anstandslos unterschrieben. Und Mimmo Carnemolla vom Fernsehsender Tele Alto Platani hatte ganz groß über den Brandanschlag berichtet. Bonanno war der Held des Tages, weil er einen potenziellen Mörder auf frischer Tat ertappt hatte.

»Jetzt erzähl mir doch mal genau, warum dieser Kaufmann das Haus des Buchhalters angezündet hat«, sagte Rosalia und kraulte Bonanno den Nacken. Der schnaubte glücklich.

»Ein Eifersuchtsdrama.«

»Komm, erzähl schon, lass dich nicht erst lange bitten.«

»Der Kaufmann, wie du ihn nennst, heißt Pietro Caramazza. Ihm gehört dieser große Supermarkt, du weißt schon, welchen ich meine. Heute Morgen fand eine seiner Kassiererinnen ein Portemonnaie, das wohl jemand verloren hatte. Die Kleine war ehrlich, holte Caramazza und übergab es ihm. Der durchsuchte es nach Ausweispapieren, damit er es dem rechtmäßigen Besitzer zurückgeben konnte. Und das war sein Untergang.«

»Durfte er das nicht? Ist das etwa gesetzlich verboten?«

»Natürlich durfte er das, Rosalia, aber er fand in der Brieftasche etwas, was er nicht hätte finden dürfen.«

»Sprich nicht in Rätseln«, sagte sie, kniff ihn leicht und zog ihn zärtlich an den Haaren.

»Wie er nach dem Ausweis suchte, fand Caramazza zwei Briefe. Er erkannte die Schrift sofort. Es war die seiner Frau. Sie und Infantino hatten eine Affäre. Und zwar schon seit ein paar Monaten. Glücklicherweise war die Signora einen Tag vorher zu ihrer Schwester nach Palermo gereist, sonst hätte die Geschichte ein schlimmes Ende nehmen können. Rasend vor Eifersucht fuhr Caramazza zu Infantinos Haus, wo er ihn zum Glück nicht antraf. Um sich abzureagieren, stapelte Caramazza die Möbel aufeinander und legte aus Wut Feuer. Ich kam dort gerade mit Tonio vorbei, und den Rest kennst du ja.«

»Der arme Kerl tut mir leid.«

»Mir auch, denn er ist fleißig und ein braver Familienvater.«

»Heute gibt es keine Familien mehr, wusstest du das nicht? Und ehrliche Arbeit ist nicht mehr modern«, stichelte Rosalia.

»Meinst du wirklich?«, fragte Bonanno verwundert.

»Ja, das meine ich«, antwortete sie und küsste ihn auf den Hals.

Bonanno überlief es eiskalt, und er fragte sie: »Du wirst mich doch nie betrügen?«

»Niemals«, bestätigte sie und knabberte zärtlich an seinem Ohrläppchen.

»Wir fahren gleich gegen den nächsten Baum, wenn du nicht aufhörst.«

»Das war nur ein Vorgeschmack, die Fortsetzung folgt, wenn wir da sind«, sagte sie verführerisch.

Bonannos Fuß trat schon aufs Gas, ehe diese verführerische Einladung überhaupt in seinem Verstand angekommen war. Die Reifen des Punto verkrallten sich heulend in den Asphalt. Vor ihnen erhob sich die schneebedeckte Silhouette des Ätna.

Dieser Urlaub begann wirklich vielversprechend.

II

Die Sonne gleitet über die kahlen Berggipfel. Purpurrote Strahlen breiten sich über dem grünen Montanvalle aus. Der alte Mann starrt auf dieses flammende Rot und schüttelt seinen blank glänzenden Schädel. Tiefe Falten haben sich in sein verwittertes Gesicht eingegraben, hinter denen sich die Leiden eines ganzen Lebens verbergen. Wütend und fluchend spuckt er sie dem Nordwind entgegen und dem glühend heißen Hauch, der von Afrika in diese Täler weht.

»*Schlimmes wird sich bald ereignen, Mimmuzzu. Wenn der Himmel Blut weint, steht den Christenmenschen dieser Welt Böses ins Haus.*«

Der Junge, von Geburt an taubstumm, nickt ihm zu. Er kann von den Lippen ablesen, was die anderen sagen. Das hat ihm der alte Mann beigebracht. Wie so vieles andere in den Jahren ihres Zusammenlebens, bevor dieser Wahnsinn aus lauten Explosionen und Blitzen, Staub und Tod den Zauber gebrochen hat. Sie sind Großvater und Enkel und teilen das gleiche Schicksal: Einsamkeit.

Der alte Mann wirft noch einen Blick voll bitterer Zärtlichkeit auf das Tal und die Gipfel im roten Abendlicht. Seine knochigen Hände kramen in den Jackentaschen. Dann zieht er ein Stückchen Süßholz heraus, mit einem Schabmesser putzt er die Wurzel, schneidet sie in zwei Teile und bietet dem kleinen Jungen ein Stück davon an. Nun murmelt er wieder leise vor sich hin, während er mit seinen wenigen verbliebenen Zähnen auf der Süßwurzel herumkaut. Plötzlich hat er Angst. Der Junge merkt das, weil sich seine aufgesprungenen Lippen plötzlich so langsam bewegen, wenn er spricht, und an den Tränen in seinen Augenwinkeln.

Der alte Mann umfasst die Handgelenke des kleinen Jungen, wie um ihn zu beschützen, und das Kind lässt es geschehen. Ein kalter Schauder streift den Rücken des alten Mannes, wie eine eisige Liebkosung. Der alte Mann spürt, wie sich der Wind im Montanvalle erhebt. Jener Wind, den er leider nur zu gut kennt. Er starrt auf das Pfarrhaus, und der Schauder verstärkt sich. Nun weiß er, es wird wieder geschehen. Heute wird sich der Tod sein Festgewand anziehen.

Das Licht der Abenddämmerung verlängert den Schatten des Pfarrhauses. Die Sonne umgibt das Gebäude aus dem achtzehnten Jahrhundert mit einem Strahlenkranz.

Der Governatore trägt ein prunkvolles, mit purem Gold durchwirktes Gewand, feierlich schreitet er auf das Holzkreuz der heiligen Veronika zu und liebkost es mit begehrlichen Blicken. Gespannte Erwartung liegt in der Luft. In der Kapelle hat sich die gesamte Führung der Bruderschaft »Purissimo e Preziosissimo Volto di Nostro Signore« (Unseres Herrn Jesu Christi reinstes, kostbarstes Angesicht) versammelt. Sie tragen ihre traditionellen, wertvollen Gewänder, darunter die allein ihnen vorbehaltenen Schuhe, der ganze Stolz dieser religiösen Vereinigung. In der ersten Reihe stehen der Vizepräsident, der Lehrer der Novizen, die beiden Boten und der Kaplan. Dahinter der Schatzmeister, die Berater und eine dichte Traube von Mitbrüdern.

Weiter vorn stimmen die »Sänger der heiligen Veronika« ihre schmerzlichen Klagelieder an, die von langen, gellenden Trompetenstößen begleitet werden. Auf die hohen Trompetentöne folgen jeweils drei Paukenschläge, in einer Lautstärke, dass man beinahe taub davon wird. Ganz ähnliche Klänge begleiteten früher Menschen auf ihrem letzten Gang zum Schafott.

Es ist ein feierlicher Augenblick: Die Generalprobe der prunkvollen Zeremonie zur Fünfhundertjahrfeier der Bruderschaft, die 1507, in der Übergangszeit vom Mittelalter zur Renaissance, gegründet wurde und bis heute in Villabosco aktiv ist. Mit kluger Hand hat ihr Präsident Nofrio Falsaperla in letzter Zeit ihrem Verein durch Eingehen von religiösen Partnerschaften, durch kulturelle Initiativen, soziale und politische Aktivitäten mehr Ansehen verschafft. Und das alles im Zeichen des Holzkreuzes, auf dem sie die Statue der heiligen Veronika befestigen und während der Prozession tragen, der ganze Stolz und das eifersüchtig gehütete Symbol ihrer Bruderschaft.

Governatore Nofrio Falsaperla schreitet vorwärts und ist sich dabei der Feierlichkeit des Augenblicks genau bewusst. Die Goldstickereien auf seinem Gewand glänzen im Sonnenlicht, das durch die Glasfenster in den Türen der Kapelle hereinfällt. Vor dem Holzkreuz bleibt er stehen, atmet einmal tief durch, während die Sonnenstrahlen seinen angedeuteten Dreitagebart golden sprenkeln. Den hatte er sich stehen lassen, weil er sich einbildete, dass auch Christus so ausgesehen hatte.

Nofrio und dieses Holzkreuz – ein Kapitel für sich.

Die Gründer der Bruderschaft hatten dieses Kunstwerk von seltener Schönheit gestiftet, das die barmherzige Geste der Veronika darstellte. Ein Holzrelief zeigte die Heilige, während sie sich über Christus beugte und ihm mit einem Tuch das blutüberströmte Gesicht abwischte. Eine Art volkstümliche Pietà, das Symbol der Bruderschaft.

Nofrio Falsaperla kniet sich unter das schräg aufgestützte Kreuz, als hinge das Schicksal der ganzen Schöpfung von ihm ab. Dies ist sein großer Moment, er hat jedes Detail akribisch genau geplant und möchte ihn bis ins Letzte auskosten. Die schwere Konstruktion, die schon einmal in der zweiten Hälfte des achtzehnten Jahrhunderts und ein zweites Mal erst kürzlich restauriert wurde, wird von einem kräftigen Stahlseil gehalten, das über ein System von Antriebsscheiben, die an Metallplatten gekoppelt sind, bis zur Decke der Kapelle reicht und unten im Boden verankert ist. In dem engen Winkel unter dem Holzkreuz nimmt der Governatore halb kauernd seine Stellung ein. Er betrachtet die Mitbrüder mit vor Spannung fiebrigem Blick und kostet die Vorfreude auf das aus, was gleich geschehen wird: Diesen ungebildeten Flegeln wird es die Sprache verschlagen!

Er ist so in seine Rolle vertieft, dass er ein anderer zu sein scheint, derjenige, der die Sünden der gesamten Menschheit auf seinen Schultern trägt. Sein Blick begegnet den kalten Augen seines Stellvertreters Vicio Spata, dann den feindselig zu Schlitzen zusammengezogenen des Schatzmeisters Fofò Scibetta. Beide würden ihn gern sofort unter dem Kreuz begraben sehen. Doch das kümmert Nofrio nicht, schließlich ist er es gewöhnt, gehasst zu werden.

Noch ein weiteres Augenpaar scheint sich glühend in seinen Rücken zu bohren. Nofrio dreht seinen Kopf ein wenig und begegnet Minicas Blick. Sie zerknüllt ein altes Tuch in den Händen wie jemand, der eine namenlose Qual im Herzen trägt. Sie ist erst zwanzig Jahre alt und hat den melancholischen Blick eines Menschen, der stumm leidet. Durch diese Aura der Trauer, die ihre anmutige Gestalt umgibt, ist sie wie geschaffen dafür, in diesem festlichen Jahr, das in die Annalen der Geschichte der Bruderschaft eingehen wird, die Rolle der heiligen Veronika zu übernehmen. Sie ist die Tochter eines der ältesten, inzwischen verstorbenen Mitbruders, und das Direktorium hat sie einstimmig gewählt. Nur der Governatore hatte sich der Stimme enthalten. Und gegen ihn richtet sich auch eindeutig Minicas Groll, der ihr Ähnlichkeit mit einem wütend knurrenden Hund verleiht, der hasserfüllt zuschnappen will.

Die ganze effektvolle Inszenierung mit dem Holzkreuz verfolgt ein ehrgeiziges Ziel: Sie soll Christus' Fall und die barmherzige Geste der heiligen Veronika ein weiteres Mal zum Leben erwecken. Diese Heilige ist seit fünfhundert Jahren Gegenstand der Anbetung für die Bruderschaft, die ihre ebenso alte Statue in einer Prozession alljährlich durch die Straßen trägt. Und wer könnte den leidenden Christus besser verkörpern als der Governatore selbst?

Die Holzkonstruktion in Form eines Kreuzes scheint wie für Nofrio geschaffen. Minica kennt ihn nur zu gut. Es überläuft sie heiß, wenn sie ihn ansieht: Niemand wird ihr mehr das Vergnügen ihrer Rache nehmen können; sie wird Nofrio vor aller Augen den lang ersehnten Augenblick verderben und ihn so zeigen, wie er wirklich ist. Man sollte sich eben hüten, eine Sizilianerin zu beleidigen.

Falsaperlas Stellvertreter ist genauso wütend auf ihn und hat mehr als eine Rechnung mit ihm offen. Der Schatzmeister ebenfalls. Und viele andere werfen ihm finstere Blicke zu. Der Governatore hat sich viele Feinde gemacht.

Nofrio Falsaperla achtet nicht auf diese hassverzerrten Blicke, später ist immer noch Zeit, abzurechnen und Probleme aus dem Weg zu räumen. Jetzt zählt einzig seine große Stunde. Auf die Begegnung mit den fünfhundert Jahren Geschichte seiner Bruderschaft hat er sich seit Monaten vorbereitet. Gemeinsam mit dem Architekten Abramo Calaciore, einem wahren Meister auf seinem Gebiet, hat er diese ideale Konstruktion entwickelt, um dem einfachen Volk die qualvolle Anstrengung vor Augen zu führen, die es kostet, dieses Holzkreuz aufzurichten. Mithilfe des über Antriebsscheiben laufenden und am Boden mit einer Federkonstruktion verbundenen Stahlseils ist er in der Lage, nur mit Muskelkraft unter den bewundernden »Ahs« und »Ohs« der Zuschauer mehrere Zentner Gewicht hochzustemmen.

Nofrio hat weder Kosten noch Mühe gescheut. Neben wichtigen Politikern wird auch der Monsignore, der Bischof, der Zeremonie beiwohnen. Und mit ihnen viele, viele Gläubige, einschließlich der anderen Bruderschaften, die seit jeher mit der seinen konkurrieren: »Santissima Spina di Cristo« (Der Heiligste Dorn Christi), »Maria Ss. Incoronata« (Maria, die Himmelskönigin) und »Vergine Ss. Della Montagna« (Unsere Liebe Frau vom Berge).

Sein hübscher Einfall wird die anderen Präsidenten vor Wut platzen lassen. Doch abends werden sich dann alle wieder mit Kutteln und Kapaun den Wanst vollschlagen, süffigen neuen Roten in sich hineinschütten und zotige Witze über die körperlichen Vorzüge der hübschen Mädchen reißen.

Nofrio Falsaperla ist ein guter Christ – auf seine Weise.

Er blinzelt leicht und korrigiert seine Position unter dem Holzkreuz noch ein wenig, dann atmet er ein letztes Mal tief durch, stemmt seinen Rücken dagegen und spannt seine Muskeln an. Auf diesen Moment hat er Jahre gewartet. Die Erinnerung an die prallen Brüste und die nackten, wohlgeformten Schenkel Minicas, die das Holzkreuz umklammert, stachelt seine Begierde an. Er blickt sich suchend nach der Kleinen um und entdeckt sie schließlich. Minica starrt ihn mit ihren goldenen Augen unverwandt an. Sie funkeln smaragdgrün. Am liebsten würde sie daraus auf der Stelle tödliche Blitze auf ihn schleudern.

Nofrio bemerkt es, und es erregt ihn. Er mag widerspenstige Frauen, sie erinnern ihn an die wilden, feurigen Stuten von einst. Er stemmt seinen Rücken noch stärker gegen das Holz. Das ungeheuer schwere Kreuz hebt sich langsam, Zentimeter für Zentimeter.

Der Governatore schwitzt in einer Mischung aus Anstrengung und Erregung. Auf einmal steht er aufrecht, das Kreuz auf dem Rücken. Man benötigt eigentlich die Kraft von mindestens acht Männern, um es aufzurichten, und er schafft es ganz allein.

Seine Mitbrüder starren stumm auf dieses physikalische Wunder, so etwas haben sie noch nie gesehen. Das Stahlseil spannt sich, rutscht quietschend über die Antriebsscheiben und wickelt sich um die Feder am Boden wie die Schlange um den Baum der Erkenntnis.

Die »Sänger der Veronika« sind verwirrt, sie versuchen diesen besonderen Augenblick so effektvoll wie möglich mit ihren Stimmen zu untermalen. Die Trompetenstöße zerteilen die Luft in schneller Abfolge. Töne so scharf wie Messer.

Wie zwei scharfe Messer wirken auch Minicas Augen, während sie das Tuch in ihren Händen zerknüllt. Auf ein Zeichen hin soll sie sanft Nofrios Gesicht abtupfen und – nachdem sie das Tuch umgedreht hat – die Züge des neuen Messias, natürlich die Falsaperlas, zeigen, die von der Hand der besten Schneiderin darauf gestickt wurden. Noch so ein hübscher Einfall von Nofrio, der seiner Eitelkeit entspringt.

Minica freut sich über ihre Rolle. Unabsichtlich haben ihr die Mitbrüder Gelegenheit gegeben, sich an Nofrio zu rächen. In ihrem schwarzen Kleid, mit verhülltem Haupt, wartet sie auf das Zeichen, um dann die wenigen Meter zwischen den in zwei Reihen aufgestellten Mitbrüdern bis zu ihm zurückzulegen. Sie fasst nach ihrer Tasche und vergewissert sich noch einmal, dass das Fläschchen mit der durchsichtigen Flüssigkeit an seinem Platz ist. Sie drückt es kräftig in ihrer Hand. In wenigen Minuten wird der Governatore in dessen Genuss kommen.

Nofrio gibt das Zeichen. Der Moment ist gekommen.

Minica zittert und ist einen Augenblick lang wie gelähmt. Sie hat so sehr darauf gewartet, aber jetzt, wo ihr Einsatz gekommen ist, rührt sie sich nicht vom Fleck, und dieses Zögern rettet ihr das Leben. Plötzlich übertönt ein lauter Krach die Klagerufe. Minica verschlägt es den Atem. Mit einem schrecklichen Knall schnellt das Drahtseil hoch wie eine Giftschlange, und das nun haltlose Holzkreuz fällt. Fünf Zentner krachen auf den Governatore nieder. Von Nofrio Falsaperla sieht man nur noch purpurrot hervorsprudelndes Blut, das sich in einer Pfütze unter dem Holzkreuz ausbreitet.

III

Der Erste, der zu Falsaperla hineilt, ist Kaplan Padre Bartolomeo Sanguedolce, dann folgen die Sänger der Veronika, vier ältere und zwei junge Männer. Nun drängen sich auch sein Stellvertreter Vicio Spata, der Schatzmeister Fofò Scibetta und alle anderen um den Governatore. Nur Minica bleibt regungslos stehen, das Tuch noch in der schweißnassen Hand. Ihr Herz hämmert laut. Instinktiv lassen ihre Finger das Glasfläschchen los, das daraufhin in der Tiefe ihrer Tasche versinkt. Bestürzt über den Vorfall stellen sich die Sänger und einige weitere herbeigeeilte Mitbrüder an die vier Seiten des Holzkreuzes, wo die langen Stangen eingesteckt waren, und heben es mit einiger Mühe an. Nofrio Falsaperla liegt reglos da, sein starrer Blick scheint auf das edle Angesicht der heiligen Veronika gerichtet. Dies muss sich als letztes Bild in seine nun blicklosen Augen eingebrannt haben.

Padre Sanguedolce, ein kräftiger Mann, dreht den Governatore vermeintlich mühelos auf den Rücken. Nofrio wirkt schlaff wie eine Lumpenpuppe, sein großer Kopf mit dem dichten Haar hängt nach hinten. Der Kaplan legt sein Ohr an die Brust des Governatore. Niemand wagt, ein Wort zu sagen.

»Schnell, ruft einen Krankenwagen, jetzt zählt jede Minute, schnell!«, beschwört er die Umstehenden.

»Oh heilige Muttergottes, wie geht es ihm? Sagen Sie jetzt bloß nicht, er …«, sagt ein Mitbruder.

»Man hört keinen Herzschlag! Er atmet nicht! Schnell, um Himmels willen, helft mir, ihn aufzuheben«, antwortet der Priester.

»Wir sollten ihn lieber selbst ins Krankenhaus bringen, denn wenn wir erst den Krankenwagen rufen, können wir lange warten«, rät einer der Sänger.

»Jesusmaria, der bewegt sich nicht.«

»O Gott, oh Gott, was für ein schlimmes Ende, der Ärmste!«

»Jetzt ist jede Minute kostbar!«

Nachdem die Mitbrüder eben noch starr vor Erstaunen beobachtet haben, wie ein einzelner Mann das zentnerschwere Holzkreuz angehoben hat und der Wagemutige dann plötzlich darunter zerquetscht wurde, sind sie plötzlich beunruhigt.

Mahnt denn nicht seit Jahrhunderten die Prophezeiung, die in das Holzkreuz eingeritzt ist: *»Die Hand Gottes fährt vom Himmel herab und zermalmt die falschen Götzen. Und Sein Zorn wird wie ein Blitz die lügnerischen Propheten zerschmettern.«?* Erst gestern hatte der Schatzmeister Nofrio Falsaperla daran erinnert, doch der ließ sich nicht einschüchtern. Er war bestimmt kein Waisenknabe gewesen, das wusste jeder hier, doch niemand dachte jetzt an diese alte Warnung. Und eigentlich hatte auch nie jemand wirklich daran geglaubt.

»Wir sollten besser nichts überstürzen, sonst können wir ganz schön in die Bredouille geraten. Ich sage, wir warten besser auf den Krankenwagen«, setzt sich der Schatzmeister vehement ein.

»Um Himmels willen, was redest du da? Wir müssen ihn sofort ins Krankenhaus bringen, komm, hilf mir«, widerspricht ihm Padre Sanguedolce.

»Haben Sie nicht selbst gesagt, sein Herz schlägt nicht mehr? Das bedeutet, der arme Nofrio hat uns für immer … verlassen … und in solchen Fällen, da dieses schreckliche Unglück geschehen ist, und das Holzkreuz ihn erschlagen hat, müssen wir den Krankenwagen rufen und die Polizei, bevor wir ihn auch nur einen Zentimeter bewegen. Wer übernimmt sonst die Verantwortung dafür? Sie, Padre Sanguedolce, oder etwa unser Vizepräsident? Mit mir dürft ihr dabei nicht rechnen. Ich habe Nofrio wieder und wieder gesagt, das sei unpassend, aber er mit seinem Sturkopf … Er wollte immer alles ganz groß aufziehen … Aber wie ihr euch selbst überzeugen konntet, hat etwas an dem Mechanismus nicht funktioniert, und das ist dabei herausgekommen. Das hat er nun von seinem Größenwahn. Ich rühre ihn nicht an. Hört auf mich und lasst uns einen Krankenwagen rufen, wenn wir mit unserer Bruderschaft Ärger aus dem Weg gehen wollen«, meint Fofò Scibetta abschließend.

Die anderen Mitbrüder schauen einander nur an, niemand traut sich, ein Wort zu sagen. Es kommt ihnen vor, als sei Nofrio schon ewig tot. Der Schatzmeister hat ihnen aus der Seele gesprochen.

»Das gibt's doch nicht! Unser Präsident liegt dort zerquetscht auf dem Boden und ihr … was soll's, macht doch, was ihr wollt, aber ich nehme die Verantwortung auf mich und bringe ihn jetzt ins Krankenhaus«, erregt sich Padre Sanguedolce und beugt sich zu Nofrio Falsaperla hinunter, um ihn hochzuziehen. Der harte, entschlossene Griff knochiger Finger hält ihn zurück.

»Hier drinnen entscheidet die Bruderschaft, was geschieht«, zischt Vicio Spata drohend. Padre Sanguedolce sieht ihn überrascht an. Das Gesicht des Vizepräsidenten zeigt keine Regung und der Kaplan begreift, dass er niemals zulassen wird, dass jemand Nofrio aus der Kapelle bringt.

»Nofrio bleibt, wo er ist«, sagt der Stellvertreter des Toten abschließend.

»Ihr seid mir vielleicht schöne Freunde! Ach, macht doch, was ihr wollt«, grollt der Kaplan und durchbohrt sie mit wütenden Blicken. Dann spricht er einen Segen über Falsaperla und zieht sich kopfschüttelnd zurück, wobei er sich mehrfach bekreuzigt.

Nur wenige Minuten später zerreißt eine heulende Sirene die Stille in den Straßen der Altstadt. Der Krankenwagen biegt in das verwirrende Labyrinth kleiner Gassen ein und erreicht schließlich die Kapelle der Veronika. Zwei Krankenpfleger und ein Arzt, der wirkt, als sei dies sein erster Einsatz, steigen aus. Die drei sehen einander an und schütteln nur den Kopf. Sie denken nicht im Traum daran, den Präsidenten von der Stelle zu bewegen. Dessen Haut verfärbt sich bereits langsam bläulich, in der Farbe des Todes, wenn das Blut nach einer starken Blutung schnell gerinnt. Das Holzkreuz hat ihn genau getroffen.

»Die Hand Gottes fährt vom Himmel herab und zermalmt die falschen Götzen. Und Sein Zorn wird wie ein Blitz die lügnerischen Propheten zerschmettern.«

»Zu spät, der arme Kerl ist längst hinüber«, sagt der Arzt und nimmt das Stethoskop ab. »Keine Herztöne, keine Atemtätigkeit, keine Reflexe. Er war auf der Stelle tot.«

»Wir dürfen ihn nicht anfassen und müssen den Gerichtsmediziner informieren«, fügt einer der Krankenpfleger hinzu.

Das junge Doktorlein beantwortet die fragenden Blicke der Mitbrüder nur mit einem Kopfschütteln. Jetzt strömen die Schaulustigen in Scharen herbei, weil sie gehört haben, dass hier ein Unglück passiert ist. Sie wirken wie ein schwarzer Schwarm Fliegen auf einem Misthaufen.

»Tut mir leid, da ist nichts mehr zu machen. Hier braucht man nur noch einen Sarg«, doziert der Jungdoktor.

Einer der Krankenfahrer informiert die Carabinieri. In der Zentrale spüren sie den Gerichtsmediziner Dottor Nino Paternò auf.

Er ist gerade in der Nähe und trifft daher sehr schnell in der Kapelle ein. Fünf Minuten später erscheinen auch die Carabinieri. Der Gerichtsmediziner stellt den Tod des Präsidenten fest. Die Ursache: der eingedrückte Brustkorb und ein Schädeltrauma aufgrund des Schlages. »Die Knochensplitter der zertrümmerten Rippen werden ihm die Lunge durchbohrt und dadurch einen ungeheuren Blutsturz ausgelöst haben. Genaueres nach der Autopsie. Dieser arme Kerl ist jedenfalls mausetot«, beendet Paternò seine Ausführungen.

Die Carabinieri des Einsatzkommandos sichern Spuren, sperren das Gebiet ab, nehmen die ersten Zeugenaussagen auf und notieren sich die Namen aller Anwesenden.

Minica schleicht sich unbemerkt aus dem Gotteshaus, dann macht sie sich eilig aus dem Staub. Später schleudert sie zornig das Fläschchen gegen die Mauer eines alten Hauses. Das Glas zerspringt in tausend Scherben, und die klare, scharf riechende Flüssigkeit spritzt über die Lavasteine des Pflasters.

Niemandem außer dem stellvertretenden Vorsitzenden fällt die zierliche Gestalt auf, die sich hastig entfernt. Vicio Spata folgt ihr stirnrunzelnd mit den Augen, bis sie nicht mehr zu sehen ist.

»Was hat die Kleine bloß zu verbergen?«, fragt er sich verwundert.

Die Ermittlungen dauern über eine Woche. In ganz Italien wird über die Tragödie berichtet und die auf die lokalen Besonderheiten eingehende Reportage von Mimmo Carnemolla wird sogar von landesweiten Fernsehsendern übernommen. Die Medien informieren über die Bruderschaften. Ihre Geschichte, Traditionen, Bräuche und Statuten stehen einige Tage im Zentrum der öffentlichen Aufmerksamkeit, doch sehr bald interessiert sich niemand mehr für den Tod des selbstverliebten Präsidenten. Die Welt der Medien dreht sich schwindelerregend schnell und sucht sich neue Opfer, die sie auf dem Altar der Information darbringen kann.

Man legt die Sache zu den Akten, schließlich handelt es sich ja nur um Tod durch Unfall. Natürlich besteht ein klarer Zusammenhang mit dem Mechanismus der Metallplatten, die die Zugscheiben nicht gehalten haben, wodurch die Drahtseile mit dem ganzen Gewicht des Holzkreuzes belastet waren. Doch da Nofrio Falsaperla, der von Beruf Zimmermann war, sie selbst montiert hat, geben diese Umstände keinen Anlass zu irgendeinem Verdacht. Niemand hat den geringsten Zweifel, dass es sich um einen

Unfall gehandelt hat. Wenige geben es offen zu, die meisten reden nur heimlich darüber, doch alle Leute glauben, dass der Präsident Nofrio Falsaperla seinem eigenen Ehrgeiz zum Opfer fiel.

Alle, außer dem Menschen, der mit zitternder Hand einige Worte an Maresciallo Saverio Bonanno, Kommandant der Carabinieri-Einsatztruppe von Villabosco, schreibt. Worte, die in Tränen schwimmen.

IV

Crocifissa Vaccarella war eine kleine, verschrumpelte alte Frau mit hellblauen, wässrigen Augen. Während sie wie ein Maschinengewehr auf Saverio Bonanno einredete, wackelte sie unablässig mit dem Kopf. Der Maresciallo hörte der reizenden alten Dame gottergeben zu und grübelte insgeheim betrübt darüber nach, dass auch er eines Tages so aussehen würde: schlaff herunterhängende Haut, die Hände von der Arthritis verkrümmt, wässrige Augen und ein leichtes Zittern, das einen schüttelte wie der Wind einen kahlen Ast, der weder Blätter noch Früchte mehr trägt.

Dann erschießt man sich doch besser gleich, dachte er und zündete sich zum Ausgleich für seine philosophischen Grübeleien die x-te, zerdrückte Zigarette an. Die Selbstgedrehte, aus der Tabakkrümel heraushingen, sah genauso zerknittert aus wie der überaus liebenswürdigen Seniorin faltiger Hals, den Bonanno ihr am liebsten umgedreht hätte. Jedenfalls spürte er einen Moment lang diesen bösartigen Wunsch, während er an seiner Zigarette zog und das Inhalieren des Rauchs seinen mächtigen Brustkorb anschwellen ließ.

»Signorina Vaccarella, ich wiederhole jetzt zum hundertsten und hoffentlich letzten Mal: Haben Sie das Gesicht des Angreifers nun gesehen oder nicht? Hat er sie überfallen oder nicht? Wir sitzen hier schon seit zwei Stunden, und ich verstehe nur Bahnhof.«

»Also, Signor Maresciallo, glauben Sie etwa, ich erzähle Lügengeschichten? Ich lag auf Knien, glühend versunken in die Läuterung meiner armen Seele, habe vor unserem Herrgott gebeichtet, und er hat mich von einer Sünde nach der anderen reingewaschen.«

Bonanno hob eine Braue und musterte sie nachdenklich.

Das bemerkte die alte Frau und erklärte hastig: »Natürlich waren es nur Kleinigkeiten, so wie das bei alten Leuten eben ist, aber er hat doch befohlen: ›Wer ohne Sünde ist, der werfe den ersten Stein‹, und ich möchte mein Gewissen von jeder Sünde entlasten, bevor … ich dahingehe.«

Daraufhin schlug sie drei Kreuze.

Bonanno platzte der Kragen. Er sprang auf, zog heftig den vom vielen Rauchen vergilbten Vorhang beiseite und riss die Balkontür auf. Dann stellte er sich in die offene Tür und füllte seine Lungen mit der frischen, prickelnden Luft, die schon etwas von der Wärme des Spätfrühlings mitbrachte. Schwalben flogen zwitschernd umher, die vor dem blauen Himmel wie schwarze, in ständiger Bewegung befindliche Punkte wirkten. Zusammen mit der strahlenden Sonne flößten sie Bonanno romantische Gefühle und Hoffnung ein.

Der Maresciallo atmete zweimal tief durch, dann ließ er schweren Herzens Hoffnung und Romantik hinter sich, kehrte an seinen Schreibtisch zurück und starrte die Alte entnervt an.

Am liebsten hätte er dieses Knochengestell, das sich nur noch mühsam auf den Beinen hielt, einmal richtig durchgeschüttelt. Aber sein Horoskop hatte ihm schließlich ganz klar und pünktlich diesen Ärger vorhergesagt. *»Beruf: Geben Sie am Morgen Versuchungen und Provokationen nicht nach, Stress ist schädlich für Sie, behalten Sie also die Nerven. Ein Verwandter, von dem Sie lange nicht gehört haben, meldet sich wieder.«*

Als Crocifissa Vaccarella ihn zurückkommen sah, ergoss sich wieder ihr heftiger Redeschwall über ihn, wobei sie sich durch ihre in künstlichem Weiß schimmernden dritten Zähne nicht im Geringsten behindern ließ. Sie ratterte wie ein Maschinengewehr.

Und schwatzte den unglücklichen Bonanno in Grund und Boden, der unschlüssig war, ob er lieber sie erwürgen oder sich selbst ohrfeigen sollte.

»Er schlich sich leise, wie die böse Schlange, hinter mich und griff sich meine Tasche. Um zwei ganze Monatsrenten hat er mich bestohlen, Maresciallo, eine heimtückische Schlange, die sich an armen wehrlosen Frauen bereichert.«

Resigniert beschloss Bonanno, auf sie einzugehen, und fragte: »Wo stand denn Ihre Tasche?«

»Auf einem Bänkchen in der Nähe des Beichtstuhls. Die Kirche war menschenleer. Heute gehen nur noch Alte wie ich jeden Tag dorthin; die anderen, die Jugend von heute und gewisse weibliche Unschuldsengel, die ich kenne, besuchen sie nur noch an den Feiertagen, dann aber so aufgedonnert, damit sie auch ja gesehen werden und die lüsternen Blicke einiger Männer, die ihre Freude an so was haben, auf sich ziehen ... Ach, das sollte ich wohl besser nicht sagen ...«

Bonanno seufzte schicksalsergeben, er war am Rand der Verzweiflung. Seine Hände bewegten sich schon nervös, als wollte er Violine spielen, und insgeheim streichelte er seine Waffe im Halfter. Trotzdem fragte er so höflich wie möglich: »Wer befand sich außer Ihnen noch in der Kirche?«

»Das hab ich Ihnen doch schon gesagt, nur ich und Padre Sanguedolce, der mir schon die Absolution erteilt hatte und mir gerade sagen wollte, wie viele Ave-Maria und Vaterunser ich zur Buße beten sollte.«

»Dann haben Sie also das Gesicht des Diebs gar nicht richtig gesehen?«

»Das habe ich Ihnen doch gesagt!«

»Sie standen mit dem Rücken zu ihm, sahen den Priester an, und außerdem war es dunkel in der Kirche, richtig?«

»So war es.«

»Der Kerl hat sich heimlich, still und leise hineingeschlichen, während Sie Ihre kleinen Sünden beichteten, schnappte sich die Tasche und verschwand, richtig?«

»Wenn Sie schon alles wissen, was wollen Sie dann noch von mir?«, fauchte ihn die gnädige Crocifissa Vaccarella an, ehe sie sich ein wenig beruhigte.

Das alte Fräulein war zwar eine gottesfürchtige Signorina, dabei aber ebenso unverschämt reich wie knauserig. Ihr gehörten fünf als Büros vermietete Wohnungen, neunundzwanzig Hektar verpachtetes Land, dazu ein hübsches Vermögen auf der Bank mit einigen Nullen vor dem Komma und ein beträchtliches Stück Bauland. Es hieß, die nette alte Dame habe ständig steigende Angebote für dieses nur hundertfünfzig Quadratmeter große Grundstück bekommen. Da sie so stur blieb und nicht verkaufen wollte, kletterten die Preise in die Höhe, bis ein Punkt erreicht war, an dem man sich eigentlich nur noch alle Haare ausraufen, einen Kessel mit Wasser aufsetzen und sich selbst hineinstürzen konnte.

Einige Jahre lang bot dann niemand mehr, bis der »Engländer« auftauchte und sich in Villabosco niederlassen wollte. Man nannte ihn so, weil er als junger Mann nach Wooking, in die Nähe von London, ausgewandert war. Von Beruf eigentlich Maurer, hatte er später eine eigene Baufirma gegründet, deshalb lag ihm so viel daran, für sich ein eigenes Haus neu zu bauen. Da es in Villabosco jedoch nur wenige erschlossene Grundstücke gab, weil man schon seit zwanzig Jahren auf einen neuen Bebauungsplan wartete, hatte er die besagte Parzelle der Signorina Vaccarella ins Auge gefasst. Nachdem er sich einen Überblick über die Preise verschafft hatte, rechnete er alles kurz durch, dann rief er den Makler an und teilte ihm mit, wie viel er zu zahlen bereit war. Sein Angebot war dreimal so hoch wie der eigentliche Wert des Grundstücks.

Der Makler Melchiorre Rinzivillo, einer der wenigen, die es in Villabosco noch gab, hörte bei dem mehr als verlockenden Angebot schon die Kasse klingeln. Also ging er in der berühmten Pasticceria »Cannoloricco« vorbei, ließ sich ein Kilo *Biscotti ricci*, jene speziellen Kekse aus Mandeln, Honig und Gelee Royale, einpacken und machte sich damit auf den Weg zu Signorina Vaccarella.

Bei dieser Begegnung fiel ein denkwürdiger Satz, der in Villabosco bis heute unvergessen ist. »Richten Sie dem Engländer aus, in diesem Haus haben wir nichts zu verschenken«, sagte die Signora dem Makler voller Empörung direkt ins Gesicht

Manche Schlachten sind schon im Vorfeld verloren und Melchiorre Rinzivillo hatte die Erfahrung vieler Jahre gelehrt, dies am besten gleich einzusehen. Deshalb bedankte er sich höflich für den Kaffee, schrieb seine *Biscotto ricci* ab und trat den Rückzug an. Und dem Engländer riet er, es woanders zu versuchen.

Von da an war Crocifissa Vaccarella mit ihrer sprichwörtlichen Habgier zu einer lebenden Legende geworden. Bonanno wusste nur zu gut, dass aus dieser Zitrone, die ihm sein Pech an diesem frühen Morgen beschert hatte, beim besten Willen keine Limonade zu machen war. Daher seufzte er tief und polterte los: »Dann erklären Sie mir bitte, aus welchem verdammten Grund Sie Anzeige wegen Raubüberfalls erstatten wollen, wenn es sich nur um einen simplen Diebstahl handelt?«

Es bereitete ihm ein diebisches Vergnügen, dass sie so zusammenzuckte. Deshalb redete er weiter so grob mit ihr.

»Das ist Diebstahl, und anstatt dieses Gewäschs brauche ich eine genaue Täterbeschreibung, wenn ich den Dieb erwischen soll … War er jung oder alt? Groß oder klein? Dick oder dünn? Blass oder dunkelhäutig wie ein Marokkaner? Hatte er blondes oder schwarzes Haar? Also, meine Dame, Sie müssen mir schon ein paar Hinweise liefern.«

Beleidigt keifte die Alte: »Man hat eine anständige Frau wie mich angegriffen, denn ich bin schließlich in meinen intimsten Gefühlen gestört worden, als ich gerade dabei war, die heiligen Sakramente zu empfangen. Hier geht es nicht allein um Geld, Maresciallo, ich war dabei, höchst persönliche Dinge zu beichten. Dieser Gauner hat mir meine privaten Geheimnisse entrissen. Ist das etwa keine Gewalt für Sie?«

Der Maresciallo überlegte, welche intimen Geheimnisse sich ihr Beichtvater wohl anhören musste, damit er von der Signorina dann eine magere Spende kassieren durfte, für die man sich wahrscheinlich nicht einmal zwei Schachteln Zigaretten kaufen konnte. Jetzt reichte es ihm.

»Caciciiiii!!!«, brüllte Bonanno und stand auf. Seine Hände zuckten erneut heftig. Jetzt war er mit seiner Geduld wirklich am Ende … Und dann konnte er gefährlich werden. Für sich und für andere.

Crocifissa Vaccarella verstummte. Hochrot im Gesicht warf Bonanno ungeduldige Blicke in Richtung Tür, während ihm endgültig der Geduldsfaden riss.

Der Carabiniere Scelto Giovanni Cacici stürzte herein.

»Zu Befehl, Maresciallo!«

»Hör gut zu, Cacì! Du schreibst jetzt die Aussage der hier anwesenden Signorina Vaccapazza … Entschuldigung, natürlich meine ich Vaccarella, nieder und nimmst ihre Anzeige auf. Nein, warte noch einen Moment. Da fällt mir ein, hatten wir nicht in den vergangenen Tagen zwei weitere Diebstähle, bei denen schwachsin… äh, wehrlose alte Frauen zu Schaden kamen?«

»Ja, ich glaube schon. Das hat die Station übernommen.«

»Genau! Weißt du was? Du begleitest die Signorina jetzt dorthin. Darum soll sich Maresciallo Marcelli kümmern.«

Dann wandte er sich an Crocifissa Vaccarella und erklärte: »Mein Kollege wird Ihnen helfen können, er ist ein Fachmann für so – komplizierte Fälle.«

Signorina Vaccarella war zwar alt, aber keineswegs verkalkt und wusste sofort, wie er das gemeint hatte. Hocherhobenen Hauptes rauschte sie wütend zur Tür hinaus, ohne sich zu verabschieden. Bis in die Spitzen ihres weißen, zu einem Knoten aufgesteckten Haars dünstete sie Verachtung aus.

»Wenn du das erledigt hast, schick bitte Steppani zu mir.«

Als die beiden den Raum verlassen hatten, entspannte Bonanno sich. Er lehnte sich in seinem Sessel zurück, legte die Hände hinten an den schmerzenden Nacken und schloss die Augen ein wenig. In seinen Ohren gellte immer noch die kreischende Stimme der alten Jungfer. Was für einen üblen Beruf hatte er sich ausgesucht, um sich sein täglich Brot zu verdienen! In Gedanken entfernte sich Bonanno, der diesmal wirklich am Rand der Verzweiflung war, immer mehr von der Wirklichkeit und verhedderte sich in komplizierten Grundsatzüberlegungen. Hatte er sich diesen Beruf denn wirklich selbst ausgesucht?

Steppani, der mit einem dampfend heißen Kaffee und einem Stapel Papiere den Raum betrat, riss ihn aus seinen Grübeleien.

»Nach diesem Gezeter werden Sie bestimmt gern so etwas Köstliches trinken wollen«, meinte er.

Der Kaffee war so heiß und stark, wie Bonanno ihn schätzte, und wirkte sofort beruhigend auf ihn. Danach ging es ihm gleich besser.

»Sag mir mal eins: Wir haben also nicht die geringste Ahnung, wo unser heißgeliebter Capitano steckt?«

»Das wissen Sie nicht? Der ist auf Bildungstour. Die im Regionalkommando haben beschlossen, dass die Offiziere der Carabinieri Syrakus und Umgebung kennen lernen sollen. Kultur ist Kultur, Maresciallo. Zwei Tage sind wir ihn los: Griechisches Theater, Papyri, Museumsbesuche und ein kurzer Ausflug in die Barockstadt Noto. Da haben sie genug vor.«

»Natürlich, und wenn du dann einen erwischst, der gerade sein armes unglückliches Opfer zerstückelt oder auf einen Mafioso schießt, dann zielst du nicht etwa mit der Pistole auf ihn und legst ihm Handschellen an, nein, dann musst du ihm nur die Geschichte Siziliens erzählen – und alles wird gut.«

»Darum geht es nicht, die Offiziere müssen ein gewisses Auftreten haben, stilvoll repräsentieren und sich kultiviert unterhalten können.«

»Na klar! Und wir anderen können einfach verlottern ... Weißt du, wo du dir deine Ideen hinstecken kannst, Steppani?«

»Nehmen Sie sich das doch nicht zu Herzen. Wie geht es denn zu Hause?«, fragte Steppani. Damit rührte er an einen wunden Punkt. Bonannos Gesicht sprach Bände. Am besten, man hielt sich gleich die Ohren zu, wenn er anfing zu erzählen.

Da Steppani an Bonannos schlechte Laune gewöhnt war, wandte er seine bewährte Technik an. Er ließ ihn besser erst seinen Zorn austoben, bevor er sich in Schwierigkeiten brachte.

»Ich erwürge ihn, stecke ihn in einen Sack und schmeiße ihn auf die nächstbeste Müllkippe«, ließ der Maresciallo Dampf ab. Steppani begriff sofort: Ringhio und Briciola hatten die ganze Nacht durchgebellt und Bonanno damit den letzten Nerv geraubt.

»Schlimme Nacht gehabt?«

»Du kannst dir überhaupt nicht vorstellen, was für ein Chaos das mit den beiden Kötern ist.«

»Das bedeutet genau?«

»Dieser Casanova Ringhio ist geschlechtsreif, und jetzt ist Briciola trächtig von ihm. Was hältst du davon? Fünf oder sechs weitere Hunde ... Ich schmeiß sie alle raus, und wenn Vanessa sie behalten will, fliegt sie mit raus.«

Plötzlich entschlüpfte Steppani ein wenn auch eher mitleidiges Lachen. Das war ein Fehler. Die Tasse, aus der dunkle Tropfen Kaffee spritzten, flog durch das Zimmer und traf ihn genau zwischen Hals und Kragen. Der bloße Gedanke, in bestimmten Situationen mit Bonanno eine Diskussion anzufangen, hatte schon etwas Masochistisches. Steppani verschwand, nicht ohne sich aus sicherer Entfernung sofort für diesen tätlichen Angriff zu rächen.

»Ich habe Ihnen die Post, die heute gekommen ist, dort hingelegt und außerdem die ganzen Dokumente, die Sie noch unterschreiben müssen«, sagte er boshaft, denn er wusste genau, wie verhasst Bonanno diese Pflichten waren.

Fluchend durchwühlte Bonanno den Papierstapel. Die Blätter flogen durch die Gegend und verteilten sich über den Schreibtisch. Der übliche Ärger: Berichte und andere Dinge, mit denen man ihn belästigte. Er zündete sich eine Zigarette an, und da bemerkte er ihn: Zwischen Anzeigen und dienstlichen Rundschreiben stach ein heller, leicht feuchter Briefumschlag hervor. Jemand hatte ihn, anscheinend mit zitternder Hand, an Maresciallo Bonanno, Kaserne Villabosco adressiert.

»Was ist das wieder für ein Quatsch?«, fragte Bonanno sich, aber er nahm den Umschlag trotzdem in die Hand und riss ihn neugierig auf. Doch er bereute das sofort, wie immer, wenn er sich von seinem Temperament zu unüberlegten Handlungen hinreißen ließ. Es gelang ihm eben nie, seine Hände und seinen Verstand zu koordinieren. Doch sein Bulleninstinkt signalisierte ihm deutlich, dass Probleme im Anzug waren.

Das war eine Frage der Intuition, und kurz darauf bekam er auch die Antwort auf seine vorigen Zweifel. Er war eben der geborene Bulle, warum auch immer, denn niemand sonst aus seiner Familie hatte je eine Uniform getragen.

Bonanno riss den Umschlag vollends auf und zog den zerknitterten, karierten Zettel darin mit seinen dicklichen Fingern heraus. Das Papier war noch immer leicht feucht, und jemand hatte hastig ein paar Worte daraufgekritzelt. Die Schrift war identisch mit der auf dem Umschlag. Doch die paar Worte genügten, damit Bonanno Feuer spuckte und fluchte. Wieder einmal hatte ihn sein Bulleninstinkt nicht getäuscht:

»Das war kein Unfall, maresciallo! Nofrizzu wurde ermordet!«

»Verdammter Mist!«

V

Dieser Nofrizzu, um den es hier ging, war natürlich Nofrio Falsaperla, der Präsident der Bruderschaft »Purissimo e Preziosissimo Volto del Nostro Signore«, der vor zwei Wochen von dem schräg aufgestützten Kreuz vor dem Holzrelief der heiligen Veronika zerschmettert worden war. Ein Unglücksfall.

Aber war es das wirklich?

Glaubte man der öffentlichen Meinung, hatte es der eitle Präsident selbst darauf angelegt. Capitano Olivas Ermittlungen waren im Grunde abgeschlossen. Man hatte den Fall eigentlich schon zu den Akten gelegt. Sämtliche Untersuchungen hatten ergeben, dass es sich um einen Unfall handelte. Davon war jeder überzeugt bis auf den Menschen, der diese wenigen Worte geschrieben hatte.

»Unfall oder Mord?«, fragte sich Bonanno, während er den anonymen Brief in der Hand wog. Als das Ganze passiert war, verbrachte er gerade ein paar entspannte, schöne Tage mit Rosalia in einem einsamen Chalet an den Hängen des Ätna. Ciccino Carapezza, Spitzname »Ogliobono« hatte ihm das Häuschen zur Verfügung gestellt, ein Freund, dem er einmal aus der Patsche geholfen hatte. Es hatte eine atemberaubende Aussicht. Der riesige Vulkan war ständig in Bewegung und schleuderte nachts Lavafontänen in die Luft, und am Himmel zeichnete sich das reinste Feuerwerk ab. Tagsüber leuchtete das Meer von Catania über der grünen Ebene, und die Sonne wärmte ihm mit angenehmen Strahlen den Schädel und versöhnte ihn mit der Welt. In dieser abgeschiedenen Gegend duftete es aromatisch nach wilden Kräutern. Bonanno stand auf einer Anhöhe, ließ seinen Blick über den Talgrund und das weite Meer schweifen und stellte immer wieder fest, wie wunderbar seine Heimat Sizilien doch war. Er hatte Blutorangen gegessen, bis er beinahe platzte. Diese Früchte wuchsen an den Hängen des Ätna und waren so dunkelrot, dass es aussah, als spritze tatsächlich Blut aus ihnen. Solche Orangen gab es wirklich nur in dieser Gegend.

Abgelenkt durch Blutorangen, Ausflüge auf den Ätna und lange nächtliche Spaziergänge mit der schönen Rosalia, die alles besaß, was man sich bei einer Frau nur wünschen konnte, hatte er nur deshalb von Nofrios Tod erfahren, weil der Fall so viel Aufsehen erregte. Mimmo Carnemolla hatte mehrfach in seinem Sender Tele Alto Platani darüber berichtet. Es gehört schon eine Portion Dummheit dazu, sich unter ein Holzkreuz zu klemmen und dabei so sinnlos ums Leben zu kommen, hatte Bonanno gedacht, und war einmal mehr erleichtert gewesen, dass er sich momentan nicht um die örtlichen Probleme kümmern musste. Doch jetzt verlangten gerade diese Probleme von ihm, dass er sich ihretwegen seinen Kopf zerbrach.

»Steppààà«, brüllte er.

Der Erste Brigadiere war auf der Stelle bei ihm. Schließlich hatte Bonanno so gereizt wie ein verwundeter Bär geklungen, der sich in die Enge getrieben fühlt.

»Zu Befehl, Marescià!«

»Sag mal Steppà, warst du nicht vor einem halben Jahr drei Wochen lang für eine Weiterbildung in Grafologie und Psychologie freigestellt?«

Steppani ahnte, dass ihm Ärger drohte, als er die im Zimmer verstreuten Papiere und den aufgerissenen Umschlag in Bonannos Hand sah, und ging in Deckung. Wenn Bonanno so angriffslustig klang und seine Augen so blitzten, führte er bestimmt etwas im Schilde. Dann sagte man am besten so wenig wie möglich und hielt Sicherheitsabstand.

»Also, eigentlich war das ja keine richtige Weiterbildung ... Da wollten ein paar Neunmalkluge uns beibringen, wie wir an dem Schreibstil eines Menschen bestimmte Einzelheiten seiner Persönlichkeit erkennen können, mehr nicht ... Warum fragen Sie mich danach?«

Bonanno funkelte ihn böse an. »Da du so was gelernt hast, kannst du dir darauf mal einen Reim machen?«, brüllte er und hielt Steppani das Blatt unter die Nase.

Steppani nahm es zögernd am rechten Rand, hielt es zwischen Daumen und Zeigefinger und las vor: *»Das war kein Unfall, maresciallo! Nofrizzu wurde ermordet!«*

»Würdest du das jetzt bitte deuten, Steppani?«

»Verdammt, seit wann gehen Sie anonymen Hinweisen nach, Maresciallo?«

Bonanno durchbohrte ihn mit Blicken, und dann legte er los: »Steppà, erstens: Meist geben anonyme Hinweise, warum auch immer, die Wahrheit wieder. Vergiss nicht, hier in Sizilien sind wir alle verwandt oder befreundet. Aber wie sagt schon ein altes Sprichwort? Die Menschen darf man nicht zentnerweise wiegen, sondern Unze für Unze auf der Goldwaage. Man soll eben nie verallgemeinern.«

Steppani riss verwirrt die Augen auf, denn er hatte nur Bahnhof verstanden.

»Zweitens«, fuhr Bonanno fort, »fühlt sich das Papier noch leicht feucht an, Frauentränen vermutlich. Schau dir das Datum an. Der Brief wurde gestern abgeschickt. Und da frage ich mich, warum erst gestern, wenn das Ganze schon vor zwei Wochen passiert ist?«

»Ja genau, warum?«, antwortete Steppani, der keine Ahnung hatte, worauf Bonanno eigentlich hinauswollte.

»Irgendjemandem scheint Falsaperlas Tod keine Ruhe zu lassen. Die Ermittlungen des Capitano haben nichts gebracht, und irgendwer möchte, dass wir Bescheid wissen. Und schickt uns diese Nachricht, weil er nicht glaubt, dass es ein Unfall war.«

»Wer könnte das, Ihrer Meinung nach, gewesen sein?«

»Warum sollte ich dich fragen, wenn ich selbst irgendeinen Verdacht hätte? Ich habe dich geholt, damit du das herausfindest, Steppani. Wozu sollte dein Grafologiekurs sonst gut gewesen sein? Also, mach dich an die Arbeit und untersuch diesen Brief nach allen Regeln der Kunst.«

Steppani schluckte und bereute bereits heftig, dass er bei der Weiterbildung in Rom wegen dieser Jessica nicht besser aufgepasst hatte. Aber von einer solchen Kursteilnehmerin musste er sich einfach ablenken lassen. Sie roch verführerisch wie die Sünde selbst und hatte ihm so heiße Blicke zugeworfen, dass sich vor seinen Augen selbst das reinste Italienisch in unentzifferbare Hieroglyphen verwandelte. Außerdem fuhr sie ein blitzschnelles Cabrio. Zum Teufel mit der Weiterbildung! Mit ihr war er wie ein Irrer vom Kolosseum zu den Trajanssäulen geflitzt. Von diesen zwei Wochen waren ihm nur Jessicas Adresse, ihre Telefonnummer und ihre heißen Küsse in Erinnerung geblieben, so hatte sie ihn durcheinandergebracht. Damit niemand mitbekam, wie dürftig seine Unterrichtsbeteiligung gewesen war, hatte er einen Haufen Lügen erfunden, was er alles darüber gelernt hatte, die geheimsten Hintergründe jeder Schrift zu verstehen.

»Je weniger du weißt, desto dreister musst du lügen«, lautete Steppanis Leitspruch.

Bonanno wusste genau, was sich sein Untergebener, ein ausgemachtes Schlitzohr, so alles einfallen ließ. Seit er aus Rom zurück war, tat er den lieben langen Tag nicht anderes, als mit den neumodischen Methoden aus der Hauptstadt anzugeben, durch die man Mörder und andere Verbrecher aufspürte, mit den Hightechgeräten zu prahlen, die man dort einsetzte, und den Superermittlern, die die Persönlichkeitsprofile der Verbrecher im Schlaf kannten.

Bonanno, der es in der Regel mit Mafiosi und kleinen Provinzgaunern zu tun hatte, brachte allein schon das Zuhören auf die Palme. Er hatte sich geschworen, Steppani das bei der ersten Gelegenheit heimzuzahlen. Und jetzt bot ihm das Schicksal genau die Chance dazu.

Steppani schwieg abwartend. Er wusste schon, was in Bonanno gärte. Der Rest würde noch folgen.

»Mach eine Kopie von Brief und Umschlag und weh dir, wenn du irgendwo auch nur ein Sterbenswörtchen darüber fallen lässt, besonders dem Capitano gegenüber, und schon gar nicht bei Marcelli. Für die Ermittlungen im Fall Falsaperla ist weiterhin der Capitano verantwortlich. Bis zum Beweis des Gegenteils handelt es sich um einen Unfall und die Carabinieri gehen anonymen Hinweisen nicht nach, verstanden, Steppani?«

»Warum wollen Sie dann, dass …?«, fragte der Erste Brigadiere hoffnungsvoll.

»Weil immer noch viele denken, dass wir einfachen Carabinieri zu blöde sind, um mehr zu tun, als den anderen, die auf Verbildungsreisen fahren, nur zuzuarbeiten. Deshalb können es sich Leute wie du und ich nicht erlauben, mit Tränen durchtränkte Briefe außer Acht zu lassen, besonders wenn auch nur der geringste Verdacht besteht, dass Falsaperlas Tod vorsätzlicher Mord war. Ist das klar, Steppani?«

»Nicht die Bohne! Jedenfalls streichen hier alle gern ihr Gehalt ein, aber arbeiten tun nur ein paar Leute und die anderen schieben eine ruhige Kugel.«

»Warum erzählst du mir das? Ist doch deine eigene Schuld, wenn du den Bogen immer noch nicht raushast, obwohl du es stur wie ein Ochse versuchst.«

»Was soll ich nicht rausgekriegt haben?«

»Wie du einen Haupttreffer im Lotto landest. Hattest du nicht so ein todsicheres System ausgeklügelt? Ich habe ja gesehen, wie todsicher das war, deshalb mach dich an die Arbeit und geh das heute Nacht ganz genau durch. Morgen früh will ich alles auf meinem Schreibtisch haben.«

Steppani war gekränkt. Bonanno hatte seinen wunden Punkt getroffen. Vor einigen Monaten hatte ein Bekannter von ihm seinen Vorgesetzten und Kollegen dazu überredet, ihr Glück beim Lotto zu versuchen. Und damit hatten sie schließlich eine schwindelerregend hohe Summe gewonnen. Sie hatten ihren Job kündigen können und aus Angestellten waren Unternehmer geworden. Ein italienischer Traum. Steppani hatte eigentlich keinen in diese Richtung gehenden Ehrgeiz, aber während eines Auftrags, der ihn nach Palermo führte, hatte er einen gar nicht so üblen kleinen Ferrari entdeckt. Ein unglaublich kostspieliger Traum, an den nicht einmal zu denken war. Seit Monaten ging er damit allen auf den Geist und schlug ihnen teure Möglichkeiten des Carsharings vor, um die Kosten gemeinsam aufzubringen. Aber alle ließen ihn am ausgestreckten Arm verhungern.

Zufrieden, dass er Steppani den Mund gestopft hatte, wollte Bonanno sein Büro verlassen.

»Darf ich wissen, wo Sie hinwollen?«, fragte ihn Steppani.

Bonanno wies demonstrativ auf den Brief: »Steppani, siehst du das hier? Das bedeutet nur eins: Mach dich an die Arbeit!«

»Bemühen Sie sich nicht, ich habe schon verstanden, was Sie meinen«, erwiderte der Brigadiere und beendete die Diskussion, indem er die Tür hinter sich zuknallte.

Vielleicht habe ich ja übertrieben, dachte Bonanno, der seinen Ersten Brigadiere trotz ihrer dauernden Reibereien im Grunde wirklich gernhatte. Doch dann erinnerte er sich: Erst vor zwei Tagen hatte er ihm einen Fünfziger zugesteckt. Und hieß es nicht allgemein, im ganzen Montanvalle gebe es keinen gutmütigeren Maresciallo als Saverio Bonanno? Bevor er den Raum verließ, legte er einen Zettel auf Steppanis Schreibtisch: »Besorg dir die

Liste mit den Namen der betroffenen Personen und die Akten zu dem bewussten Fall.«

Der Spürhund hatte die Fährte aufgenommen.

Als Bonanno sich endlich mühsam in seinen Punto gezwängt hatte, fühlte er sich wie ein Elefant in einem Kinderwagen. Das Fahrzeug war eng und unbequem geworden. Allein mit sich, betrachtete Bonanno seine fleischigen Wangen im Rückspiegel und musste zugeben, dass er während des Urlaubs am Ätna ein paar Kilos zugenommen hatte. Schließlich konnte es nicht sein, dass der Wagen eingelaufen war, wie er das einfach von seiner Kleidung behauptete. Zumindest hatte er sich so gestern seiner Mutter Donna Alfonsina gegenüber gerechtfertigt, als sie ihn prüfend ansah, den Zeigefinger auf ihn richtete und ihm diesen einzigen Satz entgegengeschleudert hatte: »Du isst zu viel!«

»Soll ich etwa von Luft leben?«

Doch er wusste genau, was sie meinte. Sie warf ihm seine Fressorgien mit Cannoli und Eis vor. Die liebte er seit seiner Kindheit, außerdem aß er für sein Leben gern Arancini, jene mit Hackfleisch gefüllten Reisbällchen, und Weißbrot mit Mortadella. Diese Schwächen hatte er auch im Erwachsenenalter beibehalten, doch da es sich dabei um fetttriefende Kalorienbomben handelte, schlug er sich seinen Bauch lieber nicht zu Hause damit voll. Natürlich hatte er seine Stammkonditorei und einen Laden seines Vertrauens. Doch in einem Ort wie Villabosco blieb nichts geheim: Die allseits bekannten Klatschbasen hatten Donna Alfonsina etwas gesteckt. Allein beim Gedanken an ofenfrisches Brot lief Bonanno schon das Wasser im Mund zusammen. Er verscheuchte diese unangenehmen Gedanken und konzentrierte sich lieber auf den anonymen Brief über Nofrio Falsaperlas »Unfall«, der ihm nicht aus dem Kopf ging. Und wenn ein Gedanke so an ihm nagte, dann half alles nichts, er musste sich unbedingt Klarheit verschaffen.

Deshalb war er jetzt auch mit seinem Punto unterwegs zur Kirche des heiligen Petrus, dem Ort der Zusammenkünfte der Bruderschaft »Purissimo e Preziosissimo Volto del Nostro Signore«, um Pfarrer Padre Sanguedolce zu befragen. Außerdem nutzte Bonanno jede Gelegenheit, die vielen Sehenswürdigkeiten des historischen Zentrums zu bewundern, das die Auswanderungswellen der Fünfziger- und Sechzigerjahre entvölkert hatten. Damals versuchten viele Sizilianer ihr Glück in Frankreich, England, Belgien und Deutschland und verließen auf der Suche nach einem besseren Leben in Wohlstand ihre Heimat. Die verbliebenen Bewohner von Villabosco nahmen Abschied von den Steinhäusern und ihren typischen Ziegeldächern und zogen in illegal gebaute Häuser der neuen Boomgegend. Damit starb das historische Zentrum jeden Tag ein bisschen mehr.

Zu diesen Sehenswürdigkeiten gehörte auch die mittelalterliche Kirche des heiligen Petrus mit ihrer strengen, schmucklosen Fassade aus weißen Steinquadern und ihren Deckenfresken mit Szenen aus dem Leben des Apostels.

Bonanno stellte seinen Punto ab und betrat das Gotteshaus durch sein imposantes Zirbelholzportal, das zu beiden Seiten von sechs spiralförmig gedrehten Säulen gerahmt wurde.

Seine schweren Schritte hallten im Halbdunkel des menschenleeren Raumes wider. Zunächst ging er zu dem alabasternen Weihwasserbecken und zeichnete sich mit dem feuchten Finger ein Kreuz auf die Stirn. Der Maresciallo war nicht sonderlich vertraut mit religiösen Bräuchen und auch nicht gerade das, was man glaubensstark nennen konnte. Zweifel verzehrten ihn, doch wenn man einfach zu glauben beschloss, ging man vielen Problemen aus dem Weg, wie beispielsweise den sonst unausweichlichen Diskussionen mit Donna Alfonsina.

»Suchen Sie Padre Sanguedolce?«, fragte ihn eine heisere Raucherstimme – der Küster. Er war plötzlich hinter den Statuen der

Heiligen Petrus und Paul aufgetaucht und hatte Bonanno so erschreckt, dass der erst mal schlucken musste.

»Genau«, antwortete er und versuchte seine Stimme fest klingen zu lassen. Das überraschende Erscheinen des Küsters hatte ihn ein wenig durcheinandergebracht.

Zu Caliddro, wie der schon ein wenig ältere Mann hieß, musterte ihn mit wachem Blick. Bulle bleibt Bulle, selbst in der Kirche, dachte er.

»Geht es um eine Taufe oder Erstkommunion?«

»Weder noch.«

»Um eine Firmung?«

»Nein!«

»Hochzeit oder Begräbnis?«

»Gott behüte!«

»Wollen Sie beichten?«

So langsam wurde Bonanno dieser Zu Caliddro unsympathisch.

»Hören Sie mal, guter Mann, was sind Sie eigentlich von Beruf: Küster oder Polizist? Ist der Pfarrer nun da oder nicht?«, brüllte der Maresciallo im Glauben, so sein Ziel am schnellsten zu erreichen.

»Kommt drauf an«, antwortete der alte Mann völlig unbeeindruckt und sah ihm dabei direkt ins Gesicht. Dieser Küster war keineswegs so leicht zu beeindrucken, wie Bonanno angenommen hatte.

»Und worauf kommt es an?«, fragte Bonanno.

»Auf den Grund Ihres Besuchs. Wenn es um kirchliche Angelegenheiten geht, schauen wir mal, und wenn es sich um etwas anderes handelt, dann kommen Sie lieber am Abend nach der Sechsuhrmesse wieder.«

»Es geht um kirchliche Angelegenheiten«, erklärte Bonanno.

»Worum genau?«, fragte der Küster nach.

»Darum, dass ich mir dich und vielleicht auch den Padre

schnappe und euch beide in die Kaserne verfrachte, damit dieses Theater ein Ende hat, wenn du mich nicht auf der Stelle zum ihm bringst!«, drohte Bonanno nun vor Wut hochrot im Gesicht. Der resolute Klang seiner Stimme kochte sonst seine Gesprächspartner weich. Aber diesmal nicht. Zu Caliddro war störrischer, als er zunächst angenommen hatte.

»Also, wenn Sie mir so kommen: Ich habe genug Anwälte, die sich für mich verwenden können ... Meinen Sohn zum Beispiel ... und meine Schwiegertochter. Und wenn das noch nicht reicht, mein Neffe ist Richter, und Padre Sanguedolces älterer Bruder arbeitet am Kassationsgericht!«

Verdammt, dieser Küster war ein harter Brocken. Ein richtiger alter Granitschädel.

Bonanno kniff die Lippen zusammen, damit ihm nichts Unüberlegtes herausrutschte, dabei suchte er instinktiv in seiner Jackentasche nach seinen Zigaretten.

»Wenn Sie rauchen wollen, dann gehen wir lieber dort vor die Kirche, raus in die Sonne. Mir würden ein paar Züge jetzt auch guttun«, sagte Zu Caliddro und setzte sich in Bewegung.

Bonanno folgte ihm unwillig.

»Beruf: Geben Sie am Morgen Versuchungen und Provokationen nicht nach, Stress ist schädlich für Sie, behalten Sie also die Nerven.« Die Vorhersage seines Horoskops dröhnte ihm weiterhin durch den Kopf. Welche verfluchte ungünstige Planetenkonstellation bombardierte ihn jetzt schon wieder mit ihren negativen Strömungen? Das würde ja ein schöner Morgen werden, dachte er sich, während er dem alten Mann nach draußen folgte. Als sie die Kirche verließen, hüllte sie die Sonne wärmend ein, und Bonanno fühlte sich gleich besser. Ihre Strahlen streichelten förmlich den groben Stoff seiner Uniform.

Der Küster kramte eine dieser stinkenden Zigarren hervor und bot sie Bonanno an: »Möchten Sie vielleicht?«

»Danke, ich bringe mich lieber mit denen da unter die Erde«, antwortete der Maresciallo und zündete sich eine Zigarette an.

»Schöner Tag heute, nicht?«

»Wunderschön.«

»Anscheinend bekommen wir gutes Wetter.«

»Sieht so aus.«

»Noch zwei Wochen wie die und wir können uns an Pilzen satt essen.«

»Hmm.«

Dieser Küster war nicht nur ein harter Brocken, sondern auch ein Schlitzohr. Bonanno gab sich schließlich geschlagen: Der alte Mann war so schlau, dass er ihm noch nützlich sein konnte.

»Hören Sie, Signor …«

»Caliddro Pelagalli, zu Ihren Diensten. Und wenn ich mich nicht irre, sind Sie …«

»Maresciallo Bonanno, Kommandant der Carabinieri-Einsatztruppe.«

»Natürlich! Wie kann ich Ihnen helfen?«

»Entschuldigen Sie bitte meinen Ausbruch von vorhin, aber als Sie da hinter den Heiligenfiguren auftauchten, haben Sie mich ziemlich erschreckt. Ich muss dringend mit Padre Sanguedolce sprechen, es geht … um eine persönliche Angelegenheit. Wenn er nicht da ist, gut, dann komme ich eben ein anderes Mal vorbei.«

»Wie Sie möchten.«

Dieser verdammte Mistkerl ließ sich nicht aus der Ruhe bringen, im Gegenteil, er starrte ihn weiterhin spöttisch aus diesen kleinen Schweinsäuglein an, die tief in gelben, von rasiermesserscharfen Falten durchzogenen Hautlappen lagen. Nicht im Traum glaubte er an Bonannos Märchen.

Nur ein paar Schritte von der Kirche entfernt erhob sich die Kapelle der heiligen Veronika, Hauptsitz der Bruderschaft »Purissimo e Preziosissimo Volto del Nostro Signore«. Da kam Bonanno unvermutet eine Idee, und bevor er noch darüber nachgedacht hatte, hörte er sich schon sagen: »Sagen Sie mir doch bitte, ist die Kapelle dort drüben geschlossen? Sie kümmern sich doch darum, oder?«

Diesen Themenwechsel hatte der Küster nicht erwartet. Er schlug aus wie ein Maulesel, der von Pferdebremsen angefallen wird.

»Ich bin zuständig für die Kirche hier von *san petruzzu*, unserem heiligen Petrus. Um die Kapelle dort kümmern sich die von der Bruderschaft«, sagte er mit unüberhörbarem Groll in der Stimme.

»Aha.«

Nun hatte es Bonanno geschafft, das Thema irgendwie anzuschneiden. Er beglückwünschte sich im Stillen dazu und fuhr fort: »Sicher, nach dem Unfall des Präsidenten …«

»Daran war er selbst schuld! Wer hat denn von ihm verlangt, er solle sich unter das Holzkreuz legen? Er wollte anscheinend Samson spielen und angeben, wie stark er ist. Und wie Samson ist er umgekommen: erschlagen und zerschmettert.«

»Warum hat er denn dieses Spektakel überhaupt inszeniert?«

»Weil es ihm nicht genügte, Präsident zu sein und alles nach seinem eigenen Kopf zu entscheiden, nein, er wollte auch noch den Helden spielen, und dafür hat er eben bezahlt.«

»In einer Bruderschaft gibt es bestimmt eine Menge Besitz zu verwalten …«

»Und ob! Gemeindegräber, Zuschüsse, Hinterlassenschaften, Geld zur Unterstützung von bedürftigen Familien, ganz zu schweigen von dem übrigen Besitz. Schon die historischen, mit purem Gold bestickten Gewänder und der Grundbesitz der Bruderschaft sind eine Menge wert.«

»Was für ein Mensch war der Präsident?«

»Ein Schurke, wie er im Buche steht!«

Na, der nimmt ja kein Blatt vor den Mund, dachte sich Bonanno und hakte weiter nach: »Wie meinen Sie das bitte?«

»Genau so, wie Sie es verstanden haben. Er bereicherte sich nicht nur auf Kosten der Bedürftigen, begünstigte Freunde und Verwandte und steckte Spenden und Zuschüsse in die eigene Tasche, sondern hatte auch noch dieses Laster.«

»Was für ein Laster?«

»Hinter jedem Weiberrock war er her.«

Bonanno unterdrückte einen Aufschrei. Er hätte darauf gewettet, dass eine Frau den anonymen Brief geschrieben hatte. Und wenn Falsaperla ein solcher Weiberheld war …

»Aber war er nicht verheiratet?«

»Ja, er hat vier Kinder und eine Ehefrau mit allen Vorzügen. Ein anständiges, hübsches Mädchen. Aber Nofrio hatte auch den Spitznamen ›lu Zingaru‹, ›der Zigeuner‹, weil er am liebsten von einer Frau zur nächsten wechselte und immer irgendeine Dumme fand, die er einwickeln konnte. Aber jemand hat ihn dafür bezahlen lassen …«

Bonanno traute seinen Ohren nicht: Er hatte auf Anhieb ins Schwarze getroffen.

»Man hat ihn umgebracht?«

»Die Gerechtigkeit Gottes macht vor niemandem Halt, und wenn *lu Signuruzzu*, unser lieber Herrgott, jemanden schlägt, dann hören auch die Nachbarn noch den Knall. Nofrio hatte viel auf dem Kerbholz und dafür musste er büßen. Die Prophezeiung auf dem Holzkreuz der Veronika besagt doch: ›*Die Hand Gottes fährt vom Himmel herab und zermalmt die falschen Götzen. Und Sein Zorn wird wie ein Blitz die lügnerischen Propheten zerschmettern.*‹ Aber Nofrio in seiner Verstocktheit fuhr fort, in seiner gewohnten Weise zu sündigen, und das hat ihm der Herr dort oben nicht verziehen.«

Bonanno ging, bevor er der Versuchung nachgab, den Küster unter dieses verdammte Holzkreuz zu legen und das Seil loszulassen.

VI

Manchmal genügen auf ersten Blick hin ganz alltägliche Gesten, um die Einsamkeit und Leere eines Lebens auszufüllen, wie zum Beispiel sich spätabends hinzusetzen und mit Mimmo zu reden, zumindest mit dem, was dem Alten von ihm geblieben ist.

Der Mann hat seinen Enkel zu Bett gebracht und deckt ihn zu. Er wird schläfrig. Starrt das Kissen an, und eine Träne läuft über sein von scharfen Falten gezeichnetes Gesicht. Falten, die das Leben, das Alter und die tiefe Einsamkeit eingegraben haben. Es ist schlimm, so einsam zu altern, doch jetzt hat er ja Mimmuzzu zur Gesellschaft.

Der alte Mann setzt sich auf den Rand des Bettes und beginnt zu erzählen, Geschichten aus seiner Jugend, in die er neuere schmerzliche und sehr reale Begebenheiten einflicht.

»Das war 1954, Mimmuzzu, und Natur wie Menschen spielten den armen Leuten in Villabosco übel mit. Die Reichen wohnten in ihren geheizten Häusern und aßen sich an Fleisch satt, aber die Armen lebten wie die Tiere in ihren Höhlen. Ihre Behausungen waren dunkel und feucht, bei ihnen gab es weder Strom noch fließendes Wasser oder Heizung. Damals wärmte man sich an Kohlebecken und manchmal erstickte jemand an den giftigen Gasen. Ein Hundeleben war das, Mimmuzzu, und in jenem Winter regnete es so heftig und viel, dass man es gar nicht beschreiben kann. Auf den überschwemmten Feldern konnte man sich kein Brot verdienen, und die armen Leute litten Hunger. Und Durst, denn obwohl der liebe Gott so viel Regen auf die Erde schickte, zweigten die, die das Sagen hatten und sich mit den Gesetzen auskannten, einen Großteil davon für sich ab. Die Wasserleitung hatte mehr Löcher als ein Sieb, und um zu waschen und Wasser zum Kochen zu holen, mussten die Frauen mit den großen Tonkrügen auf dem Kopf bis zu den öffentlichen Wasserstellen gehen. Was war das für eine Zeit, Mimmuzzu! Damals war ich jung, knapp über zwanzig, und freute mich meines Lebens. Wenn man jung ist, kommt einem alles nicht so schlimm vor, und mit Kampfgeist überwindet man sogar die größten Widrigkeiten.

Ich hatte nie Lust, zur Schule zu gehen und etwas zu lernen, und meine Mutter, die gute Seele, hätte mich am liebsten mit dem Stock da hingeprügelt. Eine Leseratte war ich bestimmt nicht, das lag mir einfach nicht, so hat jeder seine Vorlieben. Mir gefiel eben das Leben im Freien und ich habe mich lieber auf dem Feld totgeschuftet als stundenlang dazusitzen und Lehrer Sacheli, diesem spindeldürren Trottel, zuzuhören. Mit seinem Stock zeigte er abwechselnd auf die Tafel und auf die Buchstaben des Alphabets, und wer nicht aufpasste, bekam mit dem Stock Tatzen. Wenn du wüsstest, wie viel Prügel ich da bezogen habe. Mich interessierte sein Geschwätz einfach nicht. Wenn du deinen Namen schreiben und rechnen kannst, hast du alles, was du brauchst, um dich durchzuschlagen. Von Büchern wirst du nicht satt und sie setzen dir nur Rosinen in den Kopf. Einzig die Erde kann dir etwas geben, womit du dir den Bauch füllen kannst, das ist die reine Wahrheit. Aber die Zeiten ändern sich, Mimmuzzu, heute geht ihr alle zur Schule, Lernen ist wichtig geworden, und wenn du an jenem Tag zur Schule gegangen wärst …«

Die Augen des alten Mannes verdunkeln sich unversehens. Er kneift sie zusammen, sie sind feucht geworden. Dann lässt er den Kopf hängen und sackt resigniert in sich zusammen. Manche Schicksale lassen sich nicht mehr ändern.

Der Wind frischt auf, während der alte Mann sich wieder aufrichtet und weitererzählt, damit er nicht an dem Kloß in seinem Hals erstickt.

»Du musst wissen, Mimmuzzu, damals musste ich mir mein Essen selbst verdienen, denn dein Urgroßvater starb sehr früh und ließ mich als Waise zurück. Schon in deinem Alter bekam ich nach einem harten Arbeitstag den gleichen Lohn wie ein erwachsener Mann, wenn ich, ohne mich zu schonen, mit der Sichel das kostbare Getreide gemäht hatte, auf dem Gottes Segen zu ruhen schien, so trocken und in vollen Garben wuchs es. Damals bestand das Leben aus einfachen Dingen. Es stimmt schon, wir waren ungebildet und schmutzig und uns fraßen die Flöhe und Läuse bei lebendigem Leibe auf, bevor die Amerikaner mit dem DDT kamen, aber bei Gott, es gab noch nicht diese vielen Morde und diesen Wahnsinn, der die Welt von heute zugrunde richtet.

Ich verstehe diese Welt nicht mehr, Mimmuzzu!

Selbstmordattentäter, die andere Menschen ermorden, religiöse Fanatiker, die nicht über ihre Nasenspitze hinaussehen, verfluchte Fundamentalisten, das kriegslüsterne Amerika, das sich keine Gelegenheit entgehen lässt, sich in Auseinandersetzungen einzumischen, Diktatoren, die im Luxus leben, während ihr Volk am Hungertuch nagt. Bruderschaften, die sich untereinander zerfleischen, und unser Holzkreuz mit seinem Geheimnis. Und alle sagen natürlich, sie wären im Recht. Aber wie kann man denn im Recht sein, wenn man dafür mordet, Mimmuzzu?

Wenn man einem Sohn seinen Vater nimmt? Oder den Kindern die Mutter? Den Eltern ihre Kinder? Junge Männer und Frauen ermordet werden und die Alten nur die Tage verfluchen können, die sie noch zu leben haben? Wenn man so alt wird wie ich und so viel Leid erfahren hat, dann begreift man, dass es keine gerechten oder sogenannten ›Heiligen‹ Kriege gibt. Jeder Krieg bringt Tote, und jedes dieser Opfer hat seine eigene, ganz persönliche Geschichte, wie sie nur ein einzelner Mensch haben kann. Aber vielleicht haben nur die, die nach meiner Vorstellung die Bezeichnung Mensch verdient haben, ihre Geschichte: die, die die Mühsal und auch die Freude kennen, sich im Schweiße ihres Angesichts ihr täglich Brot zu verdienen, und von denen auf dieser verkommenen Erde jetzt immer weniger geboren werden.

Zu meiner Zeit gab es all diese hässlichen Dinge nicht und man lebte genügsam. Heute, wo der Fortschritt uns das Wasser bis ins Haus bringt, man nicht mehr unter Hitze oder Kälte leiden muss und keine Läuse mehr auf dem Kopf hat, die einen bei lebendigem Leib auffressen, oder sich Zecken an dich heften, um dir das Blut auszusaugen, jetzt, wo jeder seinen Teller Nudeln hat und unsere Bäuche voll sind, werden die Unschuldigen niedergemäht wie Korn. Soll das etwa Fortschritt sein? Dann war es zu meiner Zeit noch besser, da wusste man wenigstens, warum man starb. Heute genügt es, wenn du zur falschen Zeit am falschen Ort bist, und es kann pasieren, dass dich irgend so ein Verrückter in die Luft sprengt.

Von vielen Toten, Mimmuzzu, bleiben dem Vater nicht einmal die Knochen oder ein Grab, an dem er weinen kann. Wie sollte man da nicht wahnsinnig werden? Wie kann sich ein Vater damit abfinden?«

Der alte Mann hat sich sehr aufgeregt. Nun wird der Junge wach, hebt den Kopf vom Kissen und sieht ihn unglaublich zärtlich an. Dann streckt er die Hand aus und streichelt die eingefallenen Wangen seines Großvaters. Der alte Mann nimmt die kleinen Hände und bedeckt sie mit Küssen, dabei hört man ihn laut schluchzen.

VII

Padre Sanguedolce hatte gerade die Abendmesse gelesen. Jetzt stand er in der schmucklosen Sakristei und nahm sich die Paramente ab. Hochgewachsen und robust, wie er war, wirkte er wie ein massiver Kerzenständer. Einige kleine Buben wuselten um ihn herum, in der Hoffnung, so eine Handvoll von den ungeweihten Hostien zu ergattern. In einer Ecke des Raumes stand eine etwas verloren wirkende beleibte ältere Frau, die darauf wartete, die Totenmesse für ihren verstorbenen Ehemann zu bezahlen, dessen verblasstes Foto sie in einem Medaillon an einer Kette um den Hals trug. Etwas weiter hinten saß ein Pärchen, das lebhaft miteinander diskutierte. Sie ballte die Hände so heftig zu Fäusten, dass die Knöchel ganz weiß hervortraten, als wollte sie jemanden erwürgen, und er presste die Kiefer aufeinander, als wolle er sie beißen. Demnach schien sich ihr Gespräch um ein nicht gerade sehr angenehmes Thema zu drehen.

Wenn die schon vor der Hochzeit so anfangen, dann wird ihre Ehe bestimmt nicht lange halten, dachte sich Bonanno, während er die Sakristei betrat. In diesen wenigen Sekunden wanderte sein Polizistenauge durch den Raum und wo sein Blick hinfiel, fotografierte und archivierte er Einzelheiten, die anderen Leuten ganz normal und banal erschienen wären, aber für ihn als Dorfpolizisten, der es im Normalfall nur mit Beschimpfungen und giftigen Blicken zu tun hatte, bekam jede Nuance in der Stimme oder im Blick ihre spezielle Bedeutung, und er zerbrach sich darüber den Kopf.

Als Padre Sanguedolce ihn erkannte, entspannte ein gutmütiges Lächeln seinen kräftigen Unterkiefer.

»Einen Augenblick, Maresciallo, ich bin sofort bei Ihnen«, sagte er freundlich und legte die goldbestickte Stola an ihren Platz zurück.

»Immer mit der Ruhe«, antwortete Bonanno und betrachtete alles noch einmal aus der Entfernung. Von den Porträts der ehemaligen Pfarrer der Kirche des heiligen Petrus sahen strenge Gesichter mit grimmigen Blicken auf ihn herunter. Keiner lächelte. Was für eine düstere Versammlung.

Padre Sanguedolce schloss das Schränkchen mit den Paramenten und gab den frechsten der Jungen ein paar Klapse. Im Nu waren die Kinder verschwunden. Dann kassierte der Pfarrer dreißig Euro von der älteren Witwe, notierte sich den Termin einer weiteren Messe für das Seelenheil des Verstorbenen in einem dicht beschriebenen Kalender, brachte das Pärchen finster dreinblickend zur Tür und wandte sich schließlich Bonanno zu.

»Sie haben sich eine Weile nicht hier blicken lassen«, ermahnte er ihn gutmütig.

»Die Arbeit lässt mir keine Zeit und zu Hause gibt es genug Probleme.«

»Nicht nur zu Hause«, verbesserte ihn Padre Sanguedolce unter vielsagendem Nicken.

Bonanno hätte am liebsten Gift und Galle gespuckt. Wie jeder in Villabosco wusste der Pfarrer genau Bescheid über seine Beziehung zu der wohlgeformten Sozialarbeiterin Rosalia Santacroce, mit der er sich seit einigen Monaten traf. Und wie alle war er natürlich auch über ihren Kurzurlaub am Ätna im Bilde. In diesem kleinen Nest, das man so hochtrabend die Hauptstadt des Montanvalle nannte, hatten sich die Leute ausgiebig über diese saftige Neuigkeit die Mäuler zerrissen.

Bonanno überging stillschweigend Padre Sanguedolces Bemerkung. Er hatte keine Lust, mit ihm über seine persönlichen Angelegenheiten zu reden, und über Rosalia schon gar nicht.

»Heute Morgen war Signorina Vaccarella bei uns, um einen Diebstahl anzuzeigen«, fing er deshalb ganz harmlos an, um nicht gleich mit der Tür ins Haus zu fallen.

»Gott schütze sie. Ich habe ihr geraten, zu Ihnen zu gehen.«

Aha, dem Pfarrer hatte er also diesen reizenden Vormittag zu verdanken. Bonanno sah ihn vorwurfsvoll an und zischte: »Vielen Dank für die Freundlichkeit!«

Der Padre versuchte einzulenken: »Die Signorina ist zwar ein wenig umständlich, aber eine gute alte Seele.«

»Davon bin ich überzeugt«, sagte Bonanno und legte bei seiner Befragung einen Gang zu.

»Erklären Sie mir doch mal, Padre Sanguedolce: Was ist das für eine Geschichte mit den Diebstählen in der Kirche?«

»Was soll ich Ihnen sagen, Maresciallo? Da nutzt irgend so ein kriminelles Subjekt das heilige Sakrament der Beichte aus, um ein paar alten Frauen die Handtasche zu stehlen. Das ist bis jetzt schon dreimal passiert. Die ersten beiden Diebstahlsopfer wollten keine Anzeige erstatten. Sie wissen ja, wie das ist, die alten Damen schämen sich. Dann die Umstände, die das macht. Aber Signorina Crocifissa hat man eine Menge Geld und ihre Papiere gestohlen, und sie ist niemand, der sich einen derartigen Übergriff einfach gefallen lässt.«

»Ja, ich kenne diese Sorte Frau«, seufzte Bonanno. »Und Ihnen ist nichts aufgefallen?«

»Ich meine, eine männliche Gestalt gesehen zu haben, die zum Ausgang rannte. Aber nur einen Augenblick lang. Gleich nachdem Signorina Crocifissa aufgeschrien hat, bin ich aus dem Beichtstuhl gestürzt und da habe ich ihn gesehen, aber ganz flüchtig und nur von hinten. Das ist alles.«

»Der Küster war nicht da?«

»Zu Calliddro hat feste Arbeitszeiten. Er öffnet morgens die Kirche und hilft mir bei der Frühmesse, dann macht er sauber und räumt alles weg und bleibt den ganzen Morgen dort. Um zwölf Uhr schließt er ab und geht nach Hause. Um halb fünf schließt er die Kirche wieder auf und anschließend geht er in seinen Freizeitklub, Sie wissen schon, ein paar alte Herren, die gern Karten spielen. Und die Diebstähle sind immer nachmittags passiert.«

Bonanno war nichts gleichgültiger als diese blöden Diebstähle, und wenn eine gewisse Signorina betroffen war, schon gar nicht. Wenn man der ihr ganzes Vermögen gestohlen hätte, hätte er sich vielleicht noch ins Fäustchen gelacht.

»Also gut«, sagte er heuchlerisch, »dann werde ich mal gegen diesen Menschen ermitteln, der so schamlos die Arglosigkeit alter Damen ausnutzt, als hätte ich nicht schon genug Ärger mit dem Unfall in der Kapelle am Hals.«

Padre Sanguedolce bekreuzigte sich dreimal.

»Erinnern Sie mich bloß nicht daran. Was für ein schreckliches Ende, so etwas wünsche ich niemandem. O Jesus Maria, ich sehe noch alles genau vor mir. Ich kann gar nicht glauben, dass der arme Nofrio nicht mehr unter uns weilt.«

»Was für ein Mensch war er?«

»Ein guter Christ«, antwortete der Pfarrer ein wenig zu hastig.

»Wie meinen Sie das?«

»Na ja, er hat zumindest niemanden umgebracht.«

»Padre, lassen Sie uns doch lieber einen Kaffee trinken gehen, um uns die Kehle zu wärmen, ehe Sie sich hier noch eine Erkältung holen. Außerdem sind es doch zehn Gebote, die wir beachten müssen, wenn mich mein Gedächtnis nicht ganz trügt.«

»Auf seine Art war Nofrio ein guter Christ. Er versuchte, Gutes zu tun … natürlich, er hatte auch seine Schwächen …«

»Rauchte er? Oder trank er?«

»Sie kennen das Sprichwort: Wein, Tabak und Frauen haben schon manchen umgehauen. Aber es ist spät geworden …«

Doch Bonanno ließ jetzt nicht locker. Unaufgefordert zündete er sich eine weitere Zigarette an.

»Ich rauche noch die eine und dann gehen wir. Was auch immer für ein Mensch Nofrio Falsaperla war, der arme Kerl hat ein schlimmes Ende genommen. Wie spielte sich das Unglück ab? Sie waren doch dabei. Wie kam es zu dem Unfall?«

Mit einem tiefen Seufzer schloss der Pfarrer die Augen ein wenig, dann kreuzte er die Arme über der Brust und beschwor die Geschehnisse noch einmal herauf: wie das Seil plötzlich nachgegeben hatte, der Knall, als das Holzkreuz fiel und Nofrio unter sich begrub.

»Der pure Albtraum, Maresciallo, man hat mir sogar verboten, ihm zu Hilfe zu eilen. Es hätte zwar nichts mehr genützt, aber mein Gott, einem Menschen bei einem solchen Unglück nicht helfen zu dürfen … Es ist schrecklich, wenn man plötzlich erkennen muss, wie viel Bosheit sich in der menschlichen Seele verbergen kann. Und dabei waren das doch seine besten Freunde. Nicht einmal auf Freundschaft ist mehr Verlass!«

Bonanno sperrte seine Ohren weit auf und hatte nur einen Gedanken: Was hatte der Capitano bei seinen Ermittlungen eigentlich getan?

»In einer Bruderschaft wie dieser müsste die Geschichte vom barmherzigen Samariter eigentlich jedem vertraut sein …«

»Wir sind alle gut darin, leere Worte im Überfluss zu machen, mein lieber Maresciallo, aber erst an seinen Taten erkennt man einen Mann, denn sie zeigen, wessen Geistes Kind einer ist. An diesem Tag spürte ich nichts als Feindseligkeit. Hass gedeiht selbst im Haus Gottes, der seinen Sohn am Kreuz für unser Seelenheil geopfert hat.«

Padre Sanguedolce lag etwas schwer im Magen seines üppigen Bauchs. Und mit einem Kloß im Hals erzählte er Bonanno alles: Wie der Schatzmeister Fofò Scibetta sich gegen jedes Eingreifen gewehrt hatte, wie er darauf beharrt hatte und wie Nofrios Stellvertreter Vicio Spata eingeschritten war.

Als Padre Sanguedolce am Ende seiner Erzählung angelangt war, hatte Bonanno drei Zigaretten hintereinander geraucht. Ihr Qualm verpestete jetzt die Luft, und das im Angesicht dieser strengen Pfarrerporträts, die ihn wie aus einer anderen Welt anzustarren schienen. Aus der gleichen, in der jetzt Nofrio Falsaperla wohl weilte. Falsaperla, den vielleicht irgendein verfluchter Kerl absichtlich unter dem Holzkreuz zerquetscht hatte, wie Bonanno insgeheim annahm.

»Ich habe die ganze Nacht kein Auge zugetan, so aufgewühlt war ich. Doch am nächsten Tag habe ich begriffen, warum der Schatzmeister so wütend war.«

»Hatten die beiden Streit?«, fragte Bonanno, den das Ganze immer mehr zu interessieren begann.

»Ja. Falsaperla hatte dem Schatzmeister gedroht, ihn seines Amts zu entheben. Das hat mir Zu Caliddro anvertraut. Als sie sich in die Haare bekamen, waren viele Mitbrüder anwesend.«

»Und warum waren sie sich in die Haare geraten?«

»Sie waren unterschiedlicher Ansicht über die Errichtung der Gemeindegräber. Aber ich frage mich, wie kann eine derart banale Auseinandersetzung angesichts einer Tragödie dieses Ausmaßes so viel Hass in einem Bruder zurücklassen?«

»Was glauben Sie, Padre?«

»Die Seele des Menschen ist ein so dunkler Brunnen, dass man ihr nie auf den Grund sehen kann. Nur unser himmlischer Vater dort oben kennt in seiner Unergründlichkeit die Herzen der Menschen. Das erinnert mich an einen Satz von Pascal: ›Wie ist das Herz des Menschen ungerecht und unvernünftig.‹«

Bonanno kannte diesen großen Denker nicht, deshalb blickte er finster drein und sagte nur: »Gewiss.« Und nickte dazu.

Padre Sanguedolce zog ein dickes Buch hervor und zeigte Bonanno das Gesicht des ihm unbekannten Philosophen auf dem Umschlag. Er hatte dessen Werk *Gedanken* stets zur Hand.

»Pascal lebte im siebzehnten Jahrhundert in Frankreich und starb schon mit neununddreißig Jahren. Eine Ausnahmebegabung, ein Genie, das mit sechzehn die erste Rechenmaschine erfand. Als er langsam an einem Tumor dahinsiechte, wandte der Mathematiker sich der Religion zu, und wie ein anderer großer Denker namens Chateaubriand sagte: ›Er schrieb Gedanken auf, die zugleich Göttliches und Menschliches in sich trugen‹«, fügte der Pfarrer hinzu.

Das wurde ja immer schlimmer, jetzt ging es schon um zwei französische Philosophen. Und wenn Bonanno eines irritierte, dann war es, wenn er nicht verstand, was jemand sagen wollte. Die sollten doch bleiben, wo sie herkamen, hier in diesem kleinen Teil von Sizilien brauchte man keine französischen Denker, sondern Menschen, die wussten, wie sie ihre Gedanken allgemein verständlich ausdrückten. Schwätzer kannte er schon zur Genüge. Sogar dieser Pfaffe quatschte zu viel. Um ihr Gespräch wieder in die richtige Richtung zu lenken, zog Bonanno die Notbremse.

»Man muss schon ziemlich hartgesotten sein, um in so einer Situation seelenruhig dazustehen und auf Polizei und Krankenwagen zu warten, ohne einen Finger zu rühren«, erklärte er und bewegte seine Hände schon wieder so nervös, als wollte er Violine spielen.

»Es gab keine Möglichkeit, sie umzustimmen. Wäre ich nicht dabei gewesen und hätte mit eigenen Augen gesehen, wie das Holzkreuz auf den armen Nofrio niederfuhr, würde ich jetzt glauben …«

»Dass es kein Unfall war?«, fragte ihn Bonanno scheinbar gleichgültig.

»Es ist schon eine Todsünde, manche Dinge auch nur zu denken, Maresciallo.«

»Nur mal so aus Neugier, könnte es nicht sein, dass jemand diesen Hebemechanismus vorsätzlich beschädigt hat?«

»Auf keinen Fall. Nur der Präsident hat einen Schlüssel zur Kapelle. Er hat das Ganze selbst aufgebaut und alles höchstpersönlich überprüft. Nofrio vertraute niemandem; also ich sage Ihnen, wäre ich nicht selbst dabei gewesen und angesichts seines gespannten Verhältnisses zum Schatzmeister …«

Als Bonanno die Sakristei verließ, war ihm eines klar: Man musste den Fall gründlicher untersuchen. Aber wie sollte er, was sein Bulleninstinkt ihm eingab, mit den klaren Anweisungen Capitano Olivas, den Fall als abgeschlossen zu betrachten, in Einklang bringen?

Er grübelte einige Minuten, bis er von selbst auf eine Lösung kam. Bonanno hatte etwa so viel für seinen Vorgesetzten übrig wie für einen heimtückischen Schlag unter die Gürtellinie. Also stieg er in seinen Wagen, startete und fuhr gemütlich dorthin, wo er vor seinen beruflichen Problemen Ruhe fand.

VIII

Ich war nicht einmal dreiundzwanzig, als ich aus Villabosco wegging, Mimmuzzu. Zwillinge haben mich gelehrt, dass dies hier der verkehrte Platz für mich war.«

Der alte Mann hat wieder mit seiner Erzählung begonnen, dabei sieht er unverwandt seinen Enkel an, und ihm bricht es fast das Herz. Im Montanvalle scheint wieder die Sonne und der Himmel ist so tiefblau, dass er beinahe künstlich wirkt. Der Alte betrachtet den Himmel, den er so liebt, und da erhebt sich plötzlich der Wind. Und der Singsang des Großvaters geht weiter: »Damals war der Himmel genauso blau wie heute. Ich hatte den ganzen Tag auf dem Land des Fürsten gearbeitet. Es war Zeit, die Oliven abzuschlagen, und es gab nicht genug Hände, so viele Olivenhaine gehörten ihm. Die dicksten Früchte legte man in großen Krügen ein, um sie reifen zu lassen und dann zu zerdrücken, damit der Stein herauskam, und sie später zusammen mit einem Kanten Brot zu essen. Dazu ein bisschen Käse, einige getrocknete Feigen und ein paar irgendwo geklaute Bohnen, denn bei uns war Schmalhans Küchenmeister.

Wir litten Hunger, Mimmuzzu. Damals hatte es einen Krieg gegeben, so schrecklich wie alle Kriege, und er hatte Menschen verschlungen und nur verbrannte Erde hinterlassen.

Der Olivenhain, in dem ich arbeitete, lag in der Nähe des unteren Teils von Villabosco. Und da ich Lust auf einen Teller warme Suppe hatte, wollte ich nach Hause gehen. Als die Glocken zwölf Uhr schlugen, hörte ich auf zu arbeiten und marschierte los.

Ich hielt an der Tränke von Annivina an, denn ich war sehr durstig und dieses kühle Wasser aus den Bergen war wie ein Geschenk des Himmels.

Jeden Morgen kamen die Frauen dorthin, um ihre Wäsche zu waschen. Eine von ihnen, sie hieß Turidda, hatte einen ganz dicken Bauch. Die Ärmste war schwanger. Ich konnte kaum mit ansehen, wie sie mit der doppelten Last zur Kirche hinaufwankte, vorne der Bauch und auf dem Kopf die nasse Wäsche, deshalb bot ich ihr an, den Korb für sie zu tragen.

Als hätte mein Herz zu mir gesprochen, Mimmuzzu!

Sie ging voraus und ich folgte ihr, da sah ich, wie sie sich krümmte und sich keuchend die Hände in die Nieren stemmte. Ihre Finger waren rot und die Füße geschwollen. Mit Gottes Hilfe erreichten wir ihre Wohnung, ein so elendes Loch, dass es gar nicht zu beschreiben war. Als ich die Tür öffnete, saßen da vier kleine Würmchen mit Rotznasen und schmutzverkrusteten Händen und spielten inmitten all des Ungeziefers. Der Kleinste von ihnen stand auf und tappte unsicher auf seine Mutter zu, als sie sich gegen die Wand lehnte und schrie: ›Oh Mutter Maria, so hilf mir doch!‹

Ich begriff nichts. Sie krümmte sich vor Schmerzen und brüllte. Daraufhin kamen zwei, drei oder auch zehn Frauen.

Und ich lief hin und her und Turidda schrie, und daneben saßen die Kleinen mit so schmutzigen Gesichtern und hungrigen Augen, dass es mir vor Mitleid schier das Herz abdrückte.

›Schnell, Junge‹, sagten die Frauen zu mir, ›hol den Arzt, denn Turidda hat Wehen.‹

›Sie braucht jetzt die Hebamme‹, sagten sie noch.

Da rannte ich los und holte den Arzt, der gerade beim Essen war. Ein herzensguter Mensch. Er ließ den Hühnerschenkel liegen und kam mit mir. Und das war Turiddas Glück.

Die Hebamme, die eine Weinfahne hatte, brüllte alle an, sie sollten still sein. Es daure eben etwas, bis das Kleine zur Welt komme.

Der Arzt, Dottor Saru Cantalupo, jagte sie schimpfend aus dem Zimmer, dann sah er sich Turidda an. Die arme Frau wirkte mehr tot als lebendig. Und dann holte der Doktor ein Baby aus ihr heraus, das war ganz dunkel angelaufen.

›Schnell! Ich brauche kaltes Wasser!‹, ordnete Doktor Saru an. Und die Frauen brachten ihm ohne Murren sofort das Verlangte. Er tauchte dieses Stück totes Fleisch, das wie ein Baby aussah, wieder und wieder in die Kupferwanne voll Wasser, bis der Kleine endlich weinte. Die Mutter lag wie tot da, die Nachbarinnen schrien durcheinander, und mir zitterten die Knie, als wären sie aus Pudding.

Der Doktor nahm den Kleinen an den winzig kleinen Füßchen, den Kopf nach unten, und klopfte ihm auf das magere Hinterteilchen, einmal, zweimal, zwanzigmal. Dann endlich schrie das Kind und die Nachbarinnen riefen: ›Ein Wunder, *dutturi*, ein Wunder!‹

›Ach, von wegen Wunder. Er wäre besser gestorben‹, sagte der Arzt bitter und kauerte sich noch einmal vor Turiddas geöffneten Schoß.

›Los, Turidda, du musst pressen, da ist noch einer.‹

Bestürztes Schweigen.

Noch ein weiteres Maul, das man füttern musste?

Doch wenn das Unglück an die Tür klopft, gibt es kein Entrinnen.

›Vertrauen wir auf unsere heilige Jungfrau Maria, wo sechs satt werden, reicht es auch für acht‹, sagte schließlich eine der Nachbarinnen.

Doch wer wurde hier schon satt?

Höchstens die Flöhe.

Turidda kam wieder zu Bewusstsein, sie presste und presste, und dann kam noch so ein kleines dunkles Ding aus ihr heraus, das der Doktor wieder in kaltes Wasser tauchte und ihm auf den Hintern klopfte, bis es schrie.

Zwillinge, Mimmuzzu, zwei unglückliche Söhne dieses Bodens, der dem Hunger geweiht war.

Dottor Saru schickte mich in sein Haus. ›Lass dir dort zwei schöne fette Hennen geben und bring sie hierher zu Turidda. Man soll ihr eine Brühe daraus kochen, die ist nahrhaft. Sie muss wieder zu Kräften kommen, wenn sie diese beiden Prachtkerle stillen will.‹

Da habe ich es begriffen, Mimmuzzu. Noch nie vorher ist mir so bewusst gewesen, wie armselig und ständig vom Hungertod bedroht unser Leben war. Wir waren ein paar Häufchen Elend mit leeren Augen, und da habe ich mir geschworen, ich würde meine Kinder nie inmitten von Dreck und Hunger großziehen.

Drei Tage später habe ich den Zug genommen. Meine Mutter raufte sich die Haare, mein Vater sah betreten auf die Spitzen seiner ausgetretenen Schuhe. Ich trug meinen mit einer Schnur umwickelten Pappkoffer in der Hand und wusste nur eines: Mein Sohn sollte in vier anständigen Wänden zur Welt kommen, in einem Bett mit sauberen Laken und nicht von einer betrunkenen Hebamme geholt werden.

Als ich aus Villabosco wegfuhr, wusste ich noch nicht, dass nur einer der Zwillinge es geschafft hatte. Der andere war noch am gleichen Abend gestorben. Der Glücklichere von beiden hieß Nofrio, Nofrio Falsaperla.«

IX

Bonanno parkte seinen Punto in der Nähe der Kapelle Santa Lidia Purpuraria. Die Lücke war eng, aber schließlich gelang es ihm doch noch, sich zwischen einem Jeep und einem Cinquecento einzufädeln. Eilig verließ er den Wagen. Die erste abendliche Dämmerung legte sich spielerisch über die alten Portale und zeichnete zitternde geometrische Muster auf die mit Lavagestein gepflasterten Gassen. Am Himmel leuchtete silbern der Mond.

Die Fassade der Kapelle aus dem siebzehnten Jahrhundert erhob sich majestätisch über den nun menschenleeren Straßen. Früher hatten die Frauen hier im Sommer die Tomaten tagelang in der Sonne trocknen lassen und Mark daraus gemacht. Und während die Frauen sich plagten, spielten ganze Scharen von Kindern in den Gassen Fußball. Bonanno sah sich noch einmal als kleinen Jungen, in kurzen Hosen, wie er keuchend auf das Fahrrad stieg, das sein Vater ihm bei einem seiner seltenen Heimatbesuche aus Deutschland mitgebracht hatte. Auf diesem Fahrrad war er durch alle Straßen und Gassen gefahren, hatte bis zum späten Abend draußen gespielt, wenn Donna Alfonsina schon die Gegend nach ihm absuchte und laut nach ihm rief. Doch diese Erinnerungen gehörten in eine andere Zeit, als das historische Zentrum noch mit Leben erfüllt war. Heute standen die meisten Häuser leer und die Dächer verfielen. Hier lebten nur noch alte Leute.

Bonanno fragte sich ein weiteres Mal, warum Rosalia sich ausgerechnet im alten, verlassenen Zentrum von Villabosco vergraben hatte. Es kam einem Sechser im Lotto gleich, wenn man hier einen Parkplatz fand, im Neubaugebiet dagegen gab es jede Menge freie Wohnungen und obendrein genug Parkplätze. In diesem modernen Viertel von Villabosco, das man völlig planlos hochgezogen hatte, hatten sich illegales Bauen und schlechter Geschmack durchgesetzt. Dort erinnerte nichts an die Romantik der alten Häuser in diesem Gewirr aus kleinen Gässchen, die von zeitlosen Dingen erzählten und vom Brot, das man sich im Schweiß seines Angesichts auf den Feldern verdienen musste.

Rosalia war eben eine Romantikerin, sie zog die ein wenig morbide, poetische Stimmung dieser Gassen den Annehmlichkeiten einer Wohnung im neuen Zentrum vor. Bonanno war zu ihr unterwegs, um ihr zu sagen, wie schön die Zeit mir ihr in dem Chalet am Ätna gewesen war. Er wollte ihr Gedanken anvertrauen, die nur für sie beide bestimmt waren. Wollte ihre Liebe spüren. Aber obwohl er ihr eigentlich so viel zu erzählen hatte, brachte er kein Wort heraus, als er dann vor ihr stand. Rosalia, die bereits Ausschau nach ihm gehalten hatte, öffnete ihm leichtbekleidet. Als er ihren weichen üppigen Körper spürte, überlief es ihn heiß. Er zog sie stumm an sich und küsste sie. Zum Reden blieb später noch genug Zeit. Eng umschlungen gingen sie zum Sofa und legten ihre Kleider ab. Dann liebten sie sich lange und atemlos, küssten sich wieder und wieder. Während er zwischen ihren Brüsten versank, konnte Bonanno nur eines denken: Sie ist meine große Liebe, nur sie, und er fühlte, wie sein Herz vor Freude überquoll. Wie lange war es her, dass er sich in Gesellschaft einer Frau so wohl gefühlt hatte?

Plötzlich kam ihm wieder seine Exfrau in den Sinn, und dieser Gedanke wirkte so beunruhigend und düster wie die dunkle Silhouette eines Raubvogels am blauen Himmel. Doch der Gedanke vermochte sein Glück nicht lange zu trüben. Bonanno liebte und fühlte sich geliebt, so wie er war – ein Maresciallo der Carabinieri mittleren Alters, mit einigen Kilos zu viel, ein Mann wie viele andere, mit wenigen, aber dafür gesunden Prinzipien. Auf der einen

Seite das Böse, auf der anderen das Gute, und er stand meist dazwischen und kämpfte, und nie waren die Dinge so klar, wie er es sich eigentlich gewünscht hätte.

Ein Mann und die Frau, die er liebte. »Was für eine schöne Überraschung, Liebster«, sagte Rosalia und zog sich wieder an. Nach dem Sex klang ihre Stimme immer rauer, sinnlicher, und ihre Augen glänzten wie Sterne am nächtlichen Augusthimmel.

Bonanno lächelte sie aus ganzem Herzen an. Seit sie in sein Leben getreten war, fühlte er sich wie ein neuer Mensch. Rosalia lächelte ein wenig schelmisch zurück, dann ging sie zu ihm, biss ihn zärtlich ins Ohr und zerzauste ihm spielerisch das Haar.

»Möchtest du einen kleinen Kaffee oder lieber einen Teller Spaghetti *aglio, olio e peperoncino*?«

»Muss ich mich unbedingt entscheiden?«

»Ist gut, lass mich nur machen, und entspann dich inzwischen. Den Kaffee trinken wir nach den Spaghetti und dann …« Sie beendete den Satz nicht, sondern knabberte nur zärtlich an seinem Doppelkinn. Auf Bonannos fleischigem Gesicht breitete sich ein seliges Lächeln aus. Er atmete tief durch. Rosalia überraschte ihn immer wieder mit diesen plötzlichen Zärtlichkeiten. Gott, wie fühlte er sich in diesen Momenten mit der ganzen Welt versöhnt! Kapellen, Bruderschaften und das Holzkreuz der heiligen Veronika konnten warten!

Zwei Minuten später, er rauchte gerade genießerisch seine unvermeidliche Zigarette, stieg ihm aus der Küche ein verlockender Duft in die Nase. Bonanno schloss die Augen und sog den Duft des Knoblauchs ein, der in der Pfanne briet, bis er goldgelb war, um dann der Petersilie Platz zu machen, die ebenfalls, mit einem Hauch Chili, in das brutzelnde Öl kam, und genoss schon die Vorfreude auf einen Teller Spaghetti mit altem Pecorino bestreut und dazu einen Roten aus Vallevera. Unter solchen wunderbaren Überlegungen nickte er entspannt und zufrieden ein.

Rasche, innige Küsse auf seine halb geschlossenen Lippen weckten ihn. Als Bonanno die Augen aufschlug, bat Rosalia ihn lächelnd zu Tisch. Ihm lief schon das Wasser im Mund zusammen. Ein Berg dampfender Spaghetti erwartete ihn. Und er stürzte sich sofort darauf. Erst als die Hälfte des Tellers leer und sein Magen schon einigermaßen gesättigt war, unterhielt er sich wieder mit Rosalia und versuchte, den roten Faden seiner Gedanken wieder aufzunehmen, den er im Rausch der Gefühle verloren hatte.

Sie sah ihn an und lächelte rätselhaft. Bonanno bemerkte dieses Glitzern in ihren Augen und begriff: Seine Rosalia hatte ein kleines Geheimnis vor ihm und konnte kaum erwarten, es ihm zu verraten.

»Warum lächelst du so?«

»Wer, ich?«

»Ich hab es doch gesehen, du siehst mich an und lächelst. Was verschweigst du mir?«

»Wie kommst du denn darauf …«

»Rosalì, ich kenne dich doch und ich sage dir, du verheimlichst mir etwas. Wollen wir wetten?«

»Worum wettest du?«

»Such dir etwas aus. Also, was hast du angestellt?«

Rosalia stand auf, ging um den Tisch herum, legte ihre Arme um seine kräftigen Schultern, und dann flüsterte sie ihm ins Ohr: »Heute Morgen habe ich deine Mutter kennen gelernt und wir haben Freundschaft geschlossen.«

Bonanno blieben die Spaghetti im Halse stecken. Er verdrehte die Augen und fühlte, wie sich eine Kralle in seinen Magen bohrte. Dann erstarrte er. Diese Möglichkeit hatte er – ganz bewusst – nie in Betracht gezogen. Er hatte nie einen Gedanken darauf verschwenden wollen, dass sich die beiden Frauen in seinem Leben in einem kleinen Nest wie Villabosco irgendwann über den Weg laufen mussten. Und er hatte keine Lust, deswegen mit seiner

Mutter, der energischen Donna Alfonsina, die unvermeidlichen Diskussionen zu führen. Schließlich war er beinahe vierzig und hatte nach all den schlimmen Erfahrungen in der Vergangenheit ein recht auf ein eigenes Leben. Ein Mann ist eben ein Mann.

Von wegen! Da konnte er sich lange etwas vormachen, aber wenn er ernsthaft darüber nachdachte …

Gegen Donna Alfonsina und seine Tochter Vanessa war jede Schlacht schon im Voraus verloren, das wusste er, deshalb hatte er auch nie über eine mögliche Begegnung zwischen Rosalia und seiner Mutter nachgedacht. Hätte er auch nur den leisesten Verdacht gehabt, das Treffen sei kein Zufall, sondern Rosalia habe es absichtlich herbeigeführt, dann hätte es ihm noch ganz anders im Magen gelegen.

»Bist du denn nicht glücklich darüber, Saverio?«, fragte Rosalia.

»Ich platze gleich vor Glück, sieht man das nicht?«

»Warum ziehst du so ein Gesicht? Macht dir das etwas aus? Schämst du dich für mich? Inzwischen wissen doch sowieso alle von unserem gemeinsamen Ausflug zum Ätna und dass du mich zu Hause besuchst …«

Was für ein Nest, hier brauchte man nur einen fahren zu lassen, und alle rannten ans Fenster, um zu sehen, woher das Geräusch kam.

Bonanno ließ die restlichen Spaghetti stehen und steckte sich eine an. Hastig zog er daran. Bald war Rosalias Wohnzimmer von Rauchschwaden erfüllt. Als er das Fenster öffnete, um zu lüften, traf ihn der Nordwind wie ein Schlag ins Gesicht. Also schloss er es sofort wieder. Rosalia saß stumm in einer Ecke und warf ihm einen verärgerten Blick zu.

»Sieh mich nicht so an … es macht mir nichts aus, dass ihr euch kennen gelernt habt, es ist nur so, ich wollte alles langsam angehen, bei meiner Mutter vorfühlen und ganz in Ruhe eine Begegnung zwischen dir und Vanessa planen. Sie ist doch noch ein Kind, und nachdem, was sie mit ihrer Mutter durchgemacht hat … vergiss nicht, Emma hat sie verlassen, als sie noch in den Windeln lag, und ist mit diesem Trapezkünstler durchgebrannt, mit dem sie sich jetzt Gott weiß wo herumtreibt.«

»Also darüber brauchst du dir keine Gedanken mehr zu machen, denn *deine* Tochter Vanessa hat *deine* Mutter begleitet«, erwiderte Rosalia gekränkt und betonte dieses »deine« absichtlich. Diese neue Situation ließ Bonannos bereits hochroten Kopf tiefviolett anlaufen. Lange, endlos lange Augenblicke blieb er mit offenem Mund stehen, völlig gelähmt, nur damit beschäftigt, Sauerstoff in seine nikotingesättigten Lungen zu pumpen. Er ließ sich auf den Sessel fallen, vergrub den Kopf zwischen den Händen und jammerte: »Es ist aus mit mir!« Rosalia kauerte stumm auf dem Sofa.

Schließlich konnte sie die übertriebenen Ängste ihres Geliebten nicht länger ertragen, deshalb sprang sie auf, riss die Wohnungstür weit auf und zischte wütend: »Tu mir einen Gefallen, Saverio, geh jetzt und verpeste diese Wohnung nicht länger mit deiner erbärmlichen Feigheit.«

Bonanno glaubte zunächst, sie nicht recht verstanden zu haben, doch als er die eisige Entschlossenheit in ihrem Blick und ihren ausgestreckten Zeigefinger sah, mit dem sie ihm deutlich zeigte, welche Richtung er jetzt einschlagen sollte, fragte er sie ungläubig: »Du wirfst mich raus?«

»Neben mir ist kein Platz für einen Feigling!«

Der Maresciallo war nicht gerade der Typ Mann, der eine solche Provokation schweigend hinnahm.

»Ich soll ein Feigling sein? Jetzt übertreibst du aber, Rosalia, ich erlaube dir nicht, ich …«

»So kannst du vielleicht mit *deiner* Tochter und *deiner* Mutter reden, wenn die sich das gefallen lassen …«, gab sie in schneidendem Ton zurück, doch ihre Stimme klang dabei tränenerstickt.

Bonanno war ein Hornochse. Und viel zu wütend, um zu begreifen, was er gerade anrichtete. Als er kurz danach auf der Straße stand, hatte der silberne Schein des Mondes für ihn all seine Romantik eingebüßt, die pittoresken Gassen von Villabosco hatten sich in schlichte, kleine Straßen verwandelt, in denen es nach Katzenpisse stank. Die Kirche aus dem siebzehnten Jahrhundert wirkte plötzlich nur noch verwittert und verfallen, in der Kapelle nisteten die Tauben und verdreckten sie mit ihrem Kot. Schäumend vor Wut trat er mehrmals gegen einen Reifen seines Wagens. Sogar der Mond schien ihn auszulachen.

Schließlich setzte sich Bonanno in seinen Punto und startete den Motor. Der Wagen fuhr ruckend an, doch dann trat er ganz plötzlich voll auf die Bremse und hielt. Er stieg eilig aus und rannte die wenigen Meter zum Haus zurück. Dort trommelte er mit den Fäusten gegen Rosalias Wohnungstür. Als sie ihm öffnete, nahm er sie in seine Arme und küsste sie. Doch sie löste sich von ihm und sah ihn aus vom Weinen geröteten Augen an.

»Verzeih mir, Rosalì, ich bin ein Vollidiot«, sagte er und wischte ihr zärtlich die Tränen ab.

»Du liebst mich nicht wirklich«, antwortete Rosalia wütend und bearbeitete seinen dicken Bauch mit ihren Fäusten.

»Das stimmt nicht, Rosalí, sag doch bitte so etwas nicht «, flehte Bonanno und hielt ihre kleinen, harten Fäuste fest. Ihre Fingerknöchel hatten schmerzhaft gegen seine Rippen getrommelt.

»Warum stellst du dich dann so an? Wir beiden sind zusammen, das weiß schließlich jeder hier.«

»Du kennst meine Mutter nicht!«

»Sie ist doch eine so liebe Frau. Genau wie deine Tochter, sie ähnelt dir.«

»Erzählst du mir jetzt, wie es zu der Begegnung kam?«

Endlich war das Eis zwischen ihnen gebrochen.

»Ich musste heute Nachmittag in den Supermarkt, um ein paar

Dinge einzukaufen. Während ich mit dem Wagen zwischen den Regalen herumbummelte, habe ich plötzlich eine alte Signora angefahren. Als sie sich umdrehte, um sich darüber zu beschweren, leuchteten ihre Augen plötzlich auf. Offensichtlich wusste sie von uns, und du Dummkopf machst dir noch so viele Gedanken! Wir haben einander angelächelt. Ich habe ihr die Hand geben wollen, aber sie hat mich gleich umarmt. Dann ist Vanessa dazugekommen. ›Die Signora ist eine Freundin deines Vaters, Schatz. Sie ist Sozialarbeiterin bei der Gemeinde und heißt Rosalia‹, hat deine Mutter gesagt. Sie wusste alles über mich, Saverio.«

»Und ich habe geglaubt …«

»Du bist wirklich naiv. Vanessa hat mich auch so eigenartig angeschaut, als sie auf mich zukam, und zu mir gesagt: ›Ich weiß ganz genau, wer du bist.‹ Und dann ist sie verstummt und ganz rot geworden. Sie wird etwas in der Schule gehört haben. Man redet über uns, mein Lieber. Du bist der Hüter der öffentlichen Ordnung und ich die Sozialarbeiterin, die von auswärts kommt, ein bisschen verschroben ist und sich in der Altstadt vergraben hat. Villabosco ist schließlich nicht New York. Wären wir uns heute nicht zufällig begegnet, hätte dich deine Mutter früher oder später doch auf mich angesprochen. Und was hättest du dann getan? Was hättest du ihr und Vanessa erzählt? Glaub mir, es war besser so, manchmal hilft der Zufall ein wenig nach. Wenn du einverstanden bist, organisiere ich für uns vier ein kleines Essen, backe eine schöne Torte für Vanessa und wir lernen uns besser kennen.«

Bonanno entspannte sich endlich und meinte: »Also gut, jetzt ist sowieso alles zu spät …«

Rosalia ging zu ihm und setzte sich auf seinen Schoß. Jetzt strahlte der Mond wieder am Himmel, die Kätzchen miauten fröhlich auf den alten Dächern der Steinhäuser und die Tauben gurrten.

Rosalia biss ihn zärtlich. »Ich habe dir doch gesagt, ich hab dich zum Fressen gern«, sagte sie. Und dann umarmten sie einander leidenschaftlich.

Bonanno kam spät nach Hause. Dort war es verdächtig ruhig. Alle schliefen. Er machte Licht in seinem Zimmer und kurz darauf zerriss ein Tarzanschrei die nächtliche Stille Villaboscos.

Donna Alfonsina sprang aus ihrem Bett und presste erschrocken eine Hand auf ihr Herz. Vanessa folgte ihr. Bonanno sprang aufgeregt im Flur umher und drohte fluchend, die Hunde umzubringen. Ringhio und Briciola hatten sich sein Bett als Liebesnest ausgewählt.

»Was willst du machen, finde dich damit ab, mein Sohn. Die arme Briciola ist trächtig und draußen war es ihr zu kalt.«

»Und wenn sie mein Bett in Beschlag nehmen, wo soll ich deiner Meinung nach schlafen? In ihrer verdammten Hundehütte?«, erwiderte Bonanno wütend.

»Für heute Nacht kannst du dich auf das Sofa legen und morgen sehen wir weiter«, sagte die alte Frau in versöhnlichem Ton und zog sich die Wollstola, die sie an langen Winterabenden selbst gestrickt hatte, enger um ihre Schultern.

»Zum Teufel mit dem Sofa! Jetzt knöpf ich mir die Biester vor und trete ihnen die Flöhe aus dem Fell!«

»Schluss jetzt, Savè! Es ist fast ein Uhr nachts und die Leute hier schlafen alle. Wenn du nicht immer so spät nach Hause kommen und stattdessen zu einer christlichen Uhrzeit ins Bett gehen würdest, könnten Ringhio und Briciola nicht dein Zimmer besetzen.«

Diese Worte fachten Bonannos Zorn noch an. Er packte Ringhio unsanft am Nackenfell und beförderte ihn aus dem Fenster, so wütend war er auf den Beweis seiner Zeugungsfähigkeit.

»Das hast du nun davon!«, knurrte er.

Dann hob er Briciola ganz sanft mitsamt seinem eigenen, angekauten, vollgehaarten Kopfkissen hoch und trug sie in die Hundehütte hinter dem Haus.

Nachdem er ihr kurz über den Rücken gestreichelt und Ringhio einen mörderischen Blick zugeworfen hatte, ging er ins Haus zurück. Dort sah er die beiden Frauen herausfordernd an und erklärte: »Und jetzt reden wir über Rosalia.«

Darauf hatten Großmutter und Enkelin nur gewartet. Sofort wurden beide wieder hellwach. Bonanno sprach ganz offen mit ihnen, über sich selbst und Rosalia, wie sie einander begegnet waren, als er in diesem furchtbaren Wiedehopf-Fall ermittelte, in dem es um ein weltweites Pädophilennetz und das Schicksal des armen Michelino gegangen war.

Er erzählte von Rosalia, erklärte, wie sie ihn auf den ersten Blick beeindruckt hatte, gestand seine Schuldgefühle ein, berichtete ganz spontan und ehrlich, wie sie sich ineinander verliebt hatten.

Bonanno redete mit seiner Mutter und seiner Tochter, wie er es noch nie getan hatte, ganz wie es ihm ums Herz war. Donna Alfonsina und Vanessa nickten nur schweigend dazu, hielten sich an den Händen, und je länger Bonanno erzählte, desto zufriedener sahen die beiden drein. Er war glücklich. Also gefiel ihnen Rosalia auch. Dieses Glücksgefühl ließ seinen Redeschwall, der sich sonst nur auf schulische und familiäre Probleme beschränkte, noch eindringlicher klingen. Diesmal ging es jedoch um ihn selbst. Und er redete mit den einzigen Menschen, die ihm neben Rosalia auf der Welt etwas bedeuteten, seiner Mutter und seiner Tochter. Er erzählte ihnen von Rosalia, die sein Herz erwärmt hatte, das schon zu lange kalt und einsam war.

Bonanno wurde bewusst, dass er schon viel zu lange erzählte, als sein Mund ausgetrocknet war wie ein Sumpf im August und sein Verlangen nach einer Zigarette sich deutlich meldete.

Donna Alfonsina bemerkte das. »Ich wünsche dir aus ganzem

Herzen alles Glück dieser Erde. Denk daran, was ein altes Sprichwort sagt: ›*Wenn die Liebe vor der Tür steht, lass sie herein.*‹ Der Herrgott soll dich und diese schöne junge Frau segnen.«

Vanessa schwieg, aber man merkte ihr an, wie glücklich sie war.

»Jetzt aber alle ins Bett, denn morgen Früh muss dieses kleine Fräulein hier zur Schule«, sagte Donna Alfonsina und erhob sich. Dann gingen sie und Vanessa jeweils in ihre Zimmer.

Bonanno wurde es warm ums Herz. Er öffnete ein Fenster und rauchte eine Zigarette. Sein Blick schweifte bewundernd über den leuchtenden Sternenhimmel, er betrachtete den Großen Wagen und dachte dabei an Rosalia, die sich jetzt in die nach ihr duftenden Laken kuschelte und schlief. Er kannte dieses Bett inzwischen so genau wie ihren warmen Körper, von dem er nie genug bekommen konnte. Der Maresciallo war eben bis über beide Ohren verliebt.

Nach einem letzten Blick auf die funkelnden Sterne warf er die Kippe seiner Zigarette weg, die einen Moment lang eine glühende Spur durch die Luft zog. Bevor er wieder ins Haus ging, sah er nach den beiden Hunden. Jetzt fühlte er sich im Einklang mit der Welt und Nofrio Falsaperlas Tod unter dem Holzkreuz schien ihm weit weg und gar nicht in diese nächtliche Stille zu passen. Die Düfte, die durch die Nacht wehten, sprachen zu seinen wachen, empfänglichen Sinnen nur von Rosalia. Er war ganz von ihr erfüllt.

Sein Zorn auf Ringhio hatte sich durch die romantischen Gefühle, in denen sein Herz versank, ebenfalls gelegt. Briciola war eine wunderschöne, liebe Hündin und Ringhio eben ein ganz normaler Hundemann. Und obendrein Sizilianer.

Jetzt war Bonanno endlich bereit, ins Bett zu gehen und zu schlafen. Da bemerkte er Vanessas kleinen Teddy unten auf dem Boden. Wie war der bloß in sein Zimmer gekommen? Bonanno traute seinen Augen nicht, als er jetzt erkennen musste, dass Vanessa mit Donna Alfonsinas Wissen Ringhio und Briciola zum Schlafen wieder in sein Bett gelegt hatte!

Doch dann kapitulierte er seufzend, schließlich war seine Tochter ja ein armes Mädchen, das ohne Mutter aufwachsen musste, und seinen Kindern sollte man schließlich Liebe und Aufmerksamkeit schenken. Er würde sich in seinen wundervollen, tröstlichen Gedanken durch nichts stören lassen. Alles war im Moment so großartig und schön. Bonanno ging ins Wohnzimmer, wo Donna Alfonsina schon sein Bettzeug aufs Sofa geworfen hatte. Nachdem er sich ausgezogen hatte, schlüpfte er in seinen blauen Lieblingsschlafanzug mit den grauen Streifen, hob die Decke an und … auf einmal war er wieder hellwach und zog die Augen zu wütenden Schlitzen zusammen: Auf dem weißen Laken breitete sich eine übelriechende gelbliche Pfütze aus.

Bestialisch fluchend schwor er sich, morgen mit Ringhio abzurechnen!

X

Nicht nur Ringhio brachte ihn am frühen Morgen auf die Palme, sondern auch sein Horoskop. Denn dort musste er lesen: *»Aufdringlichkeit und Überheblichkeit verleiten Sie dazu, nicht auf die Meinung anderer zu hören, die Ihnen helfen könnten, Fehler zu vermeiden. Sie entscheiden sich erst, sich Ihrer Verantwortung zu stellen, wenn es zu spät ist.«*

Bonanno war fest entschlossen, sich Ringhio vorzuknöpfen und am besten auch gleich den, der einen morgens mit solchen Vorhersagen begrüßte.

Als Bonanno mit gerunzelter Stirn und im Sturmschritt sein Büro betrat, fiel ihm sofort Steppanis Bericht auf, der neben einer kurzen, mit der Hand geschriebenen Nachricht auf seinem Schreibtisch lag. Bonanno taten alle Knochen weh. So kreuzlahm, wie er vom Schlafen auf dem Sofa war, auf dem er sich hatte zusammenkrümmen müssen, ließ ihm der Bericht das Blut in den Kopf steigen, und ein wütender Fußtritt traf seinen Bürostuhl, der daraufhin durch das Zimmer rollte.

Das war kein Bericht, sondern eine ganze, mit Schreibmaschine geschriebene Akte, und das auch noch doppelseitig. Der Brigadiere hatte sich einen Scherz mit ihm erlaubt. Erbost nahm Bonanno das Telefon und brüllte »Schick mir sofort Steppani her!« in den Hörer.

»Guten Morgen, Maresciallo, zu Befehl!«, antwortete der Mann in der Telefonzentrale. Wenn sein Vorgesetzter diesen Ton anschlug, widersprach man ihm besser nicht.

Bonanno rauchte und dachte nach.

»Das war kein Unfall, Maresciallo! Nofrizzu wurde ermordet!«

Das zerknitterte Papier schien ihn höhnisch anzustarren. Unsanft griff er sich den Bericht. Am liebsten hätte er stattdessen Steppanis Hals zwischen den Fingern gehabt. Während Bonanno die ersten Zeilen überflog, genoss er schon die Vorfreude darauf, seinen Untergebenen über kleiner Flamme zu rösten. Er hasste diese Art von Übereifer bei Steppani, der doch genau wusste, dass Bonanno nicht gern las oder schrieb. Das hatte er absichtlich getan. Ganz bestimmt.

»... und die Verwendung von zwei Ausrufezeichen zeigt ganz klar, dass der Brief von einer Frau geschrieben wurde. Aus den Anführungszeichen am Anfang und Ende des Satzes ist ersichtlich, dass sie über ein wenig höhere Bildung verfügt. Dass es sich mit an Sicherheit grenzender Wahrscheinlichkeit um eine junge Frau handelt, wegen der direkten Art, mit der sie sofort zum Thema kommt und aufgrund der Tatsache, dass das Wort Maresciallo kleingeschrieben ist. Ältere Menschen neigen dazu, Titel großzuschreiben, wenn sie sich an die Behörden oder Staatsvertreter wenden, wie in diesem Fall an den Maresciallo, Jüngere verwenden da eher die Kleinschreibung.

Außerdem hat der Verfasser des Briefes etwas zu verbergen, das merkt man nicht nur daran, dass er anonym schreibt, sondern auch an der absichtlichen Verwendung von Dialekt.

Es ist ganz offensichtlich, dass er gezielt dialektale (Jetzt kommt der auch noch mit dialektal, warte nur Steppani, na, du kannst was erleben!) *Wendungen benutzt, um den Leser – in diesem Fall das Corps der Carabinieri – an der Nase herumzuführen und ihn glauben zu machen, es handele sich hier um eine eher ungebildete Person, obwohl der überaus korrekte Gebrauch einer eher umgangssprachlichen Sprachebene vermuten lässt, dass die Verfasserin des Briefes über ausgeprägte idiomatische Fähigkeiten verfügt ...«*

Was zum Teufel hieß hier dialektal und idiomatisch? Steppani hatte sich Schlimmeres verdient, als über kleiner Flamme geröstet zu werden. Bonanno brüllte den Telefonisten an, er solle sofort den Brigadiere ausfindig machen, und überflog inzwischen weiter den Bericht.

»Die ausgezeichnete Beherrschung der Orthografie unterstützt weiterhin die oben genannte Vermutung, und obwohl die betreffende Person weder einen Computer noch eine Schreibmaschine verwendet hat, kann man zu Recht annehmen, dass die Verfasserin des Briefes zwar jung, aber kein junges Mädchen mehr ist, wahrscheinlich handelt es sich um eine verheiratete Frau, die nicht berufstätig ist, oder eine Person, die einer manuellen, keinesfalls geistig anspruchsvollen Tätigkeit nachgeht.«

Der Bericht setzte sich mit einer Analyse der einzelnen Worte fort, der Benutzung und der Bedeutung der Ausrufezeichen, der psychologischen Wirkung dieser Nachricht auf den Empfänger, dass die Verfasserin des Briefes den Maresciallo entweder direkt oder vom Hörensagen kennen musste und so weiter in diesem Stil.

»Schlussfolgerungen: Der Brief wurde von einer Frau im Alter zwischen zwanzig und vierzig Jahren geschrieben, die etwas zu verbergen hat. Wir wissen zwar noch nicht, was es ist, aber aus irgendeinem Grund möchte sie, dass wir in Nofrio Falsaperlas Tod ermitteln, den sie bestimmt gut gekannt hat, so gut, dass sie ihn hier Nofrizzu nennt. Welche Beziehung bestand zwischen ihr und dem Präsidenten der Bruderschaft? Die Antwort auf diese Frage muss zwingend geklärt werden, um die Verfasserin des Briefes zu identifizieren.«

Je weiter er den Bericht las, umso mehr musste Bonanno seine Meinung revidieren und wohl oder übel zugeben, dass Steppani tatsächlich ausgezeichnete Arbeit geleistet hatte. Na ja, Rom blieb immer noch Rom, sagte er sich, das war etwas anderes als diese Ansammlung von Nestern hier, die sich wie eine Schafherde an den Hängen des Montanvalle ausbreiteten, über denen im Winter der Nebel oft wie eine Wolldecke hing und wo einem im Sommer die Augusthitze so an der Haut klebte, dass man kaum atmen konnte.

Steppani wusste genau, dass er Bonanno mit seinem Bericht einen K.-o.-Schlag verpasst hatte und deshalb ließ er sich jetzt Zeit. Der Mann in der Telefonzentrale hatte, ihn gefunden, aber er trödelte absichtlich. Es hatte ihn viel Mühe und ein stundenlanges Telefongespräch mit Jessica gekostet, diese Analyse aufzusetzen. Als er sie überraschend zu Hause in Rom anrief, hatte sich die Kleine erst mal lange in nostalgischen Erinnerungen an ihre schöne gemeinsame Zeit geschwelgt und Steppani musste vortäuschen, dass in ihm wieder unersättliche Leidenschaft aufgeflammt war. Dann setzte er noch einen drauf: Leider könne er nicht das nächste Flugzeug nach Rom nehmen, wie er gerne gewollt hätte, weil sie da so einen leidigen Mordfall hätten. Er müsse einen anonymen Brief analysieren, der ihm den Schlaf raube. Jessica hatte den Köder gleich geschluckt, sich das Ganze zufaxen lassen und ihm zwei Stunden später diesen großartigen Bericht zurückgeschickt, den Steppani, ohne Zeit zu verlieren, abgetippt und gut sichtbar auf Bonannos Schreibtisch platziert hatte. Als er sich vorstellte, was für ein dummes Gesicht der Maresciallo machen würde, hatte er innerlich gejubelt. Das hatte er davon, wenn er ihm so nervige Aufgaben zuschob.

Steppani erschien diesmal ohne den üblichen Espresso in Bonannos Büro. Er wusste, dass er Oberwasser hatte, und wollte seinen Sieg auskosten. Also klopfte er forsch und betrat das Zimmer, ohne auf ein Herein zu warten. In seinen frechen Augen lag ein teuflisches Funkeln. Er beglückwünschte sich zu seiner Idee, aber kaum war er im Zimmer, wurde er blass, denn er sah, wie Bonanno Cacici ausquetschte, der ihm Wort für Wort bestätigte: »Jawohl, Maresciallo! Der Brigadiere hat eine geschlagene Stunde mit Rom telefoniert, dann hat er ein Fax geschickt, aber mehr weiß ich nicht, denn um acht Uhr abends war mein Dienst zu Ende. Der Kollege Esposito hat mich abgelöst.«

Diese Petze verdient, dass ihr die Zunge für immer gelähmt bleibt, dachte Steppani zornig.

»Ich danke dir, Cacì, du kannst jetzt gehen. Ach, Steppani, du bist da? Bitte setz dich, ich muss dir gratulieren, du hast wirklich ausgezeichnete Arbeit geleistet«, sagte Bonanno. Doch sein Tonfall ließ nichts Gutes ahnen.

Steppani schluckte schwer, seine Beine waren weich wie Pudding geworden. Bonanno war ein durchtriebener Mistkerl, den man keineswegs unterschätzen durfte. Nicht umsonst war der Maresciallo insgeheim Steppanis großes Vorbild.

»Das nächste Mal darfst du nachts Streife fahren, und zwar sechs Monate lang, und dann ist mir ganz egal, ob du Brigadiere bist. Was zum Teufel fällt dir ein, die Sachen nach Rom zu schicken? Hatte ich dir nicht gesagt, du solltest mit keinem Menschen darüber sprechen? Der Fall Falsaperla ist offiziell abgeschlossen! Was hast du dir eigentlich dabei gedacht, zu telefonieren und dieses Fax zu schicken?«

»Maresciallo, Sie haben mir befohlen …«

»Ich weiß noch ganz genau, was ich gesagt hab. Mach eine Kopie von dem Brief, und weh dir, wenn du auch nur ein Sterbenswörtchen darüber verlierst, besonders dem Capitano oder Marcelli gegenüber. Die Ermittlungen im Fall Falsaperla lagen und liegen offiziell in der Hand des Capitano. Das habe ich dir gesagt, und bis zum Beweis des Gegenteils handelt es sich um Tod durch Unfall, und bei den Carabinieri geht man anonymen Hinweisen nicht nach, verstanden? Was fällt dir eigentlich ein? Jetzt pfeifen es die

Spatzen vom Dach, dass wir ermitteln, und du wagst es noch, dich Carabiniere zu nennen?«

»Ich, äh ...« Steppani wusste nicht, was er sagen sollte. Bonanno war außer sich vor Wut.

»Du sagst mir jetzt sofort, was passiert ist, sonst wirst du dir wünschen, niemals geboren zu sein.«

Steppani erzählte ihm alles. Wenn Bonanno einen mit solchen Blicken durchbohrte, spielte man besser nicht den Schlauen.

»Und diese Kleine, die sich so intensiv mit deinem Unterleib beschäftigt hat, versteht wirklich was von psychologischer Grafologie?«

»Sie war die Beste im Kurs, Maresciallo«, bestätigte Steppani.

»Glaubst du, es stimmt, was sie schreibt?«

»Wenn Sie wollen, fliege ich kurz nach Rom und frage sie persönlich.«

»Steppani, weißt du eigentlich, warum ich dich immer noch hierbehalte und dich nicht in irgendein gottverlassenes Nest versetzen lasse? Weil ich mir irgendwann mal meinen Herzenswunsch erfüllen will und dich so richtig reinlege!«

»Das war doch nur Spaß, Maresciallo! Jessica hat eine schnittige Karosserie, aber auch einen scharfen Verstand! Ich wollte Sie nicht auf den Arm nehmen, Maresciallo. Nein, ich habe mich an Jessica gewandt, um möglichst schnell möglichst viele Informationen zu bekommen, im Namen unserer alten, nennen wir es mal Freundschaft während des Kurses.«

»Halt die Klappe, Steppà, und antworte mit Ja oder Nein auf meine Frage: Ist das, was die Kleine da schreibt, zuverlässig?«

»Hundertprozentig!«

»Dann müssen wir also herausfinden, wer die Frau mit der Nachricht ist. Hast du dir übrigens die Liste der Tatzeugen beschafft, Steppani?«

»Ja, hier ist sie«, meinte Steppani und holte die Blätter heraus, auf denen seine Kollegen, die nach dem Unfall in die Kapelle gerufen wurden, die Namen aller Anwesenden notiert hatten.

»Was, die waren alle dort? Wie viele sind das?«, fragte Bonanno beeindruckt von der ellenlangen Liste.

»Die ganze Bruderschaft und andere Leute, die nichts Besseres zu tun hatten, als sich die Proben anzusehen«, erwiderte Steppani.

»Die auch noch!«

Steppani zuckte nur seufzend mit den Schultern. Bonanno zündete sich eine Zigarette an und nahm ein paar lange Züge, während der Qualm sie beide schwer und drückend einhüllte.

»Und da war nicht zufällig die eine oder andere Signora im Alter zwischen zwanzig und vierzig?«

»Das habe ich überprüft, Maresciallo, negativ.«

»Wäre auch zu schön gewesen! Gut, Steppani, du kannst gehen.«

»Brauchen Sie vielleicht doch noch etwas?«

»Einen Kaffee, wenn es dir nichts ausmacht.«

»Ich meinte, was den Fall betrifft.«

»Der Fall ist abgeschlossen, Steppà, wie oft muss ich dir das noch sagen?«

»Verstanden. Dann bringe ich Ihnen den Kaffee«, sagte Steppani, Bonannos rechte Hand, und verließ den Raum.

Bonanno dachte nach. Wenn er irgendetwas über die Geschichte herausbekommen wollte, musste er in die Kapelle und direkt am Ort des Geschehens suchen. Doch wenn er überall Fragen stellte, war es mit der Geheimhaltung vorbei. Nein, er musste einen anderen Weg finden, um an Informationen zu kommen. Er fuhr sich mit der Hand über das Haar und plötzlich lächelte er. Ja, so konnte es gehen.

Fofò Scibetta, der Schatzmeister der Bruderschaft, war Friseur und Barbier. Bonanno parkte seinen Punto direkt vor seinem Salon, auf dessen Schaufensterscheibe der Schriftzug »Coiffer pur homme Fofò« prangte. Bonanno drehte sich der Magen um, als er die obendrein falsch geschriebene französische Berufsbezeichnung vor einem zutiefst sizilianischen Namen lesen musste. Warum hießen Handwerksbetriebe und Geschäfte heute eigentlich nicht mehr so, wie es sich gehörte?

Selbst in Villabosco merkte man die Auswirkungen des Fortschritts und der Globalisierung. Die Metzgerei in der Via Paradiso hieß jetzt »Fleischboutique«, auf dem Schild der Tierhandlung stand »Animal House«, und sogar der Sargtischler war jetzt ein »Kunsthandwerker für Holzummantelungen«. Bonanno gestand sich seufzend ein, dass er diese Vorliebe für ausländische Namen nicht begriff. Fofòs Laden war der klassische, mit der Zeit ein wenig altmodisch und schäbig gewordene Friseursalon. Drei nach hinten kippbare Stühle aus Kunstleder vor der Arbeitsplatte aus verblasstem Marmor, in die drei Waschbecken eingelassen waren. Ein großer Spiegel vervollständigte die Ladeneinrichtung. Auf zwei dunklen Ledersofas saßen ein paar Kunden und warteten, dass sie an die Reihe kamen.

»Guten Tag, dauert es lange?«, fragte Bonanno.

»Ich grüße Sie, Maresciallo. Eine knappe Stunde, denke ich«, antwortete der »Coiffer pur homme«. Er war erschreckend dünn und wirkte mit seinem spitzen, langen Gesicht, den wachen, lebhaften Augen und einer Nase, die jederzeit Gefahr wittern konnte, wie ein Frettchen. Er hätte schwören können, dass Maresciallo Bonannos Besuch, der vor dem Unfall mit dem Holzkreuz noch nie seinen Laden betreten hatte, kein Zufall war.

Bonanno sah auf die Uhr: »Gut, dann komme ich um zwölf Uhr wieder.«

»Wie Sie möchten, dann sind normalerweise keine Kunden da.«

»Der war bestimmt nicht zufällig hier, sondern sucht etwas ganz Bestimmtes, und da hat man besser keine Zeugen«, dachte Fofò, und der Gedanke beunruhigte ihn so sehr, dass er zu stark aufdrückte und den Kunden, den er gerade rasierte, am Kinn schnitt.

»Was zum Teufel machst du da, Fofò?«, beschwerte der sich und legte die Finger auf die Wunde.

»Ich bin mit dem Rasiermesser ausgerutscht, lass, ich tue dir ein blutstillendes Mittel drauf«, sagte Scibetta, während er dem sich entfernenden Bonanno nachblickte.

Bonanno stieg wieder in seinen Punto und nahm die Straße nach Bonanotti, dann bog er in Richtung des Ortes ab, an dem er in Ruhe nachdenken konnte. Er liebte diese Landschaft, in der es nun grünte und blühte und wo der Himmel so klar war, und vor allem seinen kahlen Hügel. Seinen absoluten Lieblingsplatz. Er setzte sich auf den Boden und lehnte sich mit dem Rücken gegen seinen Punto. Dann atmete er die prickelnde frische Luft in tiefen Zügen ein und berauschte sich daran gleichermaßen wie an der herrlichen Aussicht. Hier oben fühlte er sich stets im Einklang mit sich und der Welt. Eigentlich genügte doch so wenig, um glücklich zu sein, und bis auf die Ermittlungen über Falsaperlas Tod war Bonanno im Augenblick sehr zufrieden. Seine Mutter hatte die Nachricht von seiner Affäre mit Rosalia viel besser aufgenommen, als er es sich vorgestellt hatte, und sogar Vanessa hatte keine Zicken gemacht. Manchmal meinte es der Himmel doch gut mit ihm.

Eine Affäre? Nein, das stimmte nicht: Er war noch verrückter nach Rosalia als Steppani nach schnellen Autos. Wenn er mit ihr zusammen war, ging es ihm gut, und schon der Gedanke an sie beflügelte ihn. Liebe konnte so wundervolle Gefühle erwecken! Der Himmel wirkte wie von einem Geflecht aus Silberfäden durchzogen, die gesamte übrige Welt verblasste. Endlich hatte er seine Probleme hinter sich gelassen und fühlte sich wieder wie ein richtiger Mann. Vor seinen Augen lief ein Film ab, der ihm sein künftiges Leben zeigte, mit ihm und Rosalia in den Hauptrollen.

Er würde im Nebenraum dieses netten kleinen Restaurants im Viertel Sparaciparrinu ein Essen organisieren, bei dem sich die Frauen näher kennen lernen sollten. Mit Blumen in Hülle und Fülle auf dem Tisch und reichlich zu essen. Alle würden glücklich sein, einander verständnisvoll anlächeln, er würde Rosalias Hand halten, Vanessa würde in ihre Arme fliegen und sich streicheln lassen. Die arme Kleine, er hatte es ihr zwar nie gesagt, doch er hatte immer ein schlechtes Gewissen gehabt, weil sie ohne Mutter aufwachsen musste. Aber die Schuld daran trug doch wohl Emma, so hieß die Frau, die lieber mit Akrobaten und Löwenbändigern lebte. Deshalb war sie mit einem muskulösen Trapezkünstler durchgebrannt und hatte sie beide allein sitzen lassen.

Von ihr hatte er nur eine Adresse, die sie ihm in dem einzigen, kurzen Brief, nachdem sie ihn verlassen hatte, gegeben hatte: »Wenn Vanessa mich braucht, schreib an dieses Postfach.« Worte, nichts als leere Worte. Natürlich hatte Vanessa sie gebraucht, wenn sie sie nachts vermisst und still ihr Kissen nass geweint hatte und sich tagsüber suchend nach ihr umsah. Aber sie war noch zu klein gewesen, um das alles zu begreifen. Und hatte sich deshalb langsam daran gewöhnt, dass Donna Alfonsina ständig bei ihnen lebte. Vanessa nannte sie zwar Mama Fofina, aber schon in der ersten Grundschulklasse, als sie alle anderen Kinder mit ihren jungen, lächelnden Müttern sah, hatte sie eines Abends gefragt: »Warum habe ich denn keine Mama?« Und Bonannos Herz hatte sich schmerzhaft zusammengekrampft, er hatte die Tränen hinuntergeschluckt und sich plötzlich ganz klein gefühlt. Er war beinahe an seinen Schuldgefühlen erstickt, und ein dumpfer Schmerz, der ganz tief aus seinem Inneren hervorbrach, war in seinem Kopf explodiert. Er hatte sich in seinem Zimmer eingeschlossen, Stift und Papier genommen und Emma einen Brief voller Beleidigungen und Beschimpfungen geschrieben. Darin hatte er die Scheidung verlangt. Jahrelang hatte er gewartet, in der Hoffnung, sie würde zu ihm zurückkehren, doch sie hatte sich nie mehr gemeldet. Nun reichte es ihm. Da war Vanessa in sein Zimmer gekommen und hatte schniefend gefragt: »Was tust du da, Papa? Warum weinst du denn?« Er hatte sie fest an sich gedrückt und sich im Stillen geschworen, sie nie allein zu lassen, und als sie endlich eingeschlafen war, hatte er den Brief zur Post gebracht. Einige Monate danach waren er und Emma zwar offiziell getrennt, doch es war nie zur Scheidung gekommen. Emma hatte nie eingewilligt, und er war zu niedergeschlagen gewesen, um ihr nachzujagen.

Er hatte sein Versprechen Vanessa gegenüber gehalten, aber nun hatte sich die Situation geändert, denn Rosalia war in ihr Leben getreten. Sein Anwalt sollte einen Brief an Emma aufsetzen. Er wollte einen klaren Strich unter die Vergangenheit ziehen.

Bonanno rauchte schweigend. Langsam wurde er zu romantisch. Während er weiter die Aussicht betrachtete, grüßte er einen alten Mann, der auf dem Rücken eines Maulesels zwischen Dornengebüsch, Brombeersträuchern, Mandelbäumen und Feigenkakteen hindurchritt. Er wirkte wie ein Postkartenmotiv aus den Fünfzigerjahren. In der Ferne pustete der Ätna unschuldig wirkende, weiße Rauchwölkchen in den Himmel.

Bonanno schaute auf seine Uhr und stand eilig auf, denn die Stunde war um. Der »Coiffer« Fofò Scibetta, Schatzmeister der Bruderschaft »Purissimo e Preziosissimo Volto del Nostro Signore«, erwartete ihn.

XI

Das war am 11. November 1955, Mimmuzzu, am Tag des heiligen Martin. Aber als ich Villabosco verließ, kannte ich nur seinen Namen und wusste, dass man dann die Fässer mit dem neuen Wein öffnete.

Die Bauern schufteten von morgens bis abends auf ihrer Handbreit Boden, den Latifundien, die sie mit Zähnen und Klauen den ehemaligen Gutsbesitzern abgetrotzt hatten. Das Gesetz hatte sie ihnen zwar zugesprochen, aber die ehemaligen Herren wandten sich an die Mafia, um ihr Eigentum zu verteidigen, und die vertrieben die Bauern mit Drohungen und Mord. Es hatte Auseinandersetzungen gegeben, und dann hatten die Bauern das Land besetzt. Ein Menschenheer mit hungrigen Augen traf auf Handlanger der Mafia. Sie hielten das Land wochenlang besetzt. Die armen Bauern hatten an den Hackenstielen rote Fahnen gehisst und sagten: ›Wir gehen hier nicht weg.‹ Dann war der Präfekt erschienen und hatte ihnen das Land offiziell übergeben, doch das Schießen und Töten hörte damit nicht auf. Da war ein kleiner Junge namens Turiddu Carnevale, er wurde in jenem Frühling ermordet. Die Mafiosi schossen ihm mit einer abgesägten Schrotflinte fünfmal ins Gesicht. Was waren das für Zeiten, Mimmuzzu! Du weiß ja nicht, was das Wort Hunger bedeutet, aber wer damals überleben wollte, musste wie ein Sklave schuften bis zum Umfallen.

Ich wollte ein besseres Leben, deshalb verließ ich am Martinstag Villabosco. Es dauerte Jahre und kostete deine Großmutter – Friede ihrer Seele – viel Geduld, bis ich begriff, dass hinter dem Namen Martin ein Junge stand, so einer wie du. Dieser Junge wurde später Soldat, und als er einen frierenden Bettler traf, zögerte er nicht, seinen Mantel zu zerschneiden und ihn diesem Unglücklichen zu geben, damit er sich vor der Kälte schützen konnte, was ihn vor dem Erfrieren rettete.

Deine Großmutter Maria war gebildet, sie hatte die Schule besucht und vertraute mit ihrem ganzen, leider so kranken Herzen der heiligen Mutter Kirche. Sie trug den Glauben wirklich in sich, nicht so wie manche Moralprediger, die zum Gottesdienst gehen und denen insgeheim nur Groll im Herzen wohnt. Deine Großmutter verehrte die Madonna von Fatima. Und sie erzählte mir von den drei Hirtenkindern mit dem reinen Herzen, denen die Madonna drei Geheimnisse anvertraut hatte. Nur die Unschuldigen zählen für diejenigen, die dort oben bei den Engeln wohnen, wenn sie auf die Erde hinabsteigen, um mit uns gemeinen Sterblichen zu reden. Das hat deine Großmutter zu mir gesagt, und sogar ich musste meinen Teil dazu beitragen, denn nur so hat das Leben einen Sinn. Aber was hat mein Leben jetzt noch für einen Sinn, Mimmuzzu?«

Keine Antwort. Der alte Mann redete einfach weiter: »Sie erzählte mir die Legenden der Heiligen, zum Beispiel die von Sankt Martin, und sagte mir, jener Bettler sei Jesus selbst gewesen, der, um diesen jungen Mann für seine Güte zu belohnen, in den Tagen um sein Fest einen warmen Wind über die Erde wehen lässt, der direkt aus dem glühenden Herzen des Schöpfers kommt. Hier bei uns nennt man das den Sankt-Martins-Sommer, und dann setzen sich die alten Leute nach draußen in die Sonne, um ihre klammen Knochen zu wärmen. Alte Leute so wie ich.

Doch welche Flamme kann mich jetzt noch wärmen?«

Nun verstummt der alte Mann, seine Augen sind rückwärts gewandt in die Zeiten ferner Erinnerungen, seine Hände sind leer, sein Stamm trägt keine Früchte mehr. Ein leichter Wind kommt auf, es wirkt beinahe, als wollte er mit dem alten Mann spielen, ihn streicheln. Wie kann ein Mensch nur so einsam werden?

Sein Anblick im Spiegel erfüllte Bonanno nicht gerade mit männlichem Stolz. Im Gegenteil. Egal wie er sich drehte und wendete, es kam nur eines dabei heraus: Er platzte aus allen Nähten und musste unbedingt abnehmen. Bonannos fleischiges Gesicht thronte über dem Friseurumhang, der sein Fett verhüllte, wie eine friedliche Kugel auf einem weißen Fleischberg.

Fofò war flink mit Kamm und Schere, aber man musste ihm jedes Wort einzeln aus der Nase ziehen, während er sich Bonannos dunkle Mähne ansah, unter die sich ab und zu ein graues Haar mischte.

»Wünschen Sie eine Behandlung gegen fettiges Haar?«

»Na gut, wenn Sie meinen«, antwortete der Maresciallo.

Im Friseursalon war außer ihnen kein Mensch. Bonanno ging nicht direkt auf den Grund seines Besuches ein, aber Scibetta war ein Schlitzohr und wusste genau, was den Maresciallo zu ihm führte. Deshalb antwortete er so knapp wie möglich.

»Im Moment ist nicht sehr viel los, oder?«, fragte Bonanno.

»Ja, es sind harte Zeiten«, erwiderte Scibetta.

»Heute lassen sich die Leute höchstens vor hohen Feiertagen, Taufen oder Hochzeiten rasieren.«

»Sie sagen es.«

»Diese Mode der langen Bärte und kahlrasierten Köpfe ist ein wahrer Fluch. Man rasiert sich zu Hause den Schädel und geht nicht zum Friseur oder lässt sich die Haare wachsen, als wäre man ein Zigeuner.«

»Wir müssen es eben nehmen, wie es kommt.«

Was für eine erbärmliche Unterhaltung. Fofò Scibetta massierte Bonannos Kopfhaut energisch mit einer Kräuterlotion, auf deren Etikett ein Büschel Brennnesselblätter abgebildet war. Das oberflächliche Gespräch irritierte Bonanno mehr als das Brennen der ebenfalls im Montanvalle beheimateten Pflanze auf seiner Haut.

Am besten kürzte er das Ganze ab. Nicht etwa seine Mähne,

sondern diese stumpfsinnige Unterhaltung. Es gab keine Zeugen. Wenn der Schatzmeister wirklich etwas zu verbergen hatte, würde er niemandem davon erzählen. Andernfalls konnte Bonanno immer noch behaupten, er sei einfach nur neugierig gewesen. Als er noch darüber nachdachte, wie er das Gespräch in Gang bringen sollte, hatte es sich Scibetta anscheinend überlegt, denn er massierte Bonannos Kopfhaut wieder energisch, aber nun machte er endlich den Mund auf.

»Maresciallo, wir sind hier unter uns und wissen doch beide, dass Sie nicht nur hergekommen sind, um sich rasieren und die Haare schneiden zu lassen. Hat man Ihnen von meinem Streit mit Nofrio erzählt? Möchten Sie wissen, warum ich darauf bestanden habe, dass man ihn nicht anrührt, bevor eine Amtsperson anwesend ist?«

»Wenn Sie mir das verraten wollen«, antwortete Bonanno vorsichtig.

»Das ist doch allgemein bekannt.«

»Es gibt Gerüchte über gewisse Unregelmäßigkeiten in Zusammenhang mit den Gräbern, die eure Bruderschaft gebaut hat.«

»Wissen Sie, wie man sagt? Volkes Stimme ist Gottes Stimme. Von wegen Unregelmäßigkeiten! Dieser verdammte Mistkerl verkaufte die Gräber, wem er wollte, und nicht etwa nur an Mitbrüder. Ist Ihnen klar, was das heißt?«, erhitzte sich der Schatzmeister.

»Was denn?«

»Unser hochverehrter Herr Präsident steckte Tausende von Euros in die eigene Tasche.«

»Wie ging denn das?«

»Ganz einfach, Maresciallo: Wenn ein Mitbruder eine Grabstelle erwirbt, bezahlt er gemäß unserer Statuten einen erschwinglichen Preis. Aber wenn es einen Notfall gab und unglückliche Christenmenschen plötzlich einen Toten im Haus hatten und nicht wussten, wo sie ihn begraben sollten, verdiente sich Nofrio daran eine goldene Nase. Er verkaufte ihnen eine Grabstelle und ließ sich teuer dafür entlohnen, doch der Kasse der Bruderschaft überwies er nur die nach den Statuten zu zahlende Summe. Einmal bekam er 4000 Euro, aber er überwies nur 1500.«

Bonanno betrachtete Fofò verwirrt im Spiegel, weil ihm daran etwas unlogisch erschien.

»Entschuldigen Sie die Frage«, unterbrach ihn Bonanno, als Scibetta weiterzählen wollte, »aber warum habt ihr ihn denn nicht aus der Bruderschaft geworfen, nachdem ihr seine Betrügereien entdeckt hattet?«

»Nofrio war ja nicht dumm. Alle wussten, was er sich erlaubte, und nahmen es hin, ich habe es leider als Letzter herausgefunden. Jemand, dessen Namen ich lieber für mich behalte, hat mich beiseitegenommen und sich bei mir über den überhöhten Preis der Grabstelle beschwert. Und mir erzählt, was ihm passiert ist. Sein Schwager, der immer gesund gewesen war, war von einem Tag auf den anderen ganz plötzlich gestorben – ein Unglück, die Witwe kann es heute noch nicht fassen. Sein Tod kam völlig unerwartet, und der arme Kerl hatte keine Grabstelle. Wer kümmert sich denn schon mit vierzig Jahren darum? Nofrio ging zu ihm, machte ein betrübtes Gesicht und bot dem Mann an, ein Grab für ihn zu finden, aber da er nicht zur Bruderschaft gehörte, ginge das nicht so einfach. Mit einem Wort, nach vielem Hin und Her hat er diesem leichtgläubigen Tölpel eine Menge Geld abgeknöpft. Ich habe ihn direkt darauf angesprochen, aber er hat jedes Gespräch darüber abgelehnt. Ab da schien mir die Angelegenheit verdächtig, und als ich begann, die Vergabe der Gräber zu überprüfen, habe ich seine Machenschaften entdeckt. Ich habe mit allen geredet, die im vergangenen Jahr eine Grabstelle erworben haben und nicht zur Bruderschaft gehörten. Er hatte sie verdammt teuer dafür bezahlen lassen! Alle beklagten sich und redeten schlecht über die Bruderschaft und sogar über mich, weil ich die Kasse führe, aber kein Einziger von ihnen war bereit, diesen Skandal anzuzeigen, deshalb habe ich mir Nofrio vorgeknöpft. Und zwar so lautstark, dass man heute noch darüber redet. Ich danke dem lieben Gott, dass ein ganzes Ministerium versammelt war, als dieser Unfall geschah, sonst hätte man es den Leuten kaum ausreden können, dass ich diesen Blutsauger unter dem Kreuz zermalmt habe. Und da er schon dabei draufgegangen ist, habe ich mich dagegen gewehrt, ihn auch nur einen Zentimeter vom Fleck zu bewegen. Ich habe in meinem Leben genug Leichen gesehen, Maresciallo, und kann einen Halbtoten von einem Verstorbenen unterscheiden – und Nofrio war direkt zur Hölle gefahren. Glauben Sie etwa, nach unserem Streit hätte ich da etwas riskiert? Wie dem auch sei, Nofrio liebte das Geld und die Frauen, und wenn er nicht auf diese Weise gestorben wäre, hätte ihn früher oder später jemand anderes erledigt … Hat man Ihnen nicht erzählt, was vor einer Woche zwischen ihm und seinem Stellvertreter vorgefallen ist?«

»Sie meinen Vicio Spata?«, fragte Bonanno und spitzte die Ohren.

»Genau den.«

»Was ist denn passiert?«

»Danach erkundigen Sie sich am besten selbst, Maresciallo. Ich sage Ihnen nur so viel: Vicio Spatas Ehefrau ist schön wie ein Madonnenbild, und Nofrio hatte bekanntlich eine große Schwäche für das weibliche Geschlecht. Ganz zu schweigen von Gesuina Pigliapane, der Frau des Schreiners Epifanio Candeloro, der das Holzkreuz der heiligen Veronika restauriert hat. Unter verschiedenen Vorwänden kam Nofrio öfter in seine Werkstatt, am liebsten, wenn der Schreiner auswärts zu tun hatte.«

»Ich kann Ihnen nicht ganz folgen, mit wem unterhielt sich Falsaperla denn, wenn der Schreiner nicht da war?«, fragte Bonanno, denn er wollte ganz sichergehen, dass er den Schatzmeister richtig verstanden hatte.

»Candeloros Wohnung liegt über der Werkstatt, seine Frau ist keine Einheimische und riskiert schon mal einen Blick auf fremde Männer. Was glauben Sie denn, warum jemand Nofrios Auto angezündet hat?«

»Hmm«, brummte Bonanno und erinnerte sich erst jetzt an den Vorfall, der schon drei Monate her war. Marcelli hatte sich darum gekümmert.

Scibetta ging nicht weiter darauf ein, er schnippelte und kämmte an Bonannos Haar herum und fuhr fort zu erzählen: »Und dann ist da noch Minica, eine junge Frau, die Vater und Mutter verloren hat. Nofrio verschlang sie mit seinen Blicken. Wissen Sie, was er sich ausgedacht hat? Minica sollte ihm den Schweiß von der Stirn abwischen, während er das Holzkreuz aufrichtete. Was halten Sie davon, so etwas von einem zwanzigjährigen Mädchen zu verlangen?«

Die über Jahre hinweg aufgestaute Wut des Schatzmeisters brach sich Bahn. Bonanno hörte ihm zunächst aufmerksam zu, doch als Scibetta diese endlose Reihe von Namen nannte, unterbrach er ihn schließlich: »Einen Moment, Scibetta, mir brummt jetzt schon der Schädel. Wer zum Teufel sind denn all diese Leute?«

»Es gibt zu viel, was Sie nicht wissen, Maresciallo.«

»Das bedeutet, es wird Zeit, dass ich es erfahre. Eins nach dem anderen: Also, warum bekam sich Nofrio mit seinem Stellvertreter in die Haare?«

XII

Als Bonanno sich von Fofò Scibetta verabschiedete, war er rasiert, parfümiert und hatte einen ordentlichen Haarschnitt. Außerdem hatte er eine Menge interessanter Ansatzpunkte gesammelt. Nun musste er dringend mit der jungen Minica und natürlich auch mit Ideale Dolcefiore, der Ehefrau von Nofrio Falsaperlas Stellvertreter Vicio Spata, reden, der sich eine heftige Auseinandersetzung mit dem Präsidenten geliefert hatte.

Und dann musste er sich auch mit Gesuina Pigliapane unterhalten, der Frau des Schreiners. Noch unter dem Einfluss des schatzmeisterlichen Redeschwalls erschien das Bild von zwei schnäbelnden Mündern vor seinen Augen, und er sah Nofrio Falsaperla unter den üppigen Busen der beiden Ehefrauen, die ihre Männer betrogen, deutlich vor sich, wie er mit ihnen das Vaterunser rauf und runter betete.

Sein Bulleninstinkt kitzelte ihn wie Brennnesselblätter auf der nackten Haut. Der Schatzmeister schien ehrlich gewesen zu sein, aber er hatte zu viele Informationen ausgeplaudert, nach denen er ihn gar nicht gefragt hatte, und außerdem ermittelte Bonanno ja nicht in dem Fall. Jedenfalls nicht offiziell. Die Untersuchungen des Capitano waren abgeschlossen, und er handelte sich damit bestimmt noch eine Menge Schwierigkeiten ein. Das Ganze roch zehn Meilen gegen den Wind nach Ärger. Aber hatte nicht eine weibliche Hand diese kurze Nachricht geschrieben, die ihn nicht mehr losließ, seit er sie erhalten hatte?

»Das war kein Unfall, Maresciallo! Nofrizzu wurde ermordet!«, hieß es in dem anonymen Schreiben. Laut der Grafologin aus

Rom hatte es eine Frau zwischen zwanzig und vierzig verfasst. Minica war zwanzig, die schöne Ideale knapp vierunddreißig, Gesuina Pigliapane in den Dreißigern, wie der gut informierte Schatzmeister meinte. Hatte eine von ihnen diese Nachricht geschrieben? Und wenn Minica bei dem Unfall anwesend war, warum stand sie dann nicht auf der Liste, die seine Kollegen unmittelbar danach aufgenommen hatten?

Je mehr er über das alles nachdachte, desto mehr war er davon überzeugt, er solle das Ganze lieber sein lassen. Eigentlich gab es ja keine Beweise. Nur eine anonyme Botschaft. Und man lebte leichter in Sizilien, wenn man sich nur um seine eigenen Angelegenheiten kümmerte. Selbst wenn man bei den Carabinieri diente und deren Uniform trug. Doch Bonanno war mit Leib und Seele Ermittler. Wenn er eine Spur witterte, benahm er sich wie ein streunender Hund, und dann konnte ihn nicht einmal die Heilige Jungfrau von den sieben Dornen davon abbringen. Zu seinem Unglück hing er auch noch einem persönlichen Gerechtigkeitsideal nach, das in ihm weit lebendiger war als in vielen heuchlerischen Kritikern der menschlichen Gemeinheit.

Gedankenversunken stieg Bonanno in seinen Punto und fuhr mit quietschenden Reifen los. Während er sich immer wieder als Dummkopf beschimpfte und sich rauchend den Kopf darüber zerbrach, wie er jetzt vorgehen sollte, fiel ihm dieser alte Mann auf. Sein eingefallenes Gesicht war vom Leben gezeichnet, in die trockene Haut seiner eingefallenen Wangen hatte die Zeit tiefe Falten eingegraben. Er gestikulierte heftig, als würde er sich mit jemandem unterhalten, aber es war niemand bei ihm.

Als Bonanno an ihm vorbeifuhr, hörte er einen Namen, Mimmuzzu. Mit wem redete der alte Mann eigentlich? Mit der Luft?

Man sollte sich besser erschießen, ehe man so alt und verkalkt wird, dachte Bonanno und musste plötzlich an Crocifissa Vaccarella, ihre hellblauen, wässrigen Augen und die schmale Handtasche denken, die ihr jemand während der Beichte gestohlen hatte. Das behauptete diese Frau zumindest. Bonanno fürchtete sich vor dem Älterwerden und trat schnell aufs Gas, um diese Bilder hinter sich zu lassen. Der Punto schoss vorwärts durch den spärlichen Verkehr und bog in Richtung Zentrum ab. Fluchend warf Bonanno die kümmerlichen Überreste seiner Zigarette weg. Er war es leid, ständig in Schwierigkeiten zu geraten. Seine Gedanken färbten sich noch düsterer als sonst und seine Laune sank auf den Tiefpunkt. So fuhr er in die Zentrale, denn er hatte sich entschlossen, erst noch einiges zu überprüfen, ehe er weitere Schritte unternahm. Es war erst zehn vor eins, mit ein wenig Glück würde er Tonio noch hinter seinem Tresen finden.

Bonanno parkte direkt vor der Apotheke und ging hinein. Tonio räumte gerade Tabletten und Zäpfchen in die Fächer. Als er Bonanno sah, fragte er: »Bist du etwa krank, Savè?«

»Lass den Unsinn, ich war gerade in der Gegend und hatte Lust, dich zu sehen.«

»Komm mal mit nach hinten, ich will dir etwas zeigen. Siehst du die blauen Pillen da, um die reißen sich die Kunden förmlich.«

»Was ist das für ein Zeug?«

»Stärkungspillen, speziell für Männer, die keinen hochkriegen. Möchtest du sie mal ausprobieren?«

»Das mach du nur selber! Du kannst mir ja dann sagen, wie es war«, antwortete Bonanno gekränkt.

»Du fühlst dich wohl neuerdings als Experte, weil du deine Rosalia hast.«

»Hör auf, Tonio, das mit Rosalia ist was Ernstes.«

»Dann bitte ich den edlen Herrn um Verzeihung. Brauchst du irgendwas?«

»Ich wollte dich eigentlich nur zu einem Aperitif einladen, aber wenn du so darauf drängst«, log Bonanno.

»Was willst du wissen?«

»Kanntest du Governatore Nofrio Falsaperla?«

»Den das Holzkreuz zermalmt hat?«

»Genau den.«

»Nur vom Sehen, Guten Tag und Guten Abend, aber er war ein Stammkunde, und dieses Potenzmittel hat er fleißig geschluckt.«

»Und wozu, wenn er doch schon vier Kinder hatte?«

»Es hieß, er war ständig hinter den Frauen her.«

»Hatte er irgendwelche Affären?«

»Es gibt Gerüchte, aber ich weiß nichts Genaues. Anscheinend hat er unter dem Vorwand, seinen Mitmenschen zu helfen, jede Gelegenheit genutzt, anderen Hörner aufzusetzen.«

»Kannst du mir Namen nennen?«

»Ideale Dolcefiore, aber ich möchte keine Schwierigkeiten bekommen«, erklärte Tonio.

Ideale Dolcefiore, die Frau von Nofrio Falsaperlas Stellvertreter. Also hatte Schatzmeister Scibetta die Wahrheit gesagt.

»Und was weißt du sonst noch über ihn?«

»Also, er vögelte in der Gegend herum, aber er war wohl gut im Bett. Stark wie ein Kampfstier soll er gewesen sein, und es hieß, er besuchte auch eine gewisse Schreinerwerkstatt. Wer weiß, mit wem er es jetzt treibt.«

Bonanno nickte nur schweigend zu Tonios Anspielung.

»Was glaubst du?«

»Mit den Totengerippen. Friede seiner Seele.«

In der Einsatzzentrale lag ein köstlicher Geruch in der Luft und erfüllte die pfeilergesäumte Eingangshalle. Er umschmeichelte Bonannos Nase, kitzelte seine Geschmacksnerven, und plötzlich hatte er richtig Appetit. Agliuzza hatte sich anscheinend selbst übertroffen. Auf dem Weg in die Kantine schloss Bonanno kurz die Augen, um die Köstlichkeiten, die dieser Meisterkoch vorbereitet hatte, erst einmal im Geiste auszukosten, ehe sie seinen Gaumen erfreuten.

»Was gibt es heute, Agliù?«

»Guten Tag, Maresciallo, möchten Sie vielleicht probieren?«

Agliuzza war ein junger Mann mit einem außerordentlichen Kochtalent. Er hätte in jeder Restaurantküche eine Sonderstellung einnehmen können, aber er liebte nun mal die Uniform. Bonanno dankte jeden Tag der Jungfrau Maria dafür, dass sie ihm dieses Faible für die Carabinieri mitgegeben hatte. Er servierte dem Maresciallo einen dampfenden Teller voller Bucatini mit einem pikanten Sugo aus Sardellen, Knoblauch, Öl, frischer Petersilie, Croûtons und geriebenem Käse.

»Darf ich mich zu Ihnen setzen, Marescià?«, fragte jemand.

Widerwillig wandte Bonanno seine Aufmerksamkeit von dieser Gottesgabe ab und schaute hoch. Vor ihm stand abwartend, das Tablett in der Hand, Ernesto Giarratana, einer seiner Leute, siebenundzwanzig Jahre alt, ein Computerexperte mit einem leicht verwildert wirkenden Bart und tiefdunklen Augen. Bonanno tupfte sich das Fett von den Lippen, bedeutete ihm wortlos, sich zu setzen, um sich dann weiter seinen Nudeln zu widmen. Als er den Teller leer gegessen hatte, nahm er sich den zweiten Gang vor, Stockfisch mit Kartoffeln.

»Isst du nichts?«, fragte er Giarratana, als er bemerkte, dass der ihn nur anstarrte und wohl darauf wartete, dass er das Wort an ihn richtete.

»Ich möchte mit Ihnen reden.«

»Dann schieß mal los.«

»Wir haben doch vor einigen Monaten an diesem Hallenfußballturnier teilgenommen, wissen Sie noch?«

»Ja, und weiter?«

»Wir standen im Finale und haben gegen die vom Krankenhaus verloren, erinnern Sie sich?«

»Willst du mir den Appetit verderben, Giarratana? Sag schon, was du zu sagen hast, und bring's hinter dich.«

»In dem Spiel hatte ich einen heftigen Zusammenstoß mit Francesco Lupo, einem Arzt aus der Notaufnahme, und bekam einen Stoß gegen das Knie. Er selbst hat es am nächsten Tag im Krankenhaus untersucht, und da gab ein Wörtchen das andere und wir wurden schließlich Freunde.«

Bonanno funkelte ihn böse an.

»Heute Morgen hat mich Doktor Lupo angerufen, um mich zu informieren, dass jemand zusammengeschlagen worden ist. Ein alter Mann war in die Notaufnahme gekommen, der den Ärzten gegenüber zwar behauptete, er sei gestürzt, aber Lupo hat das nicht geglaubt und mich angerufen, weil wir Freunde sind.«

»Und warum hat er uns nicht ganz offiziell benachrichtigt?«

»Weil es um Freunde seiner Familie geht: Der alte Mann, ein Sponsor der Krankenhausmannschaft, hat ihn beschworen, nichts zu sagen, sonst würde er ihn in Schwierigkeiten bringen.«

»Wie heißt er?«, fragte Bonanno und genoss die letzten Bissen von seinem Stockfisch, der mit Zwiebeln, Knoblauch, Petersilie, Semmelbröseln, Fenchelsamen und einem Spritzer Öl und Zitrone vermengt war.

»Mimmo Vullo, der Großbauer.«

»Hmm … warum erzählst du mir das eigentlich?«

»Ich kenne ihn ebenfalls. Ich bin … mit seiner Tochter Cristina … befreundet.«

»Ein enger Freund?«

»Wir sind ein Paar.«

»Verstanden. Trinken wir doch einen Kaffee, das scheint eine längere Geschichte zu werden.«

Nachdem er seinen Kaffee ausgetrunken hatte, rauchte Bonanno noch eine. Dann fragte er: »Also, Giarratana, was hat dir Cristina erzählt?«

»Zuerst wollte sie ja nicht mit der Sprache herausrücken, aber ich habe sie so lange bedrängt, bis sie sich mir anvertraut hat. Seit drei Monaten wirkt ihr Vater nervös und angespannt und es gab zwei beunruhigende Vorfälle.«

»Was denn?«

»Ein Traktor ist in Flammen aufgegangen und alle Schweine sind tot.«

»Verdammt, warum haben sie denn keine Anzeige erstattet?«

»Aus Angst. Cristinas Vater ist alt und sie seine einzige Tochter. Als er mit dem zerschlagenen Gesicht nach Hause gekommen war, hat sie darauf bestanden, dass er ins Krankenhaus geht. Wenn es nach ihm gegangen wäre, hätte er das nicht getan.«

»Was, denkst du, steckt dahinter?«

»Das Gleiche wie Sie: Schutzgelderpressung.«

»Diese Hurensöhne!«

»Was machen wir jetzt, Maresciallo?«

»Installier einige deiner elektronischen Spielzeuge auf dem Hof, aber erzähl weder Cristina noch ihrem Vater davon. Und dann leg dich auf die Lauer. Sobald diese Verbrecher es noch einmal versuchen, nageln wir sie auch ohne offizielle Anzeige fest.«

»Danke, ich wusste doch, dass ich mit Ihrer Verschwiegenheit rechnen kann.«

»Dann mal los und halt mich auf dem Laufenden.«

»Muss ich das allein durchziehen?«

»Cantara und Lacomare sollen dir helfen, die haben im Moment nicht viel zu tun.«

XIII

Den Bericht mit der Liste der Zeugen, die während des Unglücks mit dem Holzkreuz anwesend waren, hatten Brandi und Torrisi unterschrieben. Bonanno rief sie in sein Büro. Als die beiden Carabinieri der Einsatztruppe bei ihm erschienen, trank er gerade noch einen Kaffee, und seine Laune war schwärzer als der Ledersessel, in dem er tief versank.

»Zu Befehl, Maresciallo!«

»Steht bequem, Jungs, ich muss etwas wissen: Ihr zwei seid doch als Erste nach dem Unglück in die Kapelle gekommen? Ist euch dort nichts Ungewöhnliches aufgefallen?«

Er betrachtete seine beiden Männer: Antonio Brandi, geboren in Trapani, ein Carabiniere mit einer feierlichen Belobigung, die er sich im Dienst erworben hatte, als er sich unbewaffnet in die Gewalt eines verrückten Mörders begab. Der Irre hatte schon vier Menschen getötet und drohte, das ganze Wohnhaus, in dem er sich verbarrikadiert hatte, mit Gas in die Luft zu sprengen. Brandi hatte einen kurzen Moment, in dem der Verbrecher abgelenkt war, genutzt, um ihn unter Einsatz seines Lebens zu entwaffnen, und die Leitung der Carabinieri hatte es ihm mit einem Fetzen Papier gedankt.

Carmelo Torrisi war der älteste unter ihnen, grau meliertes Haar, helle Augen, er kam aus der Region Basilikata und hatte dann eine hübsche Sizilianerin geheiratet. Ein seriöser, zuverlässiger Mann, der so langsam den typischen Bauchansatz der Vierzigjährigen bekam.

Torrisi und Brandi schauten Bonanno mit großen Augen an.

Worauf wollte der Maresciallo eigentlich mit seiner Frage hinaus? Sie kannten ihn gut genug, um aus eigener Erfahrung zu wissen, dass er seine ganz speziellen Ermittlungsmethoden hatte.

»Also, damit das klar ist, Jungs: Das hier ist ein rein privates Gespräch zwischen uns, von dem kein Wort nach außen dringen darf. Der Fall lag beim Capitano und ist praktisch abgeschlossen, und das soll auch so bleiben. Aber ihr kennt mich ja und wisst, dass ich den Dingen gern auf den Grund gehe, um sie zu verstehen.«

»Was möchten Sie wissen, Maresciallo?«, fragte Brandi.

»In der Kapelle war so ein Mädchen, es heißt Minica, aber auf eurer Liste taucht keine einzige Frau auf. Habt ihr da was vergessen?«

»Nein, wir haben nichts vergessen, und da war auch kein Mädchen. Auf der Liste sind alle Anwesenden mit Vor- und Nachnamen aufgeführt. Sie wurden befragt und haben einmütig bestätigt, dass es ein Unfall war.«

»Die Kleine war dort, aber sie hat sich heimlich, still und leise davongemacht, bevor ihr kamt.«

»Entschuldigen Sie, aber warum sollte sie?«

»Genau das möchte ich wissen!«

Brandi und Torrisi warfen sich vielsagende Blicke zu, dann sahen sie Bonanno an, doch der hatte sich inzwischen umgedreht und wandte ihnen in seinem Bürostuhl, dessen Lehne genauso undurchdringlich war wic seine Gedanken, den Rücken zu. Er starrte die Wand an und sah dort ein junges Mädchen vor sich, von dem er keine genauere Vorstellung hatte. Ein Mädchen, das verschwand, sobald es die Bullen kommen sah. Fragen über Fragen quälten ihn. Inzwischen war er mit Händen und Füßen tief in diesen Sumpf eingetaucht, und irgendwie würde er der Sache auf den Grund gehen. Zum Teufel mit Capitano Oliva!

Kaffee, Zigaretten und düstere Gedanken. Und er fand einfach keine Lösung. Wie sollte er diese drei Damen bloß unauffällig zum Reden bringen? Schließlich konnte er nicht einfach hingehen und fragen, ob sie eine Affäre mit dem verstorbenen Nofrio Falsaperla gehabt und vielleicht diesen Brief geschickt hätten.

Der Capitano hätte ihm das Fell über die Ohren gezogen und ein Disziplinarverfahren gegen ihn angestrengt. Sein vorgesetzter Offizier war sowieso schon sauer auf ihn wegen der Geschichte mit Agatina Piditella und den Opfern dieses letzten widerlichen Falls. Bonanno musste sich vorsehen. Ein falscher Schritt, und er konnte Villabosco Auf Wiedersehen sagen, und im Falle einer Versetzung bestand die Gefahr, dass seine noch junge Beziehung mit Rosalia im Sand verlief.

Bonanno überlegte hin und her. Was für eine verzwickte Situation! Er rauchte und grübelte, und je mehr er rauchte, desto schlimmer wurde es. Jetzt hing der Qualm so dicht in seinem Büro, dass er ihm sogar den Verstand vernebelte.

»Das war kein Unfall, maresciallo! Nofrizzu wurde ermordet!«

Dieser knappe trockene Satz beunruhigte ihn. Er sah vor sich, wie eine Hand diese wenigen Worte unter Tränen auf ein Blatt schrieb, und plötzlich lichtete sich der Nebel in seinem Kopf.

»Ich bin doch ein Idiot!«, rief er aus und schlug sich an die Stirn. Es gab eine ganz simple Methode, um die Verfasserin der Nachricht festzunageln.

»STEPPANIII!«, brüllte er.

Grabesstille.

»STEPPÀ, verdammt noch mal!«

Keine Antwort.

»STEPÀÀÀÀÀ!!!!«

Cacici linste äußerst besorgt durch den Türspalt herein.

»Was ist passiert, Maresciallo? Warum brüllen Sie so?«

»Heißt du vielleicht Steppani?«

»Zu Befehl, nein, aber Steppani ist nicht in der Zentrale, da können Sie so viel schreien, wie Sie wollen. Entschuldigen Sie bitte die Störung«, antwortete sein Untergebener und trat beleidigt den Rückzug an.

»Warte mal, Cacì, was heißt das, Steppani ist nicht da?«

»Der Junge ist nach Agrigent gefahren. Befehl vom Capitano. Dessen Ausflug nach Syrakus ist beendet, und er ist jetzt zu Gast bei einem Kollegen in Agrigent. Er hat einen Wagen angefordert, der ihn abholen soll, und sobald Steppani gehört hat, dass es ums Autofahren ging …«

»Schon verstanden, nichts zu machen. Aber verdammt, wenn ich den erwische, dann …«

»Kann ich jetzt gehen?«

»Nein, setz dich, ich habe einen Auftrag für dich.«

Bonanno erklärte seinem Untergebenen, was er vorhatte. Daraufhin suchte Cacici alle möglichen Vorwände, um sich davor zu drücken.

»Ich habe aber Dienst.«

»Das ist egal.«

»Und was ist dann mit meiner Schicht?«

»Ich kümmere mich schon darum.«

Als Cacici weiter stur blieb, wurde der Maresciallo laut, bis das Telefon klingelte und ihn unterbrach.

»Wer ist da?«, schrie er verärgert in den Hörer.

»Ciao, Liebling«, flötete Rosalia.

Bonannos Knie gaben nach, seine Stimme versagte ihm den Dienst. Er entließ seinen Untergebenen mit einem sprechenden Blick. Daraufhin verließ Cacici mürrisch schnaubend den Raum und schlug die Tür hinter sich zu. Ständig musste man sich über diese Vorgesetzten ärgern.

»Entschuldige, Rosalì, hier gibt es ein bisschen Ärger.«

»Entspann dich. Weißt du, wen ich heute Morgen getroffen

habe? Vanessa! Und zwar in der Schule. Ich war dienstlich dort, und sobald sie mich gesehen hat, ist sie gleich auf mich zugerannt und hat mich umarmt. Sie hat Karten für den Zirkus geschenkt bekommen. Und da sie so gern einen Elefanten streicheln möchte, hat sie mich gefragt, ob wir alle zusammen hingehen können. Ist das nicht wunderbar?«

Erinnerungsbruchstücke durchzuckten ihn und rissen alte, nie wirklich vernarbte Wunden auf. Er sah schwingende Trapeze unter dem Zeltdach, Emma, die eng umschlungen mit einem muskulösen Akrobaten durch die Luft flog. Sein Mund war wie ausgetrocknet, und jetzt hätte er am liebsten laut geflucht. Und dann war da diese andere warme Stimme am Telefon, die ihn streichelte und Halt gab. »Saverio, Liebling …«

»Weißt du was, lass uns darüber reden, sobald wir uns sehen …«

Rosalia spürte, dass Saverio eine schmerzliche Erinnerung vor ihr verbarg. Sie war eifersüchtig, aber gleichzeitig rührte er sie auch. Waren hier Hiebe oder Liebe angebracht? Ihre Stimme brach, sie war verletzt, weil er gerade an seine Exfrau gedacht hatte, von der sie geglaubt hatte, sie sei inzwischen vergessen, an Vanessas Mutter, die Frau, mit der er jahrelang seine Tage und Nächte verbracht hatte. Das schmerzte sie tief.

»Gut, wie du willst, ciao«, sagte sie deshalb schnell und legte auf. Sogar Bonanno hatte begriffen, dass sich zwischen ihnen ein schwindelnder Abgrund aufgetan hatte.

»Werden wir irgendwann ein wenig Glück finden?«, fragte er sich laut. Sein Herz gab ihm sofort die Antwort: »Nein, dazu sind wir viel zu beschäftigt. Dumme Tiere, die sich selbst zum Unglück verurteilen.«

Wer hatte ihm bloß diese Gedanken eingegeben?

Daran erinnerte er sich nicht, aber Emma ging ihm nicht aus dem Kopf. Damals war er jung und schlug sich mit einer Menge ungelöster Probleme herum. Er hatte sich in sie verliebt, weil sie so schön und so ganz anders war als er, aber das war ein Irrtum gewesen, für den er bis heute teuer bezahlte. Wütend trat er gegen den Sessel, um die Gespenster der Vergangenheit zu verjagen. Doch diese schmerzliche Erinnerung bohrte sich noch immer wie ein Dolch in sein Fleisch, den er erst herausziehen musste, wenn er sich ein neues Leben mit Rosalia aufbauen wollte. Aber das würde nicht leicht sein. Die Wunde brannte immer noch. Würde er sich denn nie von der zerstörerischen Erfahrung mit Emma erholen?

Sein Punto stand am üblichen Platz vor der Kaserne. Bonanno schleppte sich dorthin, als laste ein tonnenschweres Gewicht auf seinen Schultern. Im Moment war ihm alles gleichgültig, so elend fühlte er sich. Er musste unbedingt Ordnung in seine Gedanken und Gefühle bringen, dazu fuhr er am besten ein wenig durch die Gegend, bis zu dem kahlen Hügel, wo er seiner Niedergeschlagenheit freien Lauf lassen konnte. Vielleicht fühlte er sich danach etwas besser. Na ja, vielleicht. Man wird zur Memme, wenn man mit sich selbst und seinem erbärmlichen Leben schon lange nicht mehr im Reinen ist. Womit hatte diese Fehlentwicklung eigentlich begonnen? Bonanno fühlte sich wie ein Wurm, während er in seinen Punto stieg und den Wagen startete. Plötzlich hörte er eine abgehetzte Stimme.

»Marcsciallo, Maresciallo«, rief Cacici und rannte auf ihn zu. Er schien völlig durcheinander zu sein.

Unwillig öffnete Bonanno die Wagentür. Schlagartig überkam ihn die böse Ahnung, dass etwas Schreckliches passiert sein musste. Und als Cacici, der wie ein begossener Pudel vor ihm stand, ihm alles erzählte, fühlte sich Bonanno, als hätte er den Mund voll glühender Nadeln.

»Was für ein Unglück, Marescià: Steppani und der Capitano … auf der Überholspur … sie kamen aus Agrigent zurück … vor dem Tunnel von Montacino.«

Sinnlos vergingen die Stunden, in dem vergeblichen Versuch, den Verlust zu begreifen. Die Minuten verrannen, tropften zäh dahin.

Das Hirn war wie gelähmt, während sie auf ein Wort, eine Erklärung der Ärzte hofften. Und beides kam nicht. Alle hatten sich vor dem Operationssaal versammelt und warteten dort. Alle schwiegen, man tauschte höchstens einen stummen Gruß, und zitterten um das Leben ihres Kollegen, ihres Freundes Attilio Steppani, erster Brigadiere und Bonannos rechte Hand. Der Junge war zwar ein kleiner Schlawiner, doch er hatte ein Herz aus Gold und war für viele von ihnen beinahe wie ein Bruder, bei dem man sein Herz über Probleme bei der Arbeit ausschütten konnte und mit dem man den Alltag teilte.

Steppani kämpfte um sein Leben. Alle Mitglieder der Einsatztruppe von Villabosco waren gekommen und warteten, zu Tode betrübt: Giovanpaolo Cacici, Antonio Brandi, Carmelo Torrisi, Vito Cantara, Ernesto Giarratana, Ciccio Lacomare. Die Carabinieri und Diener eines Staates, der sich immer weiter von ihnen entfernte und dem sie immer gleichgültiger wurden; Männer wie viele andere. Keiner von ihnen sagte ein Wort.

Leise kam jemand auf Bonanno zu und umarmte ihn fest.

»Rosalì!«

»Wie geht es Steppani?«

»Es ist sehr ernst … wird gerade operiert … Kugeln in der Lunge und im Rücken … hat viel Blut verloren.« Rosalia bemerkte, dass ihr Saverio Mühe hatte zu sprechen.

»Und der Capitano?«, fragte sie.

Bonannos Augen wurden noch dunkler, und seine leise Stimme klang hart und schmerzerfüllt.

»Den haben sie umgebracht.«

»Jesusmaria. Wer hat das denn getan? Wie viele waren es? Wo hat man ihnen aufgelauert?«

»Ich weiß es nicht, ich weiß gar nichts …«

»Glaubst du, es war …«

»Keine Ahnung, Rosalì. Oliva war erst seit ein paar Monaten hier. Es gab im Moment keine heiklen Fälle. Ich kenne den Grund wirklich nicht.«

Eine Männerstimme, die er nur zu gut kannte, unterbrach ihn. Filippo Marcelli, Kommandant der Station von Villabosco. Bonannos Kollege, der wie immer eine ansehnliche Erscheinung war, musterte die beiden aufmerksam.

»Es gab schon Ermittlungen, Savè, aber der Capitano hatte befohlen, dich da rauszuhalten. Er traute weder dir noch deinen Methoden. Der Mann konnte dich nicht ausstehen, das weißt du ja, schlimmer noch, er bemühte sich eifrig um deine Versetzung. Man soll ja nicht schlecht über Tote reden, aber so war es.«

»Was hast du hier zu suchen?«, erkundigte sich Bonanno.

Marcelli überhörte das und wandte sich an Rosalia.

»Guten Abend, Signorina, entschuldigen Sie bitte die Störung, aber ich weiß einfach nicht, wie ich mit diesem Sturkopf auskommen soll«, antwortete er mit einem gezwungenen Lächeln.

Rosalia nickte ihm zu, doch da sie Bonannos wachsende Gereiztheit spürte, zitterte ihr Kopf heftig dabei.

»Was zum Teufel habt ihr angestellt, Marcè?« Bonanno fühlte sich vollkommen leer wie eine ausgebrannte Batterie.

»Der Capitano hatte es sich in den Kopf gesetzt sich über die Hintergründe bestimmter öffentlicher Aufträge Klarheit zu verschaffen.«

»Welche Aufträge?«

»Zum Beispiel dieser neue Riesenschlachthof in Liscialba, der seit drei Jahren fertig ist und immer noch nicht in Betrieb genommen wurde. Die Schnellstraße Villabosco–Canicattì, die zwanzig Millionen gekostet hat und nie für den Verkehr freigegeben wurde. Der Kino-Theater-Komplex mit 600 Plätzen in Campolone, wo gerade mal 2000 Leute wohnen, die sich für Kultur nicht im Geringsten interessieren. Also, er hat praktisch sämtliche Großaufträge der letzten drei Jahre im Montanvalle systematisch unter die Lupe genommen. Er hatte sich richtig dahintergeklemmt und die Überzeugung gewonnen, dass dabei sämtliche Fäden in einer Hand zusammenliefen, die zum Ausgleich einen hübschen Anteil für sich forderte. Die Paten, Saverio. Sie stecken auch hinter dem Anschlag, da bin ich mir ziemlich sicher. Nur um den Verdacht von sich abzulenken, haben sie ihre Spielchen außerhalb der Provinz inszeniert. Der arme Capitano, hoffentlich schafft es wenigstens Steppani.«

Bonanno wirkte völlig verwirrt.

»Die Paten?«

»Da wette ich hundert zu eins mit dir! Während deines Urlaubs hat der Capitano schwere Geschütze aufgefahren. Er hatte eine Spur gefunden und setzte irgend so ein kleines Würstchen unter Druck, das sich von den Paten lossagen wollte. Mit Unterstützung des Provinzialkommandos und der Antimafia-Behörde bereitete er gerade eine groß angelegte Aktion vor. ›Operation Meister Proper‹. Er wollte aufräumen, und stattdessen hat man ihn aus dem Weg geräumt«, sagte Marcelli bitter.

Bonanno flimmerte es vor den Augen. Er sah plötzlich einen Hoffnungsschimmer.

»Wie hieß diese Spur?«

»Antonio Inguaggiato, genannt *Nenè u firraiuolo*, von Beruf Nichtsnutz, ein kleiner Handlanger der Paten. Aber warum sagst du denn ›hieß‹?«

»Weil du ein Vollidiot bist, der hat sich bestimmt längst aus dem Staub gemacht. Oder es war eine Falle der Paten, und dann haben sie uns Inguaggiato in die Hände gespielt, um zu erfahren, was und wie viel der Capitano wusste, oder der hat es sich allein ausgedacht, hat die beiden dorthin gelockt, auf sie geschossen und zum Ausgleich für ein üppiges Geldgeschenk den Judas gespielt.«

»Was meinst du damit?«, fragte Marcelli.

»Wenn die Paten etwas damit zu tun haben, kannst du wetten, dass Inguaggiato es sich mit seinem Geld jetzt irgendwo in der Sonne Südamerikas gut gehen lässt. Hat er dagegen sein Gewissen erleichtert und aus eigenem Antrieb geredet, fressen ihn bestimmt schon die Würmer. Wenn sie den Anschlag auf den Capitano geplant haben, dann haben sie natürlich erst den dreckigen Verräter aus dem Weg geräumt.«

»Alle Wetter, Saverio!«

Die Worte blieben Marcelli im Hals stecken. Bonanno bewegte sich geschmeidig und blitzschnell wie eine Katze, würgte ihn mit der linken Hand an der Kehle, die andere packte ihn an der empfindlichsten Stelle eines Mannes und drängte ihn gegen die Wand. Wenn ihm niemand etwas von den laufenden Ermittlungen erzählt hatte und nicht einmal seine Leute informiert waren, dann hatte auch Steppani nichts gewusst. Man hatte ihn wie ein Lamm auf die Schlachtbank geschickt.

»Ihr Mistkerle! Du bist schuld, dass Steppani jetzt im Sterben liegt …«, brüllte er wie ein verwundeter Löwe, der gleich jemanden zerfleischen wird.

Marcelli versuchte nicht einmal, sich aus Bonannos Zangengriff zu befreien. Hochrot im Gesicht und mit glühenden Augen drückte Bonanno erbarmungslos zu.

»Saverio!«, rief Rosalia. Sanft nahm sie seine Handgelenke und löste seinen eisernen Griff.

Als Bonanno Rosalias warme Arme und ihren duftenden Busen spürte, brach er zusammen. Schluchzen mischte sich mit Wut, Schmerz mit Reue. Jetzt liefen ihm die Tränen das Gesicht herunter und nässten seine Wangen, während ihm die Haare wirr in die Stirn hingen.

»Verzeih mir, Bonanno«, flüsterte Marcelli und rieb sich den Hals.

»Hau bloß ab, geh mir aus den Augen, verschwinde!«, schrie Bonanno aus dem tiefsten Grund seiner verwundeten Seele auf, während seine Augen sich erneut mit salzigen Tränen füllten.

»Wenn Steppani stirbt, gibt es hier ein Blutbad!«, drohte er.

»Dein Steppani hat wie ein Löwe gekämpft. Als die ersten Schüsse fielen, hat er den Wagen schnell von der Straße runtergefahren, nach der anderen Seite. Reflexe wie eine Katze hat der.«

»Mit Autos ist Steppani wirklich auf Du und Du«, erwiderte Bonanno.

»Stimmt, aber diese Mistkerle hatten sich vor der Kurve postiert, die dann direkt in den Tunnel führt. Wegen der Bauarbeiten und der beidseitig befahrenen Spur muss man dort langsamer fahren. Der ideale Platz für einen Hinterhalt. Jemand muss ihnen gefolgt sein, sie beobachtet und dann per Handy die Schützen, die weiter vorn auf der Lauer lagen, informiert haben, zwei, höchstens drei Verbrecher. Wir überprüfen gerade die Anruflisten von gestern. Diese Kerle wollten mit ihren Schüssen töten, Bonanno. Der Capitano hat Steppani Deckung gegeben. Dein Brigadiere hat den Wagen blitzschnell auf die andere Straßenseite gezogen. Ein äußerst waghalsiges Manöver, denn er hätte leicht mit anderen Wagen zusammenprallen können, die ihm entgegenkamen. Und das, obwohl er bereits verwundet war.«

»Als Fahrer kann keiner Steppani das Wasser reichen«, erklärte Bonanno stolz.

»Hab ich ja gesagt: Dann hat er sich mit gezückter Waffe aus dem Wagen fallen lassen und gefeuert. Einen hat er erwischt. Wir haben Blut und Zigarettenkippen gefunden, die Spurensicherung arbeitet schon daran. Mindestens drei Autofahrer haben den Schusswechsel gemeldet. Es war zu laut und zu viel los, deshalb sind die Schützen geflohen und haben ihn nicht endgültig erledigt. Anschließend sind sie in einen Feldweg eingebogen und den bis zu Ende gefahren. Die Überreste des Fahrzeugs, eines Jeeps, haben wir dort später gefunden. Sie hatten ihn angezündet. Dein Jungspund ist ein Held, Kollege«, schloss Stefano Migliorisi, der Kommandant der Einsatztruppe von Agrigent, ein Mann um die vierzig, mit wachsamen Augen und einer spitzen Nase.

»Ich wollte dir lieber persönlich Bericht erstatten ... man hat mir erzählt, der Brigadiere sei eine Art kleiner Bruder für dich.«

Bonanno starrte durch seinen Kollegen hindurch.

»Wer hat dir das erzählt?«

»Das spielt doch keine Rolle, sagen wir mal, ein gemeinsamer Freund. Wie geht es dem Jungen?«, fragte Migliorisi.

»Er liegt im Koma!«

»Das tut mir leid.«

»Ja.«

»Wenn ich dir irgendwie helfen kann ...«

»Danke.«

»Na dann fahre ich wieder, aber wenn du dich wieder gefangen hast und denkst, du brauchst mich ...«

»Danke.«

Hinter diesen Worten steckte mehr, doch Bonanno fühlte sich im Moment ohnmächtig und ausgebrannt. Maresciallo Migliorisi verschwand langsam aus seinem Blickfeld. Er schien enttäuscht zu sein. Plötzlich durchzuckte Bonanno eine Erkenntnis, und seine Augen blitzten auf.

»Warte mal, Kollege.«

Migliorisi blieb stehen.

»Hast du es dir anders überlegt?«

»Bring mich dahin, wo diese verdammten Halunken geschossen haben.«

»Das wollte ich von dir hören, und ich hatte schon geglaubt, ich würde hier nur meine Zeit verschwenden. Wollen wir gleich los?«

»Sofort, und zwar schnell!«

Der nach den Särgen der vielen Unfallopfer *du tabutu* genannte Tunnel lag an einem ungünstigen Platz. Wer das Pech hatte, ihn durchqueren zu müssen, wenn ein Platzregen den Untergrund rutschig werden ließ – denn man hatte Arbeits- und Materialkosten eingespart –, fuhr mit seinem Wagen wie ein Verrückter geradewegs gegen die Mauer oder landete auf der Gegenfahrbahn. Bodenhaftung gleich null. Der Tunnel lag auf der gefährlichen, kurvenreichen Schnellstraße Agrigent–Palermo, die sich zwischen Feldern und Hügeln entlangschlängelte. Nach dieser Strecke folgte eine scharfe Kurve, die scheinbar so geplant war, dass man genau in den Hügel hineinfuhr. Um die hohen Baukosten zu senken, die ein Durchbruch des felsigen Materials mit sich gebracht hätte, lag gleich dahinter die Einfahrt in den Tunnel. Das waren Mysterien des Glaubens und der Cosa Nostra, sagte sich Bonanno resigniert. Jeder wusste doch, wie das in seiner Heimat mit den öffentlichen Aufträgen lief. Nervös suchte er nach einer Zigarette.

»Bevor du auf der Stelle aus der Haut fährst, solltest du etwas wissen. Man hat einen deiner Männer brutal ermordet. Die da oben wollen den Fall auch möglichst schnell aufklären und die Mörder finden, deshalb unterstützen die Provinzkommandos und die entsprechenden Bereiche der Antimafia-Behörde unsere Arbeit«, erklärte Migliorisi.

Bonanno hob fragend eine Augenbraue, während er sich eine ansteckte.

»Wie meinst du das?«

»Ein Offizier wurde ermordet. Kanntest du deinen Capitano schon lange?«

»Ein paar Monate.«

»Kamt ihr gut miteinander aus?«

»Wir waren schlimmer als Hund und Katze, jede Begegnung endete im Streit.«

Migliorisi sah ihn verständnisvoll an.

»Du musst klug vorgehen. Beim Kommando sind sie sicher, dass es sich um einen Anschlag der Mafia handelt.«

Jetzt lag der Tunnel *du tabutu* direkt vor ihnen, zu beiden Seiten wogten die fruchtbaren Äcker Siziliens. Die Mörder hatten sich wohl hinter großen Felsstücken versteckt. Man sah noch die purpurroten Blutspritzer, die das Moos auf ihnen geradezu verunstalteten. Die gesamte Umgebung war jetzt mit weiß-roten Bändern abgesperrt.

»Von dort aus wurde geschossen«, sagte Bonanno mit Überzeugung.

»Stimmt.«

»Wo sind die Kippen jetzt, von denen du erzählt hast?«

»Ich hab dir doch gesagt, die Ermittlungsabteilungen haben alles in die Hand genommen. Innerhalb von vierundzwanzig Stunden finden die alles über diese Kippen heraus.«

»Na hoffentlich.«

»Du hast da deine Zweifel?«

»Aber sicher.«

»Warum, glaubst du, haben die Paten sie erschießen lassen?«

Bonanno antwortete nicht, er dachte nach. Waren es zwei oder mehr Schützen gewesen? Aus den völlig zertrampelten Spuren ließ sich das nicht mehr ersehen, falls das vorher überhaupt möglich gewesen wäre. Denn einem Carabiniere in der Provinz brachte niemand bei, wie er solche Spuren zu lesen hatte. Bonanno sah vor sich, wie der Hinterhalt abgelaufen war: Die Mörder hatten sich hier versteckt, gewartet und dabei eine nach der anderen geraucht. Woher konnten sie wissen, dass Steppani und der Capitano hier vorbeifahren würden? Der Capitano kam von seiner Bildungsreise zurück, und wenn jemand einen Menschen beobachtet, weil er ihn umbringen will, ermordet er sein Opfer meist da, wo es lebt, weil das einfacher ist, als ihm irgendwo anders hin zu folgen. Außer er will ihn bewusst nicht dort töten. Doch die Mörder hatten gewartet, bis sie nur noch einen Katzensprung von Villabosco entfernt waren, und erst dann auf den Capitano und Steppani geschossen. Nicht in der eigenen Provinz, aber trotzdem zu nah an Villabosco. Und der Capitano kam aus Syrakus zurück. War jemand Steppani gefolgt? Doch wer konnte wissen, dass er den Capitano abholte? Ein Informant? Wer konnte das sein? Ein Polizist vielleicht? Das konnte Bonanno einfach nicht glauben. Andererseits waren die Paten natürlich in der Lage, jeden zu kaufen, den sie wollten, und wenn sie ihr Ziel mit Geld nicht erreichten, griffen sie zu Mitteln wie Erpressung und Drohungen. Je länger er darüber nachdachte, desto klarer wurde ihm: Da war ein Informant im Spiel. Aber wer?

»He, Bonanno, bist du taub?«, holte ihn die Stimme seines Kollegen in die Wirklichkeit zurück.

»Ist dir nichts Seltsames aufgefallen?«

»Wir warten noch auf die Ergebnisse der Spurensicherung. Eins ist jedenfalls sicher: Die Schützen waren keine Profis.«

»Wie kommst du darauf? Hat dir das etwa ein Vögelchen ins Ohr gezwitschert?«

»Nein, das verraten mir die Kreidestriche der Spurensicherung. Sieh mal, wie viele Schüsse das Ziel verfehlt haben, zwei haben sogar die Leitplanke getroffen.«

»Was denkst du?«, fragte Migliorisi.

»Also, ich frage dich nur eins: Wenn du irgendjemanden aus dem Weg räumen wolltest, würdest du dich dann an Profis wenden oder an den Erstbesten, der dir über den Weg läuft?«

»Was für eine Frage«, sagte Migliorisi lachend. Genau deswegen hatte er Bonanno ja an den Tatort gebracht.

»Genau. Falls es sich aber um eine persönliche Angelegenheit handelt, dann sieht die Sache anders aus, richtig?« Der Spürhund hatte Witterung aufgenommen.

»Genau, und was heißt das jetzt?«

»Gar nichts, das habe ich nur so gesagt.«

Migliorisi begriff, dass sein Kollege sich mutterseelenallein fühlte. Man hatte gerade seinen Capitano aus dem Weg geräumt, und sein treuer Brigadiere wurde schwer verletzt.

»Bonà, das sage ich dir jetzt von Kollege zu Kollege. Fang damit an, was du meinst: Die ganze Sache stinkt. Ich weiß, dass du den Jungen gernhast und nicht erwarten kannst, diese Scheißkerle, die auf ihn geschossen haben, hinter Gitter zu bringen. Also, wenn du meine Hilfe benötigst, gern, aber wenn du direkt bei euch jemanden brauchst, dann ist da immer noch Filippo Marcelli, der Kommandant der Station, du kennst ihn ja gut. Du kannst ihm vollkommen vertrauen.«

»Und woher weißt du … ach, jetzt verstehe ich! Das ist also dein Freund, der dir von mir und Steppani erzählt hat. Also, ich fass es nicht, du und Marcelli!«

Migliorisi lachte nur.

Minuten, die sich endlos ausdehnten, bittere Stunden, dunkle Tage.

Bonannos Gewissensbisse quälten ihn nur noch mehr. Es war seine Schuld, wenn Steppani unvorbereitet und wehrlos in diesen Hinterhalt geraten war, ohne mit einem Anschlag zu rechnen. Nur weil er so schlecht mit Capitano Oliva stand, war die Einsatztruppe nicht über dessen Ermittlungen informiert worden. Es war zwecklos, deshalb Marcelli anzugreifen. Der hatte strenge Order von oben bekommen, und weil er nur ein simpler Maresciallo war und Befehlen gehorchen musste, durfte er niemandem ein Wort erzählen. Doch warum hatte es Steppani getroffen? Warum nur? Diese quälende Frage stellte sich Bonanno immer wieder.

»Bitte, bitte, rette ihn!« Überrascht bemerkte er, wie er diese Worte vor der geschlossenen Tür stammelte, auf der in gelber Schrift »Operationssaal« stand. Seit Ewigkeiten hatte er nicht mehr gebetet. Und seit Ewigkeiten hatte ihn auch nichts derart getroffen. Aber Rosalia blieb immer an seiner Seite.

XIV

Schweigen, Stille und Staub.

Das Zimmer lag im Halbdunkel. Der Mann betrachtete angewidert seine Hände, er hatte eine undankbare Aufgabe zu erfüllen, doch es war noch ein langer Weg, bis die Wahrheit endlich triumphieren konnte.

Schweigen, Stille und Staub.

Die wenigen Sonnenstrahlen, die durch die Ritzen hereindrangen, tanzten im Halbschatten des Raumes. Als der Mann das wahre Anlitz der heiligen Veronika bewunderte, das seit Jahrhunderten im Holzkreuz verborgen geblieben war und von einem Kranz aus Rubinen und anderen Edelsteinen geschmückt wurde, klopfte sein Herz heftig. Andächtig betrachtete er das Antlitz der heiligen Veronika und dieses andere Herz, in das ein Kreuz, die Dornenkrone und ein Kelch eingeprägt waren. Eine Träne hing glitzernd an seinen Wimpern und rann ihm sanft über die Wange hinab zum Mund. Sie schmeckte nach Salz.

Es war das Herz eines Menschen, der heiligen Veronica Giuliani, die an einem Freitag nach dreiunddreißig Tagen Todeskampf gestorben war. Und diesen gesegneten Körper, den fünf Lanzen aus Licht durchbohrt und ihm so die heiligen Stigmata aufgeprägt hatten, ließen ungläubige Gottesmänner aufschneiden und sezieren. Als man ihr schließlich das Herz herausnahm, hatten alle darauf die unverwechselbaren Zeichen bemerkt: Die Spuren des göttlichen Mysteriums. Die Hand Gottes hatte es an seine Brust gedrückt. Das Reine und Kostbare Antlitz Jesu Christi persönlich hatte das Herz dieser Frau, dieser Nonne in Klausur, geformt, wie sie selbst so gut beschrieb: »*Ich sah aus seinen Heiligsten Wunden fünf glänzende Blitze fahren, und sie kamen alle auf mein Gesicht … In vier von ihnen waren die Nägel und in einer die Lanze, die wie Feuer glänzte, als wäre sie aus Gold, und sie durchbohrte mein Herz durch und durch.*«

Er würde dieses Geheimnis bewahren: »*Die Hand Gottes fährt vom Himmel herab und zermalmt die falschen Götzen. Und Sein Zorn wird wie ein Blitz die lügnerischen Propheten zerschmettern.*«

Die heilige Prophezeiung blitzte warnend im Sonnenlicht auf, als er sie noch einmal las. Die Geschichte wiederholte sich, doch er würde das Geheimnis der heiligen Veronica Giuliani verteidigen, selbst wenn er dafür zum Mörder werden musste.

Der Mann zitterte vor Empörung: Seit Jahrhunderten hatte man dieses Geheimnis bewahrt, und nun bedrohten es zwei habgierige Geier. Geldgier trieb die Welt in den Untergang. Doch diese Geier würden bald nicht mehr ihr Unwesen treiben. Er sah auf die Uhr. Es war Zeit für seine Verabredung: Noch einmal würde die Hand Gottes vom Himmel herabfahren und die falschen Götzen zermalmen. Und Sein Zorn würde wie ein Blitz die lügnerischen Propheten zerschmettern.

Wer diese Botschaft verstand, würde sich retten. Für die anderen blieb nur ein Weg, der Weg in den Tod.

Nenè Inguaggiato glaubte fest daran, dass die Verabredung, zu der er gerade unterwegs war, sein Leben vollkommen verändern würde. Noch war er nur ein junger Mann, der nichts war und nichts hatte. Aber danach konnte er die Kleine heiraten, an die er sein Herz verloren hatte. Als ihm das Gesicht Falsaperlas erschien, verjagte er die Erinnerung angewidert.

Das Glück lachte nur dem Wagemutigen, der wusste, wie er Hindernisse aus dem Weg räumte. Und jetzt war es an der Zeit, die reichliche Ernte einzufahren, in Form von Geld, mindestens

100.000 Euro. Dafür, dass er den Mund hielt und nicht verriet, welche Entdeckung er an dem Holzkreuz der heiligen Veronika gemacht hatte. Hunderttausend Eier wären für den Anfang schon ausreichend, und danach würde man eben sehen. Sein Schweigen war Gold wert. Bei dem erfreulichen Gedanken an die Euros, die er bald ausgeben konnte, grinste er. Dann hörte er plötzlich ein Rauschen und Schritte hinter sich.

Mit einem Lächeln auf den Lippen drehte Nenè Inguaggiato sich um: Sein Huhn, das goldene Eier legt, kam also gerade. Er steckte eine Hand in die Tasche und strich zärtlich über eine Schwarz-Weiß-Fotografie, den Beweis, dass er das Geheimnis des Holzkreuzes kannte. Das Geräusch der sich nähernden Schritte ließ ihn nur an die Euros denken, die er bald in der Tasche haben würde, aber mit diesen Schritten näherte sich nur ein weiteres Mal der Tod: sein Tod.

Schon seit seiner Kindheit ging Castrenze Mustazzo seiner Lieblingsbeschäftigung nach, bei der er frische Luft, sizilianische Sonne und Wanderungen zu den grünen Tälern und den kahlen Hügeln des Montanvalle genießen konnte. Er liebte das wild wachsende Schilf, das man nur fand, wenn man die richtigen Plätze kannte. Von klein auf hatte Castrenze zwei Dinge gelernt, eine kunstvoll geschnitzte kleine Flöte zu spielen, die ihm der Vater geschenkt hatte, und das beste Schilfrohr Siziliens zu finden, das *arundo donax* oder auch Pfahlrohr. Davon lebte er. Mit der Zeit hatte er sich zu einem gefragten Fachmann für Schilfrohr entwickelt – und das in einem Gebiet, wo man sonst die natürlichen Ressourcen nur zerstörte. Vater und Großvater waren Hirten gewesen und hatten ihn gelehrt, die Schafe zu melken, Käse zu machen, und ihm die abgelegensten Plätze gezeigt, wo er Hände voll Schilf ernten konnte, um daraus Flöten und kleine Pfeifen zu schnitzen. Dieses Geheimnis hütete er eifersüchtig.

An jenem Tag kletterte Castrenze wieder einmal den steinigen Pfad hinauf, der auf eine Lichtung führte, die von unten kaum zu sehen war, weil sie zwischen den Hügeln lag. Diese Lichtung konnte einem nicht ortskundigen Wanderer gefährlich werden, da sich dort unvermutet tiefe Felsspalten öffneten. Und das Schilf stand nahe an den Steilhängen. Rundherum hatte man freien Blick auf das Meer, das die Insel umgab, und auf einen grünen Ozean aus Eukalyptusbäumen, Mandelbäumen, Pflaumen, Oliven und Kaktusfeigen.

An dieser Stelle gab es reichlich Schilf, aus dem er die kunstvollen Rohrblätter schnitzte, die als Mundstücke für viele Blasinstrumente gefragt waren. Castrenze wusste genau, wo er das beste Rohmaterial fand. Und es war genug davon da. Sobald er es gesammelt hatte, würde er es trocknen lassen, danach noch einmal genau auswählen, bevor er das Schilfrohr von Hand für die einzelnen Instrumente zurechtschnitzte. Er bekam Anfragen aus allen Teilen Europas, und er war in der glücklichen Lage, von dem leben zu können, was Mutter Natur ihm bot, denn die Sonne Siziliens verlieh dem Pfahlrohr ganz besondere Qualitäten.

Castrenze Mustazzo schob gerade einige Halme beiseite, um sich seinen Weg ins Schilf zu bahnen, als er etwas silbern in einer Felsspalte aufleuchten sah. Als er genauer hinschaute, hatte er sein Schilfrohr sofort vergessen.

»Es handelt sich um Antonino Inguaggiato, genannt *Nenè u firraiuolo*. Nach den ersten äußeren Untersuchungen Dottor Paternòs ist der Tod wohl durch Unfall eingetreten, das bedeutet, der Tote starb, nachdem er in Ammucciacarusi einen Steilhang hinuntergestürzt war, wo ihn nur noch die Feuerwehr mit Spezialgeräten bergen konnte.«

Cacicis Bericht, den er per Fax geschickt hatte, ging in diesem Ton weiter.

Nenè Inguaggiato, der beim Capitano gesungen und ihn ausspioniert hatte. Und jetzt hatte ihn jemand aus dem Weg geräumt. Man hatte ihn nicht in den Mund geschossen oder ihm die Zunge abgeschnitten und ihn absichtlich dort hingelegt, wo man ihn finden musste. So sahen normalerweise die klaren Botschaften der Paten aus, wenn sie Verrätern etwas mitzuteilen hatten. Inguaggiato war von einem Mann gefunden worden, der nach Schilfrohr suchte, und außerdem lag er an einem kaum zugänglichen Steilhang. War das wirklich ein Unfall gewesen?

Bonanno hätte es nicht einmal geglaubt, wenn er es mit eigenen Augen beobachtet hätte. Was nun? Er hatte keine Ahnung.

»Wer hat den Fundort der Leiche noch gemeldet?«, fragte er Cacici.

»Ein anonymer Anrufer.«

»Verdammt, was sonst.«

»Eine Männerstimme, er sprach sizilianischen Dialekt. Er hat von einer Telefonzelle aus angerufen, wollte wohl Ärger aus dem Weg gehen. Vielleicht sollte der Tote ja gefunden werden.«

»Wann ist die Autopsie?«

»Frühestens in zwei Tagen, Dottor Paternò hat noch anderes zu tun.«

»Halt mich auf dem Laufenden.«

»Zu Befehl, Maresciallo.«

Cacici legte auf und Bonanno las sich noch einmal die spärlichen Informationen durch, die er ihm per Fax in das Hotel, wo er zeitweilig wohnte, geschickt hatte. Bonanno hatte beschlossen, bei Steppani zu wachen, der nicht aus diesem verdammten Koma aufwachen wollte. Daraufhin war auch Rosalia lieber bei ihrem Bonanno geblieben, um ihm in diesen Stunden zwischen Hoffnung und Verzweiflung beizustehen.

»Bei der Leiche wurden Geld und Ausweispapiere gefunden. Außerdem zwei unangebrochene Päckchen Zigaretten der Marke

MS, ein Schlüsselbund. Und ein altes Foto vom Holzkreuz der Veronika«, hatte Cacici geschrieben.

Das Holzkreuz der heiligen Veronika!

In irgendeinem Winkel seines Unterbewusstseins hatte sich ein Satz wie mit flammenden Buchstaben eingegraben, den der Küster Zu Caliddro Pelagalli zu ihm gesagt hatte: *»Die Hand Gottes fährt vom Himmel herab und zermalmt die falschen Götzen. Und Sein Zorn wird wie ein Blitz die lügnerischen Propheten zerschmettern.«*

Also mehr zerschmettern und zermalmen als so …

Was hatte Inguaggiato bloß mit dem Holzkreuz zu schaffen? Was bedeutete das Foto in seinem Besitz, wenn er doch die Paten verraten hatte? Bonanno schaute wieder in Cacicis Bericht: Also, wenn man es genauer betrachtete, gab es schon einen Hinweis, dass beides etwas miteinander zu tun hatte.

»Ist dort der Kollege Stefano Migliorisi aus Agrigent? Ich grüße dich, Kollege, hier ist Saverio Bonanno. Könntest du mir einen Gefallen tun? Hast du nicht erzählt, dort wo man unsere Leute überfallen hat, wurden Zigarettenkippen gefunden?«

»Eine Hand voll, die Jungs waren wohl ziemlich nervös.«

»Weißt du noch, welche Marke das war?«

»Das könnte ich gar nicht vergessen, selbst wenn ich wollte, sie heißen wie meine Initialen, MS.«

Ein Volltreffer. Inguaggiato rauchte ebenfalls Ms. Na ja, das allein hatte noch nichts zu bedeuten. Doch je länger Bonanno darüber nachdachte, desto merkwürdiger erschien ihm der Gedanke, der ihm ständig durch den Kopf ging. Aber manchmal können sich auch die abwegigsten Vermutungen als richtig erweisen. Bonanno qualmte eine Zigarette nach der anderen, ein Zeichen dafür, wie angestrengt seine grauen Zellen arbeiteten.

»Hör mal, Kollege, tust du mir einen Gefallen? Informierst du mich bitte sofort, wenn du die Laborergebnisse von den Zigarettenkippen bekommst? Blutgruppe, DNA und was sonst noch alles von diesen Mördern.«

»Natürlich. Hast du etwas gefunden?«

»Das erkläre ich dir lieber persönlich.«

»Spielst du jetzt den Geheimnisvollen?«

»Das möchte ich nicht am Telefon sagen.«

»Verstanden. Wie geht es dem Jungen?«

»Er ist ein zäher Kerl, aber er ist immer noch nicht aufgewacht.«

»Wird er durchkommen?«

»Ganz bestimmt!«, sagte Bonanno überzeugt. Nachdem er diese schreckliche Niedergeschlagenheit überwunden hatte, fühlte er sich plötzlich so selbstsicher – ausgerechnet er, der sich sonst von Kaffee und Horoskopen nährte, um überhaupt weitermachen zu können, und der keine Ahnung hatte, wo er im Leben Halt finden sollte. Lag das vielleicht an Rosalia? Ganz sicher verdankte er es ihr, ihren Worten, ihrer ganz besonderen Zärtlichkeit. Noch in der gleichen Nacht hatten sie sich miteinander ausgesprochen wie nie zuvor, seit sie einander kannten. Und die Ereignisse hatten sich in den letzten Stunden geradezu überschlagen. Sie hatten über Steppani und Bonannos tiefe Verbundenheit mit ihm geredet. Selbst ein Einzelkind, sah der Maresciallo in ihm den kleinen Bruder, den er nie gehabt hatte.

In dieser Nacht hatten sie auch über Emma gesprochen und die nie verheilte Wunde. Er war in Tränen ausgebrochen, zum ersten Mal seit vielen Jahren hatte er sich alles von der Seele geredet und Rosalia die ganze Wahrheit erzählt. Darüber, dass er sich selbst für einen schwachen Menschen hielt, als Mann für eine Null, für einen miserablen Vater, einen missratenen Sohn und sich auch als Polizist nicht gerade am richtigen Platz sah. Und sie hatte ihm zugehört und ihn dabei gestreichelt. So groß und lebendig war dieser Schmerz noch, dass Rosalia nur das Wort Zirkus erwähnen musste, und die Trauer hatte sich sofort wieder über ihn gelegt wie eine dunkle Decke. Stundenlang hatte er sein Herz ausgeschüttet und es dafür mit Rosalias Liebe gefüllt. Nun stand nichts mehr zwischen ihnen, und sie waren sich gegenseitig eine Stütze, während sie um Steppani bangten. Und deshalb konnte jetzt niemand mehr Bonanno seine Sicherheit rauben. Er küsste Rosalia leicht und verließ das Bett, ohne sie zu wecken. Sie hatten sich lange geliebt, bis zum Morgen, und endlich war diese kalte Lähmung aus seinem Herzen gewichen.

Sechs Uhr morgens, Zeit für einen Besuch im Krankenhaus.

»Wie geht es ihm, Dottore?«, fragte Bonanno.

Sie standen vor der Intensivstation, wo noch Angehörige anderer schwer kranker Patienten warteten. Der Arzt sah ihn mit ausdruckslosen, leidgeprüften Augen an. Bonanno fühlte, wie ihm das Herz blutete. Doch die Worte des Arztes richteten ihn auf.

»Er hat es geschafft und ist aufgewacht. Natürlich ist er noch sehr schwach, aber er hat das kritische Stadium überwunden. Wir sind vorsichtig optimistisch.«

»Ich muss ihn sehen.«

»Das geht nicht, kein Außenstehender darf dort hinein.«

»Leihen Sie mir bitte einen Kittel und alles, was ich sonst brauche. Ich verspreche Ihnen, dass ich nicht zu ihm gehe, aber ich muss ihn einfach sehen.«

»Auf keinen Fall«, erwiderte der Arzt entschlossen.

Aber so wie man Naturkatastrophen unmöglich aufhalten kann, war auch Bonanno nicht zu stoppen, wenn er sich einmal etwas in den Kopf gesetzt hatte. Sturer als ein Maulesel, wie es nun mal seine Art war, ließ er nicht locker, bis er sich diesen Kittel besorgt hatte. Als er den für Unbefugte verbotenen Bereich betrat, verschlug ihm der stechende Geruch nach Arznei und Leiden den

Atem. Um Steppanis nackten Körper unter einem zerknautschten Laken wand sich ein Gewirr von Schläuchen. Als Steppani ihn sah, erschien ein kaum wahrnehmbares Lächeln auf seinem schmerzverzogenen Gesicht. Obwohl sie durch eine dicke Glasscheibe getrennt waren, schienen sie einander in diesem Moment zu umarmen. In Bonannos Blicken konnte Steppani lesen, welche Sorgen der sich um ihn gemacht hatte, und er gab ihm zu verstehen, das Schlimmste sei jetzt vorbei. In zwei Tagen sei er wieder draußen. Dabei hob er ganz leicht Zeige- und Mittelfinger seiner linken Hand. Bonanno senkte den Kopf. »Ich warte auf dich, mein Junge«, antwortete er, und dabei zersprang sein Herz beinahe vor Freude.

Zwei Tage Warten, voll wiedererwachter Hoffnung und voll Hypothesen, die durch das gefiltert waren, woran sich sein Erster Brigadiere erinnerte. Eine Theorie nach der anderen.

Steppani hatte sich inzwischen erholt, Rosalia war an ihre Arbeit für die Gemeinde nach Villabosco zurückgekehrt. Die Zeit verlief wieder in einem erträglichen Rhythmus. Irgendwo in Apulien weinte eine Mutter um ihren Sohn, diesen Capitano Oliva, mit dem Bonanno seit seinem Dienstantritt in Villabosco nur gestritten hatte. Es gibt einfach Menschen, die nicht miteinander auskommen können, schlimmer als Hund und Katze, wie bei ihm und Capitano Oliva. Und dann kommt der Tod und hinterlässt nichts als Leere und Reue.

Bonanno entschloss sich, nach Villabosco zurückzufahren, um die Ermittlungen zu dem Anschlag selbst in die Hand zu nehmen. Er wollte der Sache auf den Grund gehen, und er würde die finden und ins Gefängnis bringen, die Steppani angeschossen und seinen Vorgesetzten ermordet hatten. Doch dazu musste er zunächst von Steppani bestimmte Einzelheiten erfahren.

Im Krankenhaus traf er den ermittelnden Staatsanwalt in Begleitung des Colonello und seines Kollegen Migliorisi. Sie nahmen gerade Steppanis Aussage auf. Bonanno wartete lieber. Zwischen ihm und Steppani gab es Dinge, die über die offiziellen Ermittlungen hinausgingen. Er stellte sich an ein Fenster in dem breiten Flur und rauchte eine Zigarette. Das war im Krankenhaus eigentlich verboten, aber er war zu nervös, um darauf zu verzichten.

Bonanno beobachtete, wie das Flämmchen seines Feuerzeugs in der kalten Luft flackerte, und sah aus dem Fenster. Das goldene Meer von Agrigent wehte eine leichte salzige Brise herüber, die sanft über die weltberühmten dorischen Tempel strich.

Er ging zurück, aber er wollte mit Steppani nicht nur über die Ermittlungen reden. Ihn interessierten noch andere Details: Was hatte sein Freund empfunden, als sich die Kugeln in seinen Körper bohrten? Was, als er dem Tod so nahe gewesen war? Was hatte Steppani gesehen, während er schoss und sich mit Zähnen und Klauen gegen die verteidigte, die ihn mit Blei vollpumpten? Wie empfindet man Leben und Tod in diesen Momenten?

Das musste Bonanno wissen. Vor allem als Steppanis Freund, erst an zweiter Stelle, weil er Carabiniere war.

»Sie sind doch Maresciallo Bonanno, stimmt's?«, fragte eine junge, warme Frauenstimme. Das Mädchen hatte himmelblaue, von Trauer getrübte Augen.

»Ich habe Sie nach einem Foto erkannt, das Attilio immer bei sich trägt. Ich bin seine Schwester Virgilia. Wir waren auf Pilgerfahrt im Heiligen Land, deshalb hat man uns erst gestern gefunden. Mein Bruder hat von Ihnen erzählt und dass Sie immer in seiner Nähe geblieben sind. Dafür möchten wir uns nun bei Ihnen bedanken. Dort drüben ist meine Mutter.«

Bonanno sah in übermüdete Frauenaugen. Augen einer Frau, die weiß, was Leid bedeutet. Was für Augen hatte wohl Capitano

Olivas Mutter? Dieser Gedanke versetzte ihm einen schmerzhaften Stich in der Brust. Reue wegen ihres komplizierten Verhältnisses, dem er selbst aus Dummheit noch vollends den Rest gegeben hatte. Er musste den Capitano rächen, damit er wieder in den Spiegel schauen konnte, ohne sich zu schämen …

»Attilio redet ständig von Ihnen, wenn er bei uns ist. Er mag Sie sehr«, sagte die Frau und umarmte ihn. Da fühlte sich Bonanno plötzlich ganz klein und erbärmlich.

Der Untersuchungsrichter, der Colonello und sein Kollege Migliorisi waren fertig. Sie verabschiedeten sich von Steppani und gingen. Dann nickten sie Bonanno kurz zu, ein Händedruck und eine knappe Verbeugung vor den beiden Frauen, das war's. An der Tür drehte sich Migliorisi noch einmal um und flüsterte Bonanno zu: »Ich wollte dir das nicht vor all den Leuten geben, hier, nimm und steck es ein.«

Er reichte ihm einen Umschlag. Migliorisi erwies sich als pflichtbewusster, vertrauenswürdiger Kollege, nein, mehr noch, als wirklicher Freund. Im Umschlag fand Bonanno die Ergebnisse der Spurensicherung, Blutgruppe und DNA dieses Unmenschen, der geraucht hatte, bevor er auf Steppani und den Capitano schoss. Bonanno verglich die Daten mit den Autopsieergebnissen Inguaggiatos, und wenn seine Überlegungen stimmten … Aber dafür blieb immer noch Zeit, jetzt musste er erst einmal einen Freund besuchen.

»Ciao, Steppani, wie geht's dir?«

Ein zerknülltes Laken und wieder dieser Geruch nach Medikamenten und nach abgestandener Luft. Und dann diese Totenblässe auf dem Gesicht seines Freundes.

»Großartig. Aber es ist nicht so toll, wie nachts über die kurvenreiche Straße bei Caccione zu fahren.«

Na wenigstens hatte er seinen Humor nicht verloren.

»Locken dich diese Kurven immer noch so?«

»In einer Kurve hätten sie mich wenigstens nicht erwischt.«

Darum ging es doch zwischen ihnen, warum sollte er lang drum herumreden?

»Hast du sie gesehen?«, fragte Bonanno.

»Wie denn ... ich habe nur beobachtet, wie das Blut des Capitano durch die Gegend spritzte, so warm und klebrig, dass ich es immer noch deutlich spüre«, sagte Steppani mit rauer, tränenerstickter Stimme.

Bonanno fragte sich, was sein Freund empfunden hatte, als er dem Tod ins Auge geblickt hatte.

»Du hast gesehen, wie er starb, oder?«

»Er suchte meinen Blick, Maresciallo, während das Leben aus ihm wich. Ich wollte verhindern, dass er starb, ihn in den Wagen ziehen, um ihn zu retten, aber das habe ich nicht geschafft.«

»Es ist nicht deine Schuld, Steppani.«

»Haben Sie je einem Menschen in die Augen gesehen, während er starb? Einem sterbenden Menschen? In seinen Augen liegt alle Verwunderung dieser Welt, Marescià, sie ähneln denen eines Kindes, das man in den Kindergarten bringt und das dort vergeblich nach seiner Mutter sucht. Erstaunen, Schmerz – aber ich konnte mich leider nicht um ihn kümmern. Als man auf uns schoss, habe ich den Wagen sofort auf die andere Straßenseite gezogen. Sie hatten hinter den Felsen auf uns gelauert. Ich habe die Schüsse nicht gehört, weil sie Schalldämpfer benutzten. Nur die Schreie des Capitano, und dann habe ich das Blut gesehen, die zerschossene Windschutzscheibe, den zersplitterten Spiegel, und da wusste ich Bescheid. Und in dem Moment haben sie mich erwischt. Der erste Schuss traf mich in die Brust, und dann noch einer und noch einer, der mich durchdrang wie flüssiges Feuer. Hatte ich eigentlich Angst? Keine Ahnung, Maresciallo. Ich erinnere mich nur noch, dass ich mich aus dem Wagen geworfen habe. Ich habe die Tür geöffnet, die Pistole gezogen und geschossen. Der Capitano stöhnte, ich wollte ihm möglichst schnell helfen und den Alarm auslösen … und dann weiß ich gar nichts mehr.«

XV

Drei Uhr nachmittags. Alle wirkten optimistisch und hochzufrieden. Ernesto Giarratana, Vito Cantara und Ciccio Lacomare erwarteten Bonanno schon ungeduldig.

»Maresciallo, wir haben ihn!«, sagte Giarratana, strahlte über das ganze Gesicht und zeigte ihm eine Kassette.

»Wovon redest du überhaupt?«, fragte Bonanno.

Giarratana reagierte beleidigt.

»Maresciallo, erinnern Sie sich etwa nicht mehr an unser Gespräch in der Kantine? Sie haben mir doch noch gesagt, ich soll mir Cantara und Lacomare dazuholen.«

Bonanno musterte ihn aufmerksam und konzentrierte sich. Dann fiel es ihm ein. Natürlich! In den letzten Tagen war zu viel geschehen, deshalb hatte er die Sache mit Cristina und ihrem Vater Mimmo Vullo einfach vergessen.

»Habt ihr sie etwa geschnappt?«

»Auf frischer Tat«, erklärte Vito Cantara.

»Ich will alles darüber hören!«

»Es war genau, wie wir angenommen hatten: Drei Gauner haben ihn um Schutzgeld erpresst. Vullos landwirtschaftlicher Betrieb liegt im Ortsteil Scala, einem abgelegenen Winkel zwischen Villabosco und Martelotta. Ein Familienunternehmen, in dem Vullo und einige Einwanderer arbeiten, außerdem jemand, der das Vieh versorgt, und Cristina macht die Buchhaltung. Sie leben von Getreideanbau, Milchwirtschaft und Schweinezucht. Die drei Männer kamen heute Morgen in einem Jeep. Bei zweien von ihnen wissen wir schon, woher sie kommen, nämlich aus Martellotta. Die beiden sind vorbestraft wegen Diebstahl und Drogenhandel, der dritte Mann ist gerade noch einmal mit Bewährung davongekommen. Vullo war allein, sie haben ihn umringt und bedroht, und er hat ihnen eine Menge Geld gegeben, damit sie gingen. Wir haben alles aufgezeichnet.«

»Kann ich das sehen?«

»Und hören«, sagte Giarratana, legte die Videokassette ein und startete die schon mit dem Fernseher verbundene Kamera.

»Ich hole uns einen Kaffee«, meinte Cantara.

»Setzen wir uns lieber«, riet Lacomare und stellte die Stühle so hin, dass sie sich die Aufzeichnung ansehen konnten.

Die Aufnahmen waren klar und ließen keinen Zweifel zu. Zwei menschliche Kleiderschränke versperrten dem alten Großgrundbesitzer den Weg, sie bedrängten und drohten ihm. Der dritte stand Schmiere. Der alte Mann wehrte sich, behauptete, er könne nicht bezahlen. Dann zog der jüngste, ziemlich untersetzte Mann die Waffe und hielt sie ihm an den Kopf. Daraufhin gab der alte Mann nach und bezahlte.

»Habt ihr sie verhaftet?«

»Nein, da wir nur Cantara vor Ort hatten. Und einen gegen drei, das ging nicht, denn die waren bewaffnet!«, erklärte Giarratana.

»Wie seid ihr an die Aufnahmen gekommen?«

»Ich habe mir Cristinas Wohnungsschlüssel, sagen wir mal ausgeliehen, und an den richtigen Stellen einige Fernsehkameras platziert«, erklärte Giarratana lächelnd.

»Sehr gute Arbeit, Jungs! Jetzt macht einen Ausflug nach Caltanissetta und zeigt Dottor Panzavecchia die Kassette. Ich gebe ihm vorher Bescheid. Lasst euch von ihm einen Haftbefehl ausstellen, und dann könnt ihr diese Kerle noch heute Abend einlochen. Beschlagnahmt auch den Jeep und findet die Waffe.«

Giarratana verstaute die Videokamera in ihrem Futteral. Cantara und Lacomare hatten den Raum schon verlassen.

»Maresciallo ...«

»Was ist, Giarratana?«

»Ich möchte Ihnen danken. Na, ich weiß doch, wie sehr Sie sich um Steppani gesorgt haben. Wie wir alle übrigens. Wir wollen ja auch den Capitano rächen, aber diese Sache war mir sehr wichtig.«

»Du hast die Kleine wohl wirklich gern.«

»Ja, sie ist ein anständiges Mädchen.«

»Das ist selten in diesen Zeiten, wo wir uns rundum gegen Abschaum verteidigen müssen. Aber sag deiner Freundin, sie soll das nächste Mal mehr Vertrauen zu dir und den Carabinieri haben, die du vertrittst. Ach, und noch etwas, Giarratana. Falls Dottor Panzavecchia zu viel fragen sollte, dann stell dich blöd und sag, du befolgst nur meine Anweisungen. Wir verstehen uns?«

»Zu Befehl, Maresciallo.«

Nachdem er Richter Panzavecchia informiert hatte, Giarratana und seine Kollegen seien mit eindeutigen Beweisen für eine Schutzgelderpressung zu ihm unterwegs, verließ Bonanno ziemlich eilig die Zentrale. Er musste jetzt unbedingt jemanden besuchen, um eine seiner Theorien zu überprüfen. Als er ankam, schrieb Dottor Paternò gerade einen Bericht.

»Was heißt das, es gibt keine Übereinstimmung? Sind Sie da ganz sicher, Dottor Paternò?«

»Wir kennen uns doch nicht erst seit gestern, Bonanno, oder? Wenn ich sage, die DNA und die Blutgruppe, die Sie mir übergeben haben, sind nicht mit denen von Nenè Inguaggiato identisch, können Sie die Hand dafür ins Feuer legen.«

»Er hatte nicht einmal eine Verletzung?«, fragte Bonanno, der langsam nervös wurde und deshalb die Hände so bewegte, als wollte er Violine spielen.

»Maresciallo, bitte. Ich habe es Ihnen doch schon wiederholt gesagt: Inguaggiato ist infolge eines Traumas gestorben, der Sturz hat bei ihm einen großflächigen Bruch am Schädelansatz verursacht. Eine starke Blutung hat sein Gehirn überschwemmt, einen Herzstillstand ausgelöst und die Aktivität der Lungen blockiert. Er war sofort tot. Keine Schuss- oder Stichwunden, keine Anzeichen eines Kampfes, keine früheren Verletzungen oder Hautpartikel unter den Fingernägeln. Das bedeutet, Bonanno, der arme Kerl hat durch einen Sturz aus großer Höhe das Zeitliche gesegnet, und wenn Sie es ganz genau wissen wollen, er hat nicht einmal geraucht, deshalb löst sich Ihre Theorie jetzt in Wohlgefallen auf«, fuhr der Gerichtsmediziner unbeirrt fort und zog damit seinen Trumpf aus dem Ärmel.

»Wer hat Ihnen denn von meiner Theorie erzählt?«, fragte Bonanno, der seine Pläne verraten sah und deshalb langsam in Wut geriet.

Der Arzt drehte sich zu ihm um und meinte: »Maresciallo, sehen Sie mich an: Die Presse berichtet seit Tagen über nichts anderes, und inzwischen pfeifen es schon die Spatzen von den Dächern, dass man an dem Ort, wo der Capitano erschossen wurde, Kippen der Marke MS gefunden hat und dass die Spurensicherung daran arbeitet. Und da finden sich doch in Inguaggiatos Taschen zufällig zwei Päckchen MS und jetzt kommen Sie daher, tun ganz harmlos und fragen mich nach der Blutgruppe und außerdem nach der DNA des Toten. Halten Sie mich wirklich schon für so verkalkt?«

Bonanno sah ihn in einer Mischung aus Bewunderung und Ärger an. Er war doch unauffällig vorgegangen und hatte nicht einmal mit seinen Leuten über den Fall gesprochen. Er war so überzeugt gewesen, er hätte die Sache aufgedeckt, das verbindende Element gefunden, das er suchte, und stattdessen war er doch aufgeflogen, weil er die ausführlichen Berichte in Tele Alto Platani nicht einkalkuliert hatte.

»Wissen Sie ganz genau, dass unser Freund nicht rauchte?«, fragte er noch einmal, um seine Enttäuschung zu verbergen.

Dottor Paternò drehte sich wortlos um und schrieb weiter, während er Bonanno seinen Vermutungen überließ. Wenn Inguaggiato nichts mit dem Hinterhalt zu tun hatte, drohte sein ganzes Gedankengebäude zu bröckeln. Dann stürzte alles über ihm zusammen, noch vernichtender als das Holzkreuz auf Falsaperla. Doch inzwischen war Bonanno nicht mehr davon abzubringen, dass der Tote irgendwie in den Anschlag auf den Capitano und Steppani verwickelt war. Sein Bulleninstinkt meldete sich laut, sobald er dieser Spur nachjagte, doch wenn er keine Hinweise auf einen Zusammenhang fand, musste er seinen Ermittlerdrang zügeln. Dass man ein Foto des Holzkreuzes bei Inguaggiato gefunden hatte, bedeutete nicht viel. Wer würde deswegen schon auf ihn hören?

Der Arzt wandte Bonanno weiterhin den Rücken zu und schrieb, während er ein wenig gereizt Bonannos beharrliche Fragen beantwortete: »Inguaggiato hatte Lungen wie ein Kind, keine Nikotinspuren an den Fingern, keine gelblichen Verfärbungen und sogar in …«

Bonanno lief plötzlich dunkelrot im Gesicht an, fuhr auf wie von der Tarantel gestochen und packte den Arzt an den Schultern, der heftig erschrak. Paternò sprang von seinem Stuhl auf und verstummte auf der Stelle. Ihm fiel der Stift aus der Hand.

»Was haben Sie gerade gesagt?«, fragte Bonanno.

»Sind Sie jetzt verrückt geworden?«, fuhr ihn der Arzt an, der vor Schreck noch ganz durcheinander war, und lockerte sich den Knoten seiner Krawatte. Seine Wangen waren hochrot und ihm stand der Schweiß auf der Stirn.

Bonanno hörte ihn nicht einmal.

»Hat man beim Toten einen Paraffintest gemacht?«

»Einen Paraffintest?«, fragte Paternò zurück und versuchte, sich zu beruhigen. Der Adrenalinstoß hatte seinen Blutdruck kräftig in die Höhe getrieben.

»Jawohl.«

»Es wurde kein Paraffintest durchgeführt.«

»Macht es Ihnen etwas aus, wenn wir das jetzt nachholen? Inguaggiato wurde noch nicht beerdigt, und ich besorge uns eine Erlaubnis, den Sarg zu öffnen. Bitte tun Sie mir diesen persönlichen Gefallen. Ich schwöre Ihnen, danach lade ich Sie zum Essen ein. Also, ich kenne da ein Restaurant …«

Paternò schnaubte. Nachdem er ein Glas Wasser in einem Zug ausgetrunken hatte, fühlte er sich gleich besser. Er kannte Bonanno gut genug, um zu wissen, dass der, wenn er sich einmal auf etwas versteift hatte, nicht davon abzubringen war.

Paternò trat erstaunt dem Maresciallo entgegen, nachdem er im Leichenschauhaus des Gemeindefriedhofs von Villabosco an Inguaggiato den Paraffintest durchgeführt hatte.

»Erklären Sie mir bitte, woher Sie verdammt noch mal wussten, das Inguaggiato geschossen hatte?«

Bonanno traute seinen Ohren nicht.

»Er hat wirklich geschossen?«

»Wollen Sie mich auf den Arm nehmen?«

»Das würde ich nie wagen … ich wollte nur sichergehen.«

»Ich gebe es Ihnen schriftlich!«

»Wie Sie möchten, Dottor Paternò, mir reicht die Gewissheit, dass der Kerl geschossen hat.«

»Ja, das hat er, aber denken Sie auch daran, dass im Moment Jagdsaison ist.«

»Ja, und man hat zwei meiner Leute erwischt.«

Während er das noch einmal unterstrich, sah er das Gesicht Steppanis und das des Capitanos, den er nie wiedersehen würde, vor sich.

»Sie gehen schon? Und was ist mit der Einladung zum Essen?«

»Alles zu seiner Zeit, Dottor Paternò. Das Restaurant, wo ich Sie hinführen will, hat heute geschlossen. Ruhetag.«

»Würden Sie mir verraten, wo es liegt?«

»Und uns so die Überraschung verderben? Lassen Sie mich nur machen – und vielen Dank.«

Endlich passte das ein oder andere zusammen.

Bonannos Gedanken waren wie Vögel auf Strommasten. Sie bewegten sich in gefährlichen, schwindelnden Höhen. Wenn er über bestimmte Dinge nachgrübelte, war Bonanno in seiner eigenen Welt. Versuchte, die einzelnen Teile, instinktive Eindrücke und wichtige Tatsachen zusammenzufügen, und je länger er sich das Hirn zermarterte, desto mehr gewann er die Überzeugung, dass er irgendetwas Wichtiges übersehen hatte.

»… und deshalb gehen wir morgen Abend alle in den Zirkus«, sagte Rosalia abschließend.

Bonanno bekam nur den letzten Teil des Satzes mit. Rosalia streichelte ihn, ihre Augen lachten ihn in Erwartung einer Antwort an, die nicht kam.

»Du sagst ja gar nichts, Saverio? Ich habe schon Karten besorgt. Wir sind zu viert: Du, ich, Vanessa und deine Mutter. Danach gehen wir Pizza essen. In der Nähe ist ein Lokal, die haben einen Holzofen. Wenn wir schon am Nachmittag fahren, können wir noch bei Steppani vorbeischauen.«

Der Zirkus!

Wer dachte jetzt an diesen verdammten Zirkus? Bonanno seufzte. Wenn er eine Spur verfolgte, konnte er sich mit nichts anderem beschäftigen. Aber wie sollte er Rosalia etwas abschlagen? Sie war so zärtlich. Ein Kuss von ihr und Bonanno verwandelte sich in den größten Löwenbändiger der Welt.

»Also gehen wir eben in den Zirkus«, sagte er zwischen zwei Küssen.

Das Zirkuszelt stand auf dem großen freien Platz vor dem Sportzentrum. Ein Riesenparkplatz, wo sich Campingwagen und Käfige dicht an dicht neben dem gelb-orangen großen Zelt drängten. Vanessa war selig, und Donna Alfonsina hatte auch ihre Freude. Bonanno und Rosalia gaben wirklich ein schönes Paar ab.

Endlich hatte ihr äußerst schwieriger, vom Pech verfolgter Sohn die richtige Frau für sich und eine Mutter für Vanessa gefunden. Donna Alfonsina fühlte sich inzwischen zu alt, um sich den lieben langen Tag um ein kleines Mädchen zu kümmern, das in einer Welt voller Verrückter aufwuchs. Ihr war warm ums Herz geworden, als sie Rosalia kennen gelernt hatte, und sie beobachtete, wie ihr Sohn mit jedem Tag glücklicher wurde. Vanessa hatte sie ebenfalls lieb gewonnen. Rosalia hatte ein ganz besonderes gewinnendes Lächeln, bei dem auch ihre Augen mitlächelten, und dieses offene Lächeln wirkte wie ein Sonnenstrahl im grauen Alltag.

XVI

Lass uns Zuckerwatte kaufen«, sagte Rosalia.

Der Clown war wirklich zu komisch. Er trug eine kürbisfarbene, unförmige Jacke, die ihm bis zu den Knien reichte, und so weite Hosen, dass sie einen Gutteil seiner riesigen, safrangelben Schuhe bedeckten, die vorn spitz zuliefen. Dazu hatte er eine feuerrote Perücke auf, eine Knollennase und einen weiß geschminkten Mund, der so breit wirkte, als passte eine Schubkarre hindurch. In der einen Hand hielt er Luftballons, in der anderen Zuckerwatte, auf die die Kinder ganz versessen waren. Selbst Bonanno war bereit, sich zu opfern und diese weiche, luftige Süße an seinem Gaumen zu spüren, die sich auflöste und einem dann die Kehle hinunterlief.

Er hatte beschlossen, sich zu entspannen, wollte nichts anderes sein als ein Mann, der gemeinsam mit den wichtigsten Frauen in seinem Leben den Zirkus besuchte. Einen Abend lang nicht an Morde und Verbrecher denken.

»Ich besorge uns zwei Portionen«, sagte Bonanno. Jetzt war der Clown nur noch einige Meter von ihnen entfernt.

»Zwei?«, fragte Rosalia amüsiert.

»Eine für Vanessa und eine für dich. Mamma, möchtest du auch eine?«

Donna Alfonsina schüttelte den Kopf.

»Ich mag keine Zuckerwatte, das ist etwas für Kinder!«, wehrte Rosalia ab, die ihren Spaß an diesem scherzhaften Geplänkel hatte.

»Möchtest du wirklich nicht?«

»Also bitte, Saverio«, meinte Donna Alfonsina, die sich jetzt ebenfalls amüsierte. Beide hatten Bonannos wahre Absicht durchschaut, wollten es ihm nicht so leicht machen.

»Na ja, jetzt habe ich aber schon bestellt, was machen wir da? Na gut, ich opfere mich. Seid ihr nun zufrieden?«, antwortete ihr großer Sohn, weiter seine Rolle spielend. Wenn er sich wirklich Mühe gab, war Bonanno meist ein ganz guter Schauspieler.

Der Clown rührte sich nicht. Er stand einfach da mit den Süßigkeiten und den Luftballons in der Hand.

»Gibst du mir jetzt endlich diese Zuckerwatte oder nicht?«, fragte Bonanno ungeduldig.

Der Clown schien ihn nicht zu hören. Horden von schreienden Kindern drängten sich zwischen sie, und während er nun davonlief, entglitten ihm die bunten Luftballons und stiegen über den Köpfen des Publikums auf, sehr zur Freude der Kleinen natürlich. Das Wasser in Bonannos Mund verwandelte sich in einen See. Er wollte unbedingt seine Zuckerwatte. Also drängte er sich durch.

»He, du da, warte auf mich, wo willst du denn hin? Ja, ich meine dich, du Idiot, bleib stehen!« Endlich stoppte der Clown, und Bonanno konnte seine Zuckerwatte kaufen.

»Warum wolltest du sie mir nicht geben?«

Der Clown schüttelte nur leicht den Kopf und sah ihn mit stechenden, zu Schlitzen zusammengekniffenen Augen an. Augen wie Messer. Bonanno war nicht ganz wohl dabei.

»Nimm das Geld«, sagte er, und während er davonging, hatte er ein wachsendes Gefühl von Bedrohung. In dem Blick des Clowns hatte er etwas gesehen, was er sich nicht erklären konnte. Ihm war der Appetit auf die Zuckerwatte ganz vergangen. Bei den kunstvollen Darbietungen der muskulösen Akrobaten und eleganten Trapezkünstler bekam er sogar Sodbrennen.

Dann trat die Dompteuse mit den Elefanten auf.

Vanessa war ganz aufgeregt, sie hatte sich schon immer gewünscht, Elefanten einmal ganz aus der Nähe zu sehen, sie streicheln zu dürfen. Nach dem ersten Teil der Vorstellung brachte man einen kleinen Elefanten in die Mitte der Manege. Als Rosalia Vanessa etwas ins Ohr flüsterte, umarmte das Mädchen sie begeistert, und beide standen lächelnd auf.

»Wir lassen jetzt Fotos machen«, erklärte Rosalia und ging Hand in Hand mit Vanessa weg. Als sie auf dem Rücken des kleinen Elefanten saß, strahlte Vanessa. Der Angestellte des Zirkus, in glänzender Livree und mit einem Zylinder auf dem Kopf, machte einige Fotos, zunächst von Vanessa, dann von ihr und Rosalia. Beide wirkten wie Mutter und Tochter. Vanessa bewunderte die Bilder und umarmte Rosalia dankbar.

Der Clown mit den Luftballons kam auf sie zu und hielt einen davon Vanessa hin, die Rosalia fragend ansah. Sie nickte ihr lächelnd zu. Es war ein roter, herzförmiger Luftballon. Als Rosalia ihre Tasche öffnete, um ihn zu bezahlen, war der Clown schon verschwunden.

Bonanno fand keinen Schlaf und lief ruhelos durch das Haus, er rauchte und trank ein Gebräu aus Wasser, Zitronensaft und Natriumzitrat gegen sein Sodbrennen. Als er ihn so auf- und ablaufen sah, schnappte Ringhio nach seinem fleischigen Knöchel. Bonanno versetzte ihm einen leichten Tritt. Das wurde bestimmt eine schlimme Nacht.

Danach trank Bonanno noch einen heißen Tee.

»Tee hilft aber nicht gerade gegen Schlaflosigkeit«, meldete sich Donna Alfonsina. Trotz der späten Stunde wirkte sie wach und energisch wie gewöhnlich. Immerhin war es zwanzig vor zwei.

»Hat dich irgendetwas geweckt?«

»Ich glaubte, ich hätte Ringhio jaulen hören.«

»Der jault doch ständig.«

»Besonders wenn ihn jemand tritt. Was ist los mit dir, Savè?«, fragte die alte Frau, während sie in der Küche hantierte.

Sie nahm eine Johannisbrotfrucht, schnitt sie klein, setzte sie mit zwei Stück Lakritze, Pfefferminz- und Salbeiblättern auf und rundete das Ganze mit zwei, nein für Bonanno nahm man besser drei Löffel Orangenblütenhonig ab. Man musste es ganz heiß trinken, damit es wirkte. Bonanno hasste dieses Gebräu.

»Kochst du wieder dieses üble Zeug? Ich finde mich lieber damit ab, wach zu bleiben, bevor ich das trinke. Das letzte Mal bekam ich davon Durchfall.«

»Na dann trinke ich es eben selbst. Erklärst du mir vielleicht, woher deine schlechte Laune kommt?«, fragte Donna Alfonsina und setzte sich ihrem Sohn gegenüber.

Bonanno zündete sich noch eine Zigarette an, was Donna Alfonsina kopfschüttelnd registrierte.

»Wenn der Freund nicht mit der Sprache herauswill, mag er nicht darüber reden.«

»Hör endlich auf mit diesen altmodischen Sprüchen.«

»Ich bin eben altmodisch, mein Sohn! Und ich mache mir Sorgen um dich. Was liegt dir auf der Seele? Die Sache mit Steppani? Aber der arme Junge ist doch auf dem Weg der Besserung, oder?«

»Ja, das schon.«

»Ja, und? Geht es vielleicht um den Capitano? Der arme, junge Mann, so ein schlimmes Ende!«

Seine Mutter war unbeirrbar, wenn sie einmal anfing, gab sie keine Ruhe und trieb ihn mit direkten Fragen in die Enge.

Sicher, auch der brutale Mord am Capitano schrie nach Rache und trug dazu bei, dass es Bonanno nicht gut ging, weil er wegen seiner Abneigung ihm gegenüber ein schlechtes Gewissen hatte. Und sein Bulleninstinkt machte sich selbstständig und jagte irgendwelchen Details hinterher. Natürlich hatte es auch damit zu tun! Aber es lag noch etwas in der Luft, das er nicht erklären, nicht einmal benennen konnte, eine Art Drohung, die trotzdem verdammt real und deutlich spürbar war.

»Was für ein erbärmliches Leben«, beklagte er sich laut.

»Machst du dir Gedanken um Vanessa? Die Kleine scheint doch sehr glücklich mit Rosalia zu sein. Ihr fehlt eine Mutter, Savè. Du bist ohne Vater aufgewachsen und weißt, was das bedeutet, nicht?«

Alte Wunden brechen auf, die Stimme seiner Mutter hat Erinnerungen in ihm wachgerufen, die plötzlich wieder aus dem Nichts auftauchen.

Als er zehn war, wurde Saverio, der damals ein dicker kleiner Junge war, nur Saverizzu gerufen. An Sonn- und Feiertagen wurde er immer ganz traurig, wenn er sehen musste, wie seine Mitschüler mit Vater und Mutter zur Messe kamen oder an den Ständen auf den Dorfmärkten Saatgut und Kichererbsen kauften. Nachts suchte er verzweifelt nach seinem Vater, der so weit weg war. Jede Nacht betrachtete er mit verweinten Augen die Sterne. Man hatte ihm erzählt, Norden sei unter dem großen Stern und im Norden lag Deutschland. Dort war Köln, wo sein Vater für ihren Lebensunterhalt arbeitete. Eines Tages würde er zu ihm fahren. Es waren trostlose, dunkle Jahre. Er wuchs einsam auf, ein schweigsamer Junge, der nichts als essen, sich mit Süßigkeiten vollstopfen wollte, um die innere Leere auszufüllen. Irgendwann, als er genug von all dem hatte, verließ er seine Mutter und sein Sizilien und fuhr zu seinem Vater nach Köln. Aber ihre Begegnung verlief anders als erwartet. Und seitdem war sein Vater für ihn gestorben. Er hatte ihn aus seinem Leben gestrichen.

»Hast du mich verstanden, Savè? Komm schon, trink, solange es schön heiß ist«, sagte Donna Alfonsina und strich eine Haarsträhne zurück.

Als er in das geliebte, von Falten durchzogene Gesicht seiner

Mutter sah, verflogen diese Gedanken und verloren sich im übelriechenden Dampf dieses Gebräus, das ihm so auf den Magen schlug. Die Gedanken eines erwachsenen Mannes, der immer noch nach einem Vater suchte. Er würde nicht zulassen, dass Vanessa mit dem gleichen Schmerz, diesem ständigen Gefühl von Verlassenheit aufwachsen musste. Jetzt war Rosalia bei ihnen, und Bonanno träumte von einer richtigen Familie für sich und seine Tochter. Inzwischen war er knapp vierzig, ein Alter, in dem ein Mann Bilanz zieht, und die Bilanz seines Lebens war schon lange in den Miesen.

»Wie kann man zwanzig Jahre eines Lebens nachholen?«, dachte er laut.

»Was hast du gesagt, mein Sohn?«, fragte Donna Alfonsina. Seine Mutter, früher eine wunderschöne Frau mit seidig glänzenden Haaren, war gealtert, während sie vergeblich auf einen Ehemann gewartet hatte, der nicht mehr aus Deutschland zurückkehrte. Bonanno hatte ihr nie erzählt, unter welchen Umständen er seinen Vater dort angetroffen hatte. Das hätte er ihr nicht einmal unter der Folter verraten. Tausendmal besser, wenn sie ihn als inzwischen verstorben betrauerte.

»Ach nichts, Mama. Geh ins Bett zurück und schlaf«, sagte er plötzlich ganz gerührt.

»Trinkst du den Aufguss nicht?«

»Den kippe ich gleich hinunter, ruh du dich aus.«

Die Stimme versagte ihm beinahe, so bewegt war er. Seine Mutter, die arme Frau, war einsam alt geworden. Vor ihrem Tod hatte sie sich noch ein wenig Glück verdient.

Ehe Bonanno ins Bett ging, flößte er Ringhio das Gebräu aus Johannisbrotfrucht und Pfefferminze ein. Sollte der doch Durchfall bekommen.

Als er sich hinlegte, war er wild entschlossen, einzuschlafen, aber ohne Erfolg. Wie er sich in seinem Bett auch drehte und wendete, immer hatte er Rosalia vor Augen, die ihn umarmte und mit ihren Küssen beinahe auffraß.

»Morgen, morgen werde ich sie fragen«, sagte er sich schließlich und schlief mit diesem zärtlichen Gedanken seines vor Liebe beinahe überfließenden Herzens ein.

XVII

Der Schlaf alter Menschen flattert so leicht wie ein Schmetterling davon, ein Hauch genügt, damit man die Augen aufschlägt und der Schmerz einem die Brust zerreißt.

Der alte Mann setzt sich auf die Mitte des Bettes. Er hat gespürt, wie der Wind ihn streichelte. Sucht mit den Augen, die an die Dunkelheit gewöhnt sind, ein liebes Gesicht. Und findet es. Mimmo ist ebenfalls wach. Der Mann umarmt ihn, und sein tiefer Schmerz überwindet alle zeitlichen und räumlichen Dimensionen. Und mit dem Schmerz wächst sein Rachedurst.

Auf dem alten Foto trägt der alte Mann die goldgelbe Tunika der Bruderschaft »Purissimo e Preziosissimo Volto del Nostro Signore«. Fünfhundert Jahre Geschichte, an deren Beginn die Liebe einer Mutter zu ihrem Kind stand, das ihr allzu früh entrissen wurde. Die Frau hieß Donna Costanza und war mit Don Vincenzo, Baron von Villabosco und Villapetra, verheiratet. Im Luxus eines Palastes, umgeben von Samt und Seide aufgewachsen, wusste sie wenig oder gar nichts über die Armut des Volkes. Man verheiratete sie sehr jung mit Don Vincenzo, und im folgenden Jahr gebar sie ihm einen männlichen Erben, ein wunderschönes Kind. Aber die Geburt verlief kompliziert, und als der Kleine auf die Welt geholt wurde, zerriss in ihrem Inneren etwas: Sie würde nie wieder Kinder haben können. Jung und stark, wie sie war, erholte sie sich binnen weniger Tage und wollte keine Amme, sie würde ihr eigenes Fleisch und Blut selbst nähren. Der kleine Ottavio wuchs und wuchs zu einem bildschönen Jungen heran. Don Vincenzo, schon ein älterer Mann, war sehr stolz auf ihn. Doch dann erkrankte das Kind plötzlich, und die Behandlungen der Wundärzte halfen nicht. Ottavio wurde immer blasser und schwächer und kühlte langsam aus. Er starb nach dreizehn Tagen Todeskampf. Danach verließ Donna Costanza monatelang ihr Zimmer nicht. Eines Nachts träumte sie von Ottavio, der sie anlächelte. Am nächsten Morgen öffnete sie die Fenster in ihrem Zimmer und ließ die Sonne hinein. Sie ging hinaus auf die staubigen Straßen. In die Häuser der armen Leute. Wurde dort mit Gestank und Schmutz konfrontiert und sah barfüßige Kinder, die zwischen Kloaken und Schwärmen von schwarzen Insekten spielten. Kinder wie ihr Ottavio.

Dann kehrte sie in den Palast zurück und überzeugte Don Vincenzo von ihrer Idee. So entstand die Bruderschaft, der sie einen Sitz und Land schenkte, damit sie den Armen helfen, Waisen unterstützen und heiratsfähigen Mädchen eine Mitgift geben sollten. Sie bauten die Kapelle, und die Mitbrüder trugen als Erkennungszeichen alle eine goldgelbe Tunika. Genau die gleiche wie der Governatore auf dem alten Foto …

Mimmo steht neben ihm, ein Kleinkind, knapp zwei Jahre alt. Damals leitete der alte Mann die älteste und angesehenste Bruderschaft von ganz Villabosco. Um ihn herum gruppieren sich andere Mitbrüder, auch der, der damals schon ungeduldig darauf brannte, sein Stellvertreter zu werden: Nofrio Falsaperla. Er lechzte nach dem Kommandostab. Ein skrupelloser Ehrgeizling. Und er zögerte nicht, als man darüber abstimmte, den alten, inzwischen senil gewordenen Präsidenten aus dem Amt zu werfen, den gleichen Mann, der seiner Mutter geholfen hatte, ihn auf die Welt zu bringen.

Hinter den Mitbrüdern erhob sich riesig und feierlich das Holzkreuz der Veronika.

»Mimmuzzu, erinnerst du dich an die Prophezeiung, von der ich dir erzählt habe? Alle hielt mich für verkalkt, nur weil ich sie ermahnte, die Prophezeiung nicht herauszufordern. Weißt du noch, wie sie lautet?«

»Die Hand Gottes fährt vom Himmel herab und zermalmt die falschen Götzen. Und Sein Zorn wird wie ein Blitz die lügnerischen Propheten zerschmettern.«

»Nun nimmt die Prophezeiung ihren Lauf, Mimmuzzu, und niemand wird sie mehr aufhalten können.

Ich hatte es ihnen gesagt, aber sie haben nicht auf mich gehört. Sie haben über diesen alten verkalkten Mann gespottet, so sehr hatte die Geldgier sie verblendet. Und sie waren dabei, alles Gute in den Schmutz zu ziehen, das wir in Jahrhunderten aufgebaut haben.«

Schweigen und Leere. Der Wind erhebt sich in der Dunkelheit. Heulend wie ein verwundetes Tier. Der Schmerz des alten Mannes scheint das Holzkreuz der Veronika zu durchdringen. Und jenes Geheimnis, das nach Wind und Regen schmeckt, nach salzigen Tränen in offenen Wunden.

»Das Leben auf dem Kontinent war nichts für mich. Es gab zwar genug Arbeit, aber wenn du gezwungen bist, fern von den Orten zu leben, an denen du geboren und aufgewachsen bist, wirst du melancholisch und du wünschst dir nur eins: nach Hause zurückzukehren und den Duft der grünen Mandeln zu spüren, die zwischen deinen Zähnen knacken, den Geruch von regenfeuchter Erde einzusaugen. Meine Tochter, deine Mutter, wurde in einem Krankenhaus geboren, und deine Großmutter hatte die Hilfe von gewissenhaften Ärzten und tüchtigen Krankenschwestern. Eine Geburt, wie sie sein sollte. Ich hatte das Versprechen eingelöst, das ich mir selbst gegeben hatte, jetzt hielt mich dort nichts mehr zurück. Also habe ich mit deiner Großmutter darüber gesprochen, sie senkte den Kopf und sagte lächelnd: ›Kehren wir heim.‹ Und da sind wir heimgekehrt, Mimmuzzu.«

Das Gesicht des alten Mannes ist runzelig, die Haut von zu vielen eiskalten Wintern und glühend heißen Sommern ausgetrocknet. Als er zurückkam, gab es keine Arbeit, und er hat Jahre auf den verlassenen Äckern des ehemaligen Gutes zugebracht. Land, so weit das Auge reichte, und bis zum Horizont gehörte es wieder nur einem, dem Fürsten Altomonte. In Jahren harter Arbeit hatte sich der alte Mann dort den Rücken ruiniert. Jahre mit dem Wunsch nach Freiheit, der in den Herzen der armen Leute aufblüht, die unter den Schikanen einer ungerechten Justiz leiden müssen. Auf der einen Seite die Reichen, auf der anderen die Armen. Denen man alles genommen hat, sogar ihre Hoffnung.

»Damals hatten hier die Mafia der Grundbesitzer und die Männder der Kirche das Sagen. Da war ein Pfarrer, er hieß Padre Nino Cordalonga. Den nannten sie alle nur den Pfarrer mit der Pistole und der fürchtete sich nicht einmal vor dem Teufel persönlich. Eines Tages ließen die Paten seinen drei jüngeren Brüdern die Schafe stehlen. Daraufhin rannten die drei Jungen, Cicco, Vicio und Caluzzo, sofort in die Kirche und fragten ihren Bruder, ob sie sich vor der Macht der Familie von Don Totò beugen oder etwas unternehmen sollten. Schließlich sagte Cordalonga: ›Wir greifen sie an.‹ Und die vier Brüder gingen in den Treffpunkt des Familienclans, den Klub der Kaufleute. Das alles geschah am 10. November 1920. Der Pfarrer lief zwei Schritte voraus und zog seine Pistole aus dem Talar. Die Brüder zogen ebenfalls ihre Waffen. Alle waren bewaffnet und richteten ihre Pistolen auf die vier Mafiosi. Niemand wagte auch nur ein Wort zu sagen, außer Padre Cordalonga, ein dünner, kleiner Mann mit einer dicken Brille auf der Nase: ›Jemand hat meiner Familie Schafe gestohlen. Er soll vortreten, wenn er Mut und Ehre im Leib hat.‹ Die vier Männer erwiderten nichts und schlichen sich einer nach dem anderen mit gesenktem Blick aus dem Raum. Das war ein großer Sieg für die Brüder Cordalonga. An diesem Abend wurde die Legende von dem Pfarrer mit der Pistole geboren. In den Vierzigerjahren, nach dem Zweiten Weltkrieg, organisierte er mit anderen Pfarren während einer kommunistischen Kundgebung den politischen Protest, er besetzte die Tribüne und schrie: ›Alle Kommunistinnen sind Schlampen.‹ Er hatte vor nichts und niemandem Angst, Mimmuzzu. Ich erinnere mich daran, weil ich dabei war, Mimmuzzu, und völlig verstört zurückblieb: ein Pfarrer, der so schlimme Worte in den Mund nahm! Das war zu der Zeit, als er der Cassa rurale beitrat und später unumstrittener Direktor dieser Bank wurde. Und er tat viel Gutes, Mimmuzzu. Um die Mafia der Landbesitzer zu bekämpfen, brauchte man viele Männer wie Padre Cordalonga. Bevor er starb, ließ er in sein Testament schreiben: ›Alle Beträge, die mir aus der Altersversorgung der Cassa rurale von Villabosco zustehen, stifte ich zu einem Fünftel dem örtlichen Waisenhaus, zu zwei Fünfteln dem Heiligtum unserer Schutzpatronin und die anderen beiden Fünftel der Bruderschaft ›Purissimo e Preziosissimo Volto del Nostro Signore‹.‹

So war es damals in Villabosco, aber nicht alle Menschen verhielten sich wie Padre Cordalonga. Die Tage vergingen langsam, und einer war wie der andere. Irgendwann sagte mir deine Großmutter: ›Jetzt wird es Zeit, dass auch du deinen Platz einnimmst.‹ Und mit einem Finger, der damals schon wegen ihrer Herzkrankheit zitterte, zeigte sie auf ein altes Foto mit dem Holzkreuz der Veronika.

Und dann sagte sie noch: ›Man kann auch auf diese Weise Gutes bewirken.‹ Da begriff ich, was sie meinte, damals war ich gerade mal vierzig, und trat der Bruderschaft ›Purissimo e Preziosissimo Volto del Nostro Signore‹ bei, der ältesten und angesehensten von ganz Villabosco. Ich stieg langsam auf, bis ich mit knapp sechzig Jahren zum Governatore gewählt wurde. Und dieses Foto, Mimmuzzu, verewigt meinen Triumph.«

Triumph?

Eine Hand knüllt das Foto zusammen und wirft es in eine Ecke. Jetzt krümmt sich der alte Mann wie ein Wurm. Sein Schluchzen hallt laut durch den Raum.

XVIII

Auf seinem Schreibtisch fand er eine gelbe Mappe vor. »Für Maresciallo Bonanno« hatte sein treuer Cacici darauf geschrieben. Als der Maresciallo sie öffnete, lachte sein Ermittlerherz. Auf den unteren Rand der drei Blätter hatte die betreffende Person von Hand folgende Worte geschrieben: *»Hiermit erkläre ich, dass ich keinen Diebstahl in meiner Wohnung angezeigt habe.«* Und unterschrieben.

Jetzt hatte er drei Erklärungen und drei Unterschriften vorliegen: Gesuina Pigliapane, Ideale Dolcefiore und Minica Ciaramella. Sein Trick hatte funktioniert.

Die erste Erklärung war von Gesuina Pigliapane, der Ehefrau von Epifanio Candeloro, der das Holzkreuz der Veronika restauriert hatte, einer schönen Frau, die nicht aus Villabosco kam und schon mal einen Blick auf fremde Männer riskierte.

Die zweite, Ideale Dolcefiore, verheiratet mit Vicio Spata, Vicegovernatore der Bruderschaft »Purissimo e Preziosissimo Volto del Nostro Signore«. Der Schatzmeister hatte gesagt, sie sei schön wie ein Madonnenbild. Ihretwegen waren sich Falsaperla und Spata kurz vor dem Unglück mit dem Holzkreuz in die Haare geraten.

Die dritte, Minica Ciaramella, war die Tochter eines alten, bereits verstorbenen Mitbruders. Sie sollte die Rolle der heiligen Veronika spielen und Falsaperla, der Christus darstellte, den Schweiß vom Gesicht wischen. Doch nach dem Unglück hatte sie sich heimlich verdrückt. Warum? Wenn man dem Schatzmeister Glauben schenkte, war Falsaperla hinter Minica her gewesen.

Bonanno verglich seine Dokumente mit der kurzen Botschaft, in der stand: *»Das war kein Unfall, Maresciallo! Nofrizzu wurde ermordet!«* Nun wusste er, wer ihm diese Nachricht geschickt hatte.

Seine Idee war erfolgreich gewesen. Cacici hatte bei den drei ahnungslosen Frauen geklingelt und behauptet, in der Zentrale habe ein weiblicher Anrufer einen Diebstahl angezeigt und sich mit Vor- und Nachnamen der betreffenden Damen gemeldet. Da die Betreffende natürlich nicht wusste, dass dies eine Falle war, sagte sie natürlich, dies sei ein Missverständnis, in ihrer Wohnung sei nichts gestohlen worden, also hätte sie auch nicht die Carabinieri angerufen. Woraufhin Cacici schnell in perfektem Neapolitanisch gegen diejenigen wetterte, die auf so blödsinnige Scherze verfielen. Dann bat er sie, noch eine kurze Erklärung zu unterschreiben, um seinen Besuch zu rechtfertigen.

Die Falle hatte perfekt funktioniert.

Zufrieden über den gelungenen Trick, schaute Bonanno in den Videotext. Diesmal war ihm das Horoskop freundlich gesonnen: *»Vertrauen Sie auf Ihr Improvisationstalent, dann werden Sie ein angenehmes Gefühl von Befreiung verspüren. Tun Sie etwas für Ihr Wohlbefinden und laden Sie Ihre körperlichen und geistigen Batterien auf, damit Sie in Form bleiben.«*

»CACIIIII«, brüllte er noch aufgedrehter.

»Zu Befehl, Maresciallo!«, sagte der, als er abgehetzt in der Tür erschien.

»Bravo, du hast sehr gute Arbeit geleistet und wir haben uns einen guten Kaffee verdient. Komm, ich lade dich ein.«

»Wie Sie möchten.«

Vor dem Kaffeeautomaten fragte Bonanno: »Gibt es nichts Neues über diese andere Geschichte?«

»Was möchten Sie denn wissen, Marescià?«

»Alles, aber wirklich alles über Nenè Inguaggiato.«

»Ich war gerade dabei, den Bericht zu schreiben, als Sie nach mir gerufen haben.«

»Gibt es Neuigkeiten? Weiß man, welche Waffen sie benutzt haben?«

»Zwei Pistolen, beide Kaliber 7.65.«

»Diese dreckigen Mörder! Wenigstens wissen wir jetzt, dass zwei Leute geschossen haben. Gibt es sonst noch etwas?«

»Vielleicht interessiert es Sie, dass Inguaggiato seit ein paar Monaten etwas mit einem hübschen Mädchen aus dem Ort hatte.«

»Im Moment interessiert mich alles. Und wer war die Kleine?«

»Eine gewisse Minica Ciaramella.«

»Donnerwetter! Und das sagst du mir einfach so?«

»Das nächste Mal springe ich auf den Schreibtisch und tanze eine hübsche neapolitanische Tarantella dazu.«

Minica Ciaramella war doch das Mädchen, das sich aus der Kapelle davongeschlichen hatte.

Die nikotingeschwängerte Luft im Raum war zum Schneiden. Bonannos Augen wirkten müde und leer wie blinde Spiegel.

»Marcè, lass uns gemeinsam sehen, was der Stand unserer Ermittlungen ist, denn hier läuft alles ziemlich schlecht.«

Maresciallo Marcelli wurde misstrauisch. Er hatte noch nie erlebt, dass Bonanno ihn um Zusammenarbeit gebeten hatte. Entweder hatten die tragischen Ereignisse um Steppani und den armen Capitano einen anderen Menschen aus ihm gemacht oder der Dicke brütete mal wieder eines seiner Husarenstücke aus. Dass ihm Maresciallo Migliorisi aus Agrigent einen Tipp gegeben haben konnte, darauf kam Marcelli nicht.

Bonanno erriet, was der andere dachte, vor Aufregung bewegten sich seine Hände wieder, als wollte er Violine spielen, aber er hatte keine Lust, sich mit Marcelli zu streiten. Nicht jetzt, wo ihn seine Schuldgefühle beinahe auffraßen.

»Keine krummen Touren, Marcè! Man hat einen von uns umgebracht, und Steppani ist dem Tod gerade noch einmal von der Schippe gesprungen. Wir müssen diese dreckigen Mörder finden und sie in den Malaspina-Knast bringen. Aber das Ganze wird immer komplizierter, und wenn wir nicht endlich einmal miteinander reden, nimmt das ein böses Ende. Jetzt setzen wir uns mal hin und stellen fest, wo wir stehen, nur du und ich, von Bulle zu Bulle. Persönliche Probleme lassen wir aus dem Spiel, und es gibt keine Alleingänge mehr. Von nun an arbeiten wir zusammen. Bist du dabei?«

»Warst du etwa in der Kirche zum Beichten?«, zog ihn Marcelli auf. Er traute Bonanno nicht.

»Marcelli, bitte! Dafür ist jetzt wirklich nicht der richtige Moment. Entweder bist du dabei, oder ich regele alles allein.« Bonannos Hände spielten inzwischen nicht nur Violine, sondern auch noch Harfe, so nervös war der Maresciallo geworden.

»Was willst du wissen, Bonà?«

»Erzähl mir, was der Capitano mit Nenè Inguaggiato zu tun hatte. Die Sache stinkt, ich möchte da klarsehen.«

»Was stinkt da?«

»Marcè, schließen wir einen Pakt: Du fängst an und erzählst mir wirklich alles darüber, wie das Ganze angefangen hat und wie es dazu kam, dass Inguaggiato bereit war, mit uns zusammenzuarbeiten. Und dann erzähle ich dir alles.«

»Keine Tricks?«

»Wäre ich hier, wenn ich das wollte?«

Marcelli antwortete nicht. Er stand auf, öffnete das Fenster und stellte Bonanno einen großen, viereckigen Aschenbecher aus Onyx hin. Bonanno zündete sich die erste Zigarette an, und während Marcelli mit feierlicher Stimme begann, stieg bereits eine Rauchschwade auf.

»Der Capitano hatte sich in den Kopf gesetzt, die großen öffentlichen Aufträge einmal gründlich zu durchleuchten. Es ging das Gerücht, Inguaggiato könnte in die Geldgeschäfte der Paten verwickelt sein, das soll heißen, dass er bei den Firmen Schutzgelder kassierte. Nachdem er vertrauliche Informationen aus einem Unternehmen aus Bologna erhalten hatte, setzte der Capitano unauffällig die Ermittlungen in Gang. Die Paten verlangten eine Beteiligung von fünf Prozent an dem Geld, das die Firma für die Arbeiten an der neuen Straße bekam, da ging es um einen Betrag von drei Millionen Euro. Sie forderten 150.000, aber die aus Bologna wollten nicht bezahlen. Und nun rate mal, wen sie mit einem Strauß roter Nelken hingeschickt haben?«

»Nenè Inguaggiato!«

»Genau. In der Firma arbeiten nur Ausländer, die hatten noch nie einen Schutzgelderpresser gesehen. Der Capitano hat mich irgendwann zu sich bestellt und mir gedroht, wenn ich auch nur ein Sterbenswörtchen von dem verrate, was er jetzt mit mir bespricht, lässt er mich in ein gottverlassenes Nest in den Apuanischen Alpen versetzen. Er hat mir von der Erpressung erzählt und mich gefragt, ob ich irgendetwas über den wüsste, den sie wegen des Schutzgeldes hingeschickt hatten. Ich kannte Nenè Inguaggiato und habe seinen Namen genannt. Dann hat er mich gefragt, ob der Mann irgendwelche Vorstrafen hätte. Aber da war nichts zu finden. Deshalb haben wir uns mit unseren Methoden sein Foto besorgt, und der Capitano hat es dem Baustellenleiter gezeigt. Danach stand fest: Inguaggiato hatte dort das Schutzgeld eingefordert.«

»Und was hat der Capitano dann getan?«

»Er hat Mist gebaut. Er ließ Inguaggiato bei einer Kontrolle anhalten und ihm seine alte Rostlaube von Auto beschlagnahmen. Dann gab er strengste Anweisung, wenn Inguaggiato auftauchte, um sich seinen Wagen zurückzuholen, sollte man ihn direkt zu ihm schicken. Am nächsten Tag kam Inguaggiato in die Kaserne.

Keine Ahnung, was der Capitano ihm unter vier Augen erzählt hat, aber von da an hat Inguaggiato mit uns zusammengearbeitet. Vielleicht hat er ihn in die Enge getrieben, da die Leute von der Firma ihn erkannt hatten. Für meine Begriffe hat sich der junge Kerl zu schnell überreden lassen. Das nahm ich ihm nicht ab, aber der Capitano war überzeugt, Inguaggiato wolle sein Leben ändern. Im Endeffekt hat er das wirklich. Was hältst du davon?«

»Sobald er hier raus war, ist Inguaggiato zu den Paten gelaufen und hat ihnen alles erzählt. Die haben ihm dann gesagt, er sollte ruhig so tun, als würde er mit den Bullen zusammenarbeiten, weil der Capitano von der Erpressung wusste, und dabei herausfinden, wer sie verpfiffen hatte, damit man den Verräter bestrafen konnte. Gleichzeitig sollte er einzuschätzen versuchen, ob das Ganze ein Risiko für ihre Geschäfte darstellt. Du kennst ja ihre Grundsätze.«

»Und als sie dann überzeugt waren, dass ihre Geschäfte in Gefahr waren, ging das ja bekanntlich so aus: Sie ließen den Capitano und Steppani mit Blei vollpumpen.«

»Da irrst du dich aber, Marcè. Die Paten haben den Capitano nicht aus dem Weg geräumt.«

Diesen letzten Satz sprach Bonanno im Brustton der Überzeugung. Dann drückte er seine Zigarette in dem Onyxblock aus und wartete ab. Marcelli reagierte prompt. Wie erwartet.

»Was meinst du damit? Du, das von neulich tut mir übrigens heute noch weh.«

Marcelli erinnerte sich noch schmerzhaft an Bonannos Attacke gegen seinen Unterleib, als er ihm erzählte, dass er die Ermittlungen des Capitano unterstützt hatte.

»Lass jetzt mal unsere Privatangelegenheiten beiseite. Ich sage dir, die Paten haben nichts mit dem Anschlag auf den Capitano zu tun.«

»Ach nein?«, meinte Marcelli und sah ihn fragend an.

»Nein! Auch nicht mit dem auf Inguaggiato.«

»Verdammt, Bonà, willst du hier Rätselraten spielen?«

Plötzlich schnellte Bonanno hoch, steckte seine Zigaretten ein und schob den Aschenbecher weg.

»Ich muss dringend mit jemandem unter vier Augen reden.«

»Wir haben doch eine Vereinbarung!«, protestierte Marcelli, aber Bonanno war schon aus dem Zimmer gestürmt. Marcellis Erzählung hatte andere Teilchen zu dem Puzzle hinzugefügt, das langsam in seinem Kopf Gestalt annahm. Jetzt fehlte ihm nur noch ein Detail, um die Spur mit den Paten vollkommen ausschließen zu können. Ein Detail, das so viel wert war wie eine notarielle Beglaubigung.

»Bonà, du bist ein absoluter Hornochseeee!«, rief Marcelli ihm erbost nach und blieb stehen, als hätte ihn der Blitz getroffen. Sein Gesicht über der dunklen Uniform lief vor Wut purpurrot an. Bonanno war so in seine eigenen Gedanken versunken, dass er nicht einmal jetzt etwas erwiderte, sondern in seinen Punto stieg und mit quietschenden Reifen losfuhr. Marcelli sah ihm nach, bis er hinter der nächsten Ecke verschwunden war. Wären seine Augen die Läufe einer Pistole gewesen, wäre von Bonanno nur noch ein bleigespicktes Stück Hackfleisch übrig geblieben.

Wenn er wollte, konnte Bonanno eine richtige Kanaille sein. Diesmal war er eigentlich guten Willens gewesen, aber Marcellis weitschweifige Ausführungen hatten seinen Verdacht bestätigt. Hätte der Capitano sich der gleichen Methoden bedient wie Giarratana, als er Mimmo Vullos Erpresser festgenagelt hatte, wäre die Tragödie nicht geschehen, konstatierte er bitter. Wahrscheinlich nicht. Und er hätte jetzt nicht in die Höhle des Löwen gehen müssen, um sich mit Don Mico Gangarossa auseinanderzusetzen, dem Gottvater der Paten. Ein Gespräch unter vier Augen, ohne Zeugen, um mit sorgsam gewählten Worten das Nötige zu besprechen.

Es war ihm zuwider, sich mit diesem Abschaum abgeben zu müssen, aber um den Schlussstrich unter diese Ermittlungen zu ziehen und die Mörder des Capitano absolut festzunageln, wäre er sogar in die Hölle gegangen und hätte dem Teufel persönlich die Mistgabel zwischen die Hörner gesteckt. Und Mico Gangarossa stammte in direkter Linie vom Satan ab.

XIX

Don Mico Gangarossa war weit über sechzig und hielt sich am liebsten in seiner Riesenvilla auf, die nur einen Katzensprung von der mittelalterlichen Burg Villaboscos entfernt lag. Um 1300 hatten fleißige Arbeiter den Fels ausgehöhlt, um dort die uneinnehmbare Feste mit ihrer imposanten, einzigartigen Silhouette zu errichten.

Die Hügel in ihrer Umgebung fielen zum von drückender Schwüle erfüllten Tal ab, wo man, den Umweltschützern und der Region zum Trotz, die diesen Teil zum Naturschutzgebiet erklärt hatten, Hunderte von illegalen Häusern mit Swimmingpools baute.

Von der Burg aus hatte man einen Blick vom Ätna bis zu den Madonie, vom Meer vor Agrigent bis zu der Ebene von Canicatti. Während er zwischen Häusern und Riesenvillen mitten im Grünen zu Don Gangarossa fuhr, erinnerte sich Bonanno daran, wie das Montanvalle früher ausgesehen hatte.

Er sah auf die Uhr. Es war erst zehn. Also blieb ihm noch etwas Zeit. Sobald er eine Telefonzelle entdeckte, fuhr er langsamer, weil ihm sein Versprechen vom vorigen Abend einfiel. Er musste unbedingt Rosalia anrufen. Deshalb hielt er ganz unvermittelt an, ohne nachzudenken. Hinter ihm wich jemand ruckartig aus und drückte dabei lange auf die Hupe. Ein funkelnagelneuer Mercedes der S-Klasse bremste scharf, stoppte ein Dutzend Meter weiter, dann legte jemand den Rückwärtsgang ein und fuhr mit quietschenden Reifen wütend auf ihn zu, während Bonanno gerade die Telefonzelle betrat.

»Wo haben Sie denn Ihren Führerschein gemacht, dass Sie sich derartige Bremsmanöver erlauben?«, beschimpfte ihn eine aufgebrachte Stimme.

Bonanno hob eine Augenbraue. Er ging auf den Riesenschlitten zu, während ihm bereits das Blut in den Kopf stieg.

»Ach, Sie sind es?«, sagte er dann.

»Ob ich es bin oder jemand anderer, ist doch völlig egal. Was ist das für ein Fahrstil?«, antwortete Bürgermeister Totino Prestoscendo vorwurfsvoll.

»Bürgermeister, hat Ihnen eigentlich noch nie jemand etwas von Sicherheitsabstand erzählt? Sie klebten doch mit ihrem Mercedes fast an der Stoßstange meines Fiats. Wenn jemand bremst, weil ihm schlecht wird oder er zufällig eine Panne hat, muss er sich dann etwa noch vor Ihnen rechtfertigen?«

Gereizt erwiderte der Bürgermeister: »Ihr Bullen beschwert euch ständig über die disziplinlosen Autofahrer, aber Sie, mein verehrter Herr Maresciallo, haben gerade Ihren Wagen im Halteverbot geparkt!«

Als er Prestoscendo das Wort »Bullen« zischen hörte, explodierte Bonanno, dem ohnehin schon harte Worte auf der Zunge lagen. Er betrachtete das Halteverbotsschild, warf dem Bürgermeister einen vernichtenden Blick zu, und dann versetzte er ihm einen verbalen Tiefschlag. Sein Wortschwall hätte einen Ochsen zu Boden gestreckt: »Vielleicht kennen Sie ja das entsprechende aktuelle Urteil nicht. Es besagt, dass unter jedem Halteverbotsschild ein Erlass von der Stadt oder Gemeinde mit einer genauen Begründung angebracht wird, wann genau und warum gerade hier das Schild aufgestellt wurde. Fehlt diese offizielle Begründung, ist ein Haltverbotsschild keinen Pfifferling wert. Habe ich mich klar ausgedrückt?«

»Bonanno, Sie sind ein Flegel, wie er im Buche steht, und erweisen den Behörden nicht den mindesten Respekt«, erwiderte Prestoscendo spuckend wie immer. Womit er sich mit eigenen Händen sein Grab schaufelte. Bonanno wich einen guten Meter zurück, damit der erste Bürger der Stadt ihn aus dem Seitenfenster seiner Luxuslimousine in voller Größe bewundern konnte, dann brach alles aus ihm heraus, was ihm auf der Seele brannte. Doch er blieb ganz kühl und sachlich dabei: »Prestoscè, kann ich dir mal etwas sagen, so von Mann zu Mann? Von allen Kanalratten, die ich kenne, bist du wirklich die übelste. Und willst du auch wissen, warum? Wenn jemand ein Verbrecher ist, erkenne ich das von weitem und weiß, wie ich mich zu verhalten habe, aber du mit deinem anständigen Getue und der Ausrede, du seist vom Volk gewählt, bist der größte Verräter und suhlst dich wie ein Schwein im Dreck, immer bereit, jemandem auf die Nerven zu gehen. Dabei merkst du nicht einmal, dass unser Land den Bach runtergeht. Was schert dich das auch? Du denkst doch an nichts anderes als die bevorstehenden Kommunalwahlen. Dir ist doch scheißegal, ob hier Wassermangel herrscht oder unsere Straßen in einem miserablen Zustand sind, ob manche armen Leute nicht wissen, wie sie ihren Kochtopf füllen sollen und ob man sich inzwischen schon gegenseitig Käse, Öl und Sugo aus den Wohnungen stiehlt.«

Das war schlimmer, als wenn er ihn am Hals gepackt und an den Zinnen der Burg aufgehängt hätte. Einen so heftigen Angriff hatte der Bürgermeister nicht erwartet. Hochrot im Gesicht vor Wut bellte er zurück: »Was erlauben Sie sich eigentlich? Ich werde Ihrem Colonello Bericht erstatten! Ich gehe bis zum General! Ich lasse Sie strafversetzen!«, brüllte Prestoscendo empört und sprang aus seinem Luxusschlitten.

Bonanno nahm das gelassen hin: »Und ich erzähle ihnen dann die Geschichte von Vanni Lenticchios Hunden und das, was du gemacht hast, um dir die Aufmerksamkeit der Presse zu sichern. Der Bericht liegt noch bei mir in der Schublade.«

Der Bürgermeister wurde plötzlich ganz grün im Gesicht.

»Das ist Erpressung!«

»Hau einfach ab!«

Düster und bleich wie ein Novembermorgen stieg Prestoscendo in seinen Mercedes und fuhr mit quietschenden Reifen weg.

»So ein gemeiner Halunke! Du kannst nur mit armen Teufeln herumschreien, aber wenn dir jemand richtig die Meinung geigt, verkriechst du dich wie eine Maus in ihrem Loch«, machte sich Bonanno, der selbst noch vor Wut zitterte, Luft.

Dann atmete er tief durch, suchte nach seinen Zigaretten und steckte sich eine an. Der erste Zug füllte seine Bronchien mit warmem Rauch, und mit diesem blöden Gefühl von undurchdringlichem Nebel in seinen Lungenbläschen ging es ihm gleich besser.

Villabosco war von einem Meer aus Grün umgeben, am türkisblauen Himmel strahlte die wärmende Sonne, verwischte die Farben und legte einen perlfarbigen Schleier darüber. Bonanno schaute zur Burg hoch, aber dieser Anblick hatte für ihn jetzt jede Romantik verloren.

»Was für ein Hundeleben«, fluchte er.

Der Zusammenstoß mit dem Bürgermeister hatte ihm die Laune verdorben. Nun war ihm die Lust vergangen, Rosalia anzurufen und ihr den Antrag zu machen, der ihm so am Herzen lag. Nein, dazu war er jetzt zu aufgebracht. Also stieg er in seinen Punto und fuhr leicht nervös bei Gangarossas Villa vor. Das Tor stand offen. Auf dem weitläufigen Anwesen waren vier Tagelöhner mit den Oliven und den jahrhundertealten Mandelbäumen beschäftigt. Zwei junge Männer liefen vor dem Haus auf und ab. Es war offensichtlich, dass sie es bewachten. Als Bonanno seinen Wagen verließ, verschwand einer von ihnen in der beeindruckenden Villa, deren Außenmauern mit grobem, schimmerndem Stein und hellem Marmor verkleidet waren.

Der Maresciallo steckte sich noch eine Zigarette an, dann näherte er sich entschiedenen Schrittes der Villa. Wütend, wie er war, wollte er die ganze Geschichte möglichst schnell hinter sich bringen, und deshalb musste er das direkt mit dem Boss klären. Und zwar auf gleicher Augenhöhe. Und er dachte gar nicht daran, sich erst lange den Kopf darüber zu zerbrechen, was er sagen sollte. Dieser Abschaum verstand nur eine Sprache, die der Gewalt. Doch obwohl er nur ein kleiner Maresciallo war, war er diesem Mafiaboss in einem überlegen: Seine Rechtschaffenheit hielt solche Leute eindeutig auf Distanz, denn sie war es, die klare Grenzen zog zwischen einem Gesetzeshüter und einem, der im Dreck wühlte. Jetzt wusste er auch, wie er es angehen musste.

Mico Gangarossa kam aus seiner Villa, das Erstaunen stand ihm in sein dickes, hängebackiges Gesicht geschrieben. Während er auf Bonanno zuging, schwabbelte sein Bauch hin und her. Doch er legte eine ebenso ausgesuchte wie unaufrichtige Höflichkeit an den Tag.

»Maresciallo, welch angenehme Überraschung! Wem oder was verdanke ich die Ehre Ihres Besuches?« (Sollte heißen: *Was willst du hier bei mir zu Hause? Was hast du hier verloren?*)

»Guten Tag, Gangarossa, hätten Sie fünf Minuten Zeit für mich?« (Im Klartext: *Ich muss mit dir reden!*)

»Für Sie nähme ich mir sogar den ganzen Morgen Zeit. Sind Sie allein? Oder erwarten wir noch mehr Besuch?« *(Bist du nur hier, um mit mir zu reden, oder möchtest du mir richtig auf den Sack gehen?)*

»Nur wir beide.« *(Ich bin hier, um mit dir zu reden.)*

»Ich gehe voraus, wenn Sie erlauben.« *(Mal sehen, was du von mir willst.)*

Mico Gangarossa gab den beiden üblen Gestalten einen Wink. *(Jungs, ich möchte jetzt auf keinen Fall gestört werden.)*

Die nickten nur. *(Keine Sorge, Chef, wir kümmern uns darum.)*

Das Haus verriet sofort den Parvenu: kostbare Vorhänge, wertvolle Bilder, Kerzenleuchter aus getriebenem Gold, tropfenförmige Lüster aus böhmischem Glas und antike Möbel. Bonanno schätzte, dass er mindestens sechs Monatsgehälter ausgeben müsste, um auch nur eines der kleinen Sofas in dem Raum, dessen Wände mit Seidentapeten bespannt waren, kaufen zu können. Gangarossa bot ihm mit einer feierlichen Geste seiner behaarten Pranke einen Platz an.

Verbrechen lohnte sich, und wie!

»Kann ich Ihnen einen kleinen Likör anbieten? Oder lieber einen Kaffee? Wenn Sie inzwischen ein wenig von dem Gebäck nehmen wollen …« *(Wenn du als Freund gekommen bist, ist mein Haus auch dein Haus. Mach es dir bequem, dass wir reden können.)*

»Nehmen Sie es mir nicht übel, Gangarossa, aber vielen Dank, ich möchte nichts, denn ich bin nur hergekommen, um etwas zu klären. Ich will herausfinden, ob ich Ihnen den Tod meines Capitano und den Mordversuch an meinem Assistenten anlasten soll oder ob ich woanders suchen muss«, brachte Bonanno heraus, ohne Atem zu holen, während er aufrecht stehen blieb und Gangarossa direkt in die Augen schaute. (Das bedeutete: *Ich mag eigentlich nichts mit dir zu tun haben, denn du bist Abschaum, aber ich möchte es genau wissen, und zwar schnell, falls du nicht eine Horde Bullen auf dem Hals haben willst, die es aus dir herausprügeln.*)

Gangarossa stand ebenfalls auf. In seiner ganzen Größe und Stattlichkeit baute er sich vor Bonanno auf und schaute ihm direkt ins Gesicht. Sein Blick sprühte Funken. *(Du jagst mir keine Angst ein.)*

Bonanno, der aschfahl geworden war, wirkte wie ein Mastino, der drauf und dran war, seine Zähne in den Hals desjenigen zu schlagen, der in das Attentat auf seine Männer verwickelt war. *(Wenn du nicht redest, wirst du es bereuen, und ich werde dir derart auf die Pelle rücken, dass ich sogar erfahre, wie oft du zum Pinkeln gehst.)*

»Verlangen Sie etwa von mir, dass ich zum Verräter werde?« *(Verdammter Bulle, was willst du hier in meinem Haus?)*

»Natürlich nicht. Ich weiß, dass der Capitano sich darauf versteift hatte, ein Haar in der Suppe zu finden, aber es ist eine Sache, wegen Erpressung von Firmen beschuldigt zu werden, aber eine ganz andere, wenn man des Mordes an einem Offizier und des versuchten Mordes an einem Unteroffizier angeklagt wird.« *(Gangarò, ich weiß, dass ihr Schmarotzer seid und den Firmen das Brot wegnehmt, aber solange die nicht den Mund aufmachen und euch anzeigen, ist das eine Angelegenheit zwischen denen und euch. Hier ist aber einer von uns erschossen worden und ein zweiter verletzt, und ich will den festnageln, der geschossen hat, samt seinem Auftraggeber. Und wenn du verdammter Mafioso es nicht warst …)*

»Warum erzählen Sie mir das? Was habe ich denn damit zu tun?« *(Was gibst du mir denn dafür? Oder verlangst du, dass ich dir einfach so helfen soll, du Bullenschwein?)*

»Aus drei Gründen: Erstens bin ich mir sicher, irgendjemand hat Inguaggiato überredet, so zu tun, als würde er mit uns zusammenarbeiten, um herauszufinden, wer dem Capitano alles verraten hat, und uns eine Lektion zu erteilen.« *(Wenn du nicht redest, kriege ich dich dran, und das Benzin, mit dem du die Bagger der erwähnten Unternehmen anzünden lassen wolltest, kannst du dir dann selbst in die Gurgel schütten.)*

»Zweitens: Auf Capitano und Brigadiere Steppani haben zwei Leute geschossen. Einer davon war Inguaggiato. Und fragen Sie mich nicht, wie ich das herausgefunden habe, das werde ich Ihnen nicht sagen, aber es ist eindeutig bewiesen, dass Inguaggiato geschossen hat.« *(Wir Bullen verstehen unser Geschäft, wenn wir wollen, und deshalb hast du mit Recht die Hosen voll und bist besser vorsichtig, du Kanalratte.)*

Staunen lag auf dem Gesicht des Mafiabosses. Bonannos Bulleninstinkt zwickte ihn. Er merkte, dass Gangarossa erst in diesem Moment begriff, wer den Anschlag befohlen hatte, der den Capitano das Leben gekostet hatte. Also stimmten seine Vermutungen, und er war jetzt im Vorteil. Er setzte noch eins drauf.

»Drittens: Inguaggiato wurde umgebracht, obwohl wir glauben sollten, dass es ein Unfall war, aber ich weiß, dass das nicht stimmt, verstanden, Gangarossa?« *(Wenn du nichts damit zu tun hast, will ich den zweiten Mann finden, der geschossen hat, und du weißt, wer es ist, weil ich dich ins Bild gesetzt habe. Kapiert, du Hurensohn?)*

»Sie machen mich sprachlos, Maresciallo!« *(Verdammt, und ich habe nichts davon gewusst!)*

»Finden Sie Ihre Sprache nur mal wieder, Gangarossa, und wer verstehen will …« *(Und nun finde gefälligst heraus, wer der andere Dreckskerl war, der geschossen hat.)*

»Nehmen Sie jetzt einen Anislikör?« *(Arbeiten wir zusammen?)*

»Ich will Sie nicht beleidigen, aber zu bestimmten Tageszeiten bekomme ich Sodbrennen davon.« *(Bilde dir bloß nichts ein! Jeder bleibt das, was er ist.)*

»Dann eben ein anderes Mal.« *(Man kann nie wissen.)*

Bonanno gab ihm keine Antwort. *(So tief wie du werde ich nie sinken.)*

Damit war alles gesagt. Nur Sizilianer konnten den Sinn hinter ihren Worten verstehen. Bonanno stieg wieder in seinen Punto und fuhr los, ohne sich noch einmal umzudrehen. Dann hielt er an der gleichen Telefonzelle wie vorhin. Ging hinein und wählte eine Nummer.

Jetzt oder nie, dachte er. Sein Herz hämmerte heftig dabei.

»Ja, wer ist da?«, fragte jemand, Bonanno hörte nur Violinen und Geigen, die geliebte Stimme seiner Rosalia streichelte sein Ohr.

Er atmete heftig und das Schweigen dehnte sich endlos, denn Bonanno war wie gelähmt.

»Wer ist denn da bitte?«, fragte Rosalia noch einmal.

Bonanno hörte nur diese Engelsstimme, sah seidiges Haar, einen weichen Busen und runde Hüften vor sich.

Sie ist die Frau, die ich liebe, wiederholte Bonanno stumm, um sich Mut zu machen. In ihrer Gesellschaft war er ganz er selbst, ein Mann mit vielen Schwächen, ungehobelt und einfach gestrickt, aber durch und durch anständig, und deshalb hielt das verdammte Schicksal jeden Tag unangenehme Überraschungen für ihn bereit.

»Hallo, hallo?«

Jetzt oder nie.

Trotz heftigen Schnaufens brachte er laut und deutlich seine Frage heraus: »Willst du mich heiraten, Rosalì?«.

Dann legte er auf.

XX

Diese scheinbar so harmlosen Worte trugen die vernichtende Wirkung einer Naturkatastrophe in sich, und nun war zwar Bonanno seine Last los, dafür zitterte Rosalia am anderen Ende der Leitung. Ihr Mund war wie ausgetrocknet, ihr Gesicht wirkte blass und eingefallen, und sie umklammerte stumm den Hörer.

Ihre Arbeitskollegin fragte sie besorgt: »Du bist ja vor Schreck leichenblass geworden! Soll ich dir einen Kaffee holen?«

»Es ist alles in Ordnung«, versicherte ihr Rosalia lächelnd. Aber sie log. Nichts war in Ordnung. Sie war völlig durcheinander, ihre Welt stand plötzlich kopf. Dann flüchtete sie auf die Toilette, den idealen Platz, um sich heimlich auszuweinen. Sie schwankte zwischen Freude und Angst, Verwirrung und Schmerz. Zwar freute sie sich einerseits über diesen Antrag, den sie insgeheim ersehnt hatte, doch ein Geheimnis, von dem sie noch niemandem erzählt hatte, stürzte sie in ein Dilemma. Der typische Schmerz einer Frau und ein Traum, der sich in einen Albtraum verwandelt hatte.

»Wie soll ich ihm das bloß sagen?«, fragte sie sich.

Tränen liefen ihr über das Gesicht, während sie zwischen Freude und Angst schwankte. Glück muss man sich manchmal erst hart erkämpfen.

Im Spiegel sah sie ein nasses Gesicht und geschwollene Augen. Während sie sich die Tränen trocknete, traf sie eine klare Entscheidung: Sie würde Bonanno ihr Herz ausschütten, ihm alles erzählen. Sie konnte ihm die Wahrheit nicht verschweigen. Dann würde sie dieser Albtraum nicht länger quälen. Wie hatte das alles eigentlich begonnen? Sie wusste es nicht genau, sie war damit groß geworden, das Ganze war ungefähr fünfundzwanzig Jahre her.

Es war ein Tag wie jeder andere, ihr Onkel war mit ihr hinausgegangen, um den Storch zu beobachten. Er sollte aus dem Süden kommen. In der Ferne glitzerte das Meer, sie hielt einen Lutscher in der Hand und wartete mit unschuldigen Augen auf die Ankunft des Storchs, der in seinem roten Schnabel Tante Tita ihr erstes Baby bringen sollte. Vier Kinder, alle miteinander verwandt, standen da, Rosalia war die Älteste. Vor kurzem hatte es aufgehört zu regnen, Onkel Calò hatte sie in sein Auto gesetzt und sie auf das Kap in der Nähe des Ortes gebracht, von dem man unglaublich weit sehen konnte.

»Onkel, wann kommt denn der Storch?«

Onkel Calò rauchte und hatte sie beruhigt, aber er blickte dabei abwesend in die Ferne. Tante Tita war seine Frau. Man hatte ihm geraten, die Mädchen lieber aus dem Haus wegzubringen.

»Zeig den Kleinen den Storch«, hatte ihm seine Schwiegermutter, Rosalias Großmutter, befohlen. Er hatte sie in seinen dunkelblauen Fiat 850 Special gesetzt, eine kurze Fahrt, und dann waren sie am Capo di San Vito angekommen. Und starrten dort suchend in den Himmel. Die Schnecken krochen zu Tausenden über die feuchte, fruchtbare Erde. Unsichtbar für die, die nur Augen für den Himmel und den Storch hatten, aber als die Schneckensammler kamen, hatten auch die Kinder sie bemerkt: Die Männer hatten sie mit ihren weißlich schimmernden Eiern aus der Erde gerissen.

»Onkel, sie töten die Schnecken«, hatte Rosalia gewimmert. Doch ihr Onkel rauchte nur und grübelte über Dinge, die er im Grunde nicht einmal zu denken wagte. Er hatte ihr keine Antwort gegeben. Der Storch ließ auf sich warten und die Männer rissen immer mehr Schnecken mit ihren weißlichen Eiern ab. Arme Schnecken.

Bei dem Anblick hatte Rosalia sich gefühlt, als hätte sie zwischen Brustbein und Bauchnabel nur noch ein schwarzes Loch.

Dann kam plötzlich Tanino, ihr ältester Cousin, abgehetzt auf dem Fahrrad angefahren.

»Onkel, Onkel, du musst sofort nach Hause zurückkommen!«

Der Onkel hatte die Kippe weggeworfen und die Kinder waren enttäuscht in den Wagen gestiegen. Rosalia hatte immer noch dieses Gefühl der Leere gespürt. Sie waren ins Dorf zurückgefahren, der Onkel war hastig aus dem Wagen gestiegen. Tanino hatte versucht, seine Kusinen aufzuhalten, doch Rosalia war schneller gewesen. Ihrem Onkel zitterten die Hände, er rannte, war keuchend auf dem Platz zwischen den Häusern angekommen, wo alle Frauen standen und redeten, das Haar mit Kämmen hochgesteckt und die Augen feucht. Als sie ihn sahen, blickten alle zu Boden. Der Onkel war schnell die drei Stufen zu seinem kleinen, bescheidenen Haus hinaufgelaufen und drinnen verschwunden. Rosalia lief ihm nach, doch knochige Hände hatten sie aufgehalten.

»Du bleibst hier, Kleine! Das da ist nichts für dich.«

Von drinnen ertönte ein herzzerreißender Schrei. Der Schrei eines tödlich verwundeten Tieres.

Rosalia hatte sich aus dem Griff der zierlichen, sehnigen Catirina befreit, war ihr entwischt, ins Haus gegangen und bei dem Anblick, der sich ihr bot, wie gelähmt stehen geblieben.

Böse Hände rissen weißliche Schnecken aus Tante Titas Leib. Doch unter ihr breitete sich kein Wasser aus, sondern auf den zerwühlten Laken schwammen Seen aus Blut und Urin, und die Tante war schweißgebadet und totenblass. Die rohen Hände hielten jetzt etwas gepackt, das mit dem weißen Anhängsel an seinem Bauch den Schnecken ähnlich sah. Tante Tita verlor immer mehr Blut, es floss jetzt in Strömen, es spritzte, und ihre Schreie hatten das Zimmer erfüllt. Sie schien zusammenzuschrumpfen, ihr Mund war wie ein dunkles Loch, ihre Nase stach spitz hervor, und sie kniff die Augen fest zusammen. Der purpurrote See unter ihr breitete sich aus, er schien jetzt das kleine Haus zu überfluten. Rosalia hatte wieder dies Gefühl der Leere und sie sah nur das Blut und diese Hände, die sich hektisch bewegten.

Diese Hände verfolgten sie noch jahrelang in ihren Träumen.

Ihre Tante war zwei Stunden später gestorben. In den kleinen, abgelegenen Bergdörfern Siziliens brachte man in den Siebzigerjahren seine Kinder zu Hause mithilfe einer Hebamme zur Welt. Die beiden Schnecken, diese weißlichen kleinen Wesen hatten nie das Licht der Welt erblickt. Ihre Cousins wurden tot geboren.

»Die Engel haben sie in den Himmel gerufen«, hatte ihre Großmutter ihr erzählt. Mehr hatte sie Rosalia nicht gesagt, doch ihr blieben dunkle, beunruhigende Erinnerungen. Wenige Monate später, als sie in die Pubertät kam, hatte Rosalia zum ersten Mal diese Träume gehabt. Jede Nacht sah sie die Schnecken vor sich und ihre Eier und Hände, die sie aus der Erde rissen. Damals verstand sie es nicht, aber als sie Psychologie studierte, hatte sie den Auslöser dieser Träume gefunden. Daraufhin war sie eines Morgens ins Krankenhaus gegangen und hatte sich untersuchen lassen, ob sie auch eines Tages solche Wesen gebären würde und wie ihre geliebte Tante Tita daran sterben könnte.

Sie hatte ihre Antwort bekommen, aber die war niederschmetternd gewesen. Rosalia hatte nie mit jemandem darüber geredet, aber jetzt hatte ihr Saverio Bonanno die besagte Frage gestellt, und es wurde Zeit, dass sie mit dem Menschen, den sie liebte, diesen Schmerz teilte, den sie allzu lange in ihrem Herzen verborgen hatte.

XXI

Bonannos Magen sandte unmissverständliche Signale aus. Jetzt, wo die Anspannung gewichen war, konnte er sich seiner Lieblingsbeschäftigung widmen, nämlich seine Kiefer in Bewegung setzen und die deftigen Köstlichkeiten seiner Heimat genießen, die Donna Alfonsina oder Angelo Agliuzza, der begnadete Koch der Kompanie, so hervorragend zubereiteten. Als er seine Speckröllchen befühlte, tröstete er sich mit dem Vergleich mit Gangarossas Schwabbelbauch. Sein Besuch bei ihm würde bald Wirkung zeitigen. Die Stunden von Inguaggiatos Komplizen waren gezählt. Die Paten würden ihn Bonanno übergeben, um zu zeigen, dass sie nichts mit dem Mord an dem Capitano zu tun hatten. Er hatte diesem Verbrecher einen vernünftigen Vorschlag gemacht. In Sizilien liefen die Dinge nun mal so, und wenn diese vollgefressenen Parlamentarier die Wahl zwischen Staatsdienern hatten, die sich immer mehr anstrengen mussten, damit die Politiker immer reicher wurden, und ehrenwerten Paten, die Tausende von Stimmen zu vergeben hatten, wussten sie genau, mit wem sie sich gut stellen und wem sie in den Hintern treten mussten. Wem sollte er erzählen, was ihm manchmal durch den Kopf ging, wenn er sich mit Vorschriften und Verfahren herumschlug? Ganz bestimmt nicht diesen hohen Tieren im feinen Zwirn. Deshalb hatte er diese Entscheidung getroffen. Er wollte verhindern, dass es noch einen Toten gab, und Inguaggiatos Komplizen so bald wie möglich in die Finger bekommen. Wenn die Paten, wie er glaubte, nichts mit der Sache zu tun hatten, würden sie es dem Mörder nicht durchgehen lassen, dass er, ohne ihr Einverständnis einzuholen, auf ihrem Territorium getötet hatte.

Bonanno streichelte liebevoll über seine Speckröllchen, und sein Appetit auf eine deftige Mahlzeit wuchs. Zufrieden mit sich und der Welt fuhr er zur Kaserne, während er an Rosalia und seinen Antrag dachte. Seine Muskeln entspannten sich, und der Hunger wurde immer größer. An diesem Tag hatte Carabiniere Angelo Agliuzza Küchendienst, der köstliche Suppen aus Kartoffeln und Paprika kochte, dann mit Ricotta und wilden Artischocken gefüllte Nudeln, ganz zu schweigen von *maccu*, dieser Creme aus getrockneten Bohnen mit wildem Fenchel. Schon der bloße Gedanke daran ließ einen zwanzig Kilo zunehmen. Und erst seine Hauptgerichte. Bonanno erinnerte sich genießerisch an eine zarte, gebratene Hammelkeule, an geschmortes Zicklein und an die Kutteln mit Auberginen.

»Zum Teufel mit dem Cholesterin! Früher oder später müssen wir doch diese Welt verlassen, und wie schon mein Onkel Pepe, Friede seiner Seele, sagte, geht man am besten mit vollem Magen zu Petrus«, dachte Bonanno lächelnd und sog die würzigen Düfte ein, während ihm das Wasser im Mund zusammenlief. Angelo Agliuzza war kein einfacher Carabiniere, sondern sein persönlicher Versucher, und manchen Versuchungen kann nicht einmal der stoischste Zerberus widerstehen, ganz zu schweigen von Bonanno, der keine Ahnung hatte, wer das sein sollte.

Aber vorher hatte er noch etwas zu erledigen. Er sah auf die Uhr. Wenn er aufs Gas trat, konnte er es in einer Stunde hin und zurück schaffen. Dann bog er auf die Straße nach Bonanotti ein und fuhr geradeaus Richtung Agrigent.

Vor dem Krankenhaus fand er gleich einen Parkplatz und ging zielstrebig in die Abteilung für »Innere Chirurgie«.

»Ich muss sofort mit Brigadiere Steppani sprechen«, sagte er zu dem Krankenpfleger, der aufrecht hinter der Tür stand.

»Es ist keine Besuchszeit«, antwortete der.

»Ein Notfall«, log Bonanno.

Der Pfleger musterte ihn von oben bis unten. In seiner Uniform mit den roten Streifen, die das Schwarz der Hose zur Geltung brachten, machte Bonanno eigentlich eine gute Figur.

»Warten Sie, ich frage die Oberschwester.«

Er musste nur ein paar Minuten warten.

»Sie können hinein, aber nur ganz kurz«, sagte der Krankenpfleger und zwinkerte ihm zu. Er hatte ihm den Notfall nicht geglaubt.

»Danke.«

Steppani wirkte noch sehr mitgenommen. Bei seinem Anblick krampfte sich Bonannos Herz zusammen, doch er ließ sich davon nichts anmerken.

»Na, du alter Faulpelz, wann machst du dich endlich auf den Heimweg?«

»Maresciallo! Was tun Sie denn hier? Wie läuft es in Villabosco?«, fragte Steppani ihn nach dem Stand der Ermittlungen. Seine Stimme klang noch ein wenig schwach, aber ein Carabiniere kann nun mal einfach nicht aus seiner Haut.

»Alles in Ordnung, Steppà, komm du nur auf die Beine, um den Rest kümmere ich mich selbst … die Kerle entwischen mir nicht.«

»Arbeiten Sie ganz allein daran?«

»Mach dir keine Sorgen, es gibt genug Freunde, die mir helfen. Erzähl mir lieber von dir: Wann darfst du nach Hause?«

Bonanno hätte ihm nicht einmal unter der Folter gestanden, dass er Marcelli hinzugezogen hatte.

»Die Ärzte sind optimistisch, sie wollen mich in ein paar Tagen entlassen.«

»Und deine Mutter? Deine Schwester?«

»Die sind immer noch hier und warten, dass ich entlassen werde, damit wir dann gemeinsam nach Hause fahren können.

Ich habe sie weggeschickt, damit sie sich ausruhen. Sie wohnen hier ganz in der Nähe.«

»Neulich nachmittags wollten wir eigentlich noch bei dir vorbeischauen, aber es wurde spät … wir sind in den Zirkus gegangen.«

»In den Zirkus?«

»Vanessa lag so viel daran, und Rosalia hat ihr den Wunsch erfüllt. Meine Mutter ist auch mitgekommen.«

»Rosalia? Vanessa? Ihre Mutter? *Capperi*, also wird es ernst, stimmt's, Marescià?«, meinte Steppani und versuchte mal wieder Bonannos Redeweise zu imitieren.

Schweigen.

»Haben Sie etwa Ihre Zunge verschluckt, Maresciallo?«

»Ich habe sie soeben gefragt … ob sie … mich heiraten will.«

Jetzt verschlug es Steppani die Sprache.

»Nehmen Sie mich auf den Arm?«

»Negativ, Steppani, und du komm schnell auf die Beine, denn du sollst unbedingt mein Trauzeuge werden.«

Als er Bonanno entschiedenen Schrittes frech die Kantine betreten sah, blieb Marcelli der Bissen im Hals stecken, und er fing würgend an zu husten. Bonanno hatte sein Gesicht für besondere Anlässe aufgesetzt, er grüßte seine Leute an den benachbarten Tischen, und anstatt einen weiten Bogen um Marcelli zu machen, setzte er sich ihm genau gegenüber, stellte das übervolle Tablett vor sich ab und fing an, sich mit Nudeln und Brokkoli vollzustopfen. Marcelli, der sich von seinem Hustenanfall erholt hatte, starrte ihn an und wartete auf ein Zeichen von ihm. Doch Bonanno ignorierte ihn völlig und widmete sich mit der gleichen Hingabe der Bratwurst mit Kartoffeln wie zuvor den Nudeln. Ganz in seine Beschäftigung vertieft, lobte er bei jedem Bissen insgeheim den göttlichen Koch Angelo Agliuzza.

»Jetzt reicht's«, sagte Marcelli ernst und stand auf.

»Du hast erfahren, was du wissen wolltest, und nun behandelst du mich wie den letzten Dreck. Du kommst hier herein, frisch wie der junge Morgen, pflanzt dich vor mir auf, frisst dich voll wie ein Schwein und sagst keinen Ton. Du willst Krieg«, beschuldigte ihn Marcelli.

»Beruhige dich, Marcè. Montalbano meint doch immer, man soll nicht reden, während man solche Köstlichkeiten genießt, also lass mich in Frieden essen.«

Jetzt musste er auch noch den Commissario aus Vigàta aufs Tapet bringen, nur um seine Verfressenheit zu rechtfertigen.

»Wenn du mit deiner Mastkur fertig bist, erwarte ich dich in meinem Büro«, meinte Marcelli gehässig und entfernte sich mit federnden Schritten.

»Sorg dafür, dass mein Kaffee bereitsteht«, fauchte Bonanno zurück.

Als Marcelli den Raum verlassen hatte, winkte Bonanno seine Leute zu sich. Nur Carmelo Torrisi fehlte, der lieber bei seinem Frauchen aß, die so temperamentvoll war wie alle Sizilianerinnen und eifersüchtig über seine blauen Augen wachte.

»Es macht richtig Spaß, ihn so auf die Palme zu bringen«, meinte Antonio Brandi lächelnd.

»Hör dir den an!«, beschwerte sich Cacici.

Vito Cantara rülpste kräftig: »Der ist extra für Maresciallo Marcelli!«, erklärte er und strich sich zufrieden über seinen Kinnbart.

»Du bist widerlich!«, griff ihn Ciccio Lacomare an.

»Schlimmer als eine Wildsau!«

»Na, das sagt der Richtige«, antwortete Cantara.

»Setzt euch, Jungs, ich muss mit euch reden«, würgte Bonanno den Streit ab.

»Wir auch«, sagte Giarratana strahlend.

»Habt ihr sie verhaftet?«, fragte Bonanno, der sofort begriff, worum es ging.

»Zu Befehl.«

»Erzähl mir alles.«

»Drei kleine Würstchen. Sie hätten die sehen sollen. Die haben sich vor Angst in die Hose gemacht. Wir sind mit heulenden Sirenen hingefahren und haben sie festgenommen. Der ganze Ort war dabei. Und wenn Sie gestatten, gebe ich die Nachricht an Mimmo Carnemolla weiter. Mit Bildern und Tonaufnahmen.«

Bonanno sah ihn und seine anderen Männer an. Alle nickten.

»Einverstanden. Informiert aber Colonello Latella. Ihm steht es zu, die Nachricht an die Presse weiterzugeben.«

»Und warum? Wir haben die ganze Arbeit getan. Und haben sogar drei Pistolen mit abgefeilter Seriennummer beschlagnahmt.«

»Giarratà, noch ein Wort!«, donnerte Bonanno.

Der Carabiniere war sofort still.

»Das ist aber nicht gerecht«, erklärte Brandi.

»Hört auf mit diesem Unsinn, ich habe euch schließlich auch eine Menge zu erzählen.«

»Und was ist mit Marcelli?«, fragte Cacici besorgt.

»Der kann warten«, sagte Bonanno lächelnd. Was Cantara mit einem Rülpser bekräftigte.

XXII

In Marcellis Büro häuften sich die Kippen im Aschenbecher, während die Minuten sich endlos hinzogen. Bonanno trank gerade die letzten Tropfen seines Kaffees und setzte seinen Kollegen, den Kommandanten der Station, über seine Ermittlungen ins Bild.

»Also, die Sache ist die, und ich sage es dir lieber gleich, damit wir später keine Schwierigkeiten bekommen. Wenn du mir helfen willst, gut, wenn nicht, kümmert sich jeder um seinen eigenen Kram. Zunächst mal eins: Die Untersuchungen über das Unglück in der Kapelle wurden wieder aufgenommen. Das Holzkreuz ist Nofrio Falsaperla nicht zufällig auf den Kopf gefallen. Oh nein. Guck dir den Zettel an und lies«, sagte er und zeigte Marcelli die Notiz.

»*Das war kein Unfall, maresciallo! Nofrizzu wurde ermordet!*«, las Marcelli.

»Der Absender hat es nicht unterschrieben, aber durch diskrete und vorsichtige Ermittlungen meiner Männer wissen wir jetzt, wer es ist.«

Marcelli sah ihn argwöhnisch an, doch Bonanno ließ sich davon nicht beirren.

»Es handelt sich um Ideale Dolcefiore, die schöne Frau von Vicio Spata, der gerade Governatore geworden ist. Sieh dir dieses Schriftstück und den Zettel an. Die Buchstaben gleichen sich wie ein Ei dem anderen. Es gibt keinen Zweifel, sie hat die Nachricht geschickt.«

»Und warum?«, fragte Marcelli.

»Unterbrich mich nicht. Die Signora hatte ein Verhältnis mit

Nofrio Falsaperla. Vicio Spata, der betrogene Ehemann, kam dahinter und spuckte Gift und Galle. Ich weiß nicht, ob er seine Frau verprügelt hat, aber er hat ganz bestimmt Falsaperla zur Rede gestellt. Man hat sie entsetzlich streiten gehört. Dafür gibt es Zeugen. Und als Nofrio von dem Holzkreuz zerquetscht wurde und starb, gehörte Spata zu den Leuten, die sich weigerten, ihm zu helfen. Das bestätigt der Pfarrer.«

»Padre Sanguedolce?«, erkundigte sich Marcelli.

»Genau der.«

»Erzähl weiter«, drängte ihn Marcelli.

Bonanno ließ sich nicht lange bitten. Er steckte sich noch eine an und fuhr fort: »Die Ermittlungen waren zwar eingestellt, aber ich bekam dann diesen verdammten Zettel geschickt. Es passt alles zusammen, Marcè: Ich glaube, die schöne Ideale war überzeugt, dass ihr Mann dem Holzkreuz einen Stoß versetzt und ihren Liebhaber umbracht hat. Und dafür sollte er büßen. Wir müssen sie ausquetschen und sehen, was sie uns erzählt. Gleichzeitig fordern wir ein Gutachten für die beiden Schriftproben an. Ich wette hundert zu eins, dass sie von derselben Hand stammen.«

Hunderte Fragen drängten sich in Marcellis Kopf. Doch er schwieg und hörte Bonanno zu.

»Also weiter. Als das Unglück in der Kapelle passierte, war auch Minica Ciaramella dabei, ein Mädchen, auf das Falsaperla scharf war, denn dieser Kerl war ein geiler Affe, der immer nur das eine im Sinn hatte. Minica verschwand, bevor unsere Kollegen eintrafen. Aber warum? Was hatte sie zu verbergen? Außerdem traf sie sich seit einiger Zeit mit Nenè Inguaggiato. Sagt dir der Name nichts? Und was tat Inguaggiato in letzter Zeit? Er arbeitete mit dem verstorbenen Capitano zusammen … den dieser dreckige Mörder dann auch noch heimtückisch erschossen hat!«

Diesen letzten Satz warf er mit dem routinierten Kniff eines geborenen Rhetorikers in den Raum, weil er der Versuchung nicht widerstehen konnte, dem athletischen Marcelli zu beweisen, dass auch er sich auf sein Metier verstand. Und zwar besser als er, der im Fitnessstudio seine Zeit mit Gewichtstemmen und Seilspringen vergeudete.

Beinahe wäre Marcelli von seinem Sessel gefallen.

»Hast du etwa getrunken, Bonà?«, schrie er ihn an.

»Nein, Marcè, aus mir spricht nicht der Wein, beruhige dich. Nenè Inguaggiato gehörte zu den Mördern, dafür habe ich Beweise. Ich habe den Paraffintest machen lassen, und daraus geht klar hervor, dass er geschossen hat. Jawohl! Wie du weißt, wurde Inguaggiato in einer Felsspalte gefunden, anscheinend Tod durch Unfall, genau wie bei Nofrio Falsaperla. Und weißt du, was er in der Tasche hatte? Ein altes Foto des Holzkreuzes der Veronika und zwei Päckchen MS. Von der Marke hat man auch dort Kippen gefunden, wo der Anschlag auf unsere Leute verübt wurde.«

Marcelli goss sich ein Glas Wasser ein.

»Ach, und da ist noch etwas«, fuhr Bonanno fort, »es sieht so aus, als hätte unser Nofrio auch was mit der Frau des Schreiners gehabt, der das Holzkreuz restauriert hat. Jetzt bleiben nur zwei Möglichkeiten, Marcè: Entweder bin ich ein erbärmlich schlechter Bulle, oder dieses verdammte Holzkreuz wird uns noch ziemliche Probleme bereiten. Deshalb sprechen wir uns jetzt besser ab: Als Erstes bitte ich Dottor Panzavecchia um einen Durchsuchungsbefehl, und dann nehmen wir uns Falsaperlas Hütte mal vor. Und unterhalten uns mit seiner Witwe.«

Marcellis Gesicht war jetzt so grau geworden wie der Boden seines Büros.

»Dann bestellen wir die anderen Damen in die Kaserne ein und hören auch den neuen Governatore der Bruderschaft, Vicio Spata, und den Schreiner. Inzwischen ordnen wir ein neues Gutachten über die Vorrichtung an, die das Holzkreuz gehalten hat, und warten ab.«

»Worauf warten wir?«, fragte Marcelli verwirrt.

»Dass die heilige Veronika uns die Gnade erweist und wir den anderen Dreckskerl finden, der auf Steppani und den Capitano geschossen hat«, erklärte Bonanno und machte ein zufriedenes Gesicht wie eine Katze, die gerade eine Maus gefressen hat. Das tat er nicht absichtlich, aber Marcelli begriff, dass da noch mehr dahinterstecken musste. Er kannte Bonanno zu gut, um von ihm nicht weitere Geniestreiche zu befürchten, die gegen die offiziellen Vorschriften verstießen.

»Was hast du noch angestellt, Bonà?«, fragte Marcelli erschrocken und sprang auf, als hätte ihn eine Wespe in den Nacken gestochen. Wenn Bonanno schon so unschuldig schaute, gab es bestimmt bald Probleme und es ging drunter und drüber.

»Wer gute Verbindungen hat, kommt hin, wo er will, und wer auf Uniformen schießt, soll im Gefängnis verfaulen. Verstanden, Marcè? Deshalb stell mir keine heiklen Fragen, wenn dir bestimmte Antworten dann nicht gefallen. So schaut es aus, friss oder stirb, ich mache auf jeden Fall weiter, entweder bist du dabei oder du lässt es. Diese Kerle wollten unsere Leute umbringen.«

»Weil die Paten fürchteten, der Capitano würde ihre Geschäfte stören«, sagte Marcelli.

»Die Paten haben nichts damit zu tun, Marcè. Denk doch einmal nach: Die sollten ein paar Schießübungen veranstalten, während der Capitano gerade ihre Geschäfte aufs Korn nahm? Von wegen! Höchstens haben sie seine schwachsinnige Idee für sich ausgenutzt und ihm Inguaggiato untergeschoben, damit sie im Voraus wussten, was er herausgefunden hatte und womit sie zu rechnen hatten. Und wenn du es wirklich genau wissen willst, da du ja als Einziger über die laufenden Ermittlungen informiert warst, hätten sie dich eigentlich auch erschießen lassen müssen.«

Marcelli schwitzte, man konnte seine Furcht förmlich riechen und die Erkenntnis, nur Kanonenfutter zu sein.

»Daran habe ich gar nicht gedacht. Was haben wir für einen Scheißberuf, wo wir für einen Teller Spaghetti täglich unser Leben aufs Spiel setzen?«

»Nun jammer nicht rum, Marcè, es kommt eben, wie es kommt ... hör mir lieber zu. Die Paten regen sich schon lange nicht mehr über uns Bullen auf, das lohnt sich für die nicht, da verständigt man sich schon besser mit entgegenkommenden Politikern. Sie wissen: Stirbt einer von uns, landen hundert von ihnen im Gefängnis, deshalb sind sie schlau geworden. Du kannst die Hand dafür ins Feuer legen, dass Inguaggiato und sein Komplize geschossen haben. Und sobald wir diesen Kerl geschnappt haben, muss er uns erklären, was zum Teufel dieses verdammte Holzkreuz mit all den Toten zu tun hat.«

»Was für ein Komplize? Von wem redest du? Wer ist dieser andere Mann?«

»Kommt Zeit, kommt Rat.«

»Richte hier bloß kein Durcheinander an, Bonà. Wir haben eine laufende Ermittlung, wegen des Mordes am Capitano und Steppanis Verwundung haben sich die hohen Tiere eingeschaltet, und deshalb ...«

»Und deshalb ermitteln wir anderen im Unglücksfall mit dem Holzkreuz und wegen Inguaggiatos Tod. Weiter nichts. Aus diesem Grund beginnen wir noch einmal ganz von vorn und vernehmen wieder alle Zeugen, verstehst du mich?«

Marcelli starrte ihn wie benommen an. Bonanno schaffte es doch immer, ihn reinzulegen.

Orsolina Piparo, verwitwete Falsaperla, verlieh die Trauerkleidung die Aura einer Mater dolorosa, was in sichtlichem Widerspruch zu den üppigen Reizen ihres wohlgerundeten Körpers stand. Man konnte dem ehemaligen Governatore im Nachhinein so einiges vorwerfen, aber in punkto Frauen hatte er immerhin Geschmack bewiesen. Falsaperlas Witwe hatte einen dunklen Teint, und ihre lebhaft und forschend blickenden Augen waren so schwarz wie die Oliven, die das dickflüssige Öl im Montanvalle lieferten, dazu hatte sie volle Lippen, den Mund einer sinnlichen Frau. Orsolina Piparo, verwitwete Falsaperla, war keineswegs überrascht, als Bonanno und Marcelli in Begleitung von Brandi und Lacomare bei ihr zu Hause erschienen.

Dieser volle, von vier Schwangerschaften gerundete Körper musste dem Governatore ein fruchtbares, üppiges Land zu beackern geboten haben. Orsolina Piparo war eine auffallende Erscheinung. Jetzt funkelten ihre olivendunklen Augen und schleuderten Blitze.

»Sie entschuldigen schon die Störung, Signora, wir müssen eine Hausdurchsuchung vornehmen. Wenn Sie das hier bitte lesen würden. Es handelt sich um die Genehmigung der Staatsanwaltschaft«, erklärte Bonanno.

»Oh heilige Jungfrau, ist etwas passiert?«

Die Witwe war wirklich schlau, dachte der Maresciallo.

»Keine Sorge, aber bevor wir den Fall zu den Akten legen können, will der Untersuchungsrichter alles genau wissen, und da neue Fakten aufgetaucht sind, sind wir zu Ihnen gekommen.«

»Ich verstehe nicht, Maresciallo …«

»Gerüchte, Signora, Geschäfte in der Bruderschaft, ungelöste Fragen und mehr.«

Jetzt blitzten ihre Augen zornig auf.

»Gewissen boshaften Menschen sollte die Zunge verdorren, bevor sie den Namen meines Mannes, der guten Seele, in den Mund nehmen, und wenn sie nicht so viel reden würden, hätten wir alle ein leichteres Leben«, erregte sie sich.

»Wie wahr, Signora, aber es bleibt uns nichts anderes übrig als zu ermitteln«, sagte Marcelli.

»Mein Kollege hat recht, jeder muss seiner Arbeit nachgehen.

Wenn Sie jetzt also erlauben …«, meinte Bonanno, während er das Zimmer betrat.

»Aber sicher, dies hier ist ein anständiges Haus, wir haben nichts zu verbergen. Sie können gern nachsehen, wo und wie Sie wollen.«

Marcelli, Lacomare und Brandi begannen mit der Durchsuchung.

Ihre Komödie hatte funktioniert. Bonanno seufzte. Er wusste genau, dass Marcelli und seine Leute nicht das Geringste finden würden. Nofrio war nicht der Mensch, der kompromittierende Papiere nach Hause mitbrachte, wo sie den misstrauischen Augen seiner Frau ausgesetzt waren. Und selbst wenn, hätte die Witwe längst alles verschwinden lassen. Man konnte sie so oft betrügen, wie man wollte, aber wehe, man griff die Ehre einer Sizilianerin an.

»Wie war Ihr Verhältnis zu Ihrem Ehemann?«

»Maresciallo, ganz ehrlich, sind Sie wegen der Angelegenheiten der Bruderschaft hier oder wegen persönlicher Fragen?«

»Uns interessiert beides, Signora. Vielleicht war es ja nicht direkt ein Unfall, und wenn Ihr Mann Feinde hatte, muss ich das wissen.«

Funken sprühten. Orsolinas dunkle Augen flammten auf, und ihre Lippen zitterten. Bonanno war sicher, die Witwe wusste genau, dass ihr Ehemann sie betrogen hatte, und sein Bulleninstinkt biss ihn heftig.

Marcelli und seine Leute verlagerten ihre Bemühungen vom Schlafzimmer in die benachbarten Räume.

Bonanno fuhr fort: »Wenn Sie von eventuellen Streitigkeiten wissen oder jemanden kennen, der etwas gegen Ihren Mann hatte, vielleicht sogar ohne einen bestimmten Grund …«

Die Witwe antwortete ihm mit erstickter Stimme und feuchten Augen. Sie war wirklich eine gute Schauspielerin.

»Nofrizzu war ein vorbildlicher Vater und ein untadeliger Ehemann, und alle, die etwas gegen uns haben, soll der liebe Herrgott dafür bestrafen. Meine Großmutter hat mich gelehrt, Gottes Rache kommt langsam, aber gewiss!«

Es war genau wie bei Gangarossa. Jeder Satz enthielt eine versteckte Botschaft. Die Witwe wusste natürlich selbst, dass sie nicht mehr so knackig wie früher und ihr Mann deshalb hinter jungen Frauen her war, um sich bei ihnen auszutoben und sie dann aber ohne Skrupel fallen zu lassen. Sie wusste es und schwieg dazu, aus Liebe zu ihren Kindern, und weil sie die Erinnerung an den, der seit langem schon nicht mehr ihr Mann gewesen war, bewahren wollte.

»Maresciallo, war es nun ein Unfall oder nicht?«

»Vielleicht ja, vielleicht auch nein.«

Marcelli und seine Leute waren fertig. Und hatten nichts gefunden, wie Bonanno schon geahnt hatte.

»Ich dachte, Sie könnten mir eventuell helfen, mich weiter davon zu überzeugen, dass es ein Unfall war, aber vielleicht habe ich mich ja geirrt? Was bleibt uns schon übrig? Wir müssen eben unsere schmutzige Arbeit tun«, meinte Bonanno noch.

Dunkle Augen starrten ihn an. Bonanno hielt ihrem Blick stand. Er und die Witwe schlossen ein stillschweigendes Abkommen: »Wenn du mir hilfst, werde ich im Rahmen meiner Möglichkeiten versuchen, das Andenken deines Mannes, dieses Schweinehundes sondergleichen, fleckenlos zu erhalten«, gab er ihr zu verstehen.

»Nofrio brachte nie Papiere der Bruderschaft mit nach Hause. Die bewahrte er alle in der Kapelle auf. In einem Safe. Schenkungen, Vergabe von Grabstellen, Geschäftsbeziehungen, Projekte, Inventarlisten. Alles liegt dort unter Verschluss. Das ist mir gerade eingefallen, vielleicht kann es ihnen ja weiterhelfen.«

Orsolina Piparo war wirklich eine kluge Frau.

XXIII

Die Frau stöckelte entschlossen vorwärts. Sie war schlank, hatte große sinnliche Augen und nervöse Fesseln wie ein Rennpferd. Ihre Absätze klapperten laut auf den alten Pflastersteinen. In ihren schnellen Schritten klang etwas aus der Vergangenheit an, die drohend auf Menschen und Dingen lastete. Doch zu jedem Anfang gehört ein Ende, an dem man abrechnen und wieder unbelastet von vorn anfangen muss.

Sie trug das mit Gel modisch gestylte Haar kurz. Das blauviolette Kostüm passte ihr wie angegossen. Eine Frau wie sie musste Aufsehen erregen. Hinter den Türen der Freizeitklubs oder der wenigen Läden, die in den historischen Gassen von Villabosco noch verblieben waren, standen alte Leute und beobachteten sie. Eine kleine alte Dame, die sie anscheinend mit jemandem verwechselte, grüßte sie respektvoll. Die Frau erwiderte den Gruß nicht und sah sich um: Lebende Tote, in all diesem heruntergekommenen Gerümpel begraben, dachte sie verächtlich, während sie die schmale Gasse aus Lavasteinen entlanglief und sich langsam ins Herz der historischen Altstadt vorarbeitete. Sie öffnete ihre Handtasche, zog mit den lackierten, langen Fingernägeln ihrer manikürten Hände ein Zigarettenetui heraus und zündete sich eine an. Man sah ihr an, dass sie gewohnt war, durch die Welt zu reisen, unbekannte Länder, neue Eindrücke für sich zu entdecken. Sie mochte ein Leben, das man sich jeden Tag neu erfand, indem man es sich auf den Straßen der Welt eroberte und diese altmodischen, resignierten und sentimentalen Menschen mied, die in solchen dunklen Löchern ohne Zukunftsperspektive leben mussten.

Sie stieß den Rauch aus, während sich ihr Gesicht zu einer boshaften Grimasse verzog. Jetzt verbreiterte sich die Gasse, kurz vor ihr erhob sich der schlichte, mit karmesinfarbenem Terrakotta verkleidete Turm, der in riesigen Quadern endete, in die die großen Zeiger einer Uhr eingelassen waren: Vergangenheit und Gegenwart, Gegenwart und Zukunft und dazwischen das erbärmliche Leben der Menschen hier.

Es war ein herrlicher Tag, der strahlend blaue Himmel schien die Erde zu küssen, vom Gebirge her kam eine frische Brise auf, und in den Augen der Bewohner, die die Frau neugierig anstarrten, war dies ein ganz normaler Nachmittag wie viele andere. Doch für einen Menschen würde ihr Besuch alles verändern. Das wusste sie ganz genau und genoss schon im Voraus die Verstörung und Unruhe, die ihre Anwesenheit auslösen würde. Sie würde vorgegebene Rollen und Abläufe durcheinanderbringen, das ewig gleiche Schema der Tage, das doch die Illusion, man wäre in diesem gottverlassenen Nest nicht ganz allein, nur unzureichend schützen konnte. Was für ein Blödsinn! Jeder lebt und stirbt allein. So lautete die nüchterne Wahrheit, alles andere diente nur dazu, die Angst vor dem eigenen Tod zu vertreiben. Niemand gehört wirklich zu einem anderen Menschen. Niemand war bereit, sich ernsthaft hinzugeben. Das Leben war wie ein Zirkus, und so musste man es eben nehmen.

Die Frau hatte ihr Herz verhärtet, und ihre Gefühle hinter einem Panzer aus Eisen verschanzt.

Den hochherrschaftlichen Palazzo rechts von ihr würdigte sie nicht eines Blickes, sie ekelte sich vor der Vergänglichkeit der Dinge. Stattdessen liebte sie ein Leben voller Überraschungen, wo das Blut bei jeder neuen Begegnung in Wallung geriet, Augen, die sie durchbohrten und schon in Besitz nahmen, bevor kräftige Arme sie umschlangen und zerbrachen. Ein Leben in Fülle, das ihr als Frau Freude und Befriedigung verschaffte, offen für eine bunte Welt, ein Meer, in das man sich bedenkenlos stürzen musste. Was hatte sie denn verbrochen, dass sie in einem solchen Loch alt und grau werden und auf das unabänderliche Schicksal warten musste? Man musste das Leben nehmen, wie es kam, sich den Wind ins Gesicht blasen lassen, jeden einzelnen Moment genießen und nie zurückschauen.

Es hatte sie nicht viel Mühe gekostet, die Angebetete von Saverio Bonanno, diesem ergrauten Fettwanst, der inzwischen sogar noch dicker geworden war, ausfindig zu machen. Irgendwann vor langer Zeit hatte sie ihn selbst geheiratet. Zu jung und naiv war sie damals gewesen, hatte sich überreden lassen und damit den größten Fehler ihres Lebens begangen. Das Detektivbüro hatte ihr in kürzester Zeit die Adresse seiner neuen Freundin besorgt, wie sie es ausdrücklich verlangt hatte. Das hatte sie ein hübsches Sümmchen gekostet, aber das war es ihr wert.

Emma – so hieß die Frau – lief die angegebene Straße entlang, über deren rötlichen Dächern sich die Silhouette des Glockenturms erhob. Auf den stummen Glocken spielten die Sonnenstrahlen. Um sie herum herrschte eine geradezu unwirkliche Stille. Alles an dieser Straße war alt und leblos. Wie hieß sie noch? Via Santa Lidia Purpuraria. Die Frau blieb vor Haus Nummer fünfzehn stehen. Eine historische Fassade aus weißen Steinen. Dann holte sie scheinbar endlos Luft, blähte die Nasenlöcher angriffslustig, und ihre großen, sinnlichen Augen zogen sich zu kleinen, raubkatzenhaften Schlitzen zusammen. Jetzt war sie bereit, ihre Krallen in den Gegner zu schlagen.

Rosalia lächelte zufrieden. Vanessa rief sie jeden Tag an und hatte ihr immer eine Menge zu erzählen, über die Hausaufgaben, wie langweilig der Katechismusunterricht war, über die letzte CD von Laura Pausini. Zwischen ihnen hatte sich eine liebevolle Vertrautheit entwickelt. Vanessa hatte in Rosalia die Mutter gefunden, die ihr immer gefehlt hatte, und Rosalia in ihr ein Heilmittel gegen den Kummer, der sie quälte und den sie endlich in den Schneckenhäusern aus ihren Albträumen eingesperrt hatte.

Sie waren einander sofort sympathisch gewesen, ein Blick, eine Umarmung, und das Eis war gebrochen. Rosalia liebte Vanessa. Sie und Bonanno hatten ihr Leben bereichert. Sie mochte auch Donna Alfonsina. Die war zwar mürrisch wie alle sizilianischen Großmütter, doch hinter finsteren Blicken und Zurechtweisungen verbarg sie ein großes Herz, das von der Angst erfüllt war, dass ihr die Zeit davonlief und sie die Leere im Leben ihres Sohnes und ihrer Enkelin nicht mehr allein ausfüllen könnte. Donna Alfonsina war zwar ein wenig skeptisch, aber auch zufrieden gewesen, als sie sah, dass Rosalia sich ernsthaft für ihren Sohn interessierte, trotz seines undankbaren Berufs und seiner halbwüchsigen Tochter.

»Weißt du noch, der kleine Elefant? Das war wunderschön«, plapperte Vanessa, »*Mamma mia*, hatte der riesengroße, raue Ohren! Und der Rüssel erst! Wie ein Staubsauger hatte er damit alles aufgesaugt. Ich möchte noch einmal in den Zirkus. Wann geht ihr mit mir hin? Meine Mitschülerinnen platzen vor Neid, wenn sie die Fotos von mir und dem Elefanten ansehen. Ich habe sie auf mein Hausaufgabenheft geklebt, damit die Mädchen, die ich nicht ausstehen kann, sie immer vor der Nase haben.«

Vanessa war in ihrem Freudenausbruch gar nicht mehr zu bremsen. Und Rosalia bestärkte sie noch darin. Sie mochte es, wenn Vanessa fröhlich war. In ihrem Beruf erlebte sie nur selten so sorglose Kinder wie Bonannos Tochter. Als Sozialarbeiterin war sie gezwungen, gegen unsagbar schreckliche Verhältnisse zu kämpfen. Sie hatte schon zu viele Kinder mit erloschenen Augen gesehen.

»Diesen Sommer nehmen wir dich mit, um Delfine zu beobachten. Die springen über dem Meer hoch in die Luft. Aber jetzt musst du erst mal lernen.«

Ein überlanger, unangenehmer Ton mischte sich in ihr Gespräch.

Die Türklingel.

»Es ist jemand an der Tür, ich muss jetzt auflegen, wir reden später weiter. Ciao, Vanessa, ich rufe dich dann an.«

Doch Vanessa zögerte das Ende des Gesprächs noch ein wenig hinaus, ehe sie sich mit einem lauten Schmatzer in den Hörer verabschiedete.

Rosalia beendete das Gespräch und schickte Vanessa einen letzten Kuss durch die Leitung. Als sie zur Wohnungstür ging, klingelte es erneut. Bevor Rosalia öffnete, warf sie noch einen flüchtigen Blick in den goldgerahmten Flurspiegel. Er zeigte ihr das schmeichelnde Bild einer hoffnungsvoll gestimmten Frau, die vor Liebe strahlte. Ihre Beziehung zu Bonanno hatte sich gefestigt, das spürte sie, und darin konnte sie sich nicht irren. Bonannos kleine Familie bestand aus einfachen Menschen wie ihm selbst, die gewöhnt waren, in einer keineswegs mehr heilen Welt bescheiden und nach wenigen, dafür aber gesunden Prinzipien zu leben. Bonannos überraschender Heiratsantrag hatte sie zwar aus der Bahn geworfen, doch tief in ihrem Innern wusste sie schon, was sie ihm antworten würde. Sie würde ihm auch erzählen, wie sehr sie verunsichert war, weil sie glaubte, keine richtige Frau zu sein.

Es klingelte noch einmal, diesmal länger, nervös. Rosalia griff nach der Türklinke und öffnete. Blitzende Augen musterten sie. Eine große, schlanke Frau in einem schlichten blauvioletten Kostüm stand vor ihr.

»Sind Sie die Gemeindearbeiterin Rosalia Santacroce?«, fragte Emma, wobei ihr Mund sich zu einem boshaften Lächeln verzog. Das war eigentlich eine rein rhetorische Frage gewesen. Sie kannte die Antwort schon, die auch prompt kam: »Ja, das bin ich. Kennen wir uns?«, fragte Rosalia neugierig.

Alles lief nach Plan. Es würde noch leichter werden als gedacht. Plötzlich fühlte sich Emma unglaublich überlegen.

»Oh ja, ich kenne Sie. Sie können sich aber nicht denken, wer ich bin. Ich erkenne mich ja selbst kaum wieder, wenn ich nicht das Clownskostüm trage, aber ich will Ihnen einen Tipp geben: ein herzförmiger Luftballon. Sie wissen es immer noch nicht? Dann will ich Sie schnell aufklären: Ich bin Emma, Vanessas Mutter, und wir beide haben einiges zu bereden.«

Rosalia hatte einen großen Teil der Nacht kein Auge zugemacht. Als sie gegen Morgen endlich eindämmerte, wurde es nur noch schlimmer: Emma geisterte durch ihre Träume, bedrängte sie und zerstörte ihr Leben. Sie hatte kurz in Erwägung gezogen, einen Tag zu Hause zu bleiben, aber dann hatte sie es sich doch anders überlegt. Schließlich wollte sie Bonanno nicht misstrauisch machen. Diese Angelegenheit musste sie allein regeln. Bevor sie ihren Arbeitsplatz ansteuerte, hatte sie das Bedürfnis, in die Kirche zu gehen und in der kühlen Stille dieser Mauern der Statue der heiligen Lidia Purpuraria von Frau zu Frau ihr Leiden anzuvertrauen. Rosalia grübelte gedankenversunken. Emma war Vanessas Mutter. Eine sinnliche, aufreizende Frau, die sich katzenhaft elegant und stolz bewegte, aber diese äußere Anmut stand im Widerspruch zu ihren kalten Augen. Eine Gefühlskälte, die selbst einen Eskimo frösteln ließ. An ihren Bewegungen, ihrer Art zu reden war etwas Vulgäres. Diese Frau ließ sich schwer einordnen, aber sie war gefährlich. Und sie hatte schon den ersten Schachzug gemacht. Sollte sie jetzt lieber Bonanno und Donna Alfonsina informieren oder Vanessa allein beschützen?

Das Leben hatte Rosalia ein wenig Glück in Aussicht gestellt, aber sofort hatte sich das Blatt gewendet, und ihr war Schmerz und Leid widerfahren. Sie mochte keine Heimlichtuerei, hasste Lügen, aber jetzt war sie hin- und hergerissen. Sollte sie Emmas

Erpressung nachgeben und für ihr Schweigen bezahlen, oder sollte sie das Risiko eingehen und Bonanno informieren? Schließlich ging es dabei um Vanessa.

»Hilf mir, heilige Lidia. Mein Gewissen ist rein, du weißt es, und ich trage keinen Hass in meinem Herzen. Führe mich auf den richtigen Weg, um den Menschen zu helfen, die ich liebe. Warum musste sie ausgerechnet jetzt auftauchen? Warum?«, fragte Rosalia, während Tränen über ihr angespanntes Gesicht rollten. Emma hatte sie zutiefst getroffen: Ganz plötzlich waren ihre Zukunftsaussichten so dünn und leicht zerstörbar wie Seidenpapier.

»Ich begnüge mich mit 25.000 Euro und einem Tag mit *meiner Tochter*. Mehr will ich gar nicht, und danach kannst du von mir aus meine Exfamilie genießen. Wir werden Vanessa nichts verraten, inzwischen ist sie schon eine junge Dame. Als ich fortging, trug sie noch Windeln. Sie wird mich also nicht wiedererkennen und muss gar nicht erfahren, wer ich bin. Als ich aus diesem elenden Nest abgehauen bin, habe ich zuvor alle Fotos vernichtet. Ich habe keine Spuren hinterlassen und diese kleine Unterhaltung wird unter uns bleiben. Du hängst doch an den beiden, nicht? Ich habe gesehen, wie du den Fettwanst verhätschelt und meine Tochter gestreichelt hast. Wir treffen uns irgendwo, und du stellst mich als deine Freundin vor. Erklär mir mal eins: Wie kannst du nur in diesem Drecksloch leben? Warum hast du dir eine so schäbige Wohnung genommen, obwohl du mit deinem Fahrgestell doch viel mehr erreichen könntest?«

Rosalia war ihr barsch ins Wort gefallen. Emma hatte nur mitleidig gelacht. Und weitergeredet.

Was sollte sie tun? Sie wusste genau, wie italienische Richter im Fall einer Scheidung urteilten. In 99 Prozent der Fälle wurden die Kinder der Mutter zugesprochen, außer … Nein, das würde sie nicht zulassen, diese traumatische Erfahrung musste sie Vanessa ersparen … um jeden Preis. Und sie wusste auch schon, wie sie sich die 25.000 Euro beschaffen würde.

»Hilf mir, heilige Lidia«, wiederholte Rosalia. Tränen liefen ihr über das zarte ungeschminkte Gesicht, das die beißende Morgenkälte ein wenig gerötet hatte, und ihre Augen blitzten.

Plötzlich entdeckte sie in der Wand links von ihr eine Nische, die ihr noch nie aufgefallen war und sich vollkommen unsichtbar in die Mauer einfügte. Dort kam gerade der Küster heraus. Der halbdunkle Raum hinter ihm roch nach Staub. Zu Caliddro Pelagalli grüßte sie mit einem Brummen und entfernte sich, offensichtlich störte ihn ihre Anwesenheit. Niemand besuchte die Kapelle der heiligen Lidia so früh am Morgen. Rosalia nickte ihm zu. Der Küster verschwand, ohne sie eines Blickes zu würdigen.

Rosalia fiel sein seltsames Verhalten nicht weiter auf, da sie ganz andere Gedanken beschäftigten. Sie zog die Nase hoch, um die Tränen in ihrer Kehle zu unterdrücken. Dann näherte sie sich der Statue der heiligen Lidia und bekreuzigte sich. Beim Anblick des purpurnen Kleides der Figur hatte sie plötzlich eine Idee. Es gab eine Möglichkeit, es Emma heimzuzahlen. Zwischen einer Erpresserin und einer auf frischer Tat ertappten Diebin war kein großer Unterschied, besonders wenn die Farbe an ihren Händen sie verriet.

Endlich sah sie das Leben wieder in freundlicherem Licht. Rosalia hatte eine Lösung gefunden. Der Plan konnte schiefgehen, aber für jeden gab es im Leben Momente, in denen man ein gewisses Risiko einzugehen bereit war. Sie würde heute nicht zur Arbeit gehen, für Bonanno fand sie bestimmt eine Ausrede. Die frische Morgenluft ließ sie erschauern und sie bekam eine leichte Gänsehaut. Dann musste sie an ihren Saverio denken, mit dem sie seit gestern nicht gesprochen hatte. Und da sie ihn vermisste, entschloss sie sich, zu ihm zu fahren und ihm warme Hörnchen zu bringen, zusammen mit der Antwort auf seine Frage. Niemand durfte sich zwischen sie drängen, niemand durfte dieses Gefühl zerstören, das sie vollkommen erfüllte. Ihre Liebe würde ihr die Kraft dazu geben.

Rosalia sah auf die Uhr. Gleich öffnete ihre Bank. Sie ging zu ihrem Y 10, stieg ein und fuhr hin. Als sie ankam, waren die Schalter geöffnet und nur ein paar Kunden vor ihr. Sie hob einen Teil der 25.000 Euro ab, den Rest würde sie in den nächsten Tagen holen. Dann bat sie um einen Umschlag mit dem Aufdruck der Bank und steckte die Geldscheine hinein. Das war der Köder, um Emma in die Falle zu locken. Die Quittung hob sie sorgfältig auf.

Sie hielt bei der alten Bäckerei, die ihre Hörnchen jeden Tag frisch nach überliefertem Rezept herstellte, und kaufte ein ganzes Tablett voll, weil Saverio und Vanessa sie so gern mochten. Die Morgenluft duftete nach Honig, sogar die Sonne kam hinter den Wolken hervor und schien ihrem Plan freundlich gesonnen. Rosalia war erleichtert, sie würde der Erpressung nicht nachgeben und Emma trotzdem daran hindern, den Menschen, die sie liebte, wehzutun. Niemand, nicht einmal Bonannos Exfrau konnte ihre Liebe zerstören.

Bonanno hatte ebenfalls eine unruhige Nacht hinter sich, seine Grübeleien hatten ihn bis in den Schlaf verfolgt. Wie schleimige Würmer vergifteten sie seine Träume. In dem beängstigenden Halbschlaf, der ihn stets in den belastendsten Situationen überfiel, hatte er sich immer wieder die gleiche Frage gestellt: Warum hatte Inguaggiato Capitano Oliva ermordet?

Mürrisch stand er auf und griff gleich zur Zigarette. Der erste Glimmstängel des Tages vernebelte seine Lungen, sodass er jetzt noch schlechtere Laune hatte. Dann schaltete er seinen Fernseher, diese Büchse der Pandora, ein. Natürlich überfiel ihn das Horoskop mit einer Menge guter Nachrichten: *»Kleine Wortgefechte sind jetzt erlaubt, aber wenn Sie sehen, dass es ernst wird und die Situation außer Kontrolle zu geraten droht, beweisen Sie besser Vernunft.«*

»Na sicher! Das ist genauso, als hättest du den Piloten eines Flugzeugs niedergeschlagen, und wenn die Maschine daraufhin abstürzt, dann lern eben selbst fliegen!«, regte er sich auf.

Schon beim Aufwachen war er nervös und missmutig gewesen. Donna Alfonsina bekam es als Erste ab, dass er mit dem linken Fuß aufgestanden war. Sie putzte gerade Artischocken und wilden Mangold, die Bonanno so gern aß.

»Möchtest du einen Kaffee, Savè?«

»Bist du krank? Nimmst du mich jetzt schon wegen eines verdammten Kaffees ins Kreuzverhör?«

Die arme Frau seufzte nur stumm, denn sie wusste, wie spät Bonanno schlafen gegangen war, und hatte Mitleid mit ihm. Nur weil er so müde war, suchte er Streit. Sie trocknete sich die Hände an ihrer Schürze ab und servierte ihm einen Kaffee, der selbst einen Toten wieder zum Leben erweckt hätte. Diesmal fand Bonanno nicht den Mut zu fluchen, schweigend trank er seinen Espresso in kleinen Schlucken und verbrannte sich die Zunge daran. Er erinnerte sich an die neapolitanischen Regeln für den Kaffee, die ihm Cacici erklärt hatte: Ein echter Kaffee musste heiß, schwarz und stark sein. Als es klingelte, dachte Bonanno jedoch nicht mehr an Cacici.

Mutter und Sohn sahen einander erstaunt an: »Erwartest du Besuch? Deine reizenden Nachbarinnen, wie immer?«, fragte er.

»Heiliger Himmel, vielleicht ist es auch nur der Briefträger, Saverio«, antwortete die alte Frau und ging zur Tür.

»So früh?«, fragte Bonanno.

Rosalia roch wie der junge Morgen. Das Paket, das sie vor sich her trug, duftete ebenfalls äußerst verlockend.

»Überraschung«, sagte Rosalia und begrüßte Donna Alfonsina

mit einem Kuss auf die Wange, dann ging sie zu Bonanno und küsste ihn auf den Mund.

»Ist Vanessa schon in der Schule? Dann fahre ich später bei ihr vorbei«, sagte Rosalia und packte die Hörnchen aus.

Bonannos schlechte Laune verschwand schlagartig, sobald er diese Köstlichkeiten sah.

»Ich habe dir zwei mit Zitronencreme und eins mit weißer und dunkler Schokolade mitgebracht. Heute sollten wir feiern.«

»Was feiern wir denn?«, fragte Bonanno und nahm sich das erste Hörnchen vor.

»Das weißt du doch. Bis gestern war ich mir unsicher, aber dann … also, du hast mir doch eine Frage gestellt … gut, Saverio, ich will!«, sagte Rosalia und streichelte ihn.

»Du sagst Ja?«

»Ja, mein Liebster, ja!«

Rosalia setzte sich Bonanno auf den Schoß und küsste ihn leidenschaftlich. Daraufhin erinnerte sich Donna Alfonsina hastig, dass sie ja noch die Betten machen musste, und ließ die beiden allein. Sie hörte schon die Hochzeitsglocken läuten.

Rosalias Lächeln verschwand. »Ich muss dir etwas erzählen. Und ich glaube kaum, dass es dir gefallen wird.«

Bonannos Miene verfinsterte sich und er runzelte die Stirn. Er legte das Hörnchen zurück, weil er mit einem Mal keinen Appetit mehr hatte. Anscheinend hatte ihm Rosalia eine bedeutsame Mitteilung zu machen.

»Bist du etwa bereits verheiratet?«, fragte er düster, und sein Unbehagen wuchs.

»Nein!«

»Hast du ein uneheliches Kind?«

»Saverio, hör auf, hier den Ermittler zu spielen, und lass mich reden. Vor langer Zeit habe ich mich untersuchen lassen, weil ich Gewissheit wollte. Als Kind hatte ich immer so merkwürdige

Träume von kleinen Schnecken, die aus dem Leib ihrer Mutter gerissen wurden und …«

Bonanno sah sie verständnislos an.

»Also, ich wollte wissen, ob ich Kinder bekommen kann. Als kleines Mädchen habe ich miterlebt, wie meine Tante bei einer Geburt starb. Das hat mich traumatisiert, und sobald ich eine erwachsene Frau war, wollte ich das eben wissen, um mich darauf vorbereiten zu können. Ich wollte nicht verbluten und sterben wie sie. Und ich erfuhr, was ich wissen wollte, aber das war noch schlimmer.«

»Warum? Was hat man dir gesagt?«, fragte Bonanno beunruhigt und bewegte nervös seine Hände, als wollte er Violine spielen.

»Man hat bei mir eine angeborene Missbildung der Gebärmutter festgestellt. Weitere Untersuchungen haben diese Diagnose bestätigt. Wahrscheinlich werde ich nie Kinder haben können, ich meine, eigene Kinder, aber wir haben ja schon Vanessa und ich …«

In Rosalias Augen standen Tränen, doch sie hielt sie zurück, da sie wissen wollte, wie Bonanno auf diese Tatsache reagierte. Im Leben kommt irgendwann der Moment, in dem man sich dem eigenen Ich und seinen unterdrückten Schmerzen stellen und sich entscheiden muss, ob man leben oder einfach aufgeben will. Und Rosalia war entschlossen, ihre Liebe zu leben.

Bonanno sah Rosalia zärtlich an, dann umarmte er sie und küsste sie leidenschaftlich. In seinen starken Armen fühlte sie sich geliebt und geborgen.

»Rosali, du weißt ja, wie ich bin, ich kann mich nicht gut ausdrücken, aber du hast mir doch beigebracht, dass in diesem Leben nichts unabänderliches Schicksal ist. Ich hab immer geglaubt, ich bin ein Versager, und du hast mir bewiesen, dass ich noch lieben und ein richtiger Mann sein kann. Es ist nicht wichtig, ob wir eigene Kinder haben können. Es zählt doch nur, dass wir uns lieben und uns so akzeptieren, wie wir sind, ohne uns dafür rechtfertigen oder heucheln zu müssen, mit unseren Grenzen und unseren Schwächen, aber wenn wir zusammen sind, können wir sogar noch fliegen lernen.«

Rosalia antwortete nicht, sondern presste ihn nur fest an sich. Jetzt hielt sie ihre Tränen nicht mehr zurück.

XXIV

Nofrio Falsaperla war schlau wie ein Fuchs, Mimmuzzu, und war gewöhnt, den schwachen Punkt eines jeden zu finden, um ihn zu überreden. Er wusste seine Gegner zu nehmen und sie zu zwingen, klein beizugeben. Im Leben zählt nur der äußere Schein, ob du dich gut verkaufen und entsprechend auftreten kannst, sagte er. Wenn man ganz hoch hinauf und bestimmte Privilegien und Zugeständnisse erreichen will, muss man nicht nur Geld haben, sondern auch Macht. Deshalb konnte er es gar nicht abwarten, Präsident unserer Bruderschaft, der ältesten und angesehensten im ganzen Montanvalle, zu werden. Einer mächtigen Bruderschaft mit einer langen Geschichte. Hüterin eines Geheimnisses, das unter dem feierlichen Siegel der Verschwiegenheit von Präsident zu Präsident weitergegeben wurde. Nie zuvor hatte es je Grund zur Sorge gegeben. Bisher hatten die Prophezeiung und der Respekt vor ihren Worten genügt, um jeden zu veranlassen, der Verpflichtung, die er mit dem Amt des Präsidenten übernommen hatte, auch nachzukommen. Doch als Nofrio kam, fürchtete ich, dies könnte sich ändern, und damit behielt ich recht, Mimmuzzu. Deshalb versuchte ich mit allen Mitteln, ihm Steine in den Weg zu legen. Ich hatte ihn aufwachsen sehen und wusste daher, wie gerissen er war. Aber es gelang mir nicht. Nofrio legte sich ins Zeug, und schließlich schaffte er es doch, Präsident zu werden – und er wurde mein erklärter Feind. Es gibt keine Dankbarkeit auf dieser Welt, Mimmuzzu. Du weißt doch, wie das Sprichwort sagt: ›Wenn du Gutes tust, vergiss es, wenn du Böses tust, denk darüber nach.‹ Nofrio Falsaperla nahm auf niemanden Rücksicht und ließ sich nicht von einem alten Mann wie mir aufhalten. Denn so grob und ungebildet er war, wusste er doch eins. Nur als Präsident konnte er Macht und Ansehen erlangen, die er anders nie erreicht hätte. Und so war es dann auch. Dem Präsidenten der Bruderschaft standen alle Türen offen: Er fand Einlass in die gute Gesellschaft, gab Zeitungen, Zeitschriften und dem Fernsehen Interviews, verwaltete ein riesiges Vermögen, verfügte über eine enorme wirtschaftliche Macht und nutzte sie für seine Zwecke.

Alles, was ich in aller Stille in Jahren aufgebaut hatte, hat er in kürzester Zeit zunichtegemacht. Wie oft hatten wir diskret und respektvoll Familien, die schwierige Zeiten durchmachten, mit Geld unterstützt. Väter, die ihre Arbeit durch Entlassung oder Krankheit verloren hatten und ihre Familie nicht mehr ernähren konnten. Wenn du wüsstest, wie oft wir ohne Aufsehen viele hungrige Mäuler gestopft haben, weil wir wussten, dass es richtig war. Ich erinnere mich an Kinderaugen wie deine, die gierig die Körbe voll mit Lebensmitteln anstarrten, die wir mitbrachten. Ofenwarmes Brot, Kekse, Zucker, Öl und Mehl.

Gute Taten stellt man nicht zur Schau, Mimmuzzu, man tut sie eben, nur für schlechte Taten muss man sich rechtfertigen. Das weißt du jetzt auch. Und sogar Nofrio wusste es. Die Verführung der Macht, Mimmuzzu. Ein ungehobelter, vulgärer Kerl trägt feinste Anzüge und wird in den Augen derer, die sich vom äußeren Schein blenden lassen, zu einem Gott auf Erden. Und Nofrio nutzte dies aus und schund damit Eindruck bei den Müttern von armen Familien, die sich an ihn wandten und ihn um Unterstützung baten, damit sie ihre Kinder ernähren konnten.

Das wäre aber noch das geringste Übel gewesen, Mimmuzzu, Männer haben eben gewisse Schwächen. Und zu einem Tänzchen gehören immer zwei. Es gibt stets einen Ausweg, und wer Nofrio wählte, zog daraus auch persönlich seinen Vorteil.

Doch Nofrio genügte es nicht, Präsident der Bruderschaft geworden zu sein, er vergaß nie eine Beleidigung. Und ich hatte ihn vor aller Augen gedemütigt. Das konnte er mir nie verzeihen. Erinnerst du dich noch an den Tag, Mimmuzzu?«

Die Frage verlor sich in der fahlen Morgendämmerung, deren erste schimmernde Strahlen in das schlichte, feuchte und schmutzige Zimmer fielen, das von Leid und Einsamkeit erzählte. Das Foto des alten Präsidenten mit dem Kind, den Mitbrüdern und dem Holzkreuz der Veronika lag noch dort, zerknüllt, vergessen, in irgendeiner Ecke.

Bonanno kam so voller Energie in die Kaserne, dass er die ganze Straße von Messina hätte beleuchten können. Schwungvoll ging er in sein Büro und nahm sich die Aussagen der drei Frauen vor, die Cacici unterschrieben hatte. Neben jedem Namen stand eine Telefonnummer. Dieser Junge aus Neapel war wirklich Gold wert. Bonanno holte ein Päckchen Zigaretten aus der Tasche, dann wählte er eine Nummer.

»Ja bitte?«

»Guten Tag, ist dort Signora Dolcefiore?«

»Ja, wer sind Sie denn?«

»Maresciallo Bonanno.«

»Ach, guten Tag, Maresciallo, wie geht es Ihnen?«

»Danke gut, Signora, und Ihnen?«

»Ich will nicht klagen. Aus welchem Grund rufen Sie mich an?«

»Ich muss mit Ihnen reden. Kommen Sie bitte in die Kaserne, ich erwarte Sie.«

»Worum geht es, wenn ich fragen darf?«

»Um Nofrio Falsaperla«, sagte Bonanno unverblümt.

Schweigen am anderen Ende der Leitung.

»Ach, um den armen Governatore. Was möchten Sie denn wissen?«

»Kommen Sie her, dann sage ich es Ihnen. Könnten Sie in einer halben Stunde hier sein?«

»Gut, wir sehen uns dann in einer halben Stunde, Maresciallo.«

Das Foto zeigte ein junges Ehepaar. Ideale Dolcefiore, genannt Idy, und Vicio Spata. Er im dunklen Anzug, sie in einer Wolke aus weißen Spitzen. Wie lange dieser glückliche Tag wohl her war, fragte sich Bonanno, während er das Bild betrachtete. Das Bild war der Frau aus ihrer Lederhandtasche gefallen, als sie deren gesamten Inhalt auf der Suche nach einem Taschentuch, mit dem sie sich die reichlich fließenden Tränen trocknen konnte, auf seinem Schreibtisch ausgeschüttet hatte. Sobald der Maresciallo den Namen Nofrio Falsaperla nannte, hatten sich ihre himmelblauen, tiefen Augen gleich mit Tränen gefüllt.

Die Augen einer Ehebrecherin, wie sie im Buche stand, dachte Bonanno und betrachtete weiter das Foto dieser Hochzeit, die jetzt mit Seitensprüngen und Lügen in den Schmutz gezogen wurde. Das Bild wirkte so unpassend auf ihn wie Kutteln am frühen Morgen, dachte er sich, denn ihm fielen immer Vergleiche ein, die sich ums Essen drehten.

Idy hatte sich mit dem Governatore nach allen Regeln der Kunst vergnügt. Und Vicio Spata, ihr Ehemann und ein potenzieller Mörder, hatte es geduldet. Bonanno schaute sie sich genauer an: Signora Dolcefiore hatte Augen wie aus Porzellan und fein gemeißelte Gesichtszüge. Sie trug einen eng anliegenden, kniebedeckenden Rock, der ihre üppigen Hüften betonte. Was ihr an Busen fehlte, machte sie durch ihre sinnlichen, tiefroten Lippen wett. Bonanno musste insgeheim zugeben, dass er den Governatore verstehen konnte. Dann gab er ihr das Foto zurück und bot ihr eine Zigarette an.

»Möchten Sie?«

Stumm, von lang gezogenen Schluchzern überwältigt, schüttelte sie nur ihre ins Blonde gehenden Locken und nahm mit zitternden Händen das Foto. Dabei ließ sie sich viel Zeit, denn sie wollte sichergehen, dass Bonanno es auch gesehen hatte.

Der beschloss daraufhin, der Komödie ein Ende zu machen, bevor sie überhaupt begonnen hatte. Also steckte er sich eine an und hielt Idy den Zettel mit der anonymen Nachricht unter ihre zierliche Nase. Dann ließ er bewusst langsam neben die Nachricht, die jetzt gut sichtbar auf dem Schreibtisch lag, die Erklärung fallen, die dieser Unschuldsengel geschrieben hatte. Man sah sofort, dass die Handschrift identisch war. Idy stellte schlagartig ihr Schluchzen ein.

»Bevor wir anfangen, möchte ich Ihnen noch etwas sagen: Dies hier ist bis jetzt ein vertrauliches Gespräch unter vier Augen, genauso wie die Nachricht, die Sie mir anonym geschickt haben. Wie Sie sehen, führt hier niemand Protokoll. Wenn wir die Sache abkürzen können und Sie mit uns zusammenarbeiten, sparen wir uns alle eine Menge Zeit und vermeiden, lange drum herumzureden. Ich kann natürlich auch den offiziellen Dienstweg beschreiten.«

Idy Dolcefiore nahm jetzt doch die Zigarette, die Bonanno ihr angeboten hatte. Sie verschwand beinahe zwischen ihren üppigen Lippen. Sie zündete sie an und nahm einen langen Zug. Dann seufzte sie noch ein- oder zweimal. Als sie Bonanno mit ihren himmelblauen Augen ansah, las der darin, dass sie jetzt alles ausplaudern würde, was sie wusste.

Nachdem er Idy Dolcefiore verabschiedet hatte, beschloss Bonanno alles offenzulegen und seine Männer über die neuesten Entwicklungen zu unterrichten.

»Cacì, ruf die anderen her. In fünf Minuten will ich alle in meinem Büro sehen. Informier auch Maresciallo Marcelli.« Zehn Minuten später waren Torrisi, Brandi, Cacici, Cantara, Lacomare und Giarratana bei ihm versammelt. Marcelli war ebenfalls gekommen.

»Was ist nun, Bonà? Was hat dir diese Stute aufgetischt?«

»Sie glaubt, ihr Mann hat Nofrio um die Ecke gebracht.«

»Ach ja, wirklich? Und wie kommt sie darauf?«

»Das weiß sie nicht genau, weiblicher Instinkt, behauptet sie. Die Geschichte zwischen ihr und Falsaperla ging sechs Monate, sie überlegte sogar, mit ihm durchzubrennen. Falsaperla hat ihr einen Haufen Lügen darüber erzählt, wie sehr er unter dem Leben mit seiner verständnislosen Ehefrau litt. Um es kurz zu machen, er kam immer öfter, unter dem Vorwand, er wolle Vicio Spata besuchen, und mit der Zeit machten die Pralinen, die er ihr schenkte, Eindruck auf sie, ebenso wie gewisser goldener Krimskrams. Wertloses Zeug, behauptet die treulose Ehefrau. Aber du kannst dein Gehalt darauf verwetten, dass es durchaus seinen Preis hatte. Mit einem Wort, Marcelli, die beiden trieben es miteinander.«

»Na gut, Bonanno, das hab ich begriffen, aber was haben wir denn für Fakten außer einem leidenschaftlichen Liebespaar?«

»Sie hat die anonyme Nachricht geschickt, und Spata hat für die besagte Nacht kein Alibi.«

»Entschuldigen Sie, Maresciallo, um welche Nacht geht es?«, fragte Giarratana und kratzte sich seinen ungepflegten Bart.

»Die Nacht vor dem Unglück in der Kapelle. Spata ist erst um vier Uhr ins Bett gegangen. Seiner Frau gegenüber tat er so, als wäre alles in Ordnung, aber er kam ihr feindselig und hasserfüllt vor. Frauen spüren gewisse Dinge, Marcè, besonders solche Frauen … Spata hatte herausgefunden, dass Idy und Falsaperla ihn nach Strich und Faden betrogen und vielleicht, ich beton: vielleicht, brütete er einen üblen Plan aus, um sich für die Hörner auf seinem Kopf zu rächen. Besorgte sich den Schlüssel zur Kapelle – vergiss nicht, er war Falsaperlas Stellvertreter –, ging dorthin und beschädigte die Vorrichtung, die dieser für seine Inszenierung aufgebaut hatte. Und am folgenden Tag, bumm, kracht das Holzkreuz herunter und macht Hackfleisch aus Falsaperla. Als man dem Governatore zu Hilfe kommen will, erheben Spata und Fofò Scibetta, der untadelige Schatzmeister, Einspruch. Sie wollen, dass er stirbt, falls er nicht schon tot ist. Übrigens, Marcelli, was kannst du mir über den Schatzmeister sagen?«

»Genau das Gleiche, er hat für die besagte Nacht auch kein Alibi. Er behauptet, er hätte nicht schlafen können und sei in dieser Nacht auf der Jagd nach wilden Kaninchen über die Landstraßen im Montanvalle gefahren. Du weißt ja, wenn der Mond scheint, kommen die wilden Kaninchen heraus, und wenn einer sie dann mit den Scheinwerfern blendet …«

»Gut, Marcè, ich hab verstanden, Scibetta hatte auch seine guten Gründe, um dem Governatore das Fell über die Ohren zu ziehen, und er hat kein Alibi. Dann haben wir jetzt schon zwei. Du bestellst jetzt Vicio Spata her und quetschst ihn richtig aus. Ach, und noch etwas, wir müssen einen Durchsuchungsbefehl für die Kapelle anfordern und uns diesen Safe anschauen. Gibt es etwas Neues über den Sachverständigen, der sich das Holzkreuz und die von Falsaperla montierte Vorrichtung ansehen soll?«

»Die Staatsanwaltschaft hat mir versichert, dass man ihn im Laufe des Tages benennen wird.«

»In Ordnung, dann an die Arbeit!«, sagte Bonanno und stand auf.

»Wo willst du denn hin?«

»Hast du vergessen, dass wir noch jemand befragen müssen? Diese Kleine, Minica Ciaramella. Ich möchte allein zu ihr gehen. Teil du dir die restliche Arbeit mit den Jungs auf.«

»Warum tauschen wir nicht, Bonà? Du und die Jungs, ihr tut euch Spata an, und ich verhöre das Mädchen.«

Vito Cantara sah ihn feindselig an. Lacomare stieß ihm warnend den Ellenbogen in die Rippen, da konnte Cantara sich nicht beherrschen und trat ihm auf den Fuß.

»Marcè, die Kleine trieb es mit Inguaggiato und vielleicht auch mit Falsaperla. Deshalb soll sie mir jetzt erklären, warum sie an jenem Nachmittag klammheimlich verschwunden ist. Und ich will ihr ins Gesicht sehen, während sie mir das erzählt«, wehrte Bonanno ab. Widerwillig stimmte sein Kollege zu. So langsam verstand er sich mit Bonanno, mit dem er sich sonst am liebsten gleich eine Schießerei geliefert hätte. Das Leben steckt doch voller Überraschungen, dachte Marcelli, während er dem Mann in der Telefonzentrale den Befehl gab, er solle die Streife vom Dienst kontaktieren, damit sie Vicio Spata mitteilten, er solle sofort in die Kaserne kommen.

XXV

Minica Ciaramella hatte Katzenaugen und einen biegsamen, schlanken Körper. Bonanno konnte sich sehr gut vorstellen, wie Falsaperla seine behaarten Pfoten nach den üppigen Äpfeln ausgestreckt hatte, die sich so rund unter dem eng anliegenden Pullover abzeichneten, den sie bestimmt in Villabosco auf dem Markt gekauft hatte. Doch ihre Augen leuchteten hart und kalt.

»Ich wollte ihn zugrunde richten, Maresciallo, das schwöre ich Ihnen, dieses Schwein sollte dafür bezahlen, dass er weder die Erinnerung an meinen verstorbenen Vater respektierte, der sein Pate bei der Eintrittszeremonie in die Bruderschaft gewesen war, noch das Heiligtum der Veronika … und mich auch nicht.«

Beim letzten Satz wurde sie flammend rot. Bonanno sah, wie bittere Erinnerungen ihren Blick abwesend werden ließen. Minica hatte beide Eltern verloren. Sie lebte in einem alten Haus im historischen Zentrum, nur einen Katzensprung von der Kapelle entfernt. Um sie zu besuchen, hatte er seinen Punto auf dem Vorplatz abstellen müssen, war dann durch Gassen mit verlassenen Häusern über Lavasteine und Kopfsteinpflaster gelaufen, bis er an eine Tür mit abgeblättertem Anstrich kam. Dort, in einem schmalen, dreistöckigen Haus, wohnte Minica. Das Mädchen schuftete für ihren Lebensunterhalt von früh bis spät in einer Pasticceria. Doch jeder wusste Bescheid, wie das hier in Villabosco gehandhabt wurde. Natürlich hatte sie keinen Vertrag, und ihr Arbeitgeber dachte nicht im Traum daran, Sozialbeiträge für sie zu überweisen. Minica hatte ihn eines Tages darauf angesprochen, und er, ein Geizhals wie aus dem Bilderbuch, der sich lieber einen Zahn ziehen ließ, als dass er mal fünf Cent locker machte, hätte sie deswegen beinahe fristlos entlassen. Kurz und gut, es war klar, dass die Kleine nicht gerade im Geld schwamm.

»Ich weiß nicht, was man Ihnen erzählt hat, Maresciallo, aber ich schwöre Ihnen, dass ich ein anständiges Mädchen bin und bestimmte Dinge nicht tue … nicht einmal aus Not. Und die Heilige Jungfrau weiß, wie sehr ich in Not bin.«

Sie hatten sich ins Wohnzimmer gesetzt, dessen Einrichtung ziemlich karg und ärmlich wirkte. Ein durchgesessenes Sofa, zwei handgestickte, gerahmte Bilder an den Wänden. Auf dem Tisch eine Vase mit künstlichen Blumen, vor der Tür, die auf den einzigen kleinen Balkon führte, hingen Vorhänge mit Lochmuster. Die ultramoderne Deckenlampe passte überhaupt nicht zur übrigen Einrichtung, die von schlechtem Geschmack und Armut zeugte.

»Niemand hat Ihre Ehrbarkeit in Zweifel gezogen. Aber soweit uns bekannt ist, war Falsaperla wie eine Biene mit den Blumen, also, genauer gesagt, er liebte weibliche Reize. Und, ohne Ihnen zu nahe treten zu wollen, in dieser Hinsicht haben Sie einiges zu bieten. Da Sie außerdem die heilige Veronika verkörperten …«, sagte Bonanno und beendete den Satz nicht.

»Ich hatte schon verstanden, worauf dieser schmierige Kerl mit seiner Komödie abzielte. Aber dieser saubere Herr hat nur einmal versucht, die Situation auszunutzen. Ich wollte ihn erst deswegen anzeigen, aber dann habe ich es mir anders überlegt. Was hätte ich Ihnen denn erzählen sollen? Wie sollte ich es Ihnen beweisen? Und da ich ihm schon sein Gesicht mit dem Taschentuch abtupfen sollte, auf dem er seine miese Visage hatte einsticken lassen, beschloss ich, ihn dafür zu bestrafen. Ich habe in der Pasticceria ein Fläschchen Ammoniak mitgenommen und es in die Tasche gesteckt. Damit wollte ich ihm das Gesicht abreiben, ich wollte es ihm richtig zeigen, aber dann kam es eben ganz anders … Wissen

Sie, wie man sagt, Maresciallo? Gottes Rache kommt langsam, aber gewiss!«

Minica sagte die Wahrheit, darauf hätte Bonanno jeden Eid geschworen. Jetzt fühlte er sich ihr gegenüber so sanft gestimmt, als wäre er in sie verliebt. Sie war also nur verschwunden, weil sie nicht wusste, wie sie der Polizei gegenüber das Ammoniak erklären sollte, wenn man es bei ihr gefunden hätte. Sie war eben ein altmodisches, ein wenig ungebildetes junges Mädchen. Es hätte keinen Grund gegeben, sie zu durchsuchen, und sie hätte nichts zu befürchten gehabt, aber man hatte ihr beigebracht, den Bullen immer und überall zu misstrauen. Aber nun schien Minica doch ein wenig aufzutauen.

Minica fragte Bonanno, ob sie eine rauchen dürfte. Jetzt wurde es Zeit, dass er zum zweiten Teil seines Plans kam. Falsaperlas gierige Annäherungsversuche interessierten ihn kaum, er wollte herausfinden, welche Verbindung zwischen dem Governatore und Nenè Inguaggiato bestanden hatte. Schlitzohrig, wie er war, fragte er Minica provozierend:

»Aber Sie haben doch sicher Ihrem Verlobten von Nofrio erzählt, oder?«

Jetzt breitete sich die Röte in Minicas Gesicht bis zu den Ohren und über den Hals aus. Ihr Busen bebte empört, und sie warf Bonanno böse Blicke zu.

»Ach, man hat Ihnen auch von Nenè Inguaggiato erzählt, aber da sind Sie auf dem Holzweg. Noch so ein netter Zeitgenosse … den interessierte nur das eine – und ich bin ein anständiges Mädchen. Wer mich will, muss mich zuerst heiraten.«

Bonanno musterte sie mit neu erwachtem Interesse, zog seinen Bauch ein und rutschte unruhig auf dem Sofa hin und her. Auf einmal musste er an Rosalia denken, wie sie ihn leidenschaftlich auf dem schneebedeckten Ätna umarmt hatte, und bei der Vorstellung wurde ihm ganz anders.

»Nenè war hinter mir her, aber er hatte keine ernsthaften Absichten, genau wie Nofrio, und Sie sehen, welches Ende sie genommen haben. Ich habe Ihnen ja gesagt, Gottes Rache kommt langsam …«

Bonanno schreckte hoch, seine Hände bewegten sich nervös, als wollte er Violine spielen. Er musste die Lage wieder unter Kontrolle bekommen. Außer dem Foto, das sie in Inguaggiatos Tasche gefunden hatten, war Minica die einzige Verbindung zwischen dem jungen Mann und Falsaperla. Deshalb musste er sie ausquetschen.

»Hören Sie, Signorina, ich widerspreche Ihnen nur ungern, aber uns ist bekannt, dass Sie und Inguaggiato seit einiger Zeit …«

Die Worte trafen sie wie Ohrfeigen.

»Und wenn es so wäre?«, empörte sie sich. »Nenè ist tot, Maresciallo, erwarten Sie etwa, dass ich hier vor dem Erstbesten meine Privatangelegenheiten ausbreite?«

Er hatte den richtigen Knopf gedrückt. So weit war es also her mit der Unschuld dieses Mädchens! Bonannos Hände bewegten sich immer schneller, man sah ihm an, dass seine Nervosität ständig wuchs.

»Beruhigen Sie sich erst einmal. Was Sie mit Inguaggiato getrieben haben, ist Ihre Sache. Aber da – was für ein Zufall! – auch im Todesfall Inguaggiato ermittelt wird … also entweder erzählen Sie mir jetzt alles, oder ich rufe sofort in der Kaserne an, lasse Sie abholen und vor aller Augen dorthin bringen. Und dann protokollieren wir jedes Wort von Ihnen, und man wird sehen, wie das ausgeht.«

Minica überlegte hin und her, dann entschied sie sich, dass sie besser nicht mehr so abweisend reagieren sollte.

»Wieso denn? War Nenès Tod etwa auch kein Unfall?«, fragte sie auf einmal ganz zahm.

Was für eine Verwandlung! Dieses Mädchen war doch ein schlaues, kleines Luder.

»Wer sagt Ihnen denn, dass ihn niemand hinuntergestoßen hat?«
»Und warum? Wer konnte etwas gegen Nenè haben?«
»Das möchte ich ja von Ihnen wissen.«

Vicio Spata wirkte panisch wie ein scheuendes Fohlen. Er lief brüllend in Marcellis Büro auf und ab. Seine Schreie hallten durch den Flur, wo Cacici und Bonanno, der gerade hereinkam, einander zufällig begegneten. Der Maresciallo lief energisch vorwärts und fragte seinen Untergebenen: »Wer krakeelt denn hier herum wie ein Marktschreier?«

»Governatore Spata ist bei Marcelli im Büro«, erwiderte Cacici.

»Aha … tu mir einen Gefallen, Cacì, ruf Marcelli in drei Minuten unter einem Vorwand an, erzähl ihm, was du willst, aber hol ihn da weg. Das ist ein Befehl!«

»Und wie soll ich das anstellen, Maresciallo?«

»Was weiß ich, lass deiner neapolitanischen Improvisationskunst freien Lauf, lass dir irgendwas einfallen. Schließlich habt ihr auch die Pizza erfunden, oder?«

»Was hat das damit zu tun?«

»Also, sieh zu, wie du das hinkriegst«, sagte Bonanno und ließ seinen Untergebenen stehen. Dann betrat er das Büro.

Marcelli versuchte gerade, Spata zu beruhigen, aber das war aussichtslos. Bonannos Erscheinen steigerte Spatas Zorn nur noch.

»Ach, endlich sind Sie auch da! Haben Sie sich etwa einfallen lassen, meine Frau da mit reinzuziehen? Wer gab Ihnen eigentlich das Recht, sie in die Kaserne zu bestellen? Meine Anwälte, verehrter Maresciallo, werden Sie verklagen, wenn Sie noch einmal angesehene Leute belästigen.«

Bonanno holte aus und stoppte seine Hand kurz vor Spatas Knollennase.

Marcelli machte ihm ein Zeichen, doch Bonanno ließ sich nicht aufhalten.

»Ich gebe Ihnen fünf Sekunden, Spata, um sich zu mäßigen, danach rufe ich meine Leute und lasse aufnehmen, dass Sie einer Amtsperson gedroht haben. Wenn Sie reden möchten, bitte, aber wenn Sie weiter so herumschreien, muss ich reagieren, das sage ich Ihnen gleich.«

Marcelli verdrehte verzweifelt die Augen und fluchte. Mit seinen altmodischen Haudraufmethoden würde Bonanno noch alles verderben. Wie immer.

Spata schwieg einige endlos wirkende Sekunden, bis er den Sinn von Bonannos Worten wirklich erfasst hatte. Dann explodierte er.

»Wissen Sie, was Sie für mich sind, Maresciallo? Ein riesengroßes Ar…«

»Wenn Sie weitersprechen, verklage ich Sie außerdem wegen Beamtenbeleidigung.«

Marcelli bearbeitete seinen Stuhl mit Fußtritten. Er hatte eine halbe Stunde lang versucht, den Governatore zu beruhigen, und als es ihm beinahe gelungen war, musste Bonanno, dieser Elefant im Porzellanladen, mit seiner üblichen aufgeblasenen Überheblichkeit alles ruinieren.

»Maresciallo Bonanno, bitte!«, sagte Marcelli scharf und warf ihm einen vernichtenden Blick zu. Im gleichen Moment klingelte das Telefon.

Marcelli ging ran: »Ich komme sofort!«, zischte er dann in den Hörer. Bonanno hatte keine Ahnung, was Cacici sich hatte einfallen lassen, aber Marcelli verschwand. Bravo Cacici, dachte der Maresciallo, er musste den Jungen nachher loben und ihm anerkennend auf die Schulter klopfen, das mochte jeder, wenn es schon keine handfesteren Belohnungen zu holen gab.

Marcelli verabschiedete sich mit einem »Also bitte, Bonanno!« und verschwand. Der baute sich giftig und angriffslustig wie eine Klapperschlange vor Spata auf und ging auf ihn los: »Ich weiß alles,

Spata, also machen wir ein Ende. Minica hat geredet, sie hat alles gestanden, und es schien uns nicht eben wahrscheinlich, dass sie es bei jemandem tat, der nicht ihren Busen begrapschte und es unter dem Vorwand, diesem armen Mädchen müsse man helfen, mit ihr trieb. Ja natürlich, wie könnte man. Sie hatte Vater und Mutter verloren und mit dem bisschen hart verdienten Geld … aber die Bruderschaft ist ja so großzügig zu den Bedürftigen. Du und Falsaperla, ihr seid furchtbare Heuchler! Deshalb solltest du jetzt aufhören so herumzuschreien und mit uns zusammenarbeiten, sonst wird man bald auf dich und die anderen Heuchler spucken, die Gott lieben und ihre Nächsten vögeln. Du warst verrückt nach Minica, was? Es ging gar nicht um deine Frau, du konntest es einfach nicht ertragen, dass Falsaperla es jetzt auch bei Minica versuchte. Mit der Kleinen hatte es dich ganz schön erwischt, stimmt's? Zuerst hast du Nofrio ermordet und dann noch Inguaggiato aus dem Weg geräumt, weil der sie heiraten und sie dir hätte wegnehmen können. Leg ein Geständnis ab, Spata, du bist in der bewussten Nacht in die Kapelle gegangen, hast die Vorrichtung beschädigt und …«

Mit verzweifeltem Blick und weit aufgerissenem Mund legte der Governatore los: »Was erzählen Sie da für einen Unsinn? Was haben Sie sich nun schon wieder ausgedacht? Ich hätte Nofrio liebend gern mit meinen eigenen Händen den Hals umgedreht und freue mich sogar, dass er tot ist. An dem Abend habe ich genüsslich meine Schweinerippchen gegessen. Aber ich habe nichts dazu getan, um diese Ratte umzubringen, das hat er sich selbst zuzuschreiben. Und das hat er verdient! Hat man Ihnen nicht erzählt, dass er allen Mitbrüdern die Schlüssel abgenommen hatte, seit er Governatore geworden war? Nur er besaß einen. Er vertraute niemandem, Marescià … und damit hatte er recht.«

»Nichts als Lügen. In dieser Nacht kamst du erst um vier Uhr früh zurück, leugne es nicht, ich weiß alles. Was hast du die ganze Nacht über gemacht?«

Vicio Spata senkte den Kopf, er wirkte erschöpft und besiegt. Bonanno wusste zu viel. Am Rand seiner zu einem bitteren Strich zusammengepressten Lippen hing ein Tröpfchen Speichel. Schließlich sank er auf seinem Stuhl zusammen und erzählte mit gebrochener Stimme: »Ich habe daran gedacht, mich umzubringen. Haben Sie je überlegt, diese schlechte, gemeine Welt zu verlassen, Maresciallo? Ich schon, und ich denke immer noch darüber nach. Ja, es stimmt, ich bin in Minica verliebt. Zuerst wollte ich ihr nur helfen, das arme Mädchen tat mir leid, aber das Fleisch ist schwach ... ich weiß nicht, wie es anfing, wir kamen uns näher, zu nahe, und dem Busen dieser Frau entströmte ein Duft ... Maresciallo, ich bin fast fünfundvierzig, Minica ist zwanzig, verstehen Sie, was ich meine?«

Natürlich verstand Bonanno das.

»Kommen wir zum Ende. Wenn du kein Alibi hast, sieht es übel für dich aus. Du hattest ein Motiv, und natürlich hättest du dir den Schlüssel zur Kapelle irgendwie verschaffen können«, bedrängte ihn Bonanno.

»Ich habe niemanden ermordet, es war ein Unfall, das müssen Sie mir glauben«, sagte Spata und verfiel dabei vor Aufregung in Dialekt.

»Erzähl das mal Falsaperla! Du hast dich ja geradezu überschlagen, um ihm zu helfen, und das Ganze war kein Unfall. Ich habe ein neues Gutachten des Sachverständigen. Der Mechanismus wurde vorsätzlich beschädigt. Und das warst du«, bluffte Bonanno.

»Ich habe nichts getan, Maresciallo, das schwöre ich Ihnen! Nofrio war schon lange tot, platt gedrückt wie eine Wanze ... Aus Angst wollten wir, dass niemand ihn anfasst. Das war Sache der Behörden, eine gewiss harte, aber richtige Entscheidung. Und wenn da etwas gewesen wäre, hätte der Capitano es doch herausgefunden.«

»Falls ihn nicht jemand vorher erschossen hat … Und wer konnte daran ein Interesse haben? Leg ein Geständnis ab, Spata. Du warst wütend auf Nofrio, man hat euren Streit gehört, du hast diese wahnwitzige Vorrichtung beschädigt, und zackbumm hat ihn das Holzkreuz zerquetscht. Dann hast du Inguaggiato überredet, dir zu helfen, den Capitano aus dem Weg zu räumen, der sich den Fall genauer ansehen wollte, und als Inguaggiato zu hohe Ansprüche stellte, hast du ihn ebenfalls um die Ecke gebracht und einen Unfall vorgetäuscht. Jetzt hattest du schon Erfahrung darin und schafftest dir damit gleich den Rivalen vom Hals. Wo warst du in der Nacht vor Falsaperlas ›Unfall‹?«

»Ich habe mir einen ganzen Einkaufswagen voll Schnaps gekauft, das können die Leute vom Supermarkt bezeugen. Seit einer Woche wich mir Minica aus, dieser Faulpelz Inguaggiato sprach von Heirat und wollte mit ihr nach Südamerika auswandern. Haben Sie so etwas je durchgemacht, Maresciallo? Denken Sie, in meinem Alter … In zwei Monaten werde ich fünfundvierzig, Marescià. Minica sagte mir, ohne eine Miene zu verziehen, es sei aus zwischen uns, und ich begriff, dass ich mich damit abfinden musste. Ich sagte mir ständig, ich sollte mir bei dem Schmerz, der mir das Herz zerriss, zu Hause Trost suchen. Schließlich hatte ich eine hingebungsvolle Frau, die mich liebte, meine Idy. Von wegen Trost! Als ich einmal früher als sonst nach Hause kam, erwischte ich sie dabei, dass sie an diesen Mistkerl schrieb. Meine Frau trieb es mit Falsaperla, Maresciallo! Meine Idy, so eine verfluchte Schlampe. Sie wissen doch, was man sagt: Einem Mann verzeiht man seine Seitensprünge sofort, einer Frau nie. *An Nofrizzu, den spröden Zugvogel*, schrieb sie. Sie hatte schon immer gern geschrieben. Was hätten Sie an meiner Stelle getan? Zuerst wollte ich alle beide erschießen, mit ein paar Kugeln hätte ich sie aus dem Weg geschafft, aber dann habe ich meinen Wagen genommen und bin durch die Gegend gefahren. Als ich eine Lichtung mitten zwischen Bäumen fand, habe ich meinen Wagen dort abgestellt und mich betrunken. Verdammt, und wie ich mich betrunken habe!«

Spata lachte schrill und nervös. Es klang wütend.

»Ja, lach nur, lach nur, inzwischen sitzt du noch viel tiefer in der Patsche. Jetzt hast du sogar zwei Motive.«

»Es scheint wirklich so zu sein, je lieber du eine Sache vergessen willst, desto eher wirst du dann durch bestimmte Gesichter daran erinnert. Wollen Sie wissen, wen ich in jener Nacht gesehen habe? Sie werden es nicht glauben, da war tatsächlich Fofò Scibetta, unser Schatzmeister. Er fängt gern Hasen und wilde Kaninchen, und da er sie, hüftlahm, wie er ist, nicht zu Fuß mit dem Gewehr schießen kann, geht er nachts mit seinem Wagen auf die Jagd. Er kam ganz dicht an mir vorbei, aber es war dunkel und er steuerte gerade auf ein Stachelschwein zu. Er erwischte es voll, und als er aus dem Auto stieg, um es aufzuheben und in den Kofferraum zu packen, trafen ihn meine Scheinwerfer, und ich erkannte ihn. Fofò Scibetta und ich, zwei gequälte Seelen. Hat man Ihnen von der Sache mit den Gräbern erzählt? Scibetta hat deswegen als Erster Rabatz gemacht und er sagte auch, keiner sollte Falsaperla anrühren, und er mischte sich ein, als Padre Sanguedolce darauf bestand, Nofrio zu Hilfe zu eilen, und ich … ich warf mein Ansehen in die Waagschale. Ich konnte Nofrio zwar nicht leiden, aber der Schatzmeister hatte recht, da ich nichts zu verbergen hatte, ließ ich lieber alles, wie es war. Scibetta und Falsaperla waren sich am Vortag in die Haare geraten, und am Tag danach war das Unglück geschehen. Aber es war ein Unfall, Maresciallo. Nofrio war mausetot und wir ließen alles, wie es war, um Schwierigkeiten zu vermeiden. Ihr Sachverständiger hat sich geirrt.«

Vielleicht hatte er ja recht. Vielleicht war es ja ein Unfall gewesen. Ohne es zu wollen, hatte Spata Scibettas Aussage bestätigt und gab ihm unwissentlich ein Alibi. Die beiden Männer sagten also die Wahrheit. Doch sein Bulleninstinkt jaulte auf. Irgendetwas in Spatas Bericht hatte er übersehen. Welches Detail, das er nicht bemerkte, passte nicht ins Bild? Ständig verfolgte ihn dieses unangenehme Gefühl, dass irgendetwas nicht stimmig war, während er die Fakten sammelte. Bonanno ging wieder zum Angriff über.

»Was kannst du mir über Inguaggiato erzählen?«

»Ich kannte ihn kaum, er hatte es nicht mit der Kirche, traf sich mit ganz anderen Leuten, zum Beispiel mit diesem Filippo Ficcaglia. Jeder weiß doch, dass die beiden arbeitsscheu waren und Ficcaglia, dieses saubere Bürschchen, immer Bier und Zigaretten brauchte, Inguaggiato dagegen hatte eine Vorliebe für Bier und Frauen. Aber warum fragen Sie mich eigentlich danach? Auch für diesen Unfall sucht ihr nach Mördern, die ihr dafür ins Gefängnis bringen könnt? Minica hat wirklich kein Glück mit Männern.«

Spatas Gedanken kreisten ausschließlich um Minica. Er war sich nicht einmal der Schwere der Anschuldigungen gegen ihn bewusst, die jedoch langsam nicht mehr stichhaltig waren. Bonanno versuchte es noch einmal.

»Für dich ist es doch gut gelaufen, jetzt steht nichts und niemand mehr zwischen dir und Minica, und der Mann, der deiner angetrauten Ehefrau nachgestellt hat, ist jetzt auch beim heiligen Petrus im Himmel. Was für ein Zufall! Möchtest du etwas wissen? Das sind mir ein bisschen zu viele Zufälle auf einmal, denn da ist noch so einer. Inguaggiato trug eine alte Fotografie des Holzkreuzes bei sich, das Nofrio zermalmte. Und du hast mir doch erzählt, dass Inguaggiato es nicht so mit der Kirche hatte. Erklär mir also, was dieser Nichtsnutz mit dem Holzkreuz der Veronika zu schaffen hatte?«

»Also, was das angeht, die Frau des Schreiners stach Nofrio ebenfalls ins Auge, und der Präsident, Sie können es ruhig Zufall nennen, hatte ihm den Auftrag gegeben, das Holzkreuz zu restaurieren, obwohl ich und der Schatzmeister dagegen waren. Aber wann hat Nofrio schon mal auf den Verwaltungsrat gehört?«

Dieses verdammte Holzkreuz spielte bei allem und jedem eine Rolle.

Zum dritten Mal fiel der Name des Schreiners, der das Holzkreuz restauriert hatte. Epifanio Candeloro. Zuerst hatte Fofò Scibetta über ihn gesprochen. Minica hatte bestätigt, dass Nofrio sich für die schöne Gesuina Pigliapane interessiert hatte. »Diese Schlampe hat sich immer nach anderen Männern umgeschaut, Nofrio war auch hinter ihr her und hat sie sich geschnappt.« Außerdem hatte Vicio Spata gerade bestätigt, dass Nofrio sich sehr für die Schreinersfrau interessiert hatte.

Die Situation wurde immer komplizierter. Jetzt musste er sich auch noch mit Gesuina Pigliapane unterhalten und mit Epifanio Candeloro, aber einzeln. Früher oder später würde er die Verbindung finden, die ihn von Inguaggiato zum Capitano führte. Und zu Steppani. Zu diesem feigen Anschlag.

Ich muss nur abwarten, es wird nicht lange dauern, bis Mico Gangarossa und seine Mafiabande in Erscheining treten, sagte er sich. Dann würde er den gemeinen Mörder zu fassen kriegen, der heimtückisch auf Steppani und den Capitano geschossen hatte, und er würde mit Argusaugen diesen trüben Sumpf durchsuchen. Wer auch immer es getan hatte, der bekam es mit Saverio Bonanno zu tun, dem Kommandanten der Einsatztruppe von Vilabosco. Einem Ort, in dem man die Gerechtigkeit meist im Genick packen und ein wenig durchschütteln musste, bevor man sie auf diesen Abschaum anwenden konnte.

Ein Gedanke, ein Bild bohrte sich in seinen Kopf. Zigarettenkippen am Tatort des Hinterhalts. Und ein Name, der Name seines Kollegen aus Agrigent, Stefano Migliorisi. Und ein Teil ihrer Unterhaltung: »Weißt du noch, welche Marke das war?«

»Das könnte ich gar nicht vergessen, selbst wenn ich wollte, sie heißen wie meine Initialen, MS.«

Dieses Detail war ihm also vorher entgangen.

Der Qualm und der Nebel in seinem Kopf lichteten sich sofort, und plötzlich war ihm alles klar. Inguaggiato war Nichtraucher! Seine Lungen waren die eines Kleinkinds gewesen, hatte ihm Dottor Paternò nach der Autopsie erklärt, und trotzdem hatte man in seinen Taschen zwei unangebrochene Päckchen Zigaretten der Marke MS gefunden. Was wollte er damit, wenn er nicht rauchte? Bonanno sah Spata an, der ihm unwissentlich den Namen von Inguaggiatos Komplizen verraten hatte. Jetzt wusste er, für wen die beiden Päckchen bestimmt waren. Für den dreckigen Mörder, der geraucht hatte, während er mit seinem Komplizen Inguaggiato dem Capitano und Steppani an der Tunneleinfahrt aufgelauert hatte. Der Kerl, den Steppani angeschossen hatte. Bonanno sprang auf wie ein Grashüpfer, packte Spata an den Schultern und schüttelte ihn kräftig. Der Governatore erschrak ziemlich.

»Welchen Namen hast du gerade genannt? Wie heißt Inguaggiatos Freund, der raucht und trinkt?«

»Ficcaglia, Filippo Ficcaglia«, antwortete Spata verwirrt.

Bonanno war jetzt nicht mehr zu halten, er war schon beinahe aus der Tür, als er gegen Marcelli prallte.

»Wohin so eilig?«

»Ich habe zu tun.«

Marcelli umklammerte ihn mit eisenhartem Griff.

»Ich muss mit dir reden, Bonà!«

»Später!«

»Jetzt gleich!«

Marcellis Finger schlossen sich fest um Bonannos Unterarm. Er verfügte über sehr viel Kraft, weil er seit Jahren ins Fitnessstudio ging. Bonanno blieb widerwillig stehen und betrachtete ihn kühl. So, wie sein Kollege ihn festhielt, schien es ihm wirklich ernst zu sein. Marcelli verabschiedete zunächst Spata. Und schloss die Tür zu seinem Büro hinter ihm.

»Morgen Nacht«, sagte er dann.

»Was zum Teufel soll morgen Nacht passieren?«, fragte Bonanno.

»Die Aktion Meister Proper. Morgen Nacht um drei. Sie wird von zwei Staatsanwaltschaften geleitet, unserer und der in Agrigent. Ich habe mit dem Colonello gesprochen, wir arbeiten in Abstimmung mit der Antimafia-Behörde. Unsere logistische Unterstützung ist unabdingbar, Urlaubsgesuche und dienstfreie Zeiten sind aufgehoben, und morgen Nacht melden wir uns alle zur Stelle. Die Haftbefehle sind schon unterschrieben, die Anklage lautet Beteiligung an einer mafiösen Vereinigung. Und zwar für alle. Morgen Nacht werden die Paten, angefangen mit Mico Gangarossa, und ihre Handlanger im Gefängnis landen, die Medien werden darüber berichten, und die öffentliche Meinung muss endlich beruhigt werden. Niemand kann einen vorbildlichen Staatsdiener wie den Capitano ermorden und hoffen, einfach so davonzukommen.«

»Verdammt, Marcè? Hat man dir gesagt, wen wir verhaften sollen?«

»Ich habe die Liste.«

Bonanno überflog sie und fand, wen er suchte.

»Verdammt, ich wusste es! Wir müssen uns beeilen, Marcè, schnappen wir ihn uns und bringen ihn zum Reden, wenn du gleich die Wahrheit über den Mord an unserem Capitano wissen willst«, rutschte ihm heraus. Das bereute er sofort.

»Wen sollen wir verhaften? Und was zum Teufel hat der Capitano damit zu schaffen?«

Bonanno hatte es von Anfang an befürchtet. Seine persönlichen

Ermittlungen brachten eventuell sehr undurchsichtige und vielleicht für den Offizier und für die Carabinieri selbst auch nicht besonders ehrenhafte Tatsachen ans Licht. Aber das wollte er noch nicht verraten, manche Dinge brauchten Zeit, um zu reifen, und seine Freundschaft mit Marcelli war noch lange nicht in dem Maße gefestigt.

»Lass jetzt den Capitano aus dem Spiel. Wir nehmen Filippo Ficcaglia fest, Inguaggiatos Freund. Er hat auf unsere Leute geschossen, und wenn sie dich erst nach Artikel 41b in eine Einzelzelle gesperrt haben, dann komme ich zu dir, du Stück Dreck.«

XXVI

Mit dröhnendem Motor und quietschenden Reifen brauste der Punto über die Straße. Bonanno fuhr schlimmer als Steppani. Er musste sich beeilen, um der Sache auf den Grund zu gehen, und wenn er dazu in die Höhle des Löwen musste.

»Bonà, verdammt noch mal, wenn wir draufgehen, kommt der so davon. Um Himmels willen, fahr langsamer!«

Es ist schon seltsam, wie sich die Rollen umkehren, wenn man selbst am Steuer sitzt. Marcelli legte den Sicherheitsgurt an und streckte fluchend die Beine aus, um sich haltsuchend gegen den Boden des Autos zu stemmen. Bonanno musste lächeln, weil er bei seinem Kollegen die gleiche besorgte Miene beobachtete wie bei sich selbst, wenn Steppani fuhr. Dabei fiel ihm wieder ein, dass sein armer Erster Brigadiere mit Schmerzen im Krankenhaus lag, und das brachte ihn so auf, dass er das Gaspedal ganz durchtrat. Am liebsten hätte er diesen verdammten Kerl, der auf Steppani geschossen hatte, platt gefahren. Und wenn es das Letzte wäre, was er tun würde. Bonanno raste wie ein Racheengel mit einem Flammenschwert durch die abendliche Dunkelheit, in der die Konturen verschwammen und die Lichter zu milchigen Stecknadelköpfen wurden.

»Kannst du mir mal verraten, warum du rast, als hättest du Feuer unter dem Hintern? Erklärst du mir jetzt vielleicht, was diese Geschichte mit Ficcaglia mit dem Anschlag auf unsere Leute zu tun hat? Hat dir das jemand in den Mund gelegt oder hast du gewisse ›Freunde‹ da mit hineingezogen?«, redete Marcelli ohne Punkt und Komma auf ihn ein, um seine Angst zu betäuben, die ihm Bonannos leichtsinniger Fahrstil einjagte.

Bonanno gab ihm keine Antwort, sondern konzentrierte sich auf die Straße. Marcelli hatte ja keine Ahnung, wie nahe er gerade der Wahrheit gekommen war. Außerdem kämpften sie gegen einen weiteren Feind, die Zeit. Bestimmt hatte Mico Gangarossa ebenfalls keine Zeit verloren, und Bonanno wusste genau, wenn er selbst auf Filippo Ficcaglia gekommen war, würde das dem Mafiaboss mit seinen Möglichkeiten sicher auch gelingen. Also waren die Zigaretten, die Inguaggiato in der Tasche gehabt hatte, als man ihn ermordete, für Ficcaglia bestimmt gewesen. Er wollte sie seinem Freund bringen, den Steppani angeschossen hatte. Jetzt musste er nur noch herausfinden, wer Inguaggiato und Falsaperla umgebracht hatte, zwei als Unfälle getarnte Verbrechen, im Schatten des Holzkreuzes der Veronika. Was den Anschlag auf den Capitano und Steppani betraf, so passte jetzt alles zusammen. Wie hatte sein Großvater immer so schön gesagt, die seltenen Male, wenn er seinen Mund öffnete: Ein rollender Stein setzt kein Moos an.

Bonanno raste weiter durch das Halbdunkel der verwinkelten Gassen von Villabosco. Aus den schmiedeeisernen Laternen fiel ein gelbliches Licht auf das Pflaster. Eine Idee von Prestoscendos Vorgänger, angeblich sollten so die Fassaden der alten Palazzi in der Dunkelheit besonders effektvoll beleuchtet werden. Pure Heuchelei und Eitelkeit, um zu verbergen, wie heruntergekommen sie waren, typisch für ein Denken, das nur auf Gewinn ausgerichtet war. Diese sizilianischen Politiker waren doch alle gleich und immer hinter dem Geld her.

Bonanno fuhr die Hauptstraße entlang, dann erreichte er die Piazza, von der rechts eine schmale Gasse abging, in die er gegen die Fahrtrichtung hineinfuhr. Am Ende ging die Straße schon in offenes Feld über, wo Quittenbäume und Feigenkakteen ein handtuchbreites Stück bewirtschaftetes Land begrenzten. Dort wohnte Filippo Ficcaglia in einem Steinhäuschen, das genauso heruntergekommen war wie die Haustür mit dem abgeblätterten Anstrich, an der Bonannos laute Schläge wie Donner widerhallten.

»Macht auf oder wir treten die Tür ein«, drohte er mit Stentorstimme.

Daraufhin öffnete eine übel zugerichtete Frau mit zerzaustem Haar und blutigen Lippen. Vom Herd her roch es nach gekochtem Pferdefleisch. Im Haus war es unordentlich und schmutzig, die Gleichgültigkeit und Resignation seiner Bewohner war praktisch mit Händen zu greifen. Bonanno las in den Augen dieser zu früh gealterten Frau ihre gesamte gescheiterte Existenz. Schicksalsergeben presste sie die aufgerissenen Lippen zusammen und deutete mit ihrem knochigen, gekrümmten Zeigefinger auf eine angelehnte Tür.

»Er ist da drin«, sagte sie nur, dann ließ sie sich auf einen Stuhl fallen und vergrub ihren Kopf in den Händen. Sie hatte das ergraute Haar einer Mutter, die dazu verdammt war, diesen brutalen, nichtsnutzigen Sohn zu bedienen. Er hatte ihr mit einem Fausthieb die Lippe gespalten. Wenn er trank, wurde er immer gewalttätig. Und wenn er nicht trank, brachte ihn der Alkoholentzug dazu, handgreiflich zu werden, und er reagierte sich an denen ab, die sich nicht gegen ihn zur Wehr setzen konnten. Er hatte seine Mutter grundlos geschlagen, genau wie er es von seinem Vater gelernt hatte. Bonanno ertrug es nicht, wenn sich jemand an Schwächeren vergriff, deshalb schäumte er vor Wut, trat die Tür auf und zielte mit der Waffe auf diesen feigen Kerl.

Filippo Ficcaglia fläzte sich auf dem Bett, hatte den Kopfhörer auf den kahlrasierten Schädel gesetzt und hörte Musik in voller Lautstärke. Bonannos Entschlossenheit und Marcellis athletischer Körper beeindruckten ihn sichtlich. Als er noch den dunklen Lauf der Pistole bemerkte, mit der Bonanno auf ihn zielte, nahm er blitzschnell den Kopfhörer ab, und ihm blieb der Mund vor Erstaunen sperrangelweit offen stehen. Grob riss Bonanno die Bettdecke hoch, und aus den fleckigen Laken stieg ihm der Gestank nach geronnenem Blut in die Nase. Ficcaglias linker Oberschenkel trug einen deutlich sichtbaren Verband. Jetzt stand fest, dass er auf Steppani geschossen hatte. Instinktiv steckte Bonanno seine Waffe in den Halfter zurück und stürzte sich auf ihn. Seine Finger schlossen sich mit eisenhartem Griff um den Hals dieses Kerls, der nur noch ein von Alkohol betäubtes Stück Fleisch war, und drückten auf seinen Adamsapfel. Ficcaglias Augen quollen hervor wie schokoladenbraune Luftballons, die kurz vor dem Platzen waren.

»Schluss jetzt, du erwürgst ihn ja.«

Marcellis Stimme schien von einem fernen Planeten zu kommen. Seine kräftigen Hände schlossen sich fest um Bonannos Handgelenke, dessen Zorn sich jetzt in Erschöpfung verwandelte, während sein Herz wie verrückt hämmerte. Ficcaglias dunkle Augen nahmen langsam wieder ihre normale Form an und schauten sie wie betäubt an, sein Atem ging röchelnd wie ein defekter Auspuff. Ihm war nicht klar, wie nahe er gerade dem Tod gewesen war.

»Warum hast du auf den Capitano und Steppani geschossen? Rede, verflucht noch mal, sonst bring ich dich eigenhändig unter die Erde«, brüllte Bonanno, und diesem Schrei war anzumerken, wie lebendig der Schmerz in ihm noch war.

»Bonà, bitte. Seine Mutter schaut dir zu, und dieser Verbrecher ist ziemlich übel zugerichtet. Jetzt beruhige dich, wir gehen nach dem Dienstweg vor, verhaften ihn und lassen ihn dann von einem Arzt untersuchen, weil er Fieber hat. Er soll erst seinen Gesundheitszustand feststellen, damit uns nicht irgend so ein Rechtsverdreher später in Schwierigkeiten bringen kann. In der Zwischenzeit lassen wir seine Blutgruppe und DNA untersuchen, verhören ihn und nehmen alles zu Protokoll. Vergiss nicht, Bonanno, wir vertreten das Gesetz.«

»Das Gesetz … ja, stimmt, wir vertreten das Gesetz«, antwortete Bonanno. Dabei klang seine Stimme ausdruckslos, bitter, als wehrte sie sich gegen diese einfache Wahrheit.

»Ja, wir vertreten das Gesetz! Und du Mistkerl zieh dir was an und komm mit, du hast uns einiges zu erzählen«, sagte Marcelli im gleichen Tonfall.

Steppani hatte Filippo Ficcaglia zweimal in den Oberschenkel getroffen. Die Kugeln waren ins Muskelgewebe eingedrungen, aber sofort wieder ausgetreten, und hatten dabei einen Bruch des Oberschenkelknochens verursacht, den dieser, durch den Alkohol betäubt, überhaupt nicht bemerkt hatte. Damit hätte er für den Rest seines Lebens hinken können, wenn er nicht vorher an Blutvergiftung starb. Deshalb brachte man Ficcaglia jetzt zu einer Notoperation ins Krankenhaus nach Villabosco.

Nachdem Bonanno eine Stunde vor dem Operationssaal gewartet hatte, wirkte er wie gelähmt. »Komm, lass uns gehen und den Dienstplan für seine Bewachung aufstellen. Wir können doch morgen in aller Ruhe wiederkommen«, schlug Marcelli vor. Es war spät geworden, sie hatten seit Ewigkeiten nichts mehr gegessen, und man sah an ihren langsamen Bewegungen, den eingefallenen Gesichtern und den Bartstoppeln, wie erschöpft sie waren. Doch Bonanno blieb stur, da gab es nichts, er wollte Ficcaglia unbedingt noch an diesem Abend verhören: Dieser miese Kerl musste ihm unbedingt gestehen, warum er geschossen hatte. Bonanno konnte sich nicht beruhigen und hielt seine Wut nur mühsam im Zaum. Er kochte und schäumte innerlich und irgendwo musste sich sein Zorn ein Ventil suchen, damit die zerstörerischen Kräfte sich austoben konnten.

»Lass uns gehen.« Marcelli ließ nicht locker.

Bonanno gab ihm keine Antwort, sondern starrte vor sich hin. Er schien mit seinen Gedanken ganz woanders zu sein. Schließlich gab Marcelli auf und verschwand laut fluchend, dass er ausgerechnet so einen Sturkopf zum Kollegen haben musste.

Zehn Minuten später kam er wieder und meinte: »Ich habe dir zwei Brötchen und eine Cola mitgebracht. Unten gibt es einen Kaffeeautomaten, ich lasse dir Kleingeld dafür da. Gib mir etwas Zeit, dann schicke ich dir zwei Männer, um ihn zu bewachen, einverstanden?«

Bonanno nickte leicht.

Marcelli entfernte sich, nicht gerade beruhigt.

Jetzt war Bonanno wieder allein, er verspürte weder Hunger noch Durst, nur Lust auf eine Zigarette, und deshalb steckte er sich eine an. Wieder wartete er allein und hatte nichts in der Hand als Vermutungen. Was verschwieg Ficcaglia? Warum hatten er und Inguaggiato geschossen? Bonanno hatte keine Antwort auf diese Fragen, und vielleicht war es auch besser, wenn er sie nie fand, denn in ihm wuchs der unangenehme Verdacht, der Capitano könnte in dunkle Geschäfte verwickelt gewesen sein. Das hatte nichts mehr mit seiner persönlichen Abneigung zu tun, nein, hinter diesem Verdacht standen konkretere und schlimmere Gründe. Inzwischen häuften sich die Zigarettenkippen zu Bonannos Füßen. Er schaute sich suchend um: In der linken Ecke des Flurs vor den Operationssälen stand eine Statue des Erzengels Michael, unter dessen Füßen gerade ein Schlangenkopf mit blutunterlaufenen Augen seine gerechte Bestrafung erfuhr. Feuer und Schwert, dachte Bonanno erschöpft. Er verstand die Welt nicht mehr: Religion und Aberglaube vermischten sich, und im Namen einer Person oder einer sogenannten »guten Sache« wurden ständig Menschen getötet und alles zerstört. Er fühlte sich so fehl am Platz, so unnütz, klein und ohnmächtig. Ein Idiot, der seinem eigenen Gerechtigkeitsideal nachjagte, das den gesunden Menschenverstand mit Füßen trat und damit seine Integrität und seine Stellung bei den Carabinieri gefährdete, während das gesamte Oberkommando gerade die großartige Operation Meister Proper organisierte. Alle waren sie überzeugt, dass die Paten den Capitano umgebracht hatten. Sie wussten nicht, dass der vielleicht auch nur ein Verräter war.

Die Glastür zum Operationssaal öffnete sich, zwei grün gekleidete Krankenpfleger schoben eine Bahre heraus, auf der Ficcaglia regungslos mit geschlossenen Augen lag. Jetzt war es an der Zeit, dass er seine Antworten bekam, egal wie sie ausfallen würden. Er brauchte Klarheit.

»Mein lieber Maresciallo, Sie müssen sich unbedingt ausruhen, außerdem ist Ihr ›Patient‹ nicht in der Lage, zu reden«, sagte der junge Orthopäde zu ihm, während man Ficcaglia gerade aus dem Operationssaal in den Aufwachraum brachte.

»Ich bin nur hier, um ihn zu bewachen«, log Bonanno.

»Aber bitte nicht mehr.«

»Nur ein Wort.«

Arzt und Krankenpfleger verließen den Raum, und er blieb mit Ficcaglia allein. Da stand er nun vor einem Mörder, einem Menschen wie er mit zwei Händen und zwei Füßen. Zwei Augen und eine Nase. In seiner Laufbahn als Provinzpolizist hatte er nur selten einen kaltblütigen Mörder aus der Nähe gesehen. Und dann quälte ihn jedes Mal die gleiche Frage: Wie ließen sich Gut und Böse unterscheiden? Wo begann jener zunächst hauchfeine Unterschied in den Absichten eines Menschen, der jemanden in eine brutale Bestie verwandelte? Wo lag eigentlich der Unterschied zwischen ihm und dem da, fragte Bonanno sich, während seine Hand beinahe zärtlich seine Waffe berührte und er mit sich rang. Da erinnerte er sich plötzlich an seinen Freund Maresciallo Vincenzo Vinciguerra, der an einer beeindruckenden Zahl von Friedensmissionen an den »umkämpftesten« Plätzen der Erde teilgenommen hatte: Libanon, Somalia, Kosovo, Irak. Er hatte ihn schon lange nicht mehr gesehen. Irgendein Idiot hatte einmal Witze über

Vinciguerra gerissen und behauptet, der wäre eigentlich nur glücklich, wenn er in krisengeschüttelten Ländern unterwegs sei. Doch der eigentliche Grund war einfach, dass Vinciguerra vier Kinder hatte und er mit dem geringen Gehalt bei der Armee seiner Familie keine annehmbare Zukunft sichern konnte. Idealismus spielte zwar durchaus mit, aber in erster Linie brach Vinciguerra zu diesen Friedensmissionen auf, um sein Einkommen aufzustocken. Als Mann des Friedens und Zeuge von Kriegen war er an den Anblick bitterster Armut gewöhnt, während er Schulen und Kinderheime wieder aufbaute, die der Krieg zerstört hatte, Trinkwasserbrunnen einrichtete und Feldküchen, um die Zivilbevölkerung zu ernähren.

»Schau mal, Bonà«, hatte er ihm bei einem Besuch zwischen zwei Missionen gesagt, »uns schützt diese Uniform nicht, aber wenn wir uns einen Verbrecher greifen – und da ist es egal, wo, denn Verbrecher sind überall gleich –, fühlt der sich durch diese Uniform geschützt. Dagegen kannst du gar nichts machen, außer du vergisst einmal, wer du bist, und bluffst. Denk daran, um faules Fleisch zu entfernen, braucht man ein scharfes Messer. Hast du verstanden, Bonà?«

Das hatte er.

Jetzt war er mit Ficcaglia allein. Bonanno schloss die Tür und drehte den Schlüssel herum. Dann ging er zum Bett und redete mit seltsam ruhiger und leiser Stimme auf ihn ein.

»Ich weiß genau, dass du mich hörst, weil ich mit den Ärzten gesprochen habe. Die haben dir nur eine Betäubung am Rücken gesetzt, keine Vollnarkose, also hör auf mit dem Theater. Das zieht bei mir nicht«, zischte er wütend.

Der junge Mann lag stumm und regungslos da, doch Bonanno bemerkte, wie sein Atem hörbar schneller ging.

»Ficcaglia, du kommst hier nicht raus. Du hast einen Offizier der Carabinieri ermordet und einen Jungen verwundet, der wie ein Bruder für mich ist. Und jetzt bin ich hier ganz allein mit dir und bewache dich, aber niemand, nicht einmal Gott persönlich, kann mir einen Vorwurf machen, falls ich dich bei einem Fluchtversuch erschieße. Ich behaupte einfach, du hättest mich angegriffen, schieße dir vorher eine Kugel zwischen die Rippen, und das war's dann.«

Ficcaglia stockte der Atem, als der kalte Stahl der Parabellum Kaliber neun seine Wange berührte. Er öffnet die Lider und begegnete Bonannos glühenden Augen, aus denen Wut, Ekel und namenloser Schmerz sprachen, eine tödliche Mischung, die ihn zu vernichten drohte. Selbst Abschaum wie er begriff, wann er sich geschlagen geben musste.

»Maresciallo, glauben Sie mir, ich habe nichts damit zu tun, das hat alles Inguaggiato geplant, und ich Idiot habe mich da für eine Hand voll Euros mit hineinziehen lassen. Aber ich weiß gar nicht, wie man eine Waffe richtig hält, das schwöre ich Ihnen. Ich schaffe es nicht einmal, aus einem halben Meter Entfernung ein Fass zu treffen. Wie sollte ich da zwei Menschen in einem fahrenden Wagen töten? Ja, ich habe geschossen, aber ich habe niemanden getroffen. Ich verrate Ihnen sogar, wo ich diese verdammte Pistole vergraben habe, holen Sie sich die und machen Sie alle Tests und überzeugen Sie sich, dass ich völlig unschuldig bin.«

Ficcaglia redete ohne Punkt und Komma. Rechtfertigungen, nichts als Rechtfertigungen. Wie viele würde er sich noch anhören müssen?

»Hör mir gut zu, du Kanalratte, du hast doch keine Ahnung, was das Wort Ehre überhaupt bedeutet. Wenn wir die Waffe haben, werden wir im Labor feststellen, ob du ein Mörder bist oder nicht. Doch wenn du dein mieses Maul aufmachst – und das sage ich nur einmal –, möchte ich nur eine Antwort auf meine Frage hören. Und die muss wahr sein.«

Ficcaglia glühte jetzt wie im Fieber. Bonanno steckte seine

Waffe wieder ein, presste einen Zeigefinger auf Ficcaglias Kehle und drückte gegen den Knorpel.

»Ich möchte nur eines wissen: Warum habt ihr den Capitano getötet?«

»Das, was ich Ihnen jetzt erzähle, ist die reine Wahrheit. Das müssen Sie mir glauben, ich schwör's bei der Seele meines toten Vaters. Ich habe keine Ahnung, warum Inguaggiato wollte, dass der Capitano stirbt. Ich weiß überhaupt nichts, aber Nenè war ziemlich dicke mit dem Capitano, er hatte sogar seine Handynummer. Ich habe selbst gesehen, wie er ihn anrief.«

»Also noch mal zurück: Von wo rief er ihn an?«

»Aus der Telefonzelle auf dem Corso. Er war am Vortag zu mir gekommen und hat mir tausend Euro gegeben. Er hat mir gesagt, er hätte einen kleinen Job für mich, und wenn alles gut ginge, würde er mir noch mal tausend geben. Ich sollte einen Jeep klauen und dorthin bringen, wo ihr ihn gefunden habt, er brauchte ihn für einen Deal und war selbst nicht mal in der Lage, ein Fahrrad zu klauen. Dann sagte er mir, ich sollte mich am nächsten Tag bereithalten, es gäbe etwas zu erledigen. Und das war, den Capitano und seine Leute zu durchlöchern. Aber ich schwöre Ihnen, Maresciallo, davon wusste ich nichts. Wie hätte ich mir so etwas auch nur vorstellen sollen? Da hätte ich doch nie mitgemacht.«

»Los, erzähl weiter«, drängte ihn Bonanno finster. Wo hatte ein Hungerleider wie Inguaggiato bloß das ganze Geld her?

»In der Nacht habe ich den Jeep geklaut, wir haben ihn dann da runtergebracht, ich bin vorausgefahren, und er ist mir mit seinem Wagen gefolgt. Wir haben den Jeep versteckt und sind danach nach Villabosco zurückgefahren. Am folgenden Tag hat er mich frühmorgens zu Hause abgeholt. Dann sind wir in eine Bar gefahren und er hat mir zwei Bier ausgegeben. Beim dritten war ich so richtig aufgedreht und Inguaggiato hat dann jemanden angerufen.

Er hat weder sein Handy benutzt, noch wollte er von der Bar aus telefonieren. Deshalb ging er in diese Telefonzelle.«

»Woher weißt du überhaupt, dass er den Capitano angerufen hat?«, fragte Bonanno.

»Er hat gesagt: ›Guten Tag, Capitano, hier ist Inguaggiato, ich muss mit Ihnen reden. Wann kommen Sie nach Villabosco zurück?‹«

»Woher wusste er, dass der Capitano nicht in der Kaserne war?«

»Keine Ahnung. Vielleicht hat der es ihm selbst erzählt, die beiden waren ja ganz dicke miteinander.«

Es wurde immer schlimmer. Vor Bonannos Augen formte sich langsam ein vollständiges Bild des Anschlags, die vielen Schüsse, die in die Umgebung und die Leitplanke gegangen waren. Er hatte sich gleich gefragt, wie das sein konnte. Und jetzt hatte er die Wahrheit vor Augen. Ficcaglia sagte die Wahrheit, und das war ein verdammtes Unglück.

Aus welchem Grund hatte ein angesehener Offizier der Carabinieri Inguaggiato seine private Handynummer gegeben? Ficcaglias Geschichte war wasserdicht. Nach dem Anruf waren sie zu dem Weg gefahren, der auf die Schnellstraße führte. Dort hatten sie ihren eigenen Wagen stehen gelassen, hatten mit dem gestohlenen Jeep diesen Weg genommen und sich an der Straße hinter großen Felsbrocken versteckt. Wegen einer Baustelle mussten die Wagen hier im Schritttempo vorbeifahren, also konnten sie aus einer Entfernung von vier oder fünf Metern zielen und schießen und sie leicht töten.

»Inguaggiato zog seine Waffe und schraubte den Schalldämpfer auf. Er sagte mir, ich solle mir keine Sorgen machen, die beiden Pistolen wären sicher, die Seriennummer sei rausgefeilt und niemand könnte sie mit uns in Verbindung bringen. Wir sollten den Capitano aus dem Weg räumen. Ich schrie ihn an, er sei verrückt, aber dann richtete er seine Waffe gegen meine Stirn und drohte: ›Entweder bist du dabei, oder ich erschieße dich wie einen tollwütigen Hund.‹ Das hat er zu mir gesagt. Was sollte ich denn machen?«, jammerte Ficcaglia und umklammerte Bonannos Handgelenke.

Ficcaglias Geflenne widerte ihn an. Bonanno musste schlucken. Diese Krokodilstränen rührten ihn nicht, dazu hatte er schon zu oft erlebt, wie irgendwelche gemeinen Verbrecher versuchten, bei ihren Mitmenschen Mitleid zu erregen, während sie sie schamlos belogen.

»Wo ist die Pistole?«

»Ich habe sie vor meinem Haus zwischen den Feigenkakteen vergraben, in der Nähe eines Steins, der wie eine Bohne aussieht.«

»Wehe, du hast mich angelogen …«

»Maresciallo, ich schwöre es Ihnen!«

XXVII

Die Waffe lag wirklich dort versteckt. Ficcaglia hatte sie erst in Lumpen und dann in zwei Plastiktüten gewickelt und im Garten in der Nähe des bohnenförmigen Steins vergraben. Bonanno fühlte sich auf einmal so erschöpft, die Müdigkeit hüllte ihn ein wie ein dunkles Tuch. Wie spät war es überhaupt? Wie lange hatte er nicht mehr geschlafen? Seit wann nicht mehr mit seiner Tochter, mit Donna Alfonsina oder Rosalia gesprochen?

Er nahm die Pistole, die schwer in seiner Hand lag, ganz vorsichtig, damit er sie nicht aus den Plastiktüten herausholte und so eventuelle Fingerabdrücke zerstörte. Ihm gefiel überhaupt nicht, was er herausfinden würde. Die Hölle konnte nicht schlimmer stinken als das, und über allem erhob sich die Gestalt des Capitano, dessen Ansehen immer mehr litt. Warum hatte Inguaggiato seinen Tod gewollt?

Als Bonanno in die Kaserne zurückkam, erschreckte er den Wachtposten, der sich gerade seine Liege für die Nacht aufstellte. Was war bloß in den Maresciallo gefahren, dass er um diese Zeit durch die Kaserne geistern musste?

Bonanno weckte seine Leute, angefangen mit dem Mann in der Telefonzentrale, den er anwies, Maresciallo Marcelli anzurufen.

»Aber Maresciallo, es ist beinahe zwei Uhr früh!«

»Ruf ihn sofort an!«

»Zu Befehl!«

»Hallo, bist du's, Bonanno? Ist etwas mit Ficcaglia?«, fragte Marcelli besorgt.

»Nein, Ficcaglia schläft. Lacomare und Brandi bewachen ihn. Sie lassen ihn nicht aus den Augen, mach dir da keine Sorgen.«

»Was ist dann? Hast du mal auf die Uhr geschaut, weißt du eigentlich, wie spät es ist?«

»Das ist doch jetzt egal, sag mir lieber eines: Hat jemand aus Villabosco am Tag bevor auf unsere Leute geschossen wurde den Diebstahl eines Jeeps gemeldet?«

Zehn Minuten später kam Marcelli in die Zentrale herunter. Er bewohnte eines der Apartments, die man den unverheirateten Carabinieri zur Verfügung stellte.

»Jawohl, hier ist die Anzeige. Das war der Jeep, den wir am Tatort ausgebrannt vorgefunden haben.«

Bonanno entgleisten die Gesichtszüge, seine Laune wurde noch schwärzer als der Kaffee vor ihm, und seine Augen glühten wie die x-te Zigarette, die er sich gerade angesteckt hatte. Enttäuschung stand ihm in sein müdes Gesicht geschrieben. Marcelli schloss die Tür und öffnete das Fenster.

»Was ist denn los, Bonà?«

Der nahm einen langen Zug, und der Rauch, den er ausstieß, formte weißlich schimmernde Kringel.

»Du kannst mir vertrauen«, drängte Marcelli ihn.

»Lass diese Pistole untersuchen, da sind Ficcaglias Fingerabdrücke drauf. Und lass die Patronen vergleichen. Diese halbe Portion behauptet nämlich, er habe nicht auf unsere Leute geschossen. Wenn das stimmt, ist nur Inguaggiato ein Mörder.«

»Dann hat er also auf Befehl der Paten geschossen!«

»Nein, glaubst du denn, die würden Leute wie Inguaggiato und Ficcaglia einsetzen, wenn sie den Capitano aus dem Weg räumen wollten? Und danach die Waffe nicht verschwinden lassen?«

»Ja und?«

»Nichts. Wir wissen jetzt, wer geschossen hat, aber nicht, aus welchem Grund, und wir wissen auch nicht, wer dann Inguaggiato umgebracht hat.«

»Was denkst du?«

»Ich gehe jetzt nach Hause.«

»Wo hast du die Waffe gefunden?«

»Gute Nacht, Marcè!«

Durch die Stille der Nacht drangen vertraute Geräusche an sein Ohr. Er hörte Vanessas gleichmäßigen Atem und seine Mutter, die sich im Schlaf leicht bewegte. Ringhio und Briciola winselten, der Wind strich zart über die Mandelbäume und die halbgeschlossenen Fensterläden. Lebenszeichen, die in die düstere Stille seines Herzens vordrangen. Dieses Chaos in seinem Kopf kannte er nur zu gut und wusste, dass dabei nichts Gutes herauskommen würde. Doch er grübelte weiter.

Zwischen diesen drei Toten bestand eine Verbindung, und die führte direkt zum Holzkreuz der Veronika. Er musste sich unbedingt mit dem Schreiner unterhalten, der es restauriert hatte, Epifanio Candeloro.

»Epifanio Candeloro hat das Geheimnis unseres Holzkreuzes entdeckt. Ich hatte Nofrio nichts davon erzählt. Zum ersten Mal in der Geschichte der Bruderschaft verschwieg ein Governatore seinem Nachfolger das Geheimnis, das wir seit zweihundert Jahren streng gehütet hatten. Und ich hatte recht damit, Mimmuzzu. Ich kenne die Menschen und wusste deshalb, dass ich Nofrio nicht trauen durfte. Sei vorsichtig, wenn dir jemand nicht gerade in die Augen schauen kann. Nofrios Augen haben ihn verraten.

An jenem Tag waren wir Mitbrüder alle festlich gekleidet, wir trugen unsere Tuniken und die kostbaren Schuhe. Wir als Führer der Bruderschaft ganz vorn, davor Nofrio und hinter uns die anderen. Du weißt doch, bei der Fronleichnamsprozession durften wir natürlich nicht fehlen, alle anderen Bruderschaften nahmen auch daran teil, und unser neuer Governatore wollte unbedingt einen guten Eindruck machen, wenn man in dem nach vorn hin offenen Raum den festlich geschmückten Altar mit dem heiligen Bild Jesu aufstellte und sich in seinem Namen jede Menge Menschen versammelten.

Wenn der Zug mit der geweihten Hostie durchkam, die in einer Monstranz aus glänzendem Gold und Silber unter einem mit Goldfäden bestickten Baldachin durch die Stadtviertel getragen wurde, wurden dort früher Rosenblätter gestreut und Böller abgefeuert, und die Frauen schmückten ihre Balkone zum Zeichen der Verehrung für den Leib Christi mit gestickten Läufern. Uns allen bedeutete dieses christliche Fest am meisten, doch dieser Ignorant Nofrio wusste nicht einmal, was Fronleichnam eigentlich hieß. Und an eben diesem Tag, er war vor kurzem zum Governatore ernannt worden, verkündete er uns auch seinen Entschluss. Er wollte das Holzkreuz restaurieren lassen. Aus Furcht, jemand könnte dabei das Geheimnis entdecken, widersetzte ich mich. Nofrio sah mich daraufhin hasserfüllt an und hatte mir von diesem Tag an Feindschaft geschworen. Man stimmte über unsere Vorschläge ab, doch Nofrios gewann mit einer Stimme Vorsprung, der von Schatzmeister Fofò Scibetta.

Nofrio Falsaperla beauftragte Epifanio Candeloro, den besten Schreiner und Restaurator von Villabosco, mit der Arbeit. Seine Familie war schon seit vielen Generationen Meister in diesem Handwerk. In der zweiten Hälfte des 18. Jahrhunderts hatte einer seiner Vorfahren das Holzkreuz zum ersten Mal restauriert. Jetzt hatte er diese Aufgabe übernommen, aber damit war das Geheimnis nicht länger sicher.«

Halbdunkel und Staub.

Er betrachtete das Holzkreuz in einer Mischung aus Anbetung und Bewunderung. Nun war das Geheimnis der heiligen Veronica in Gefahr. Dann sah er auf seine Hände. Die Hände eines Mörders. Und er würde wieder zuschlagen. Noch in dieser Nacht. Nach dem Geier bedrohte jetzt ein Feigling ihr Geheimnis. Aus Habgier und Dummheit schändeten die Menschen die heiligsten Mysterien des Lebens.

Halbdunkel und Staub.

Ein Lichtstrahl durchschnitt das Halbdunkel, und ihn erfüllte die Gewissheit, im Recht zu sein und für den Triumph der einzigen Wahrheit zu kämpfen.

Die Miene des Mörders spannte sich erwartungsvoll. Seine Hand schloss sich fest um ein altes Foto des Holzkreuzes. Symbol und Todesurteil zugleich. Fanatismus unter dem Deckmantel des Glaubens.

XXVIII

Jeder Mensch schleppt leidvolle und schmerzliche Erinnerungen mit sich herum, Bonanno bildete da keine Ausnahme. Erinnerungen an eine Zeit, als er ganz unten gewesen war. Emma war gerade mit dem muskulösen Trapezkünstler durchgebrannt und hatte ihn mit Vanessa, die noch ein Baby war, sitzen lassen. Diese Enttäuschung trieb ihn rasch in eine tiefe Depression, die jedoch keine Folgen hinterließ. Rosalia hatte das Wunder bewirkt, sein kaltes Herz wieder zu erwärmen. In der dunkelsten Zeit hatte er nur die Wärme des Wodkas gekannt, den er wochen- und monatelang in sich hineinschüttete, um seine Leber und seinen Lebenswillen darin zu ertränken. Doch eines Nachts war etwas passiert: Vanessa war aus ihrem Bettchen gefallen, hatte eine blau verfärbte Beule auf der Stirn und war bewusstlos. Donna Alfonsina schrie und raufte sich die Haare, aber er hatte so viel getrunken, dass sie ihn überhaupt nicht wach bekam. Russischer Wodka war gnadenlos.

Sein Kollege aus Neapel, den Donna Alfonsina in ihrer Verzweiflung angerufen hatte, damit er Vanessa ins Krankenhaus fuhr, flößte ihm eine riesengroße Tasse Kaffee ein. Und dann wusch er ihm in seinem Dialekt den Kopf: »Junge, du warst überhaupt nicht wach zu bekommen, und die Kleine wäre beinahe gestorben. Bist du übergeschnappt? Für uns Eltern sind unsere Kinder doch das Wichtigste auf der Welt, und du bist nichts als ein beschissener Säufer!«

Maresciallo Ciro Esposito hatte ihn mit seinen dunklen Augen angefunkelt, die so schwarz waren wie Miesmuscheln. Er hatte die leere Wodkaflasche bemerkt und sich auf Bonannos Tiefschlaf und dessen Alkoholfahne einen Reim gemacht.

Und dann hatte er ihn beschwörend angesehen und mit ihm ein ernstes Wort geredet.

»Jeder von uns hat sein Päckchen zu tragen. Ich habe meinen Sohn verloren, da war er neun Jahre alt. Es ist in der Schule passiert. Seine Lehrerin hat geglaubt, er wäre in seiner Bank eingeschlafen, und wollte ihn wachrütteln und dem Armen deswegen Vorwürfe machen, aber mein Gennarino war schon von uns gegangen. Bei der Beerdigung hat der Pfarrer gesagt, Jesus hätten noch die schönsten Blumen in seinem Garten gefehlt und er sei auf die Erde gekommen, um sie einzusammeln, und als er Gennarino gesehen habe … Aber diese Worte haben mich nicht getröstet, ich konnte weder essen noch schlafen und wollte nicht mehr leben. Und das für Tage, Wochen, Monate. Ein Aneurysma der Hirngefäße hatten die Ärzte gesagt, das wie eine Art Zeitbombe wirkte: Eine erweiterte Ader in seinem Kopf war plötzlich geplatzt, und die Blutung hatte sein Gehirn überschwemmt. Niemand hätte ihn retten können. Aber ich konnte mich einfach nicht damit abfinden. Meine Frau und Gennarinos Zwillingsschwester schwieg ich nur noch an. Ich fühlte mich leblos wie ein Stück Holz und merkte dabei nicht, wie egoistisch mein Kummer war und dass er den anderen die Freude am Leben nahm. Der Schmerz um Gennarinos Tod gehörte nicht mir allein, aber ich wollte ihn nur für mich haben. Mir entging völlig, wie viel Trauer ich um mich verbreitete. Und dann hörte ich eines Abends einen lauten Knall aus dem Zimmer meiner Tochter. Ich lief hin, und da fand ich Maria Assuntina, die schon alles vorbereitet hatte, um sich aufzuhängen. Jawohl, um sich mit ihren eigenen Händen zu erhängen, aber eigentlich war es so, als würde ich es tun. Sie hatte das Seil an der Deckenlampe festgeknotet, war auf die Kommode geklettert, aber die Lampe hatte nachgegeben, und so blieb sie am Leben. Und als ich sie fragte: ›Wie hast du nur deinem Papa so etwas antun wollen? Jetzt auch noch du?‹, hat sie mir geantwortet, ich würde meine Kinder nur lieben, wenn sie nicht mehr leben, und deshalb wollte sie auch tot sein wie Gennarino, damit ich sie wieder lieb hätte. Hast du begriffen, Bonà? Manchmal kümmern wir uns in unserer Trauer wegen der Toten nicht genug um die Lebenden. Sicher, an Gennarinos Tod war ich nicht schuld, aber wer hätte mir die Verantwortung dafür abnehmen können, was mit Maria Assuntina geschah? Deshalb hör endlich auf, dich selbst zu bemitleiden, und kümmere dich um deine Tochter. Nur weil Emma dich wegen eines anderen Mannes verlassen hat, heißt das doch nicht, dass du nichts *wert bist*. Eine Mutter, die ihr eigenes Kind wegen eines Mannes aufgibt, kann man nur verachten. Und jetzt, wo du deiner Tochter auch noch die Mutter ersetzen musst, was tust du da? Du lässt dich mit Schnaps *volllaufen*, und deine Kleine wäre fast dabei draufgegangen. Reiß dich zusammen, benimm dich endlich wie ein Mann, Bonà, verdammt noch mal! Emma hatte dich nicht verdient, und ich bin mir sicher, dass du zur richtigen Zeit auch die Frau finden wirst, die zu dir passt. Nur die faule Birne fällt von allein. Jetzt sei deiner Tochter endlich ein Vater und hör mit der Sauferei auf, sonst büßt du nicht nur deine Gesundheit ein, sondern verlierst vielleicht auch noch deine Vanessa. Deine Tochter braucht dich jetzt, also kümmere dich gefälligst um sie.«

Und Bonanno hatte seinen Wodkavorrat weggeschüttet, und von da an war es ihm allein bei dem Geruch übel geworden. Er erinnerte sich, wie er damals seine Beziehung zu Vanessa Tag für Tag neu aufbauen musste. Doch dann fiel ihm ein, welche neue Beziehung sich gerade zwischen Vanessa und Rosalia entwickelte, und das erfüllte ihn trotz all seiner Ängste mit Glück.

Erleichtert stieg er in seinen Punto und rauchte auf dem Weg zu Epifanio Candeloros Werkstatt noch eine Zigarette. Er fuhr dorthin, weil er wissen musste, ob an den Gerüchten etwas dran war, dessen Ehefrau Gesuina Pigliapane, eine Schönheit von auswärts, die angeblich auch auf andere Männer einen Blick riskierte, habe ebenfalls eine Affäre mit dem Governatore gehabt.

Candeloros Werkstatt ging auf eine Sackgasse hinaus, die von unbebautem Land umgeben war, einem Tummelplatz für Mäuse und streunende Hunde. Darüber hatte der Schreiner ohne Baugenehmigung noch zwei Stockwerke gesetzt, illegal wie alle Häuser in dieser Gegend, die dann nachträglich mit einer der zahlreichen, extra dafür aufgelegten rückwirkenden Genehmigungen legalisiert wurden. Mit einem eleganten Manöver parkte Bonanno seinen Punto und verließ ihn trotz seines Leibesumfangs rasch und behände. Die Werkstatt war geschlossen. Er klingelte einige Male, doch aus dem staubigen, im Halbschatten liegenden Innenraum war kein Laut zu vernehmen.

»Also gut, dann klären wir das eben«, sagte er sich und klingelte bei der Wohnung.

Ihm antwortete eine von unzähligen Zigaretten heisere Frauenstimme, die so sexy klang, dass es einem den Magen zusammenzog.

»Wer ist dort?«, fragte dieser Ausbund an Sinnlichkeit.

»Maresciallo Bonanno, Signora, ich möchte mit Epifanio Candeloro sprechen. Sind Sie seine Frau?«

Kurzes Schweigen. Dann wieder diese heisere, sinnliche Stimme: »Macht es Ihnen etwas aus, zu mir heraufzukommen, Maresciallo? Ich muss mit Ihnen reden!«, und dann hörte er ein Klicken. Die gut geölte Tür öffnete sich beinahe lautlos. Während er in den ersten Stock hinaufging, meldete sich sein Bulleninstinkt heftig, was nichts Gutes verhieß. Die Wohnungstür aus Nussbaum stand einen Spalt offen, und Gesuina Pigliapane erwartete ihn bereits. Sie war eine auffallende Erscheinung, in der Blüte ihrer Jahre, höchstens dreißig oder zweiunddreißig, dachte Bonanno. Üppige Locken, ein sinnlicher Mund, strahlende Augen und eine

Stimme, die einem Gänsehaut verursachte, so tief, als käme sie direkt aus den durch zu viel Rauchen geschädigten Lungenflügeln. Dafür sprach auch die Zigarette zwischen ihren gelblich verfärbten Raucherfingern, bestimmt eine von vielen an diesem Tag.

Bevor er starb, hatte sich das Schlitzohr Falsaperla ja ein hübsches Damenquartett zusammengesucht.

»Signora Gesuina?«, vergewisserte sich Bonanno.

»Zu Ihrer Verfügung, bitte setzen Sie sich doch, Maresciallo.«

Sie führte ihn in einen warmen, gemütlichen Raum, in dem eindeutig das Material Holz dominierte. Der Boden aus kunstvollem, hochglänzendem Parkett, geschmückt mit handgewebten Teppichen. Die Eingangstür wurde von zwei Holzsäulen gesäumt, die den ebenfalls mit aufwendigen Ornamenten versehenen Türbalken trugen. Doch das feinste Stück der Einrichtung war die Kaminecke: Kirschbaum, Kastanie und andere Holzarten, aus denen der Schreiner mit viel Fantasie Regale, Schemel und andere Möbel angefertigt hatte. Ein hervorragender Handwerker, dachte Bonanno und konnte nun verstehen, warum Falsaperla ihn mit der Restaurierung des Holzkreuzes beauftragt hatte, ließ man mal die Ehefrau mit der sinnlichen Stimme außen vor.

»Also stimmt es wirklich, dass die Wohnung die Seele eines Mannes widerspiegelt«, meinte er und outete sich damit als typischer Macho.

Gesuina Pigliapane achtete nicht auf seine Worte, sie schien etwas zu bedrücken. Und als sie redete, wusste Bonanno, dass sein Bulleninstinkt mal wieder funktioniert hatte.

»Mein Mann ist gestern Nacht nicht nach Hause gekommen, Maresciallo! Ich habe gewartet und gewartet, aber Fehlanzeige … und als ich gerade bei den Carabinieri anrufen wollte, kamen Sie, und da habe ich die Gelegenheit beim Schopf gepackt.«

Anscheinend sollte es im Zusammenhang mit diesem verdammten Holzkreuz noch mehr Tote geben.

XXIX

Welch schreckliche Tragödie, Maresciallo, so jung, in der Blüte seiner Jahre zu sterben! Was für ein Unglück! Aber ich habe ja immer gesagt, in dieser verfluchten Kurve wird noch mal jemand runterstürzen. Das musste ja passieren! Wie soll das gehen ohne Begrenzungsmauern? Wenn einer da die Kontrolle über seinen Wagen verliert, bumm, dann kann man ihn gleich in Bonanotti wiederfinden. Ein Sturz von sechzig oder siebzig Metern. Natürlich haben wir ihn identifiziert: Epifanio Candeloro, siebenunddreißig Jahre alt, von Beruf Schreiner. Warum machen Sie so ein Gesicht? Kannten Sie ihn etwa? Bitte beruhigen Sie sich doch, Maresciallo. Es hat doch keinen Zweck, wenn Sie Ihren Zorn an den Reifen des Jeeps auslassen, die wirken zwar weich, sind aber härter als Stein, und wenn Sie weitermachen, brechen Sie sich noch den Fuß«, versuchte Aspanu Ogliobono, ein dicker, kahlköpfiger Feuerwehrmann, den fluchend gegen die Reifen tretenden Bonanno zu beruhigen. Ogliobono hatte mit seinen Kollegen das Wrack von Candeloros Wagen, einem Ford Escort, geborgen. Der Kleinwagen war völlig verbeult und die Leiche des Schreiners nur noch ein blutiger Klumpen Fleisch.

Der Wagen war nicht in Flammen aufgegangen, weil der Tank leer war. In den Taschen des Toten hatte man seine Ausweispapiere gefunden.

»Oh mein Gott, er ist es«, sagte eine sinnliche Stimme, die Bonanno schon gehört hatte. Er drehte sich um und sah Gesuina Pigliapane an, die gerade die sterblichen Überreste ihres Mannes erkannt hatte. Ihr lautes Schluchzen verwandelte ihre Stimme in ein heiseres Keuchen.

Mimmo Carnemolla stand mit seinem Kameramann ganz in der Nähe und nahm das Geschehen auf.

»Kommt es Ihnen nicht merkwürdig vor, dass sich die Unfälle so häufen?«, wandte sich der Reporter an Bonanno, während er auf ihn zu lief.

Woraufhin der fluchend verschwand.

Wenn Bonanno so in seine Gedanken vertieft war, ließ er nicht mit sich reden. Er wollte unbedingt diesen neuen Unfall aufklären, und dazu benötigte er die Meinung eines Experten.

Ingegnere Riccobonos Büro lag nicht weit vom Rathaus entfernt. Als der plötzlich Bonanno vor sich stehen sah, wurde er blass, weil er sich an ihr letztes Gespräch unter vier Augen erinnerte – ein nicht gerade angenehmes Erlebnis.

»Maresciallo, ist etwas passiert?«, fragte Riccobono.

»Ich muss Sie um einen Gefallen bitten«, antwortete Bonanno ernst.

»Würden Sie mir bitte erst sagen, worum es geht? Ihnen traue ich nicht über den Weg.«

»Kommen Sie mit, dann erzähle ich es Ihnen«, erwiderte Bonanno.

»Wenn Sie nicht reden, rühre ich mich hier nicht von der Stelle«, beharrte der Ingegnere misstrauisch, denn man hatte ihn während der Ermittlungen im Fall des Pädophilenrings des Mordes verdächtigt.

»Ich möchte Ihnen die Stelle zeigen, an der der Schreiner seinen Unfall hatte. Mir fehlt ein Gutachten.«

»Es dauert mindestens zwei oder drei Tage, das zu untersuchen und zu ersten Ergebnissen zu kommen.«

»Und ich sage Ihnen, wir schaffen das innerhalb einer Stunde.«

»Sie sind ja verrückt.«

»Deswegen bin ich zu Ihnen gekommen. Was ist nun, begleiten Sie mich?«

Im Büro von Maresciallo Marcelli herrschte explosive Stimmung.

»Wie kommt es, dass wir dich bei Candeloros Witwe antrafen, als wir ihr die Nachricht vom Unfall ihres Mannes bringen wollten?«

»Ich brauchte einen Schreiner. Mein Schrank ist kaputt.«

»Savè, wann wirst du mir endlich vertrauen?«, erwiderte Marcelli gekränkt.

»Und wann wirst du endlich aufhören, so einen Blödsinn zu erzählen?«

»Dieses Holzkreuz bringt eine Menge Unglück. In letzter Zeit haben einige Leute, die damit zu tun hatten, dran glauben müssen«, versuchte es Marcelli noch einmal.

»Das ist kein Zufall, da bin ich mir jetzt sicher, obwohl ich erst so meine Zweifel hatte. Da mordet jemand kaltblütig.«

»Wie kommst du denn darauf?«

»Ich habe mit Ingegnere Riccobono die Stelle überprüft, an der Candeloros Wagen in die Tiefe gestürzt ist. Und weißt du, was? Um dieses verstärkte Leitplankenmodell zu durchbrechen, muss man mindestens sechzig Stundenkilometer fahren, und Candeloro fuhr höchstens dreißig. Jemand hat ihn dort hinuntergestoßen. Schau dir dieses alte Foto vom Holzkreuz der heiligen Veronika an. Das haben wir bei Inguaggiato gefunden, und er hat ebenfalls – anscheinend durch einen Unfall – eine Reise ohne Wiederkehr angetreten. Diesmal war Candeloro dran. Die gleiche Handschrift, Marcè. Man hat die Morde zwar als Unfälle getarnt, aber das sind sie nicht, schlag dir das aus dem Kopf!«

»O Gott, ein Serienmörder, und heute Nacht startet die Operation Meister Proper. In ein paar Stunden ist hier der Teufel los. Am Nachmittag ist der Colonello angereist, und im Lauf des Abends kommen hier sechzig Männer zusammen, um unsere Leute zu unterstützen. Da können wir keinen zusätzlichen Ärger brauchen. Bist du dir wirklich sicher?«

Ein scheeler Blick von Bonanno überzeugte Marcelli, und er änderte daraufhin seine Meinung.

»Was hast du jetzt vor?«, fragte er.

Bonannos Gesicht wirkte angespannt, er zündete sich eine Zigarette an. Jetzt musste er unbedingt nachdenken und sich einen Überblick über die Situation verschaffen. Zu viele Dinge schien er noch übersehen zu haben. Er blieb einige Minuten in Gedanken versunken stehen, bis er schließlich fragte: »Haben wir schon eine Antwort wegen des Gutachtens über das Holzkreuz?«

»Nein, noch nicht.«

»Verdammt!! CACIIII!!!«, brüllte Bonanno.

Der erschien abgehetzt in der Tür.

»Zu Befehl, Maresciallo!«

»Treib mir diesen verdammten Sachverständigen auf.«

»Zu Befehl«, wiederholte Cacici und verdrückte sich.

Wenige Minuten später hatte Bonanno ihn am Telefon.

»Ingegnere, hier ist Bonanno, hören Sie mir zu, Sie können das gern später schriftlich ausarbeiten, aber jetzt brauche ich von Ihnen eine formlose Auskunft, nur ein Ja oder ein Nein, aber das müssen Sie mir sofort sagen. Wurde das Holzkreuz manipuliert oder nicht?«

Der Sachverständige wollte sich nicht festlegen: »Es besteht die Möglichkeit, Maresciallo. Die Laufrollen waren mit Dübeln und großen Schrauben in der Decke verankert, aber wenn die jemand während der Nacht gelockert hat, hätten sie unter dem Gewicht des Holzkreuzes nachgeben müssen.«

»Gibt es keine Möglichkeit, das bestimmt zu wissen?«

»Nicht mit hundertprozentiger Sicherheit. Maresciallo, möglich ist nur eine logische nachträgliche Rekonstruktion der Ereignisse. Sämtliche statischen Berechnungen wurden von Architekt Abramo Calaciore erstellt. Und die sind alle korrekt. Der Mechanismus war darauf ausgelegt, das Gewicht des Holzkreuzes problemlos zu tragen, doch die Metallplatten, an denen die Laufrollen aufgehängt waren, haben nachgegeben, weil die Schrauben nicht gehalten haben. Und falls sie jemand vorsätzlich gelockert hätte, hätte man dies aufgrund der Höhe des Daches und der mangelnden Beleuchtung unmöglich bemerken können.«

»Ist das alles?«, fragte Bonanno enttäuscht, der schon von selbst auf diese Schlussfolgerungen gekommen war.

»Im Moment leider ja.«

Bonanno zündete sich, nachdem er aufgelegt hatte, noch eine Zigarette an. Marcelli öffnete daraufhin das Fenster, und die kalte Luft ließ ihn erschauern.

»Möchtest du reden, Bonà? Wollen wir endlich Freunde sein und nicht nur Kollegen? Es gibt im Leben andere Probleme, die wirklich unlösbar sind. Denk mal an die armen Kerle, die bei dieser Angelegenheit schon ihr Leben gelassen haben.«

Bonanno antwortete nicht. Er war nervös, wütend und verwirrt. Er sah Verschwörungen, die sich wie klebrige Spinnennetze an einen hängten, Offiziere der Carabinieri, die in dunkle Geschäfte verwickelt waren, Betschwestern, die die stets wachen Instinkte in geilen Männern anheizten, und fluchbeladene Holzkreuze, die der Zeit und dem gesunden Menschenverstand trotzten. Und wenn er zu lange grübelte, wurde der Maresciallo wütend, und dann war alles zu spät.

»Woran denkst du, Bonà?«

»Hör zu, wir stehen hier vor einem riesigen Durcheinander. Und damit du es genau weißt, ich glaube, der Capitano hat irgendwelche dunklen Geschäfte mit Inguaggiato abgewickelt, und dieser miese Kerl hat ihn aus dem Weg geräumt, als er begriff, dass Oliva gefährlich wurde«, platzte er heraus.

»Du spinnst ja!«

»Und du noch mehr! Kapierst du jetzt, warum ich nicht mit dir reden will?«

»Du hast ja recht, entschuldige, aber wie kannst du so etwas behaupten?« Bonanno drückte energisch seine Zigarette aus, stand auf und schloss das Fenster. Dann setzte er sich wieder hin und sah Marcelli mit einem Blick an, der weder Unterbrechungen noch Einwände duldete. Und erzählte ihm alles von Anfang an, einschließlich seines Besuchs bei Gangarossa, bei dem er vergeblich versucht hatte, eine Verbindung zwischen diesen Morden herzustellen, weshalb er jetzt dem Capitano dunkle Machenschaften zutraute. Daher wurden seine Verdachtsmomente immer klarer und logischer.

»Wie willst du nun vorgehen?«, fragte Marcelli noch einmal.

»Ich habe keine Ahnung! Im Moment wissen wir wenigstens, wer den Capitano ermordet hat, und deshalb kannst du dem Colonello sagen, er soll sich zurückhalten, denn die Paten haben nichts damit zu tun. Inguaggiato fressen schon die Würmer und Ficcaglia liegt im Krankenhaus, aber zwei Dinge sind noch unklar: Warum hat Inguaggiato den Capitano ermordet? Und wer tötete Falsaperla, Inguaggiato und Candeloro? Ich kann es dir nicht erklären, Marcelli, aber mir kommt es so vor, als wäre das zweite Problem gelöst, sobald wir eine Antwort auf die erste Frage finden.«

»Erklär's mir.«

Bonanno zeigte auf das alte Foto mit dem Holzkreuz der heiligen Veronika und wandte sich zur Tür.

»Wo willst du denn hin?«

»Zu jemandem, der uns helfen kann, mehr über dieses verdammte Holzkreuz zu erfahren«, sagte Bonanno und ging.

In der Kirche des heiligen Petrus war es schon ziemlich dunkel. Zu Caliddro Pelagalli genoss noch den letzten Rest Sonnenlicht. Auf einer Bank vor der Kapelle der heiligen Veronika saß ein alter Mann und führte Selbstgespräche.

»Ich grüße Sie«, sagte Bonanno.

»Guten Tag auch«, antwortete der Küster.

»Ist Padre Sanguedolce da drinnen?«

Diesmal ließ ihn Zu Caliddro nicht erst lange zappeln, sondern schüttelte gleich den Kopf.

»Um diese Zeit ist er in der Schule«, erklärte er.

Der alte Mann auf der Bank vor der Kapelle redete so eindringlich, als würde ihm jemand zuhören. Bonanno sah genauer hin, doch er konnte niemanden entdecken.

»Mit wem redet dieser Opa eigentlich?«

»Beachten Sie den gar nicht, das ist der ehemalige Governatore der Bruderschaft, er ist vollkommen wirr im Kopf. Seit sein einziger Enkel, ein richtiger kleiner Sonnenschein, gestorben ist, führt er Selbstgespräche. Er kommt jeden Morgen hierher und setzt sich dorthin, wo er mit Mimmuzzu immer gesessen hat und redet mit ihm, so als wäre der noch am Leben.«

»Wie ist sein Enkel denn gestorben?«

»Das wissen Sie nicht?«

»Ich habe keine Ahnung.«

Zu Caliddro stellte sich bequem hin wie jemand, der eine lange Geschichte zu erzählen hat, dann drehte er sein eingefallenes Gesicht der Sonne zu und begann: »Mimmuzzu verbrachte mit seinen Eltern einen Urlaub am Roten Meer. Ein schönes Paar, sein Vater hieß Simon, ich glaube, er war jüdischer Abstammung, die Mutter – sie war die Tochter des Alten – hieß Veronica, sie lebten in Turin. Der alte Mann wollte nicht mit. Er hatte seiner Familie nachdrücklich von diesem Urlaub abgeraten und blieb bei seiner Meinung. Er sagte, Mimmuzzu würde die ersten Schultage verpassen, für solche Reisen bliebe immer noch Zeit und er hätte so ein seltsames Gefühl … und wie recht er damit hatte! Ich glaube ja, er hat dieses Unglück vorausgeahnt. Also, um es kurz zu machen, an jenem Tag war die Familie zur falschen Zeit am falschen Ort. Auf ihr Hotel wurde ein Anschlag verübt, dem keiner entkam, und seitdem ist das Hirn dieses alten Mannes nur noch Brei.«

Bonanno blieb stehen und beobachtete den ehemaligen Governatore. Er glaubte, ihn schon irgendwo gesehen zu haben. Dann musste er wieder an seinen Kollegen aus Neapel denken und an sich selbst, als er Trost im Alkohol gesucht hatte, an Rosalias Albträume und die dieses armen alten Mannes: Wie viel Leid trug ein Mensch tief im Herzen, und da spielte es keine Rolle, wie alt er war.

»Der arme Kerl stört doch niemanden«, erzählte Zu Caliddro weiter, »er sitzt nur hier und redet mit seinem toten Enkel, hält ihm Süßwurzeln hin, die er auf dem Feld sammelt, und erzählt ihm dabei, was ihm so durch den Kopf geht. Er ist einsam, Maresciallo, alt und einsam, und wenn einer sein ganzes Leben damit verbracht hat, sich eine Familie aufzubauen, tut es schon weh, wenn so jemand allein alt wird. Dann bleiben ihm nichts als Tränen und Erinnerungen.«

Zu Caliddros Augen verdunkelten sich für einen Moment, nur ganz kurz, doch Bonanno verstand ihn: Dem Küster ging es genauso, seine Kinder und Enkel lebten über die ganze Welt verstreut, ein Schicksal, das er mit vielen anderen Menschen teilte.

»So ist das eben«, erklärte Zu Caliddro auf einmal traurig, »kein alter Mann sollte seine Kinder und Enkel überleben. Es ist gegen die Natur, wenn er die begraben muss, die jung sind und das Leben noch vor sich haben.«

Bonanno nickte, dann verabschiedete er sich von ihm, nachdem er einen letzten Blick auf den alten, verrückten Mann geworfen hatte. Plötzlich drängte sich das Bild von Crocifissa Vaccarella dazwischen, der habgierigen alten Frau, die den Diebstahl ihrer Tasche angezeigt hatte, der geschah, während sie hier in der Kirche beichtete. Etwas in ihm, wohl sein Bulleninstinkt, jaulte wütend auf, als er beobachtete, wie der alte Governatore heftig auf jemanden einredete, und lenkte ihn auf die richtige Spur. Doch Bonanno hörte diesmal nicht auf seinen Instinkt, sondern stieg in seinen Punto und entfernte sich damit immer weiter von der Wahrheit.

XXX

Hast du verstanden, Mimmuzzu, wie das alles geschah? Falsaperla beauftragte Candeloro, das Holzkreuz zu restaurieren. Candeloro holte es und brachte es in seine Werkstatt. Und dort entdeckte er das Geheimnis, das ich Falsaperla nicht enthüllt hatte, weil ich fürchtete, er würde es missbrauchen. Der Schreiner begriff sofort, welches Kunstwerk dieses Porträt darstellte, das so in eine Vertiefung im Holz eingelassen war, dass es sich nicht von dem Holzkreuz abhob. Eine wahre Kostbarkeit, deren Wert das Diadem aus lupenreinen Rubinen im Wert von mehreren Millionen Euro ins Unermessliche steigerte.

Candeloro verstand sein Handwerk, er fand sogar das Geheimversteck mit den Dokumenten und erfuhr, dass der Maler des Porträts einer der besten Schüler jener Kirchenmänner gewesen war, die die heilige Veronica obduziert hatten.

Governatore Alfonso Gambuzza, ein gottesfürchtiger, mildtätiger und großzügiger Mann, der die Hälfte seines Vermögens den Armen stiftete, kam vor zweihundert Jahren auf die Idee, das Holzkreuz, das den Namen der Frau trug, die unserem Herrn Jesus Christus Blut und Speichel vom Gesicht gewischt hatte, mit dem Bild einer anderen Heiligen zu schmücken, die ihre berühmte Namensvetterin zum Vorbild genommen und sich vollkommen mit ihr identifiziert hatte.

Dies geschah 1730, drei Jahre, nachdem die Nonne Veronica im Ruf der Heiligkeit gestorben war. Da das Holzkreuz ohnehin restauriert werden musste, um es vor Holzwürmern zu schützen, ließ es der Governatore mit diesen Miniaturen von unschätzbarem historischem Wert veredeln. Der Maler des Porträts war gleichzeitig ein großer Anatom und erinnerte sich mit staunenswerter Genauigkeit an das, was er bei der Obduktion gesehen hatte. Ein Wunder, urteilte Alfonso Gambuzza, der sowohl Weitblick wie ein gläubiges Herz besaß, und stiftete noch das Rubindiadem, das sich seit Generationen im Besitz seiner vornehmen Familie befand. Die Kirche sollte die Nonne Veronica erst ein Jahrhundert später heiligsprechen. Der Maler und Anatom verewigte auf dem Holzkreuz das heitere Gesicht der Nonne Veronica – in seiner Vollkommenheit nach ihrer langen Krankheit – und ihr Herz mit den Zeichen, die Gott dort hinterlassen hatte.

Governatore Alfonso Gambuzza gelang es sogar, einige Seiten aus dem Tagebuch der Nonne Veronica zu beschaffen. Manches davon kann ich bis heute auswendig: ›*Der Teufel ängstigte dich mit furchtbaren Bildern, mit mächtigen Hieben, die doch ohnmächtig blieben. Er biss dich wie ein Hund, er schlug dich.*‹

Gambuzza war ein gottesfürchtiger Mann, anders als gewisse Heuchler, aber da er genau wusste, dass nicht alle Mitbrüder sich so verhielten wie er, entschloss er sich, das Geheimnis des Holzkreuzes und der Rubine zu bewahren. Seit jener Zeit wird es von Governatore zu Governatore weitergegeben, mit der Prophezeiung, die er als Warnung vor Strafe mit flammenden Buchstaben in das Holzkreuz einbrennen ließ: ›*Die Hand Gottes fährt vom Himmel herab und zermalmt die falschen Götzen. Und Sein Zorn wird wie ein Blitz die lügnerischen Propheten zerschmettern.*‹

Aber mit der Zeit ging der fromme Geist verloren, der früher mit der Arbeit der Bruderschaft Hand in Hand gegangen war, und niemand glaubte mehr an die Prophezeiung. Das wusste ich, aber auch der Kunstschreiner Candeloro, und ihm wurde sein Wissen zum Verderben. Denn die Prophezeiung kennt keine Gnade.«

Wieder einmal zog sich Bonanno an seinen Lieblingsplatz auf dem kahlen Hügel zurück. Er wollte allein sein und sich in den Blick auf die wilde, raue Landschaft verlieren, deren wunderbare Farben der Mensch als Einziges nicht schänden konnte. Ein Traum aus Grün und Blau, das Türkisblau der Berge, das blasse Grau der Felsen und das leuchtende Weiß der Federwolken am Himmel. Gegen die Motorhaube seines Wagens gelehnt, versuchte Bonanno rauchend und grübelnd, seine Gedanken so zu ordnen, dass alles zusammenpasste, aber es gelang ihm einfach nicht. Er konnte kein Indiz, kein Detail oder gar eine Spur entdecken, die ihn der Lösung dieses Rätsels näherbrachten. Darüber schlief er ein und sank tief ins feuchte Gras. Träume und Albträume wechselten einander ab. Glitschige, kriechende Würmer, die Schnecken mit ihren Eiern fraßen. Dann erschienen andere Bilder: Er sah die Kapelle, die Mitbrüder trugen im Triumph das Holzkreuz der heiligen Veronika in der Prozession. Falsaperla grinste und versuchte es aufzurichten, doch eine schwarze, behaarte Hand verhinderte es, indem sie die Schrauben lockerte. Und das Holzkreuz fiel immer tiefer und tiefer. Er konnte dieses Gefühl der Leere beinahe spüren, als sei es real. Dann wachte er auf. Er war seitlich mit dem Gesicht ins Gras gefallen, wo irgendein Hund nicht weit von ihm einen übel riechenden Haufen hinterlassen hatte.

Noch gereizter als vorher bestieg er seinen Punto. »Jetzt reicht es aber!«, dachte er und fuhr mit quietschenden Reifen Richtung Villabosco. Zum Teufel mit dem Dienstweg. Gewisse Kloaken konnte man nicht mit Samthandschuhen ausräumen. Nun wusste er genau, was er tun und wo er anfangen musste. Und dann kam eben, was kommen musste.

Zunächst hielt er vor dem Fotostudio der Brüder Catalano.

»Jungs, könnt ihr mir einen persönlichen Gefallen tun? Ihr müsst ganz dringend dies hier genau untersuchen«, sagte er und legte das alte Foto des Holzkreuzes der Veronika auf den Tresen.

Die beiden Fotografen betrachteten ihn amüsiert. Bonanno sah sie böse an. Er war nicht zu Scherzen aufgelegt.

»Darf ich mal euer Telefon benutzen? Danke«, fragte er, während er schon den Hörer abnahm und in der Kaserne anrief, denn er weigerte sich immer noch beharrlich, mit einem Handy herumzulaufen, sogar im Dienst – eins der wenigen Privilegien, das er sich leisten zu können glaubte.

»Cacì, verbinde mich mit Marcelli ...«

Er musste nicht lange warten.

»Stell jetzt keine Fragen, Marcè, schick gleich den Jeep zur Kapelle des heiligen Petrus, wir müssen dort etwas beschlagnahmen.«

Jetzt war es Zeit, das Geheimversteck in der Kapelle zu öffnen. Bonanno wollte, dass ein Fachmann das Holzkreuz untersuchte. Dazu würde er es zunächst in die Zentrale bringen lassen, wo sie dann in aller Ruhe ihr weiteres Vorgehen überlegen konnten. Er hatte es satt, ständig über Leichen zu stolpern.

Als Governatore Vicio Spata Bonanno bemerkte, wagte er keine Einwände. Bonannos wütender Blick genügte, um ihm klarzumachen, dass er jetzt besser klein beigab.

»Wann bekommen wir es zurück?«, fragte er nur, mehr traute er sich nicht.

»Wann es uns passt! Von diesem Moment an sind alle Papiere der Bruderschaft polizeilich beschlagnahmt«, antwortete Bonanno brüsk.

Brandi und Torrisi luden mit der Hilfe einiger kräftiger Mitbrüder das Holzkreuz auf. Als sie in der Kaserne angekommen waren, stellten sie es in die Garage inmitten des Fuhrparks aus Kleinlastern, Jeeps und schnellen Limousinen, nachdem sie es nur mit Mühe abgeladen hatten, obwohl Bonanno und Marcelli mit angepackt hatten. Die beiden hatten ganz spontan ihre Hilfe angeboten.

»Und nun?«, fragte Marcelli außer Atem.

»Jetzt bestellen wir einen Fachmann für solchen alten Kram her, während einer unserer Männer, der etwas von Buchhaltung versteht, die Papiere durchsieht«, sagte Bonanno mit hochrotem Kopf.

»Was versprichst du dir davon?«

»Ein Detail, eine Spur, irgendetwas, das uns in die richtige Richtung führt. Ich bin es leid, dass wir weiter so im Dunkeln tappen.«

»An wen willst du dich wegen des Holzkreuzes wenden? Wenn wir den Dienstweg einschlagen, müssen wir warten, bis die Staatsanwaltschaft einen Sachverständigen benennt und …«

»Daran denke ich nicht im Traum!«

»Das war mir klar. Was dann?«

»Lass uns Professor La Vattiata anrufen.«

»Den Verrückten?«

»Der arme Kerl ist doch nicht verrückt, er ist nur ein wenig anders als andere Menschen.«

»Bonà, du spinnst ja! Glaubst du, das sollten wir ausgerechnet jetzt tun? Die Operation Meister Proper ist angelaufen, in ein paar Stunden fällt der Colonello hier ein und macht uns die Hölle heiß. Wir lassen im Krankenhaus den geständigen Mörder des Capitano bewachen. Und was tust du? Du lässt dieses tonnenschwere Holzkreuz ohne richterliche Genehmigung beschlagnahmen, und ich habe immer noch nicht begriffen, was die ganze Schinderei sollte. Dann brüllst du den Governatore an, und als ob das noch nicht genügte, wen willst du um Rat fragen? Einen Verrückten, den man sogar recht unsanft aus der Universität geworfen hat! Und um ganz offen zu sein, dein Professor ist ein richtiger Stinker, jawohl, und du brauchst mich gar nicht so böse anzuschauen.«

»Du nervst wirklich, Marcè! Merkst du jetzt, warum ich dich nie miteinbeziehen willst?«, platzte Bonanno der Kragen und er verschwand.

Professore Giandomenico La Vattiata war nicht gerade eine elegante Erscheinung: Hände groß wie Schaufeln, ein ungepflegter Bart, die Haare immer zerrauft, irrer Blick, Trauerränder unter den Nägeln und ein Gesicht voller Mitesser. Früher war er ein brillanter Dozent gewesen, Experte für alte und zeitgenössische Kunst, und hatte zahlreiche wissenschaftliche Publikationen herausgegeben. Eines schönen Tages hatte er es satt, dass sein schwuler Rektor immer die jungen, gut aussehenden Assistenten eindeutig bevorzugte und ihnen Blitzkarrieren ermöglichte, während er ihn wie einen Fußabtreter behandelte. La Vattiata hatte seinen Vorgesetzten an der Gurgel gepackt und aus dem Fenster der Fakultät im ersten Stock geworfen. Der Rektor war auf dem Dach eines Mercedes gelandet. Er hatte sich einige Rippen gebrochen und musste einen Monat lang einen Gips tragen.

Nachdem man Professor La Vattiata wegen dieser Tat aus der Universität ausgeschlossen hatte, zog er sich in seinen Heimatort Villabosco zurück, lebte dort abgeschieden in einem alten Palazzo und vergrub sich in seine Bücher, denen er seine gesamte Zeit widmete.

Bonanno hatte ihn zufällig kennen gelernt. Eines Tages war er am Haus des Professors vorbeigekommen und hatte beobachtet, wie ein Kerl mit riesengroßen Händen eine unglückliche Tür mit Fußtritten bearbeitete. Die verdammte Tür war zugeschlagen und der Mann wusste nicht mehr, wie er in seine Wohnung kommen sollte. Bonanno hatte das Drama mit einem simplen Anruf bei der Feuerwehr gelöst. Die stieg dann mit der Feuerleiter durch ein offen stehendes Fenster in die Wohnung ein. Wegen dieses offenen Fensters entstand auch der Zug, durch den die Tür zugeschlagen war. Bonanno hatte die Unmenge Bücher beeindruckt, die überall aufgestapelt lagen und die Wohnung, obwohl sie sehr geräumig war, zu überfluten drohten. Erleichtert und beruhigt hatte ihm Professore La Vattiata anvertraut, er sei früher Dozent an der Universität gewesen, und Bücher seien nun mal seine Welt. Beide hatten ein paar Kilos zu viel und waren einander deswegen gleich sympathisch, der Maresciallo aus dem Ort, der Horoskope verschlang, und der Professor a. D., dessen ganze Liebe der Kunst und den Büchern galt. Sie hatten sich unterhalten wie zwei alte Freunde und dabei so himmlische Köstlichkeiten verzehrt wie hausgemachtes Brot, duftende, würzige Mortadella, die so dünn geschnitten war, wie Bonanno es mochte, frische Ricotta und ein wenig gereiften Pecorinokäse. Dazu eine Korbflasche mit einem jungen, tiefdunklen Nero d'Avola, der nach der sonnenverwöhnten Erde Siziliens schmeckte. Das alles hatte ihre ungewöhnliche Freundschaft besiegelt. Professor La Vattiata war zwar hochgebildet, doch er redete, wie ihm der Schnabel gewachsen war. Und Bonannos tiefste Bewunderung galt Menschen, die ihre eigene Belesenheit nicht zur Schau stellten und Leute wie ihn nicht mit komplizierten Ausdrücken verwirrten. Deshalb hatte der Mann ihm gefallen, und er besuchte ihn ab und zu.

»Holen wir Professor La Vattiata her«, wiederholte Bonanno.

»Na gut!«, seufzte Marcelli resigniert und folgte ihm.

Die Spannung im Raum war mit Händen zu greifen. Bonanno rauchte. Marcelli zitterte vor Ungeduld, während Professor La Vattiata das Holzkreuz betrachtete, musterte, betastete, wieder betrachtete und wieder betastete. Die Zeit schien stillzustehen. Die Minuten tröpfelten langsam dahin, fielen und zerplatzten in Erwartung eines einzigen Wortes. Bonannos Hände bewegten sich, als wollte er Violine spielen. Marcelli trommelte nervös mit der Fußspitze auf den Boden. Endlich, nachdem er das Holzkreuz sehr lange untersucht hatte, wandte sich der Professore an Bonanno und Marcelli und sagte: »Also, um es frei herauszusagen, meine Herren, dieses Holzkreuz ist genauso antik, wie ich Leonardo da Vincis Zwillingsbruder bin«, begann er. Diese Worte trafen Bonanno und Marcelli wie Ohrfeigen. Alles hätten sie erwartet, nur nicht diese Feststellung. Eine Fälschung? Wollte der Professore wirklich sagen, dass dieses Holzkreuz eine Fälschung war? Und wo zum Teufel war dann das jahrhundertealte Original abgeblieben?

»Was heißt das?«, fragten beide im Chor.

»Auf die Meinung, die ich eben geäußert habe, ist genauso Verlass wie auf die sprichwörtliche Treue der Carabinieri. Das betreffende Stück ist kürzlich angefertigt worden, meine Herren. So ist es. Aber etwas möchten Sie vielleicht noch wissen. Es ist künstlich auf alt gearbeitet. Eine ausgezeichnete Arbeit, die die Anwendung und das Wissen um unsere historischen kunsthandwerklichen Techniken verrät. Das Werk eines Experten, aber, meine Herren, es handelt sich trotzdem um die Kopie des originalen Holzkreuzes. Das steht hundertprozentig fest! Eine perfekte Kopie, die jeden täuschen kann, der sich nicht sein Leben lang mit Kunst beschäftigt hat. Sehen Sie die Vergoldung? Schauen Sie genau hin. Früher hat man sie mit Klebstoff aus Kaninchenfellen aufgetragen, die man im Abfall oder auf der Straße fand und aus denen man durch sorgfältige Reinigung und langes Auskochen einen bestimmten Leim herstellte, mit dem man Gips anrührte. Die Kunsthandwerker früherer Zeiten gewannen daraus eine Lasur, die sie in mehreren Schichten auf das Holz auftrugen. Meist handelte es sich dabei um Weidenholz, das als besonders hart und widerstandsfähig galt. Dann schmirgelte man das Holz ab, um es für den Grundanstrich vorzubereiten. In einem zweiten Arbeitsgang trug man die Farbe von Hand auf, in diesem Fall gebräuntes Blattsilber mit Wattebäuschen. Erst danach strich man Tonerde und Schellack darüber, der dann mit Walknochen abgerieben und mit Achaten poliert wurde, damit das Silber wie Gold aussah.

Unser Handwerker ist ein Experte, er hat alle Arbeitsschritte perfekt ausgeführt, das Holzkreuz gleicht in Form und Größe genau dem Original, aber er hat diesen Leim aus Kaninchenfell nicht benutzt, den es nicht zu kaufen gibt und den man nicht selbst produzieren kann, außer man ist sehr sehr, alt und kennt dieses Verfahren noch. Er hat einen industriell gefertigten Klebstoff auf Basis von Naturstoffen verwendet. Eine simple chemische Untersuchung, und Sie haben Ihren Beweis.«

Bonanno und Marcelli starrten einander bestürzt an.

»Ich weiß, was man sich über mich erzählt«, meinte der Professore. »Vielleicht bin ich ja wirklich verrückt ... so, wie ich meine berufliche Laufbahn aufs Spiel gesetzt habe ... Manchmal bezahlt man ein bisschen Genugtuung eben teuer, aber in diesem Fall können Sie sicher sein: Dieses Holzkreuz ist eine Kopie«, schloss der geniale Wissenschaftler.

»Verdammt!«, mehr fiel Bonanno und Marcelli nicht ein.

»Hallo, ist dort Maresciallo Bonanno? Hier spricht das Fotostudio Catalano. Wir haben uns Ihr Foto angesehen. Es handelt sich um die Kopie einer Aufnahme aus den Dreißigerjahren. Sie stammt von einem Profi. Man hat Postkarten davon gemacht, die von Zeit zu Zeit in kleinen Auflagen nachgedruckt und in den Schreibwarengeschäften und an den Kiosken der Gegend an Touristen und Auswanderer verkauft wurden. Möchten Sie sonst noch etwas wissen?«

»Aus welcher Zeit stammt die Kopie?«, fragte Bonanno.

»Nach der Papiersorte zu schließen, ist sie höchstens zehn Jahre alt.«

»Aha! Ja gut, vielen Dank, Jungs.«

»Immer zu Ihren Diensten, Maresciallo.«

Bonanno räkelte sich in seinem Sessel, trank einen von unzähligen Kaffees und zündete sich noch eine Zigarette an. Doch er schwieg. Marcelli starrte ihn an, er wollte unbedingt das Neueste erfahren.

»Also, Bonà?«

Der drehte sich zu Marcelli um, zog an seiner Zigarette und stieß den Rauch aus, während er in Gedanken irgendwelchen Vermutungen nachhing und sich seine Hände nervös bewegten.

»Fängst du jetzt endlich an zu reden oder sollen wir die ganze Nacht hier sitzen?«

»Na gut, Marcè, hier hast du den Stand der Dinge ... oder besser gesagt, meine Meinung darüber: Nofrio Falsaperla hatte beschlossen, das Holzkreuz von Epifanio Candeloro restaurieren zu lassen. Ich glaube ja, das war nur ein Trick, damit er es aus der Kapelle fortschaffen konnte und Candeloro genügend Zeit hatte, um ein neues zu bauen. Falsaperla war ein unglaublich mieser Intrigant, immer hinter Geld und Frauen her. Vielleicht hatte er einen Sammler gefunden, der an Antiquitäten interessiert war, und glaubte, er könnte diesen Coup unbemerkt durchziehen. Natürlich hätte er auch einen Diebstahl vortäuschen können, aber in diesem Fall hätte sich der gesamte Polizeiapparat in Bewegung gesetzt, um nach dem Corpus Delicti zu suchen, und das hätte eventuell zu viel Staub aufgewirbelt. Vertauschte er dagegen das echte Holzkreuz mit einer Kopie, konnte nichts passieren. Da war jedoch noch ein kleines Detail: Zur Durchführung seines Plans brauchte Falsaperla einen Komplizen, und zwar einen begabten Handwerker.«

»Und hier kommt Epifanio Candeloro ins Spiel«, unterbrach ihn Marcelli.

»Genau. Die beiden wurden handelseinig, und der Schreiner stellte heimlich in seiner Werkstatt eine Kopie des Holzkreuzes her. Sobald er fertig war, brachten sie die Kopie in die Kapelle. Alle dachten, dass das restaurierte Kreuz wie neu aussah, und ahnten nicht, dass es tatsächlich brandneu war. Doch irgendetwas muss schiefgegangen sein, vielleicht hatte ja der Sammler, der sich jetzt am Original erfreut, beschlossen, lästige Zeugen aus dem Weg zu räumen. Hatte Falsaperla nicht diese Inszenierung zur Fünfhundertjahrfeier der Bruderschaft mit allem Brimborium geplant? Vielleicht hat unser Mann dem Schreiner eine hübsche Summe gegeben, damit er sich an den Schrauben zu schaffen machte. Er und Falsaperla trafen sich oft. Vielleicht stimmen ja die Gerüchte gar nicht, dass der Governatore an der schönen Ehefrau des Schreiners interessiert war, und er ging aus anderen Gründen zu ihm. Vielleicht hat ihm Candeloro auch die Schlüssel gestohlen, sie nachmachen lassen und danach den Mechanismus am Holzkreuz absichtlich beschädigt. Da bleiben zwei Möglichkeiten: Entweder hat der Sammler Candeloro beauftragt, weil er Falsaperla zum Schweigen bringen wollte, oder der Schreiner hat den Governatore ermordet, um das Geld des Sammlers in die eigene Tasche zu stecken. Und der wiederum entschloss sich dann selbst, diesen anderen Zeugen zu beseitigen, um nicht erpressbar zu sein.«

Marcelli hatte es die Sprache verschlagen, er starrte Bonanno ungläubig an, und ihm blieb vor Erstaunen der Mund halb offen stehen.

»Verdammt noch mal, Bonà! Zuerst kommst du mit diesem Serienmörder, und jetzt ziehst du plötzlich diese neue Geschichte aus dem Hut, die weder Hand noch Fuß hat.«

»Im Leben muss man manchmal umdenken, wenn neue Details auftauchen, besonders wenn man die Stichhaltigkeit von Vermutungen einschätzen muss. Wir haben drei Morde, die wie Unfälle aussehen. Darf ich dich daran erinnern, dass wir bis vor kurzem noch nicht wussten, dass das Holzkreuz eine Fälschung ist? Wer ist denn auf die Idee gekommen, es von einem Fachmann untersuchen zu lassen?«

»Und wie erklärst du dir dann Inguaggiatos Tod? Was hatte der mit dem Holzkreuz zu schaffen? Und warum hat er den Capitano erschossen?«

»Ich habe keine Ahnung, aber er steckt da irgendwie mit drin.

Inguaggiato verkehrte mit Minica, und Minica hatte Kontakt zur Bruderschaft. Vielleicht hat er etwas mitbekommen, als er dort hinkam und ...«, er verstummte plötzlich.

»Was ist los?«, fragte Marcelli besorgt.

Bonanno schlug mit der Faust auf den Schreibtisch, dass alle Stifte in die Luft flogen und Marcelli von seinem Sessel hochschreckte.

»Kannst du mir mal verraten, was jetzt wieder in dich gefahren ist?«

»Wir sind doch Idioten, also eigentlich mehr ich. Weil mir der Capitano so unsympathisch war, habe ich mir wer weiß was vorgestellt und stattdessen ... du glaubst es nicht ...«

»BONÀÀÀ!!! Erklärst du mir vielleicht, was du da für ein Zeug zusammenfaselst? Was hat denn der Capitano damit zu tun?«, brüllte jetzt Marcelli.

»Nur so eine Idee, Marcelli: Wenn Candeloro Falsaperla ermordet hat, kann es doch sein, dass der Capitano etwas entdeckt hat und Candeloro sich Inguaggiatos bedient hat, um den Capitano aus dem Weg zu schaffen und dann Inguaggiato ermordete, um einen lästigen Zeugen zu beseitigen.«

»Du bist ja wahnsinnig, das sind reine Hirngespinste. Mal abgesehen davon, dass der Capitano die Ermittlungen über Falsaperlas Unfall abgeschlossen hatte, wer hat dann eigentlich Candeloro umgebracht?«

»Das weiß ich nicht, aber ...«

»Und wie erklärst du dir das Foto des Holzkreuzes, das wir bei Inguaggiato gefunden haben?«

»Das weiß ich nicht!«

»Soll ich dir mal eins sagen, Bonà? Jetzt verstehe ich endlich, warum wir beide nicht miteinander auskommen. Ich halte mich an Tatsachen, und du verhedderst dich in absurden, haltlosen Ideen.«

»Diese Fantasien helfen einem, besser zu leben und Vermutungen einzuordnen, die Männern wie dir natürlich entgehen«, erwiderte Bonanno schon in der Tür.

»Wo willst du hin?«

»Nur keine Bange, Marcelli, und reg dich nicht auf. Ich muss jetzt unbedingt mit jemandem reden, egal ob der verrückt ist oder nicht!«

Der Wind wehte durch die alten Gassen, hob zerbrochene Dachziegel an, pfiff durch die Ritzen der baufälligen Hauswände, strich liebevoll über die Kirchenglocken und sang sein wehmütiges Lied über vergangene Zeiten. Er kitzelte das Moos auf den Mauern und zerzauste den Katzen das Fell.

Bonanno fand den alten Mann noch genau dort, wo er ihn verlassen hatte, vor der Kapelle. Er gestikulierte immer noch lebhaft und redete leise vor sich hin. Dabei wiederholten seine trockenen, blutleeren Lippen einen geliebten Namen: »Mimmuzzu, Mimmuzzu«, sagte er immer wieder.

»Macht es Ihnen etwas aus, wenn ich mich zu Ihnen setze?«, fragte Bonanno.

In den Augen des alten Mannes lag ein unermesslicher Schmerz, während er wehmütig und resigniert dazu nickte. Er hatte unzählige Tage zu Ende gehen sehen und Menschen, die er liebte, begraben. Seine müden Augen wussten viel über die Menschen und ihren Schmerz.

»Ein Platz ist so gut wie der andere, wenn jemand nach der Wahrheit sucht«, antwortete der Alte traurig.

Bonanno begriff den Sinn nicht, aber man hatte ihm ja gesagt, der Mann sei nicht ganz bei Sinnen. Und er ahnte ja nicht, wie nahe er der Wahrheit gekommen war.

»Ich habe Sie flüstern gehört.«

»Dieser warme Wind kommt einem vor wie der Atem Gottes. Sie werden mir nicht glauben, aber der Wind hört mich, jawohl … und wenn er weht, muss ich verstehen, was er sagt. Wenn wir alle lernten, der Stimme der Natur zu folgen, würden viele Dinge gar nicht passieren, das können Sie mir wirklich glauben, Maresciallo Bonanno!«

»Sie kennen mich?«

»Der Wind kennt jeden Menschen, und Sie sind hierhergekommen, um etwas zu suchen, das Sie allein nicht finden können.«

»Und das wäre?«

»Antworten, Maresciallo, das, was jeder Mensch von der Geburt bis zu seinem Tod sucht – und manchmal auch danach!«, sagte der alte Mann und starrte mit fiebrigen Augen ins Leere. Er glaubt wirklich, was er sagt, dachte Bonanno und es lief ihm eiskalt den Rücken herunter.

»Was weiß dieser Wind denn noch?«, fragte er fasziniert und zündete sich eine Zigarette an. Die Worte des ehemaligen Governatore fesselten ihn, und seine tiefe, klagende Stimme gab ihm das Gefühl, bleiben und zuhören zu müssen. Wer mit dem Schäfer geht, wird genug Ricotta zu essen bekommen, dachte Bonanno in Erinnerung an die weisen Sprüche seiner Mutter. Und der alte Mann redete, während sein Blick tief in den Schatten der Vergangenheit versank. Bonanno erschauerte noch heftiger, als ihm langsam alles klar wurde und sich im hellen Morgenlicht vor seinen Augen deutliche Bilder abzeichneten: schemenhafte Kindergestalten, ein Paar blutige Hände und ein Gesicht. Das Gesicht, nach dem er suchte.

»Der Wind erzählt mir Geschichten, Maresciallo, Geschichten von Menschen und ihren Schwächen. Er hat mir von einem Schreiner erzählt, der das Geheimnis der heiligen Veronica entdeckte, als man ihr Holzkreuz zu ihm brachte, damit er es restaurierte. Der Schreiner war ein gläubiger Christ und redete deshalb mit dem Pfarrer. Der glaubte ihm zunächst nicht, aber als er begriff, wie bedeutend das Geheimnis war, befahl er dem Schreiner zu schweigen, um Zeit zu gewinnen, und ließ ihn dann heimlich eine Kopie des Holzkreuzes bauen. Die Mitglieder der Bruderschaft seien des Geheimnisses der heiligen Veronica nicht würdig, sagte der Pfarrer. Denen sei es glatt zuzutrauen, dass sie die in dem Kreuz verbogenen Rubine verkauften, um das Geld in die eigene Tasche zu stecken. Und es ging um viel Geld. Der Wind hat mir auch von einem jungen Mann namens Nenè Inguaggiato erzählt, der zur Kapelle kam, um Minica zu treffen, und dann mitansehen musste, wie der Governatore das Mädchen betatschte. Er kochte vor Wut, aber er beherrschte sich, als er die Vorrichtung sah, die Falsaperla für seine Inszenierung während der Prozession aufgebaut hatte. Noch in der gleichen Nacht verschaffte er sich durch ein Dachfenster Zutritt zu der Kapelle und lockerte die Schrauben. Und am nächsten Tag stürzte das Holzkreuz auf Nofrio herunter und zermalmte ihn. Der Wind schweigt nie, das müssen Sie mir glauben! Er bläst mir in den Nacken, zerzaust mir die Haare und redet, Maresciallo. Der Schreiner verlor den Mut und gewann die Überzeugung, er und der Pfarrer hätten die Prophezeiung erfüllt, die besagte: ›*Die Hand Gottes fährt vom Himmel herab und zermalmt die falschen Götzen. Und Sein Zorn wird wie ein Blitz die lügnerischen Propheten zerschmettern.*‹ Eine Woche verging, der Schreiner fand keine Ruhe mehr, und eines Nachmittags hielt er es nicht mehr aus, deshalb kam er zu dem Pfarrer in die Kapelle und suchte ihn im Beichtstuhl auf. Er war wie gelähmt vor Angst. Der Pfarrer redete ihm gut zu, aber der Schreiner beharrte darauf, er wolle das echte Holzkreuz nicht mehr bei sich in der Werkstatt haben, also beruhigte der Pfarrer ihn und sagte, er würde es noch in der gleichen Nacht in die Kapelle der Santa Lidia Purpuraria schaffen. Nenè Inguaggiato, der ab und zu alten Betschwestern Geld und Handtaschen stahl, hörte das alles aus seinem Versteck hinter einer Säule, und da er ein schlauer Junge war, hat er alles begriffen.«

Bonanno erinnerte das sofort an Signorina Crocifissa Vaccarella und den dreisten Diebstahl ihrer Handtasche in der Kirche.

»Ja, der Wind kennt viele Geschichten, er sieht so viel, während er von morgens bis abends über die Erde streift, Maresciallo: menschliche Schwächen und Heuchelei, Einsamkeit und Schmutz. Glauben Sie mir das?«

Bonanno hatte einen Kloß im Hals, deshalb nickte er nur stumm. Er brachte kein Wort heraus, die sanfte Stimme des Governatore fesselte ihn, der dadurch ermutigt weiter seine Geschichten erzählte. Wer konnte schon entscheiden, ob sie wahr oder erfunden waren?

»Der Junge, Nenè Inguaggiato, wollte viel Geld erpressen. Aber da gab es noch einen Capitano. Der arme Kerl wollte die Betrügereien der Paten durchleuchten und blätterte ausgerechnet Inguaggiato einen netten Haufen Scheine hin. Der packte aus, doch während er mit dem Capitano redete, warf er einen Blick auf die Notizen über den Unfall in der Kapelle und erschrak: Der Capitano ahnte etwas und suchte nach Fingerabdrücken auf den gelockerten Schrauben. Vielleicht hatte er ja einen Fehler begangen …

Inguaggiato schlug noch einmal zu, und als er den Capitano umbrachte, lenkte er erfolgreich von sich ab: Jeder glaubte, es seien die Paten gewesen, niemand interessierte sich mehr für den Unfall mit dem Holzkreuz, und er konnte sich auf seine weiteren Pläne konzentrieren.

Es ging um Geld, und Nené Inguaggiato verlangte vom Pfarrer viel Geld für sein Schweigen. Er hatte vor, Minica zu heiraten und mit ihr weit fortzugehen. Um kein Risiko einzugehen, verabredete er sich mit dem Pfarrer an einem abgelegenen Ort. Der zeigte ihm ein altes Foto des Holzkreuzes und sagte ihm, er solle es sich als Talisman in die Tasche stecken … Nenè sagte, er wisse Bescheid, und das waren dann seine letzten Worte. Ach, wie heftig wehte der Wind, als der Junge in die Tiefe stürzte. Und der Wind weinte bittere Tränen. Überall auf der Welt wird im Namen Gottes und der Religion getötet, in New York wie in Villabosco, in Jerusalem wie in Sarajevo. Das hat mir der Wind erzählt, Maresciallo, und dabei hat er geseufzt und geweint. Und der Wind kann verzweifelter weinen als wir Menschen. Glauben Sie mir das, Maresciallo?«

Wie in Trance zündete sich Bonanno eine Zigarette an und verbrannte sich die Finger dabei. Sein Mund war vollkommen ausgetrocknet, aber er achtete nicht darauf. Er saß da wie gelähmt und starrte fasziniert den alten Mann an, der ihm eine Geschichte erzählte, die derart unwahrscheinlich klang, dass sie schon wieder stimmen konnte. Alles, wirklich alles passte zusammen!

»Und der Wind hat sich wieder erhoben und mir Geschichten von Blut und Tod erzählt, Maresciallo. Als der Schreiner von Inguaggiatos Tod erfuhr und hörte, dass man in seiner Tasche ein Foto des Holzkreuzes gefunden hatte, rannte er verängstigt zum Pfarrer. Er war völlig durcheinander. Das hatte der Pfarrer erwartet. Er tat so, als wolle er ihn beruhigen, und verabredete sich mit ihm. Er sagte zu ihm: ›Wer im Auftrag des Herrn handelt, muss sich nicht vor Seiner Gerechtigkeit fürchten.‹ Und dann zeigte ihm der Pfarrer, wie stark der Glaube eines Menschen ist, der im Namen Gottes tötet. Er schlug ihn nieder und erteilte ihm die letzte Ölung, ehe er ihn mit dem Wagen den Abhang hinunterrollte. Ach, der Wind erzählt mir so viele traurige Dinge, so viele … Glauben Sie mir?«

Bonannos Hals brannte von den vielen Zigaretten, und sein Gaumen fühlte sich langsam an wie Schmirgelpapier. Schließlich gelang es ihm, eine Frage auszusprechen, die bar jeder Logik zu sein schien.

»Und was antworten Sie dem Wind?«

»Nichts Besonderes, Maresciallo, was alte Leute eben so erzählen. Ich habe ihm sogar einen Namen gegeben und nenne ihn

Mimmuzzu, so hieß mein Enkel. Mimmuzzu ist selbst zu Wind, Sonne und Staub geworden, Maresciallo, zu Spreu, die sich in der Ferne verliert. Ich bin allein mit meinen Qualen und meinen Bildern, aber diese Welt … diese Welt, Maresciallo ist noch mehr aus den Fugen geraten als meine alten Knochen. Glauben Sie mir das?«

Bonanno beobachtete, wie ein leichter Windhauch mit dem Haar des alten Mannes spielte und es zerzauste, bevor er sich in einem übermütigen Wirbel entfernte, und er konnte einen leichten Schauder nicht unterdrücken.

»Ich glaube nicht daran, ich glaube nicht daran, ich glaube nicht daran«, wiederholte er gebetsmühlenartig, aber er war sich dessen gar nicht so sicher.

XXXI

Mit hochgezogenen Augenbrauen und vor Verwunderung sperrangelweit aufgerissenen Augen starrte Colonnello Latella abwechselnd Bonanno und Marcelli an und suchte krampfhaft nach Worten, die sich mit seiner Stellung vereinbaren ließen. »Sie haben also tatsächlich Capitano Olivas Mörder gefunden und verhaftet?«, fragte er schließlich.

Bonanno und Marcelli brachten ihn auf den neuesten Stand und ließen dabei nur einige Details aus, die nichts an den Ergebnissen änderten, aber ihr Vorgesetzter wäre entsetzt von seinem Stuhl aufgesprungen, hätte er auch nur ansatzweise geahnt, wie sie bei den Ermittlungen vorgegangen waren. Mit Erfolg, aber unter völliger Umgehung der Vorschriften.

Die beiden Marescialllos zeigten ihm Ficcaglias Waffe und sein Geständnis sowie die Ergebnisse des Paraffintests, den man an Inguaggiatos Leiche durchgeführt hatte. Der Fall war gelöst.

»Aber warum hat er Capitano Oliva denn getötet?«, fragte Latella und nahm die Zigarette, die ihm Bonanno höflich anbot. Sein Versuch sich einzuschmeicheln verfehlte jedoch seinen Zweck. Der Colonello hatte eben die entscheidende Frage gestellt. Doch Bonanno hatte sich schon vorher einige plausible Antworten ausgedacht, um diese Klippe zu umschiffen.

»Der Capitano wollte sich Klarheit über den Unfall in der Kapelle der heiligen Veronika verschaffen. Das beunruhigte Inguaggiato, der um seine Schuld wusste. Er nutzte sein Vertrauensverhältnis zu Capitano Oliva aus, ließ sich von ihm dessen Handynummer geben. Als er erfuhr, dass der arme Mann einen

Ausflug nach Syrakus machte, lauerte er ihm auf dem Rückweg auf und stellte ihm die tödliche Falle.«

»Warum sollte Inguaggiato diese Untersuchung so sehr erschrecken?«

Bonanno antwortete nicht darauf, sondern erzählte Latella lieber, was er von dem ehemaligen Governatore erfahren hatte. Padre Sanguedolce hatte Inguaggiato und Candeloro getötet.

»Also haben wir einen Zeugen!«, freute sich der Colonello sichtlich.

Bonanno fühlte sich so unbehaglich, als würde er gerade über kleinem Feuer geröstet, deshalb sagte er das Erste, was ihm in den Sinn kam: »Ja schon, aber dieser Zeuge nutzt uns nichts, denn es handelt sich um einen verkalkten Opa, der mit seinem toten Enkel spricht ... und mit dem Wind.«

»Was erzählen Sie da, Bonanno!«, erwiderte Colonello Latella und schaute ihn finster an. Marcelli wäre am liebsten im Erdboden versunken, und wenn sich in diesem Moment die Pforten der Hölle vor seinen Füßen aufgetan hätten, wäre er, ohne zu zögern, hineingesprungen. Bonanno wusste jedoch, was er tat, und nachdem er den Colonello so verwirrt hatte, setzte er noch einen drauf: »Das sagt er jedenfalls und da er mutterseelenallein ist und den ganzen Tag nichts anderes zu tun hat, steht er irgendwo herum und lauscht. Er ist nachts unterwegs, hält sich mal in der Kirche auf oder sitzt vor der Kapelle in der Sonne und hat wohl von dem Säufer Ficcaglia ein paar vertrauliche Bemerkungen aufgeschnappt. Also, ich glaube, der alte Mann hört und sieht eine Menge Dinge, die interessant, aber vor allem auch wahr sind, und rückt sie sich dann in seiner sonderbaren Fantasie nach Belieben zurecht.«

»Sie haben doch selbst gerade gesagt, dass man ihm nicht glauben kann.«

»Ja sicher, und das bekräftige ich noch einmal. Wenn wir es wagen, den alten Mann vor Gericht aussagen zu lassen, und er dort seine Geschichten über den Wind auspackt, was würden Sie dann denken, wenn Sie der Richter wären?«

»Und nun, Bonanno? Wie sollen wir einen angesehenen Mann der Kirche zweier Verbrechen beschuldigen? Welche Beweise haben wir?«

»Es gibt schon einen«, sagte Bonanno und machte es noch spannender.

»Was wäre das für ein Beweis?«, fragten Marcelli und Latella im Chor.

Durchtrieben wie er war, hatte er nicht einmal seinen Kollegen eingeweiht. Das hatte Marcelli nun davon, wenn er ihn als Verrückten beschimpfte.

»Das echte Holzkreuz der heiligen Veronika«, antwortete Bonanno triumphierend.

Dem Colonello traten vor Verwunderung die Augen so heftig aus dem Kopf, dass sie Bonanno beinahe vor die Füße gerollt wären. Marcelli schäumte vor Wut. Wo nahm der Kerl nur diese Einfälle her?

Endlich rollte die Operation Meister Proper an. Man zog Scharen junger Carabinieri in Villabosco zusammen, die Spannung war beinahe mit Händen zu greifen. Colonello Latella gab seinen Untergebenen Anweisungen, und man merkte seiner entschiedenen, autoritären Art an, dass er es gewohnt war, Befehle zu erteilen. Alles musste bereit sein für die Stunde X, zu der eine ziemliche Menge dieses Abschaums in sizilianischen Gefängnissen landen würde. Ihnen wurden schwere Verbrechen zur Last gelegt: Zugehörigkeit zu einer mafiösen Vereinigung, Schutzgelderpressung, schwere Nötigung, Anschläge.

Seit langem hatte man einige kleine Handlanger mit Abhörgeräten und in Autos angebrachten Minispionen kontrolliert, und die hatten sich, weil sie sich vor neugierigen Ohren sicher glaubten, einige vertrauliche Informationen über die Geschäfte der Bosse entschlüpfen lassen. In monatelangen Ermittlungen hatte die Spezialeinheit der Carabinieri dann die Ergebnisse der Abhörprotokolle überprüft und daraufhin weitere Wanzen in anscheinend unverdächtigen Räumen platziert, wie zum Beispiel in den Büros eines Anwalts und eines Steuerberaters, dem Schlafzimmer eines geschwätzigen, mit einem Mafiaboss verwandten Zahnarztes und in den Geschäftsräumen scheinbar über jeden Verdacht erhabener Sympathisanten. Auf diese Weise hatten die Carabinieri die kriminellen Machenschaften bei der Vergabe öffentlicher Aufträge aufgedeckt. Mit seinem spontanen Alleingang hatte Capitano Oliva diese gut laufende Aktion gefährdet, die man aus Angst vor Maulwürfen streng geheim hielt. Seine Ermordung hatte den Gang der Dinge beschleunigt, und man hatte die Operation vorgezogen, um ein deutliches Zeichen zu setzen und die öffentliche Meinung in Bezug auf die Effizienz der Justiz zu beruhigen. In Erinnerung an den Capitano und dessen geplante, groß angelegte Säuberungsaktion gab man ihr den Decknamen Meister Proper. Der Untersuchungsrichter hatte bereits zahlreiche Haftbefehle unterschrieben, und noch in dieser Nacht wollte man reinen Tisch machen. Doch bis zur Stunde X war noch genug Zeit, um sich diese seltsame Geschichte, die Bonanno und sein verrückter Zeuge da ausgepackt hatten, einmal genauer anzusehen, dachte Latella und wandte sich mit ernstem Gesicht an den Marcsciallo, sobald er sämtliche Anweisungen gegeben hatte.

»Sie sollten uns dieses Holzkreuz jetzt aber einmal zeigen, Maresciallo!«, knurrte er ihn an. Das war bestimmt nicht als höfliche Aufforderung gemeint. Der Colonello klang eher wie ein wütender Hund, der dem anderen an die Gurgel gehen will. Er und Bonanno waren noch nie gut miteinander ausgekommen, dazu waren sie zu verschieden. Der eine kultiviert und sorgfältig bis zur Pedanterie, während der andere unverbildet und zwanglos war und obendrein die kleine Schwäche hatte, sich mit seinen Alleingängen nicht selten in Schwierigkeiten zu bringen und dabei den seit Jahrhunderten hochgehaltenen Ruf der Carabinieri zu gefährden. Bonanno bemerkte den feindseligen Ton in Latellas Worten, und da wusste er schon, dieser Tag würde noch schlimmer enden, als er begonnen hatte.

Die Kapelle Santa Lidia Purpuraria wirkte geradezu schwerelos in der unendlichen, unwirklichen Stille des menschenleeren Viertels. Ihre barocke Fassade überragte die verlassenen Gassen und ihr rechteckiger Glockenturm aus weißen Steinquadern schaute wie ein Felsriese über die Ziegeldächer, wo er nichts als Tauben und streunende Katzen zu bewachen hatte.

»Hier ist es!«, erklärte Bonanno.

»Die Kirche ist geschlossen!«, erwiderte der Colonello gereizt.

»Na, das fehlte noch, dass sie um diese Uhrzeit noch geöffnet wäre, aber ich habe mir von Dottor Panzavecchia vorsorglich einen Durchsuchungsbefehl ausstellen lassen, also kein Problem, falls wir uns drinnen umsehen wollen. Entscheiden Sie, Colonello: Entweder versuchen wir es damit, oder wir warten auf den Küster, der kommt aber erst morgen wieder, um die Kirche zu öffnen.«

Latella betrachtete missbilligend das Brecheisen, das Bonanno urplötzlich in seinen derben Händen hielt.

»Was wollen Sie mit diesem Ding da, Maresciallo?«

»Wie Sie befehlen«, meinte Bonanno lächelnd und legte es weg.

»Sie sind eine Geißel Gottes, Bonanno!«

Dessen Hände bewegten sich nervös, als wollte er Violine spielen, wie immer, wenn er sich aufregte, und seine Zunge setzte sich in Bewegung, bevor sich sein Gehirn einschalten konnte. Er war eben unfähig, sein aufbrausendes Naturell einfach zu verleugnen.

»Bei allem Respekt gegenüber Ihrem Rang, Colonello, wir beide müssen eines klarstellen. Ich habe Ihnen die Situation erklärt, und Sie haben jetzt die Wahl. Möchten Sie den Pfarrer einfach so verhaften? Bedienen Sie sich! Wollen Sie einen stichhaltigen Beweis haben? Also, den finden Sie dort drinnen. Jetzt entscheiden Sie sich, aber hören Sie endlich auf, Ihren Untergebenen auf die Nerven zu gehen. Wir verdienen uns hier nur unseren Lebensunterhalt und wollen Verbrecher hinter Gitter bringen!«

Mühsam unterdrückte Latella seinen Ärger, denn bei Bonanno kam ihm jedes Mal die Galle hoch. Dann zischte er wütend: »Machen Sie weiter!«

Bonanno frohlockte innerlich, er liebte es nämlich, Türen aufzubrechen. Es gefiel ihm, den flachen Teil des Brecheisens in die Lücke zwischen Tür und Rahmen zu schieben und sich so richtig ins Zeug zu legen, bis die Angeln nachgaben. Verbarg sich da in seinem Unterbewusstsein etwa eine geheime Neigung zu verbrecherischem Tun wie Einbrüchen? Beim dritten Versuch gab die Tür nach. In der kleinen Kirche war es nicht sehr hell, es roch nach verbranntem Wachs, und um sie herum war nur Stille, große Wandgemälde, weißer Stuck und ein Weihwasserbecken aus Alabaster.

Vom Holzkreuz der heiligen Veronika war nichts zu sehen.

»Wo ist denn jetzt Ihr Kreuz?«, knurrte Latella.

»Bonà, was zum Teufel hast du dir da wieder ausgedacht? Hier ist nichts«, legte Marcelli nach.

Bonanno lief es kalt über den Rücken. Hatte ihm der verkalkte Alte etwa Unsinn erzählt?

»Es muss hier irgendwo versteckt sein, vielleicht dort unten in der Krypta. Glaubt ihr etwa, das stellt man hier auf dem Präsentierteller aus? Folgt mir«, antwortete er und täuschte eine Sicherheit vor, die er beileibe nicht empfand. Mit dieser Möglichkeit hatte er nicht gerechnet. Sie durchkämmten die Sakristei, die Krypta, den Platz hinter dem Glockenturm, den Abstellraum kurz vor dem Hauptschiff und fanden nichts als Spinnweben und Staub.

»Suchen wir noch einmal, ich bin sicher, es muss einfach hier sein«, wiederholte Bonanno, um sich selbst Mut zuzusprechen, aber er war sich überhaupt nicht mehr sicher. Da war nichts als diese Kirche, schlicht und schmucklos, wie alle halb sich selbst überlassenen kleinen Gotteshäuser. Auf der Suche nach einer Nische, einem Spalt in der Wand, einem Loch, in dem sich das Holzkreuz verbergen konnte, verrückten sie die Bänke und sogar den Beichtstuhl. Bonannos Herz klopfte so laut und schnell wie die Trommeln, die man in der Prozession am Karfreitag schlug. Jedes Mal, wenn sich sein Herzmuskel zusammenzog, dröhnte es dumpf in seinen Ohren. Wenn sie das Holzkreuz nicht fanden, löste sich seine verrückte Theorie in nichts auf und dann musste er wahrscheinlich auch Villabosco verlassen. Das würde ihm der Colonello nie verzeihen. Damit riskierte er ein Disziplinarverfahren. Und setzte seine gesamte Zukunft aufs Spiel.

»Bonanno … Sie … Sie«, stotterte der hohe Offizier mit hochrotem Kopf.

»Ach, ihr seid es!«, rief plötzlich eine glockenhelle Stimme, die Bonanno nur zu gut kannte. Rosalia erschien in der Tür, sie wirkte noch schöner als sonst mit dem offenen Haar und der nur nachlässig zugeknöpften Bluse, unter der sich ihre Brüste abzeichneten.

»Ich bin hergekommen, weil ich Geräusche gehört habe und glaubte, es seien vielleicht Diebe, aber als ich die Uniformen gesehen habe, war ich beruhigt.«

»Wer sind Sie eigentlich?«, fragte Latella brüsk.

»Das ist Signorina Rosalia Santacroce, meine Verlobte«, stellte Bonanno sie vor. Mit dieser schönen Frau an seiner Seite fühlte der Maresciallo sich gleich einen Kopf größer.

»Angenehm, Signorina, und meine herzlichen Glückwünsche … aber Sie müssen uns entschuldigen, wir haben jetzt keine Zeit für Smalltalk«, antwortete der Colonello.

»Hallo, Rosalia«, sagte Marcelli und stierte sie mit großen Augen an.

»Ich bringe dich hinaus«, erklärte Bonanno hastig, hakte sie unter und führte sie aus der Kirche. Es gefiel ihm überhaupt nicht, wie Marcelli in Rosalias Ausschnitt gestarrt hatte.

»Erklärst du mir vielleicht mal, was hier vorgeht?«

»Nicht jetzt, Rosalì, später, lass uns gehen …«

»Nein, ich will es jetzt wissen!«, beharrte sie.

»Verdammt, hör auf, Rosalia, ich möchte mich nicht mit dir streiten.«

»Das will ich auch nicht, aber wir beide müssen lernen, alles miteinander zu teilen, auch die schwierigen Momente im Leben. Warum sollte man sonst zusammen sein?«

Diese Worte waren wie Balsam für Bonannos Ängste und Qualen.

»Also gut, ich erzähle dir alles, aber komm erst mal her«, sagte er, denn er war eifersüchtig wie jeder typische Sizilianer und knöpfte ihr deshalb die Bluse bis unters Kinn zu. Dann erzählte er ihr von dem Holzkreuz.

Plötzlich strahlte sie und sagte: »Du wirst es nicht glauben, aber als ich euch vor ein paar Tagen morgens die Hörnchen gebracht habe, war ich vorher in dieser Kirche, und da habe ich gesehen, wie der Küster hinten aus einer Nische in der Wand aufgetaucht ist. Dort muss irgendwo eine Geheimtür sein. Schau dich da mal genauer um, dann findest dein Holzkreuz bestimmt.«

Mit hoffnungsvoll klopfendem Herzen sagte Bonanno: »Zeig mir die Stelle.«

»Folge mir!«

Beide gingen in die Kirche zurück. Der Colonello belauerte Bonanno wie ein Raubtier, doch der hatte nicht die Absicht, sich zerfleischen zu lassen.

»Da ist es, da ist er herausgekommen«, erklärte Rosalia und

zeigte ihm eine Stelle in der mit Fresken und Stuckornamenten geschmückten Wand. Durch leichtes Abklopfen mit dem Brecheisen überprüfte Bonanno die Struktur des Mauerwerks. An einer Stelle klang es hohl. Er ging einen halben Meter weiter und klopfte noch einmal dagegen. Dort hörte es sich anders an, dumpf und laut.

»Dahinter ist ein Durchgang«, erklärte er entschieden.

Dann fädelte er das Brecheisen in den Spalt zwischen Boden und Wand. Er drückte und drückte, während ihm der Schweiß über das Gesicht lief, bis das Werkzeug ein paar Millimeter in den Zwischenraum eindrang, und das genügte, um Rosalias Behauptungen zu bestätigen. In dieser Wand verbarg sich ein Durchgang. Da Bonanno nicht wusste, wie die Geheimtür geöffnet wurde, blieb nur eines übrig.

»Soll ich weitermachen?«, fragte Bonanno den Colonello.

»Ja!«

»Warte«, sagte Rosalia plötzlich. Als Kunstliebhaberin hatte sie sich die Stuckarbeiten etwas genauer angesehen. Und dabei waren ihre Augen an einem Detail hängen geblieben, das nicht ins Bild passte. Sie wusste zwar nicht genau, was es war, aber dann fiel es ihr doch ein.

»Ein Blatt am Stiel dieser Rose ist verkehrt herum. Vielleicht ist das nur ein Versehen des Künstlers, aber es könnte ja sein …«, sagte sie und ging auf die Stuckornamente zu. Das Blatt stand wirklich auf dem Kopf.

»Helft mir bitte«, sagte Rosalia und zog eine Bank zu der Stelle, da das Blatt sehr hoch oben saß. Mit einer eleganten Bewegung stieg sie hinauf und enthüllte dabei ihre wohlgeformten Beine. Als Bonanno das auffiel, sah er rot.

»Komm sofort da runter, Rosalia!«, befahl er ihr.

Rosalia war wie vor den Kopf geschlagen, aber als sie ihren Zukünftigen ansah, begriff sie, was ihm so zusetzte, und war insgeheim glücklich. Und wie jede traditionell erzogene Sizilianerin kam sie seinem Wunsch natürlich nach. Bonanno war überglücklich, stieg selbst auf die Bank und stellte sich vor das Relief. Das Ornament war in Reichweite, er packte das Blatt und drückte es mit aller Kraft beiseite. Ein leises Quietschen, dann öffnete sich die Wand und gab den Blick auf unerwartet große Räume frei.

»Das ist es«, frohlockte Bonanno.

Doch der Colonello beachtete ihn gar nicht, sondern stürmte nach vorn und schlüpfte in den Durchgang. Marcelli trottete hinterher, Bonanno und Rosalia folgten ihnen. Das Holzkreuz der heiligen Veronika strahlte ihnen in feierlichem Glanz entgegen. Halbdunkel und Staub erfüllten den engen Raum und trotz der vielen Spinnweben leuchtete das geschnitzte Holz in der unvergleichlichen Pracht jahrhundertealter Tradition.

»Das gibt es also wirklich!«, jubelte der Colonello.

Doch dieser Ausruf blieb ihm im Hals stecken, denn er war in etwas Schmieriges getreten. Er schaut nach unten und sprang angeekelt zurück. Unter seinen Füßen breitete sich eine dunkle Lache aus geronnenem Blut und anderen Körperflüssigkeiten aus. Die Leiche lag in unnatürlich verkrümmter Haltung zu Füßen des Holzkreuzes, sie war bereits kalt und die Totenstarre eingetreten. Neben einer Hand des Toten fanden sie das übliche, verfluchte Foto des Holzkreuzes und ein Stück weiter eine blutbesudelte Laterne, die der Bruderschaft »Purissimo e Preziosissimo Volto del Nostro Signore« gehörte.

Durch einen kleinen Spalt ganz oben fiel ein Lichtstrahl direkt auf die Prophezeiung: *»Die Hand Gottes fährt vom Himmel herab und zermalmt die falschen Götzen. Und Sein Zorn wird wie ein Blitz die lügnerischen Propheten zerschmettern.«*

»Kennen Sie diesen Mann?«, fragte der Colonello, während er krampfhaft versuchte, seine Selbstbeherrschung zurückzugewinnen. Er war leichenblass, seine polierten Schuhe blutverschmiert, und er konnte den Blick nicht von der Leiche abwenden. Der Tod ist nie ein schöner Anblick, aber trotzdem zieht er die Lebenden unerbittlich an.

»Das ist der Pfarrer, den wir gesucht haben. Jemand muss uns zuvorgekommen sein und ihn aus dem Weg geräumt haben«, antwortete Bonanno, dem das wie ein Zentnergewicht auf der Seele lastete. Das Holzkreuz raffte weiter Menschenleben hinweg. Sollte dieser Fluch denn niemals enden? Er blieb noch einmal vor Padre Sanguedolces kräftigem Körper stehen und murmelte irgendetwas. Instinktiv kamen ihm die Worte des Totengebetes über die Lippen. Seine Mutter hatte ihm beigebracht, er solle mit den Toten Mitleid haben, egal wer sie waren oder was sie getan hatten. Bonanno hatte den mütterlichen Rat verinnerlicht, und während er diese mitleidsvollen Worte aufsagte, überlegte er fieberhaft. Seine Hände bewegten sich nervös, und sein Bulleninstinkt heulte auf, aber er konnte einfach nicht begreifen, warum schon wieder ein Mensch hatte sterben müssen. Es sah so aus, als seien sie nur einen Schritt von der Lösung des Falls entfernt, aber immer wieder rückte ihr Ziel in weite Ferne, und nur Leichen und Fotos blieben für sie zurück. Padre Sanguedolce konnte niemandem mehr schaden, falls die ganze Geschichte, die ihm der alte Mann aufgetischt hatte, wirklich stimmte. Aber wenn Padre Sanguedolce der böse Geist dieser schändlichen Prophezeiung war, wer war dann der andere Mörder, der sein Unwesen in Villabosco trieb und Tote und Fotos zurückließ?

»Verlassen Sie alle diesen Raum und fassen Sie nichts an, am Tatort darf nichts verändert werden, damit wir die Spuren aufnehmen können«, verkündete der Colonello auf einmal feierlich. Der Chef musste vor kurzem mal wieder in seine Handbücher der Kriminologie reingeschaut haben. Oder vielleicht hatte er sich auch einen von diesen amerikanischen Filmen angesehen, in denen man mit irgendwelchen Geräten und Apparaturen im Nu Fälle aufklärt, die auf den ersten Blick unlösbar wirken, überlegte Bonanno. Welche Spuren wollte Latella eigentlich aufnehmen, wenn schon halb Villabosco durch den kleinen Raum getrampelt und der Colonello selbst in Blut und Knochenteile getreten war? Na, verstehe einer die Vorgesetzten, dachte er sich, hakte Rosalia unter und begleitete sie hinaus. Hoffentlich brauchte der Colonello nicht so lange.

Rosalia war wie gelähmt, sie zitterte am ganzen Körper und ihre Lippen wirkten blutleer.

»Lass uns zu dir nach Hause gehen, du brauchst jetzt etwas Hochprozentiges … Ich übrigens auch«, versuchte Bonanno sie zu trösten, während er eine rauchte. Der Qualm verstopfte seine Lungen, aber das kam ihm gerade recht, denn er musste den üblen Geschmack nach abgestandener Luft und Tod aus seiner Kehle vertreiben.

Als sie in Rosalias Wohnung angekommen waren – sie wohnte ja nur zwei Schritte von der Kirche entfernt –, schenkte ihr Bonanno einen Schnaps ein und reichte ihr das randvolle Glas.

»Trink das auf einmal aus.«

»Was ist das?«

»Sambuca«, antwortete Bonanno und nahm dann einen großen Schluck direkt aus der Flasche. Der intensive Anisgeschmack kitzelte auf der Zunge, der Alkohol brannte im Hals und wärmte angenehm. Als Rosalia das Glas in einem Zug geleert hatte, bekam ihr Gesicht wieder Farbe, ihre Wangen röteten sich kräftig.

»Was geht hier vor, Saverio?«, fragte sie verängstigt mit weit aufgerissenen Augen, als fürchtete sie sich vor den Antworten auf ihre Fragen. Dabei begann sie wieder zu zittern.

»Es ist nur ein paar Tage her, da bin ich in meine kleine Kirche gegangen, um ein Gebet zu sprechen, und nun …«, sie verstummte, legte die Hände über die Augen, und endlich flossen ihre Tränen. Unglauben, Erstaunen und ein Gefühl von Ohnmacht standen ihr ins Gesicht geschrieben. Bonanno umarmte und streichelte sie, nahm ihren stummen Schmerz in sich auf, dann legte er sie behutsam auf ihr Bett, schob ihr ein Kissen unter den Kopf mit den wunderschönen, zerzausten Locken und küsste sie. Ihre Lippen schmeckten nach Meersalz. Er blieb noch einige Minuten stehen und betrachtete sie. Dann redete er ganz offen mit ihr und erzählte ihr alles. Und sie hörte ihm mit geschlossenen Augen zu.

»Ich muss jetzt gehen, Rosalì, es ist wird Zeit, das Spiel zu beenden.«

»Weißt du, wer es getan hat?«, fragte sie leise.

»Du hast es mir doch selbst gesagt, Liebling.«

Colonello Latella postierte zwei Männer vor der Kirche, die auf die Ankunft des Gerichtsmediziners und der Spurensicherung warten sollten.

»Ihr lasst niemanden sonst hinein, außer natürlich noch den Untersuchungsrichter. Aber für alle anderen gilt ein uneingeschränktes Verbot, und die Reporter dürft ihr erst gar nicht in die Nähe lassen«, befahl er den beiden Frischlingen. Die nahmen stocksteif Haltung an und grüßten den hohen Offizier zackig. »Jawohl, zu Befehl«, riefen sie wie ein Mann.

»Bonanno, Marcelli, hier können wir nichts mehr tun, warten wir also die Ergebnisse des Erkennungsdienstes ab. Der Mörder wird uns nicht entkommen. Aber jetzt haben wir die Operation Meister Proper zu leiten. Wir müssen gehen, es ist spät geworden.«

»Geht ihr schon mal vor, ich schaue noch mal kurz nach Rosalia, sie steht wirklich sehr unter Schock«, log Bonanno.

»Aber höchstens zehn Minuten, Bonanno, die Operation ist überaus wichtig, wir brauchen jeden verfügbaren Mann.«

»Ich werde pünktlich sein.«

Bonanno ging zu Rosalia zurück, betrat auf Zehenspitzen die Wohnung und sah, dass sie eingeschlafen war. Daran waren der Schreck und natürlich der Sambuca schuld. Er sah sie an, und sein Herz schlug schneller, Gott, wie er diese Frau liebte! Dann schrieb er ihr eine kurze Nachricht, die er auf das Regal im Flur legte, bevor er in die Kirche zurückging. Während sie betete, hatte Rosalia Zu Caliddro aus der Geheimtür in der Mauer kommen sehen. Zu Caliddro Pelagalli, den Küster, und wahrscheinlich Padre Sanguedolces Mörder!

Pelagallis Wohnung lag ganz in der Nähe, also ließ Bonanno seinen Wagen stehen. Die Abenddämmerung warf ihre langen Schatten über die kleinen Gassen aus Lavasteinen. Mattes Licht fiel auf die moosbewachsenen Mauern, deren Verputz bröckelte. Als Bonanno das Haus erreichte, wollte er eigentlich schon an die Tür klopfen, doch dann hielt er inne. Sein Bulleninstinkt ohrfeigte ihn förmlich, deshalb verharrte er wie angewurzelt in dieser ein wenig lächerlich wirkenden Haltung, mit erhobenem Arm, den massigen Körper nach vorn gebeugt. Dann raffte er sich auf und lief einmal um das bescheidene Häuschen herum. Aus dem Fenster der Wohnküche drang ein schwacher Lichtschein. Bonanno drückte sich an die Hauswand, spähte vorsichtig hinein, und da entdeckte er etwas. Der Küster war nicht allein. Er unterhielt sich angeregt mit jemand anderem. Als Bonanno den Mann erkannte, konnte er sich auf einmal genau erklären, warum sie die Laterne neben der Leiche des Pfarrers gefunden hatten. Plötzlich hatte er einen Geistesblitz; er sah alles glasklar vor sich, und die letzten Ungewissheiten verschwanden, als er das alte Foto des Holzkreuzes an der Wand bemerkte. Inzwischen kannte er es nur zu gut. An diesem Bild klebte Blut. Es durchzuckte ihn schmerzhaft, als er die Wahrheit erkannte, die ihm wie ein scharfes Messer tief ins Fleisch schnitt und schwere, vernichtende Wunden schlug. Bonanno beschimpfte sich, er war ein Idiot gewesen, verstand die Menschen nicht und würde sie nie verstehen. Und er spürte, wie der Brechreiz ihm die Kehle hochstieg.

XXXII

Tiefe Nacht über dem Montanvalle. Lange, dunkle Schatten legten sich über das Tal, und die Sterne funkelten am Himmel, der Mond schien hell. Bonanno rauchte eine von zahllosen Zigaretten und kämpfte gegen den Schmerz an, der ihn bis ins Innerste erschütterte. Wütend zertrat er eine Kakerlake, kickte einen Stein weg. Er war nervös, doch er wusste genau, in Sizilien mussten ungelöste Fragen zwischen Männern ausgetragen werden. Man durfte sie nicht so stehen lassen. Und was zwischen Don Mico Gangarossa und ihm war, musste er zu Ende bringen, bevor der Boss verhaftet wurde. Sie waren zu sechst, jeder ein Maschinengewehr im Anschlag, und hatten Gangarossas Villa umstellt. Bonanno hatte sich ausgebeten, Gangarossa selbst verhaften zu dürfen. Und niemand hatte ihm widersprochen.

»Jungs, ihr wartet hier auf mich«, sagte er entschieden und verschwand energischen Schrittes in Richtung Villa.

»Sollen wir Ihnen nicht lieber Feuerschutz geben?«

»Natürlich, aber das könnt ihr von hier aus tun. Wenn er versucht zu fliehen, gehört er ganz euch, und wenn er sich im Haus verschanzt, schlagen wir die Tür ein. Aber ich gehe jetzt dorthin, und ihr rührt euch nur, wenn ich es euch sage, verstanden?«

Die Jungs waren an Befehle gewöhnt. Also widersprachen sie nicht, auch wenn sie der Meinung waren, dass dieser dicke Maresciallo schon ziemlich übergeschnappt war. Der wollte doch tatsächlich ganz allein in das Haus des mächtigsten und bekanntesten Mafia-Bosses der ganzen Gegend gehen. Na, sollte er doch machen, was er wollte!

»Zu Befehl«, antwortete der Älteste der Gruppe.

Bonanno ging auf die riesige Villa zu. Gangarossa sparte bestimmt nicht am Strom, alles war hell erleuchtet. Der Maresciallo stellte sich genau vor die Überwachungskamera und klingelte. Drinnen kläfften wütend die Hunde.

Es war schon halb drei. Wenn die Carabinieri so spät in der Nacht vor der Tür standen, brachten sie entweder eine traurige Nachricht oder jemanden hinter Gitter. Gangarossa wäre nicht so alt geworden ohne die Kenntnis solcher ungeschriebener Gesetze. Als er im Licht der starken Lampen Bonannos kräftige Gestalt erkannte, begriff er sofort und wusste dessen Verhalten zu schätzen. Sicher, der Kerl war ein Bulle, ein harter Brocken und lästig dazu, aber Bonanno verhielt sich wenigstens anständig, und in Sizilien machen gewisse Feinheiten die lebenswichtige Grenze zwischen Respekt und Verachtung aus. Bonanno war geübt im Umgang mit diesem Abschaum.

»Piro! Pruno! Kusch!«, befahl der Boss seinen Hunden. Die beiden Molosser legten sich sofort hin. Ihnen war klar, wer hier das Sagen hatte.

Gangarossa ging durch den riesigen Garten zu den Hunden und leinte sie an, dann nahm er die Fernbedienung und öffnete das Tor.

»Sonst stürzen die sich auf Sie, und da Sie ja nicht gerade Haut und Knochen sind …«

»Domenico Gangarossa, Sohn des verstorbenen Pasquale Gangarossa, geboren am 23. Oktober 1940 in Villabosco, ich habe hier einen Haftbefehl, ausgestellt von der Staatsanwaltschaft von Caltanissetta. Sie müssen mir auf die Station folgen. Wenn Sie möchten, können Sie Ihren Anwalt anrufen.«

»Ich kenne meine Rechte, Maresciallo. Geben Sie mir zehn Minuten, damit ich mich anziehen, meine Familie informieren und diesen Anruf machen kann.«

»Wir warten draußen auf Sie.«

Der Boss sah Bonanno direkt in die Augen, und Bonanno hielt seinem Blick stand. Es brauchte keine weiteren Worte. Sie verstanden einander auch so. Ein Sizilianer spricht, indem er schweigt.

»Ich verhafte dich nicht wegen des Mordes an Capitano Oliva.«

»Das weiß ich.«

»Also mach keinen Unsinn!«

»Das überlasse ich neunmalklugen, lästigen Bullen.«

»Provozier mich nicht, Gangarò!«

»Und du halt mir keine Predigt!«

Mit Don Mico Gangarossas Verhaftung, der Operation Meister Proper und den Morden an einem hohen Offizier der Carabinieri und an einem bekannten Pfarrer waren die Medien und die öffentliche Meinung fieberhaft beschäftigt. Mimmo Carnemolla führte Interviews, rekonstruierte Ereignisse und berichtete. Durch Villabosco schien der Hauch des Todes zu wehen. Ob durch Unfälle – aber waren es wirklich Unfälle gewesen?, fragte sich Carnemolla – oder brutale Morde, die Leute starben in den letzten zwei Monaten wie die Fliegen. Die Meute der Reporter verlangte genauere Informationen, um ihren Lesern täglich etwas zum Fraß vorwerfen zu können. Und der Colonello leistete gern seinen Beitrag dazu. Obwohl in der Pressekonferenz eigentlich alles gesagt wurde und man die Journalisten mit umfangreichem Pressematerial und Bildern versorgte, ließ er sich nicht lang bitten. Aber da lief zu viel gleichzeitig. Man brachte die Operation Meister Proper mit dem Mord an Capitano Oliva in Verbindung und betrachtete sie als schnelle, harte Reaktion des Staates gegen die, welche die Hand gegen seine treuen Diener erhoben hatten. Niemand konnte sich jedoch vorstellen, was nicht einmal der Colonello wusste: dass Bonanno in dieser Nacht die Mörder des Pfarrers gefunden hatte und, während der Colonello sich mit den Journalisten unterhielt, bereits auf dem Weg in die Altstadt Villaboscos war, um die beiden zu verhaften, aber vor allem, um alles zu verstehen.

»Jetzt ist alles zu Ende, Mimmuzzu. Die Prophezeiung ist eingetroffen. Und ausgerechnet ich, der ich Nofrios armer Mutter geholfen habe, ihn auf die Welt zu bringen, und mit dem unschuldigen Blut, das nach Leben schrie, meine Hände befleckt habe, war der Anlass für so viel Blut, das jetzt nach Tod ruft. Ich bin an allem schuld und muss das Geheimnis der heiligen Veronica hüten. Doch bald werde auch ich nur noch Wind und Staub sein, und dann werden wir gemeinsam die Sonne genießen, die Gott jeden Morgen über die Erde scheinen lässt, um diese verdammte Welt zu neuem Leben zu erwecken.«

Der alte Mann redet mit dem Wind, er hatte Bonanno nicht bemerkt. Er hing seinen Hirngespinsten nach, der Erinnerung an den geliebten Enkel, den jemand mitten aus dem Leben gerissen hatte, der keine Achtung vor dem Leben als solchem hatte, und Bonanno hörte ihm zu. Der ehemalige Governatore erzählte von seiner letzten verzweifelten Tat, mit der er verteidigen wollte, woran er immer geglaubt hatte. Das Geheimnis einer Heiligen, ihres Porträts und des Diadems mit den Rubinen, die er vor der Habgier der Menschen beschützen musste. Der alte Mann redete und erwähnte andere Geschichten, vergangene Leben und frühere Zeiten. Dann schwieg er, und plötzlich wirkte sein Gesicht noch älter und faltiger.

»Gehen wir«, sagt Bonanno schließlich und nahm ihn sanft am Arm. Der alte Mann folgte ihm widerspruchslos. Er hatte nichts mehr, wofür es sich zu leben lohnte, und es gab keine Geheimnisse mehr zu verteidigen. Jetzt spürte er, wie schwer es war, sich selbst zu überleben.

Zu Caliddro starrte ihn ungläubig an.

»Was haben Sie gerade gesagt, Maresciallo?«

»Ich verhafte Sie wegen Mordes.«

»Und wen soll ich umgebracht haben, wenn ich fragen darf?«

»Das wissen Sie doch ganz genau. Sie haben im Einverständnis mit dem ehemaligen Governatore Padre Sanguedolce getötet.«

»Ich habe Ihnen doch schon einmal gesagt, Maresciallo, dass ich Neffen und andere Verwandte habe, die von Beruf Juristen sind, also seien Sie lieber vorsichtig. Aber wenn Sie Ärger suchen, können Sie ihn haben!«

»Folgen Sie mir!«, sagte Bonanno gereizt.

Zu Caliddro stand widerwillig auf und funkelte ihn mit flammenden Augen an.

»Ich sage es Ihnen zum letzten Mal, Maresciallo, Sie machen einen Riesenfehler.«

»Ich weiß, wir anderen sind nur hirnlose Tiere.«

»Wie bitte?«, fragte Colonello Latella und sprang von seinem Sessel auf.

»Ich habe es mit meinen eigenen Ohren gehört! Sie haben von dem Toten geredet, wollten die Leiche heimlich wegbringen und uns dann später informieren. Der übliche anonyme Anruf. Alles passt zusammen, Colonello. Diese beiden verrückten alten Männer haben den Pfarrer umgebracht, um das Geheimnis des Holzkreuzes zu schützen.«

»Das Geheimnis? Was für ein Geheimnis? Bonanno, wenn Sie sich jetzt wieder irgendetwas ausgedacht haben …«

»Schauen Sie, hier ist das Geheimnis«, sagte Bonanno und legte seinem Vorgesetzten einige vergilbte Papiere vor.

»Das sind Seiten aus der Originalhandschrift der heiligen Veronica. Alter Kram, der aber für Sammler einen Haufen Geld wert ist. In einer Vertiefung des Holzkreuzes lag auch eine wunderschöne Miniatur, eingerahmt von Rubinen und anderen Edelsteinen. Sie zeigt das Porträt einer Nonne, die den Namen Veronica annahm und später heiliggesprochen wurde. Eben die heilige Veronica. Als sie starb, schnitt man ihr Herz auf, und dort fand man seltsame Zeichen, es war die Rede von der Hand Gottes. Professor La Vattiata hat ein Gutachten erstellt, es ist alles echt. Das Holzkreuz an sich ist schon ein Kunstwerk, aber mit dem Geheimnis und den Edelsteinen ist es sein Gewicht in Gold wert. Der ehemalige Governatore verriet uns das Geheimnis des Holzkreuzes und beschloss gemeinsam mit dem Küster, den Pfarrer zu beseitigen.«

»So alt und noch so geldgierig!«, meinte der Colonello.

Maresciallo Bonanno funkelte ihn wütend an.

»Sie haben überhaupt nichts begriffen! Denen ging es nicht um Geld, sie wollten das Geheimnis schützen, das seit Jahrhunderten der Bruderschaft gehörte und dessen sich der Pfarrer aus sicher nicht sehr altruistischen Gründen bemächtigte, bedenkt man einmal, was er noch verbrochen hat.«

Der Colonello überging das einfach und fragte: »Warum haben sich die beiden nicht an uns gewandt?«

Bonanno stimmte das, was er sagen musste, traurig: »Anscheinend können einen Träume am Leben erhalten, wenn man alt und allein ist. Doch auf Dauer genügen auch sie nicht, um die immergleichen leeren Tage auszufüllen. Deshalb haben zwei alte einsame Männer sich etwas ausgedacht. Es hat ihnen neue Kraft gegeben, das Holzkreuz und sein Geheimnis zu beschützen, das wir jetzt ebenfalls kennen, und das sicher bald in aller Munde sein wird, da Sie ja so einen guten Draht zur Presse haben.«

»Wie meinen Sie das?«

»Ach nichts, diese beiden verrückten Alten mordeten, weil sie glaubten, im Auftrag Gottes zu handeln und eine Prophezeiung zu erfüllen, die sie ihr ganzes Leben lang begleitet hat. Aber wir müssen jetzt die Drecksarbeit erledigen, Colonello. Wir beide müssen uns um menschlichen Abfall kümmern, wie zwei Müllarbeiter, jeder auf seine Weise, Colonello, und ich weiß nicht, welche besser ist.«

»Wo wollen Sie denn hin, Bonanno?«

»Ich drehe eine Runde, Colonello, ich brauche unbedingt frische Luft.«

»Und wenn die beiden alten Leute den Pfarrer wirklich ermordet haben, wo sind dann die Beweise?«

»Die müssen Sie schon selbst finden, Colonello, ich habe zu tun.«

Die Fingerabdrücke auf der Laterne, die man neben Padre Sanguedolces Leiche gefunden hatte, gehörten dem ehemaligen Governatore. Weitere Abdrücke, die man mit denen Zu Caliddros verglich, brachten endgültige Klarheit. Die beiden Männer hatten sich in diesem Raum aufgehalten. Und sie wurden des schlimmsten Verbrechens beschuldigt, nämlich des Mordes. Sie hatten dem Pfarrer angeblich mit einem stumpfen Gegenstand den Kopf eingeschlagen, doch die Tatwaffe wurde nicht gefunden. Zu Caliddro beharrte weiter auf seiner Unschuld. Der ehemalige Governatore hüllte sich in tiefes Schweigen und zog sich zurück in eine Welt jenseits der Vernunft. Der Colonello verhörte sie ständig, doch ohne Erfolg. Aus den beiden war nichts herauszubekommen. Und dann traten die ersten Ungereimtheiten auf: Wie konnten zwei alte, klapprige Leute einen Mann wie Padre Sanguedolce überwältigen? Warum hatten sie ihn getötet? Und wo war der stumpfe Gegenstand geblieben, die Tatwaffe? Bonannos sonderbare Vermutungen hatten Latella keineswegs überzeugt. Da klingelte das Telefon, Colonello Latella meldete sich. Am anderen Ende der Leitung war Dottor Paternò, und seine Nachricht schlug ein wie eine Bombe. Als der Colonello auflegte, war auch das letzte Rätsel um den Tod des Pfarrers gelöst.

»Die beiden Alten haben nichts damit zu tun, Bonà. Diesmal hast du einen Bock geschossen.«

»Und wer hat den Pfarrer dann umgebracht?«

»Du wirst es mir nicht glauben.«

»Versuch es einfach.«

»Erinnerst du dich an die Prophezeiung?«

»Worauf willst du hinaus, Marcelli?«

»Manchmal sollte man durchaus an gewisse Dinge glauben.«

»Also machst du jetzt endlich den Mund auf?«

»Es war ein Infarkt, Bonà! Blitzschnell, großflächig, gnadenlos, das Herz hat sofort versagt. Sanguedolce war längst hinüber, ehe er wie Fallobst zu Boden fiel und heftig mit dem Kopf aufschlug. Dottor Paternòs Autopsie besagt ganz eindeutig, dass der Pfarrer an einem Herzmuskelinfarkt starb. Den Schädel hat er sich selbst im Fallen aufgeschlagen, er wog ja über zwei Zentner.«

»Und was ist mit den beiden alten Männern?«

»Ach ja, die! Es gab keine Chance, die zum Reden zu bringen, aber ich habe meine persönliche Theorie entwickelt. Also, ich glaube, sie haben sich verschworen, um dich auf die richtige Spur zu führen. Du solltest den mörderischen Pfarrer verhaften. Und wir wissen ja schon, dass er Inguaggiato und den Schreiner getötet hat, weil wir sein Tagebuch gefunden haben. Noch so ein religiöser Fanatiker. Ich glaube, dass die beiden alten Leute den Pfarrer überwacht haben, damit er das Holzkreuz nicht verschwinden ließ, bevor man ihn verhaftete. Sie hatten dir ja den Floh ins Ohr gesetzt ... sie werden ihm auch gestern bis zur Kirche der heiligen Lidia Purpuraria gefolgt sein. Dann haben sie wohl gewartet, dass er wieder herauskam, und als er nicht erschien ... also, dann sind sie, glaube ich, hineingegangen. Zu Caliddro hatte ja den Schlüssel. Entweder haben sie die Geheimtür geöffnet, oder sie stand schon offen. Es war dunkel, drinnen gibt es ja kein elektrisches Licht. Deshalb hat der ehemalige Governatore die Laterne angezündet, die er immer bei sich trägt wie eine Reliquie, und als sie dort den toten Pfarrer entdeckten, sind sie erschrocken. Da sie nicht wussten, was sie tun sollten, haben sie beschlossen, nichts anzurühren, haben die Tür zugemacht und sind gegangen. In der Aufregung und der Eile haben sie dort die Laterne vergessen. Was willst du, zwei alte Leutchen … Als du sie entdeckt hast, stritten sie sich wohl gerade darüber, ob sie die Leiche wegbringen sollten, damit man sie nicht mit dem Holzkreuz in Verbindung brachte, oder ob sie alles so lassen sollten, wie es war. Sie wussten ja nicht, dass der Pfarrer an einem Herzinfarkt gestorben war, und glaubten, jemand hätte ihm den Schädel eingeschlagen und ihn ermordet … den Rest kennen wir.«

»Und was ist mit dem Foto?«

»Was für ein Foto?«

»Na, neben dem Pfarrer lag doch ein Foto mit dem Holzkreuz!«

»Ich hab dir doch gesagt, Bonà, manchmal kann so eine Prophezeiung …«

Bonanno sah Marcelli prüfend an. Nein, der meinte es ernst. Eigentlich weiß doch jeder Mensch tief in seinem Innern, dass manche Wahrheiten rein rational nicht zu erfassen sind, und in dieser Geschichte gab es einige unklare Punkte. Bonanno sah Padre Sanguedolce vor sich, wie er ein altes Foto des Holzkreuzes in der Hand hielt und den dreifachen Schatz bewunderte: das historische Holzkreuz mit dem Porträt der heiligen Veronica, gemalt von einem der Anatome, die die Autopsie vorgenommen hatten. Die Blätter aus ihrem Tagebuch. Das Diadem mit den Rubinen. Er stellte sich vor, wie der Pfarrer sich über seinen niederträchtigen Plan freute und sich selbst dazu gratulierte, dass er ein Geheimnis bewahrt hatte, aus dem andere ihren Vorteil ziehen wollten. Und er hatte Blut dafür vergossen. Er sah ihn vor sich, wie er das Foto triumphierend in die Luft streckte und sich an seiner Macht freute, während er die Prophezeiung las, auf die ein Lichtstrahl fiel, der ihn zu ermahnen schien. Plötzlich hatte er die Hand an die Brust gelegt, war leichenblass geworden, kalter Schweiß stand ihm auf der Stirn, das Foto fiel ihm aus der Hand, wirbelte durch die Luft und sank leicht zu Boden, ein dumpfer Schlag, als hätte man einen Ochsen gefällt, erfüllte die Luft, die nach Staub und Einsamkeit roch. Dann waren da nur noch Blut und Schmutz, Staub und Tod, ein purpurroter Strahl durchtränkte das Foto, als hätte eine unsichtbare Hand den Ursprung und das Ende dieses tödlichen Kreislaufs anzeigen wollen.

Bonanno schnürte es die Brust zu. Fünf Tote. Der Kreis schloss sich. Er glaubte eigentlich nicht an solche Geschichten oder an Prophezeiungen. Trotzdem konnte er nicht anders, er musste sich noch einmal die Fotokopien dieser vergilbten Seiten aus dem Tagebuch der heiligen Veronica anschauen. *»Ich sah aus seinen Heiligsten Wunden fünf glänzende Blitze fahren, und sie kamen alle auf mein Gesicht … In vier von ihnen waren die Nägel und in einer die Lanze, die wie Feuer glänzte, als wäre sie aus Gold, und durchbohrte mein Herz durch und durch.«*

Fünf Wunden. Fünf Tote.

Bestand da ein Zusammenhang? Ein unsichtbares, unerklärliches Band zwischen dem Schicksal der Menschen und ihren Prophezeiungen?

Er glaubte ja nicht an solche Geschichten.

Fünf Wunden. Fünf Tote.

Das Telefon klingelte und riss ihn aus diesen unangenehmen Gedanken.

»Maresciallo, ein Anruf für Sie.«

»Stell ihn durch!«

Als er die Stimme hörte, ging ihm das Herz auf. »Ich wollte Ihnen sagen, dass ich nach Hause darf, Marescià.«

»Oh, Steppani, das ist mal eine richtig gute Nachricht. Wann wirst du entlassen?«

»Heute Nachmittag. Ich werde im Krankenwagen transportiert. Meine Mutter und meine Schwester wissen Bescheid und sind schon abgereist. Sie können natürlich nicht im Krankenwagen mitfahren, aber ein Offizier der Carabinieri …«

»Soll ich dir Gesellschaft leisten?«

»Marescià, zehn Stunden Fahrt im Krankenwagen, ganz allein, da hinten drin, also, würden Sie mitkommen?«

»Gib mir etwas Zeit, dass ich ein paar Vorbereitungen treffe, dann komme ich! Ich bring dich nach Hause, Steppà!«

Bonanno glaubte nicht an verwickelte Geschichten. Er war ein ganz normaler, einfacher Mann. Während er zu seinem Punto ging, den er vor der Kaserne geparkt hatte, kam ein warmer Windhauch auf und zerzauste ihm das Haar. Instinktiv drehte er sich um, und da sah er ihn. Der alte Mann winkte ihm müde zu. Der Wind hatte ihm alles erzählt. Bonanno schwitzte plötzlich, aber daran war nicht die Wärme schuld. Er grüßte den ehemaligen Governatore ebenfalls. Und konnte nicht ahnen, dass er ihn gerade zum letzten Mal lebend sah.

XXXIII

Bonanno rief Rosalia während der Arbeit an und berichtete ihr von den Neuigkeiten. Sie war sehr glücklich, dass es Steppani besser ging und er transportfähig war. Aber noch glücklicher machte es sie, dass Bonanno ihn begleiten und drei Tage nicht in Villabosco sein würde.

Darüber war sie wirklich sehr froh.

Denn sie musste seine Exfrau abservieren. Emma hatte sie auch am Vorabend wieder angerufen und bedrängt. Sie wollte endlich ihr Geld. Und sie wollte Vanessa sehen, bedrohte ihr gemeinsames Glück. Dabei musste Rosalia freie Hand haben. Und sie bereitete sich auf einen gnadenlosen Kampf vor. Mit Bonanno in der Nähe wäre alles noch komplizierter geworden, da sie ihn nicht mit hineinziehen wollte. Dieser unerwartete Glücksfall gab ihr das Vertrauen in ihren gewagten, aber gut durchdachten Plan zurück. Wieder zählte sie das Geld, das sie in den letzten Tagen von ihrem Konto abgehoben hatte, 25.000 Euro. Dann holte sie einen tiefroten Lippenstift aus der Tasche, den sie zu Ehren der Lidia Purpuraria, der Heiligen des Purpurs, gewählt hatte, und machte sich mit weiblicher Sorgfalt ans Werk. Ein Strich vorn, einer hinten und ein wenig an den Rändern. Aus Vorsicht schrieb sie sich noch die Seriennummern auf. Das dauerte einen Moment, da sie nur große Scheine à hundert, zweihundert und fünfhundert Euro abgehoben hatte.

Sie schloss ihre Vorbereitungen ab. Jetzt hatte sie den schwierigsten Teil ihres Plans noch vor sich: Sie musste den Mann überzeugen, der ihr dabei helfen sollte, die Falle zu stellen. Würde ihr das gelingen? Rosalia betrachtete sich prüfend im Spiegel, strich eine Locke zurück, knöpfte ihre Bluse zu, dann verließ sie stolz und entschlossen die Wohnung. Sie würde sich durch kein Hindernis aufhalten lassen.

Als sie das Haus verließ, klopfte ihr Herz heftig, und auf einmal beschlichen sie Zweifel. Sie betrat die erstbeste Bar auf ihrem Weg, und während sie ihren Fruchtsaft trank, überlegte sie fieberhaft, wie Maresciallo Marcelli wohl auf ihren Vorschlag reagieren würde.

Marcelli starrte sie an wie eine Erscheinung. Rosalia war die pure Weiblichkeit, die Sanftheit und Leidenschaft in Person. Es nagte an ihm, dass dies alles einem anderen gehörte. Hatte dieser Bonanno ein Glück! Zunächst freute er sich, sie zu sehen, doch diese Freude verebbte, als Rosalia ihm ihren Plan erklärte. Zunächst musterte er sie, um an ihrem Blick zu erkennen, ob sie ihn auf den Arm nahm, aber er entdeckte darin nichts als Entschlossenheit. Rosalia Santacroce meinte es ernst. Ihm brach kalter Schweiß aus: Bonanno hatte wirklich eine ebenbürtige Gefährtin gefunden.

»Warum kommen Sie zu mir?«, fragte er mit angespannter Miene.

»Weil die Sache ein Geheimnis zwischen uns beiden bleiben muss. Niemand darf davon erfahren, schon gar nicht Saverio.«

Marcelli rutschte unruhig auf seinem Stuhl herum und setzte sich ordentlich zurecht. Er schluckte schwer. Diese Frau war tatsächlich zu allem entschlossen.

»Wissen Sie eigentlich, was Sie da von mir verlangen?«

»Gerechtigkeit, Maresciallo. Sie sollen nur Gerechtigkeit üben. Saverio hat das verdient.«

»So läuft das aber nicht mit der Gerechtigkeit.«

»Manchmal muss man ihr eben ein wenig auf die Sprünge helfen. Ich vertraue Ihnen eine eindeutige Straftat an, eine feige Erpressung, und biete Ihnen die Gelegenheit, jemanden, der so schändlich handelt, zur Verantwortung zu ziehen!«

Marcelli fühlte sich nicht wohl in seiner Haut, in ihm lieferten sich Gefühl und Verstand einen schweren Kampf. Eine Entscheidung, die jeder Mensch irgendwann treffen muss. Schließlich atmete er tief ein, ließ seinen Blick über Rosalia hinweg durch die Tür zum Büro seines Freundes oder Feindes Bonanno schweifen, Maresciallo wie er, ein Diener des Staates, der diese Männer oft eher den Haifischen vorwarf, als sie zu beschützen. Hatten sie nicht auch das Recht auf ein wenig Glück? Doch, das hatten sie.

»Also gut!«, sagte er dann.

Rosalia entspannte sich. Das war geschafft. Sie reichte Marcelli einen Zettel mit dem kompletten Namen von Bonannos Exfrau.

»Eine Suche in unserem Computerarchiv könnte etwas bringen. Vielleicht ist unsere Freundin ja vorbestraft, dann würde alles wahrscheinlich viel einfacher.«

Sie suchten und schließlich fanden sie auch etwas. Jetzt sah Rosalia Villabosco in noch schöneren Farben leuchten. Sie vertraute völlig auf ihren gewagten Plan.

Emma lief durch die schmalen Gassen von Villabosco. Ihre hohen Absätze klapperten auf den alten Pflastersteinen. Sie kannte den Weg, das Viertel Santa Lidia Purpuraria und das kleine Haus, in dem Rosalia wohnte. Welcher Teufel die wohl geritten hatte, sich mit diesem Fettwanst, der auch noch eine Tochter und eine Mutter zu versorgen hatte, zusammenzutun, einem langweiligen, schlecht bezahlten Maresciallo der Carabinieri, blieb ihr ein Rätsel. Ach, Frauen konnten ja so dumm sein! Sie grinste boshaft, während sie sich die Zukunft dieser naiven Sozialarbeiterin vorstellte. Ein Leben, für das sie nur Abscheu übrighatte.

Jetzt war sie fast da. Sie trug ein neues Kostüm in zarten, warmen Farben. Emma liebte elegante Kleidung. Ihre kurzes, widerspenstiges Haar bändigte sie mit Gel. Und sie bewegte sich geschmeidig und selbstsicher.

Rosalia erwartete sie bereits. Sie war ganz ruhig und fest entschlossen, diese Frau für immer aus dem Leben Bonannos, Vanessas und Donna Alfonsinas zu vertreiben. Und aus ihrem Leben. Jetzt war Emma eine Rivalin aus Fleisch und Blut, nicht mehr ein Gespenst aus der Vergangenheit, gegen das sie ankämpfen musste. Manchmal macht einem das Schicksal unerwartet ein Geschenk. Jetzt hatten sich die Rollen vertauscht, und sie musste ihre Aufgabe erfüllen. Diese verfaulte Pflanze mit der Wurzel ausreißen und sie ins Feuer werfen. Sie würde die andere vernichten. Das war ihr Hochzeitsgeschenk für Bonanno.

»Wo ist das Mädchen?«, fragte Emma.

»Wir treffen sie später, morgens ist sie in der Schule.«

»Hast du mein Geld parat?«

Rosalia nahm den Umschlag vom Tisch.

»Da. Sie können gern nachzählen.«

»Das ist nicht nötig, ich weiß doch, wie wichtig dir dein kleines Nest ist. Du legst damit schließlich eigenhändig den Grundstein zu deinem Glück«, sagte Emma kichernd. Rosalia zitterte vor Empörung.

»Warum bestehst du eigentlich darauf, mich zu siezen. Eigentlich teilen wir doch die gleiche … Erfahrung, oder? Ich kann aber nicht behaupten, dass ich sie genossen habe.«

Rosalias Augen sprühten Funken. Emma versuchte sie zu provozieren, und sie konnte sich kaum noch zurückhalten.

»Hören Sie. Jetzt haben Sie doch, was Sie wollen. Und nun gehen Sie. Wir treffen uns heute Nachmittag um vier vor dem Gemeindezentrum. Ich werde mit Vanessa hinkommen, seien Sie also dort. Ich werde sagen, Sie seien eine … Bekannte.«

»Sagen wir lieber um halb drei. Ich habe keine Lust, so lange allein zu sein.«

»Sie können ja einkaufen gehen. Geld genug haben Sie jetzt!«

»Sehr witzig! Bekomme ich nicht einmal einen Kaffee angeboten?«

»Tut mir leid, der ist mir ausgegangen!«

»Dann einen Aperitif.«

»Ich habe nichts im Haus.«

»Ein Glas Wasser.«

»Das kann man hier nicht trinken.«

»Ich habe verstanden. Du kannst mich nicht ausstehen. Liebst du diesen fetten Schlappschwanz wirklich so sehr? Was ist denn so Besonderes an ihm? Du könntest doch tausend bessere Männer haben als ihn. Er ist ein fetter Schwächling ohne Saft und Kraft.«

Rosalia stürzte auf sie zu, bis sie einander Auge in Auge gegenüberstanden, so nah, dass sie die kleinen roten Äderchen in Emmas spöttischen, großen Augen erkennen konnte. Sie war eine attraktive Frau, aber aus ihrem Mund kamen nur Bosheiten.

»Du wirst es nie begreifen, nein, dazu bist du zu niederträchtig, du bist nur eine leere, gefühllose Puppe … und du tust mir leid. Aber wag ja nicht, dich zwischen uns zu stellen! Du verschwindest aus seinem Leben, aus unserem Leben. Nimm das Geld und hau ab. Ich halte mein Versprechen, aber lass dich hier nie wieder blicken, sonst bekommst du es mit mir zu tun!«

Emma grinste. Eigentlich sollte es spöttisch wirken, doch dahinter versteckte sie ihre Angst. Echte Liebe kann manchen Menschen durchaus Angst einjagen.

»Also dann um halb drei vor dem Gemeindezentrum, und ich will meine Tochter sehen!«, sagte Emma und täuschte Gelassenheit vor.

»Sie ist nicht mehr deine Tochter. Du bist ihr nie eine Mutter gewesen und wirst es auch heute nicht sein. Du bist eine Fremde für sie, und das sollst du auch bleiben. Nur eine Fremde. Du hast nichts mit ihr zu schaffen! Und jetzt raus aus meiner Wohnung!«

Die Worte trafen sie hart und brachten Emma aus dem Gleichgewicht. Sie war tief erschüttert, doch inzwischen hatte sie sehr gut gelernt, sich auf unsicherem Terrain zu behaupten. Sie bewegte sich geschickt wie eine Seiltänzerin, im Zirkus wie im Leben. Und deshalb ließ sie sich nicht anmerken, wie sehr Rosalias Worte sie verstört hatten.

»Du machst dir nur etwas vor, so etwas wie Glück gibt es nicht«, zischte sie.

»Daran müssen wir Tag für Tag selbst arbeiten. Aber du hast ja die Oberflächlichkeit eines inhaltsleeren Lebens gewählt. Wie gesagt, du tust mir leid!«

»Du bist nichts weiter als eine dumme Gans!«, rief ihr Emma wütend von der Straße aus zu. Rosalia würdigte sie keiner Antwort. Ihr Herz klopfte heftig. Jetzt musste sie jemanden anrufen.

»Marcelli? Sie hat gerade meine Wohnung verlassen. Ja, sie ist zu Fuß unterwegs. Gut, ich warte!«

Emma war außer sich vor Wut, sie fauchte wie ein verletztes Raubtier. Sie würde sich rächen und Vanessa die Wahrheit sagen. Dann würde sie sie fest umarmen und ihr sagen: »Meine Kleine, ich bin deine Mutter. Ich war lange fort, aber jetzt bin ich zurückgekommen.« Und Vanessa würde das bestimmt verstehen, schließlich war sie ihre Tochter. Emma würde sie zum Zirkus mitnehmen und ihr ein Leben voller ungeahnter Möglichkeiten, neuer Bekanntschaften und unendlicher Freiheit schenken. Weit weg von diesem schäbigen Ort, dieser kleinen, banalen Welt voller bigotter Heuchler. Ein Leben ohne Verpflichtungen, ohne Sicherheiten, in dem alles provisorisch war, das man Tag für Tag neu genießen musste. Ja, sie würde wieder in Bonannos Leben auftauchen und sich zwischen ihn und diese dumme Kuh drängen. Sie sollte dafür bezahlen, dass sie sie wie eine Schlampe behandelt hatte.

Plötzlich stand dieser Bulle vor ihr. Er schien hinter der Mauer dieses alten Palazzos wie aus dem Nichts aufzutauchen. Sein athletischer Körper spannte den Stoff seiner Uniform. Er sah ausgesprochen gut aus und wirkte sportlich, seine Augen blickten sie durchdringend an. Genau der Typ Mann, für den sie auch eine Dummheit begehen würde. Er steuerte auf sie zu und kam immer näher. Dann legte er grüßend die Hand an seine Mütze. Emma lächelte. Jetzt hatte sie einen Weg gefunden, sich die Wartezeit angenehm zu vertreiben.

»Guten Tag, würden Sie mir bitte Ihren Ausweis zeigen.«

»Kann ich etwas für Sie tun, Commandante?«, antwortete Emma und lächelte ihn verführerisch an.

»Ihre Papiere bitte, Signora!«

Etwas Feindseliges lag in der Luft. Die Augen des Bullen wirkten ebenfalls kalt und abweisend. Sonst sahen Männer sie ganz anders an.

»Bitte«, sagte sie und reichte ihm ihren Personalausweis. Marcelli sah ihn sich an, gab ihn ihr zurück und sagte dann: »Würden Sie mir bitte in die Zentrale folgen?«

»Warum? Was wollen Sie von mir?«

»Nur eine Routinekontrolle.«

Jetzt war sie sicher, dass da irgendwas im Gange war. Marcelli zückte sein Handy und rief jemanden an, eine Minute später fuhr ein Wagen mit einem jungen Carabiniere am Steuer vor. Sie stiegen ein. Emma spuckte Gift und Galle.

Rosalia erschien gleich darauf in Marcellis Büro.

»Ist sie das?«, fragte er sie.

»Ja, Maresciallo, ganz bestimmt. Sie verschaffte sich vor kurzem unter einem Vorwand Zutritt zu meiner Wohnung, und während ich uns einen Kaffee aufgesetzt habe, hat sie mir 25.000 Euro gestohlen, die ich in den letzten Tagen abgehoben hatte. Sie befanden sich in einem Umschlag mit dem Aufdruck meiner Bank. Ich hatte mir sogar die Seriennummern der Scheine notiert, weil ich die Zahlen im Lotto spielen wollte. Das ist so ein kleiner Tick von mir. Da sind sie, und wenn das nicht reicht, da gibt es noch eine Kleinigkeit. Die Geldscheine sind mit Lippenstift verschmiert, weil dessen Kappe in der Handtasche heruntergerutscht ist. Welche Farbe? Purpurrot, Maresciallo!«

Jetzt lag etwas in der Luft, das spürte sie genau, als würde eine Falle hinter ihr zuschnappen. Emma begann zu schwitzen und kochte innerlich vor Wut. Der Maresciallo nahm ihre Handtasche, leerte den Inhalt aus, und dabei rutschte auch der Umschlag der Bank heraus. Er enthielt 25.000 Euro in großen Scheinen, die in der Mehrzahl mit tiefrotem Lippenstift verschmiert waren. Die Seriennummern stimmten ebenfalls mit Rosalias Notizen überein.

Jetzt kam dieser Satz, der schwerer wog als eine bloße Drohung: »Ich verhafte Sie wegen schweren Diebstahls, Signora. Gemäß Paragraf 625 des Strafgesetzbuches bringt Ihnen das ein bis sechs Jahre. Sie haben sich mit betrügerischen Mitteln Zutritt zu einer Privatwohnung beschafft und in diesen Fällen sieht das Gesetz, wenn es besonders schwerwiegende Umstände erkennt, zwischen drei und zehn Jahren Gefängnis vor.«

Aber das war noch nicht alles. Marcelli fuhr mit schneidender Stimme fort: »Ach, soweit ich sehe, sind Sie auch vorbestraft: Verlassen der ehelichen Gemeinschaft und einer Minderjährigen, Scheckbetrug und andere Betrügereien. Sie stecken ganz schön tief drin im Schlamassel, Signora!«

»Ich habe nichts gestohlen. Sie hat mir das Geld gegeben!«

»Ach wirklich? Und aus welchem Grund?«

»Weil ich …« Emma verstummte. Da lag noch etwas in der Luft. Erpressung! Mittels Drohungen erpresstes Geld. Dies einzugestehen, hätte ihre Lage nur verschlimmert. Sie starrte Rosalia an, dann den Maresciallo und begriff: Sie saß in der Falle!

»Ich will meinen Anwalt sprechen!«, schrie sie, aber es klang eher wie das Röcheln eines verwundeten Tieres, das keinen Ausweg mehr sah. Rosalia setzte im richtigen Moment an, als sie bemerkte, dass Emma aufgab. Das sah sie an ihren zusammengepressten Lippen, den schreckgeweiteten Augen. Emma hatte Angst, denn nun stand für sie alles auf dem Spiel. Und jetzt kam der schwierigste Moment, nun musste sie alles auf eine Karte setzen.

»Maresciallo, würden Sie mich bitte mit der Signora allein lassen?«

Marcelli warf Rosalia einen finsteren Blick zu, aber das gehörte zu ihrem Plan.

»Maresciallo, bitte.«

»Na gut, ich hole Ihnen einen Kaffee«, sagte Marcelli, verließ den Raum und schloss die Tür hinter sich.

Emma platzte heraus: »Du bist ein Miststück. Ich werde dein Leben zerstören. Das wirst du mir büßen. Ich hole mir Vanessa und mache eure nette kleine Familie kaputt!«

»Versuch's nur. Ich möchte mal sehen, wer dir zuhört, wenn du hinter Gittern bist. Du sitzt in der Falle, meine Liebe, wie du es auch drehst und wendest. Du wirst die nächsten Jahre im Gefängnis verbringen.«

Jetzt roch es hier nach gesiebter Luft, und Emma wusste, wie erniedrigend es war, in einer Zelle zu sitzen. Sie hatte es erlebt, nur ein paar Tage, aber das hatte genügt. Und dahin wollte sie nie zurück. Rosalia erkannte an Emmas niedergeschlagenem Blick, dass sie sie jetzt in der Hand hatte.

»Was willst du von mir?«

»Ich? Du hast doch Forderungen gestellt. Ich habe mich nur verteidigt.«

»Du hast mich in die Enge getrieben, aber wenn ich im Gefängnis lande, gehst du mit mir unter.«

»Du gehörst wirklich hinter Gitter. Du verdienst doch nichts anderes. Und lass die Drohungen, die nützen dir gar nichts.«

»Ich wende mich ans Jugendgericht und werde ein Besuchsrecht für meine Tochter verlangen. Der Fettwanst soll wissen, dass ich zurückgekommen bin. Ich werde euch bis aufs Blut bekämpfen.«

»Versuch es nur, aber mit meiner Aussage und der des Maresciallo, der dich verhaftet hat, wirst du verurteilt, und wir werden dafür sorgen, dass du die Höchststrafe bekommst. Im Gefängnis vergeht die Zeit langsam, und wenn du wieder herauskommst, dann wirst du eine alte Frau sein, und Vanessa ist erwachsen.«

Jetzt war zu spüren, dass Emma endgültig die Waffen streckte.

»Nein, du hast das nicht getan, um mich ins Gefängnis zu bringen. Du hast etwas anderes im Sinn. Also, was willst du von mir?«

Rosalia witterte ihren Sieg und diktierte Emma die Bedingungen.

»Ich ziehe meine Anzeige zurück, wenn du verschwindest und dich hier nie wieder blicken lässt, aber zuerst stimmst du einer einvernehmlichen Scheidung zu und unterschreibst diese Erklärung.«

»Was für eine Erklärung?«

»Du sollst nur bestätigen, was du getan hast. Dass du fünfundzwanzigtausend Euro von mir verlangt und das Geld an dich genommen hast. Das nennt man Erpressung, meine Liebe.«

»Du willst auch noch mein Geständnis?«

»Nur für den Fall, dass du dich nicht an unsere Abmachungen hältst!«

»Du bist ein verdammtes Miststück!«

»Also nimm mein Angebot an oder lass es. Du hast die Wahl. Entweder gehst du zu deinem Zirkus zurück oder du landest im Knast. Entscheide dich schnell, ehe der Maresciallo zurückkommt. Er ist nämlich ein Kollege und guter Freund von Saverio, und dann ist die Chance verpasst.«

Es lag Verschiedenes in der Luft. Mut und Risiko, Hass und Liebe, Gefängnis oder Freiheit. Emma hatte begriffen, dass die beiden sich abgesprochen hatten. Ihr blieb also keine Wahl. Sie nahm den Stift und schrieb. Ihre Unterschrift wirkte nervös und schief, wie die einer Frau, die mit ihrem Schicksal hadert. Doch ihre Freiheit hatte einen Preis, und den bezahlte sie.

Rosalia freute sich. Wenn Saverio, ihr Saverio, nach Hause kam, würde er noch ein Geschenk vorfinden. Wenn sie wollten, konnten sie ihre Liebe dann durch eine Hochzeit krönen.

»Eines Tages wird Vanessa erfahren, was du mir angetan hast, und dann wird sie schon selbst wissen, für wen sie sich entscheidet«, drohte Emma wieder.

»Du hättest sie trösten und ihr die Nase putzen sollen, als sie noch Windeln trug, statt einfach wegzugehen. Du hast auch für sie eine Wahl getroffen, und nun ist es zu spät, die liebevolle Mutter zu spielen. Das bist du nie gewesen und wirst es auch nie sein. Und tief in ihrem Herzen wird Vanessa verstehen, was ich getan habe. Ich habe zu ihrem Besten entschieden, aber du?«

»Das wirst du noch bereuen«, zischte Emma wütend.

Der Wind wehte heftig, es sah nach Sturm aus, er pfiff und heulte. So hatte es hier im Mai noch nie gestürmt. Mitten in der grünen Landschaft stand ein jahrhundertealter Olivenbaum, seine Wurzeln fest in der fetten Erde verankert. Der Wind heulte und stöhnte, und Bonanno glaubte ein Weinen zu hören. Kinderweinen. War das Einbildung?

»Wer hat ihn gefunden?«

»Ein Mann, der wilden Spargel suchte, hat ihn von weitem bemerkt und uns daraufhin angerufen«, berichtete Cantara.

»Holen wir ihn runter«, meinte Bonanno.

»Sollen wir nicht auf den Untersuchungsrichter warten? Ohne Genehmigung …«, fügte Giarratana hinzu.

Bonanno antwortete nicht, sondern stieg wütend auf den Olivenbaum und kappte mit einem harten, entschlossenen Schnitt das Seil.

»Da hast du deine Genehmigung!«, raunzte er seinen Carabiniere an.

Als der Wind sich wie durch Zauberhand legte, wurde es plötzlich warm. Der ehemalige Governatore hatte das geschwollene, schwarz verfärbte Gesicht eines Erhängten. Doch eigentlich war er schon vor langer Zeit gestorben. Niemand hatte ihn beachtet. Niemand hatte ihn vermisst. Wenn man alt wird und allein ist, ist man eben nichts mehr wert.

»Der arme alte Mann«, sagte Cantara leise.

Bonanno schaute in die Ferne, über den Horizont hinaus, wo der Himmel über den bräunlichen Bergen verschwamm und die Wolken einander spielerisch zu verfolgen schienen. Zwei von ihnen sahen aus wie Menschen. Wie ein alter Mann und ein Kind, die Hand in Hand der Sonne entgegengingen.

Ich glaube nicht an so was, das ist reine Einbildung, wiederholte Bonanno sich.

Der Wind strich ihm über den schweißnassen Nacken. Doch als er sich umdrehte, war da niemand außer zwei Menschen, die vor dem großen Geheimnis von Leben und Tod und vor den menschlichen Leidenschaften tiefe Scheu empfanden.

»Was für ein böses Ende«, sagte Cantara.

»Der arme Kerl sieht wirklich schlimm aus«, meinte Giarratana.

»Ruf den Leichenbestatter an, wir bringen ihn weg«, sagte Bonanno.

Dann schaute er noch einmal hinauf zu den Wolken, die auseinandergetrieben waren. Das grelle Sonnenlicht blendete in den

Augen, aber es vertrieb auch die Kälte, die er in sich spürte. Ihn riefen das Leben und seine Liebe. Als er daran dachte, glaubte er den Wind singen zu hören, doch es waren wohl nur die Vögel. Dann deckte er die Leiche des Governatore vorsichtig zu.

»Wo immer du jetzt sein magst, ruhe in Frieden gemeinsam mit deinem Enkel und deiner Familie. Ich werde das Geheimnis des Holzkreuzes bewachen«, flüsterte er und spürte, wie ihm die Tränen in die Augen stiegen. Als er versuchte, sie mit einer Zigarette zu vertreiben, kam wieder Wind auf und zerzauste sein Haar.

Er glaubte ja nicht an so etwas, aber trotzdem hob er die Hand und winkte noch einmal den Wolken zu, die sich schon im Sonnenlicht aufgelöst hatten. Da legte sich auch der Wind.